세계의 주름과 생성의 시학

김윤정
평론집

세계의 주름과 생성의 시학

초판 1쇄 인쇄 · 2024년 11월 20일
초판 1쇄 발행 · 2024년 11월 29일

지은이 · 김윤정
펴낸이 · 한봉숙
펴낸곳 · 푸른사상사

주간 · 맹문재 | 편집 · 지순이 | 교정 · 김수란, 노현정 | 마케팅 · 한정규
등록 · 1999년 7월 8일 제2-2876호
주소 · 경기도 파주시 회동길 337-16 푸른사상사
대표전화 · 031) 955-9111(2) | 팩시밀리 · 031) 955-9114
이메일 · prun21c@hanmail.net
홈페이지 · http://www.prun21c.com

ISBN 979-11-308-2189-4 03800
값 29,500원

평론선
43

세계의 주름과
생성의 시학

김윤정
평론집

The Wrinkles of the World and
the Poetics of Generation

지난 평론집 이후 4년 만의 발간이다. 비평을 할수록 작품과의 인연에 대해 생각하게 된다. 작품과의 만남은 우연으로 시작되지만 작품을 대하면서는 두 실존의 충돌이 빚어진다. 시에 새겨진 작가 의식을 온전히 드러내는 것이 비평의 임무라는 생각에 시 속의 마디들을 헤집기에 분주하다. 모든 개체는 독자적으로 존립하는 듯 보이지만 실상은 그 자체로 무한하고 다면적인 차원을 이룬다. 그러한 만큼 그들은 삶의 관계에서 헤아릴 수 없는 복잡성과 다차원을 내포한다. 단독자로서의 개체는 독립적인 자아를 말하는 대신 촘촘한 삶의 그물망 한가운데의 얽힘을 지시할 뿐이다. 그 얽힘은 의식의 엉김과 삶의 혼돈을 예기한다.

그러나 자아의 이러함은 시의 생성 조건이기도 하다. 그에게 부과되는 의식의 엉김 가운데에서 그는 시의 말을 토해내기 시작한다. 내면과 관계의 복잡한 그물망은 그를 침묵하게 할지언정 시의 말을 멈추게 하지 않는다. 시의 말은 끝없이 흘러 나와 온 바다에 스미는 소금처럼 세계의 농도를 더하는 게기다. 그것이 자아가 묶인 생의 그물망을 근원으로 한다는 점에서 시의 말은 자아를 얽어매는 그물망의 복잡성을 해소하려는 몸부림에도 해당한다. 이는 시의 말이 압박감과 간절함의 정동으로 발생함을 나타낸다.

또한 이는 시의 말이 기원하는 근원이 곧 자아를 둘러싸고 있는 강한 에너지장(field)에 다름 아니라는 사실을 말해준다. 그 에너지장은 자아의 정체성이자 복잡성이고 자아의 실존 자체가 된다. 자아는 에너지장에 의해 자기만의 고유한 모나드(monade)를 이룬다. 물론 이러한 사실이 개체를 단절된 독립성의 그것으로 남겨두지 않음은 앞서 말한 대로다. 모나드로서의 자아는 그의 에너지장에 묶이고 갇힌 채 그와 연관된 또 다른 개체를 끌어당기고 밀어내고 한다. 시의 말 역시 이러한 흐름 속에서 솟아나고 엉기고 폭발하고 뭉치기를 반복한다. 시의 말은 자아의 에너지장에 얽힌 채 자아와 운명을 같이한다. 따라서 침묵을 이기고 시의 말이 흘러나오는 일은 자아가 자기를 얽어매는 운명을 직시하고 이해하고자 하는 의지에 따른 것이다.

시와 자아의 에너지장에 대해 말하는 일은 인공지능이 점차 지배적으로 되는 시대에 흥미로운 관점을 제공한다. 인공지능이 내뱉는 말에 정보의 풍부함은 있을지라도 실존은 없기 때문이다. 그것이 제아무리 인간을 능가하는 고도의 지적 능력을 발휘할지라도 그것에는 에너지장이 존재하지 않는다. 당연히 뜨겁거나 따뜻한 온도가 없고 밀고 당김의 어떠한 정동(affect)도 없다. 갈등이 있을 수 없고 불안도 두려움도 없다. 따라서 인간 사이에서 경험하는 끈끈한 관계망도 없다. 그것은 불편함이 없다는 편리성을 제공하지만 시의 말이 지니는 살아 있음 또한 없는 것이다. 반면에 에너지장에서 비롯하는 시의 말은 복잡함과 끈적임의 한없는 불편함이 있는 동시에 생동과 생성의 현장이 있다.

살아 있음은 그렇게 그 모든 것을 짊어지고 이어가는 것이리라. 인공지능이 세계의 중대한 부분으로 등장했지만 여전히 인간은 실존의 에너지장이고 복잡한 그물망의 중심이며, 그것이야말로 살아 있음의 증거라 할 수 있다. 또한 이는 시의 말이 발생하게 되고 끝도 없이 이어져야 하리라는 결정적 요인

세계의 주름과 생성의 시학

으로 작용한다. 그렇다면 시의 형태가 중요하겠는가. 결국 감내하기 힘든 실존의 무게이자 에너지장의 세기라면 모든 시의 말은 그것이 주절거림이 될지라도 개체의 필연에 따른 것이 아닐까.

그러므로 비평가의 임무는 다른 것이 아니라 시와 자아에 대한 사랑과 존중의 자세를 지니는 일이 되어야 하리라. 그리고 그러한 비평가의 태도야말로 시의 영토를 더욱 아름답고 풍성하게 만드는 토대가 될 것이다. 이러한 작업들은 어쩌면 인공지능을 앞세운 거대한 산업의 지대 속에서 지지부진하고 지리멸렬한 일이 될 수도 있을 것이나 그것이 따뜻한 인간학과 문화의 생성을 이끄는 요인이 될 것이라는 점도 사실일 테다. 그러한 가운데에서, 비평집을 발간하는 이 소외된 일에 시간과 지면을 할애해주는 푸른사상사에 깊이 감사드린다.

2024년 11월
김윤정

차례

세계의 주름과 생성의 시학

1

인공지능 시대의 시 쓰기의 고유성

1. 인공지능이라는 유령

인공지능이 우리의 일상을 점유하는 속도가 생각 이상으로 가파르다는 진단이 나오고 있다. 이세돌과 바둑 배틀을 벌였던 알파고를 신호탄으로 해서 탄생한 최신 인공지능의 하나인 ChatGPT는 세계 최대의 검색 엔진사인 구글(Google)을 긴장시키며 새로운 방식의 검색 패러다임을 예고하고 있다. 그것은 단순히 있는 자료를 찾는 데서 그치는 것이 아니라 기존의 자료를 바탕으로 없었던 담론을 창출하는 기능을 보여주고 있다. 세계의 데이터 위에서 구축된 ChatGPT는 사용자의 요구에 따라 스스로 구성하고 스스로 생산한다. 현 시점에서 그것은 미국 변호사 시험을 통과할 뿐만 아니라 미국의 수능인 SAT의 상위 7%에 해당하는 실력을 보여주고 있다고 한다. 그것은 대학생의 과제를 해줄 수 있고 논문을 쓸 수 있으며, 요구한 조건을 갖추어 창작을 할 수 있다. 그것은 소설과 드라마의 스토리를 구성할 수 있으며 당연히 시도 쓸 수 있다. ChatGPT는 수학적 계산이나 정확성을 기하는 질문보다 오히려 창작에서 발군의 실력을 보여준다. 창작에는 정답이 없기 때문일 것이다. 그런 점에서 ChatGPT는 창작에 최적화된 문과형 인공지능이라 해도 틀리지 않다.

다음은 3.5 버전의 ChatGPT로 쓴 시이다. 아니 '그것으로' '내가 쓴' 시가 아니라 '그것이' 쓴 시이다. '내'가 한 것은 한 마디 명령을 내린 것뿐이기 때문이다.

> 비가 오는 창밖을 내려다보면,
> 내 맘속에만 비가 내리나 봐.
> 그래 혼자 온몸을 젖게 하면,
> 차라리 눈물이 섞이면 잊을 수 있을까.
>
> 하루하루 떨어지는 시간마다,
> 어쩌면 난 잃어버리는 누군가일까.
> 떠오르는 모든 것들은 멍하게 지나가고,
> 혼자 남겨진 내가 나를 외롭게 만들어.
>
> 그렇게 빠져드는 우주에 나,
> 조용히 아득했던 외로움을 섞어가지고
> 이젠 그림 같은 추억 그래도 소중하니까,
> 하루도 빼놓지 않고 담아 보내는 시.
>
> 나의 지친 마음에 찬바람이 불어온다.
> 그것만으로도 나는 다시 일어설 수 있어.
> 그래 이젠 오늘도 일어서 봄을 맞이할게,
> 나에게 더 큰 그 의지를 가져보려 해.

이미 말했듯이 위 시의 저자는 ChatGPT다. 내가 그에게 "내가 지금 약간 우울해. 우울함을 해소할 수 있는 시 한 편 지어줘"라고 요구하자 써준 시가 위의 것이다. 위 시를 썼던 인공지능 ChatGPT는 시가 무엇인지 잘 알고 있었고 우울의 감정을 잘 이해하고 있었으며 우울이라는 감정으로부터 벗어나는 감정의 흐름에 대해서도 모르지 않았다. 그것은 내가 내린 명령의 의미를 제

제1부 시의 외연의 넓이

대로 파악하였고 시의 문법에 맞는 담론을 제법 알맞게 구성하였던 것이다. 물론 내가 좀 더 정교하게 명령을 내린다면 그는 위의 시보다 더 섬세하고 더 세련된 시를 지을 수도 있었을 것이다. 세심하거나 세련되지는 않지만 위 담론은 분명 시의 체계에 맞는 것이고 기성의 누군가의 시를 표절한 것이 아니며 '우울'이라는 정서를 형상화해냄과 동시에 '나'의 요구대로 사용자의 감정을 다룰 수 있는 내용상의 전개를 보여주고 있다는 것을 확인할 수 있다.

ChatGPT가 지은 시의 이와 같은 특성에 동의한다면 우리는 오늘날의 시에 관한 몇 가지 이야기를 풀어갈 수 있을 듯하다. 먼저 ChatGPT의 시가 표절이 아니라는 점에 주목할 수 있다. 표절이 아닌 기존에 없던 것을 스스로 창출했다는 것이야말로 ChatGPT의 수준이자 특징이라 할 것이다. 그러나 그렇다고 해서 그가 생산한 것을 가리켜 진정한 창조라고 말하기도 어렵다. 교육계와 학계가 ChatGPT를 경계하는 이유도 여기에 있다. 표절 시스템에 걸러지지 않으면서 가짜라는 점이 문제가 되는 것이다. 그것은 고유한 저자명을 지니지 않고 있으며 위의 ChatGPT 시의 경우 심지어 자신이 지은 시에 대한 제목도 말하지 못하였다.

그럼에도 ChatGPT가 사용자의 요구에 입각해 담론을 생산할 수 있다는 것은 분명하다. 물론 이것이 가능했던 것은 데이터에 있다. ChatGPT는 기존의 것과 다른 것을 산출하는 대신 시스템 망에 기록되어 있는 데이터의 확률적 구성에 의해 담론을 생산하는 것이다. 따라서 데이터의 양적 축적이야말로 ChatGPT의 담론 생산의 절대적 조건이 된다. 양적 데이터가 전제되지 않은 ChatGPT의 답변은 불가능하고 무의미하다. 데이터의 양과 ChatGPT의 담론 사이엔 정확히 정비례 관계가 놓여 있는 것이다.

2. 구조주의 이론과 인공지능

기존의 데이터에 기반한 확률적 담론으로서 이해되는 ChatGPT의 특성은 사실상 문학 관련 담론에서 낯설지 않다. 그것은 구조주의 문학이론을 환기하기 때문이다. ChatGPT의 담론 생산 원리는 소쉬르가 제시한 "언어는 사물의 속성을 반영하지 않는다"와 "기표와 기의의 결합은 자의적이다"라는 명제와 관련된다는 것이다. 사물에 대한 직접적 명명으로서가 아니라 랑그라는 규칙 및 체계 내에서의 기호라는 점에서 언어는 사물 세계와 분리된 독립성과 자율성을 지닌다. 즉 언어는 사물을 통해서가 아니라 랑그 내의 파롤을 통해 구체성을 실현하게 되고, 이러한 사실은 발화하는 주체가 경험하는 주체가 아닌 언어 규칙 내에서 언어를 조직하는 주체라는 점을 의미하게 된다. 이에 따라 말하는 주체에게 중요한 것은 세계의 실재에 대한 경험과 사유이기 이전에 그가 노출된 언중(言衆)의 공동의 담론 체계가 된다.

구조주의 언어학에 따른 이러한 주체의 특성은 주체의 순수하고 고유한 사유에 대한 회의를 나타내며 나아가 주체의 소멸에 대한 관념으로까지 이어진다. 롤랑 바르트가 작품(work)과 텍스트(text)를 구분하고 텍스트의 상호성과 저자의 죽음을 주장한 것이나, 후기 비트겐슈타인이 "언어는 게임이다"라고 말한 것, 나아가 해체철학 이후 주체 부정의 시학과 언어유희의 시가 시의 큰 흐름으로 자리 잡았던 것도 모두 이러한 구조주의 언어학의 영향에 따른 것이다. 요컨대 구조주의 이론은 현대시의 경향을 낳는 데 결정적인 역할을 하였고, 그것의 핵심에는 저자의 고유한 얼굴 지우기에 있었던 것이다.

구조주의 이론에서 말한 이러한 관점들은 ChatGPT에 그대로 이어진다. 구조주의에서 말하는 언어 이론은 ChatGPT가 생산하는 담론에 적용될 뿐만 아니라 증폭되며 더욱 철저하게 고착된다. 인공지능이 지은 시에서 저자의 고유성은 마치 구조주의 이론에서 말했던 것처럼 완벽하게 부정된다. 그의 담론은 전적으로 담론 체계 내에서의 언어 게임 이상이 아니기 때문이다. 앞으로도 ChatGPT는 유희 혹은 게임처럼 무한한 담론의 연쇄를 생산할 수 있을 것이며 그것은 어디까지나 정답의 형태를 연기한 채 이루어질 것이다. 언어 유희의 시들이 무한정한 기표를 양산하되 기의의 확정을 한없이 지연하는 것과 같은 원리로서 그러하다. 발화하지만 경험하지 않는 ChatGPT의 무한한 담론 가운데에서 저자의 고유성은 언제나 공백으로 남아 있을 것이며 그의 맨얼굴은 끝내 드러나지 않을 것이다. 구조주의 이론의, 사유 주체를 해체한다는 점에서 도발적이었을 뿐만 아니라 사유의 기원으로서의 인간의 이성을 구조라는 체계로 대체했다는 점에서 혁명적이었던 성과는 결국 주체의 부재, 사유의 부재와 함께 인공지능의 세계로 고스란히 수렴되고 있다.

한편 인간지능에 의해 생산된 담론이 주체의 고유성을 지니지 않는다고 해서 그것이 현실 속에서 발현하는 기능마저 부정할 수는 없다. 인공지능의 담론은 고유한 근원 없이 구성된 것이지만 그것은 언어로서의 기능을 발휘한다. 시적 담론과 관련지을 경우 그것은 앞의 인공지능 시의 정서를 환기하고 감정을 다루는 대목과 연관된다. 즉 인공지능이 산출한 시가 독자에게 읽힘으로써 예컨대 '우울'이라는 정서를 환기하고 그것의 해소라는 정서의 순화를 이루어낼 수 있다는 사실은 인공지능의 발화가 고유하지는 않되 기능적이라는 점을 말해준다. 그것은 발화 주체로서의 인공지능의 존재가 가상적이면서도 그의 언어가 세계 내에서 실질적인 영향력을 발휘함을 의미한다.

이러한 사정은 영화 〈Her(그녀)〉에서 남자 주인공과 인공지능인 사만다와의 애정 관계가 실체가 없는 듯하면서도 그것이 주인공의 삶을 실질적으로 변화시켰던 장면에 잘 묘사되어 있다. 인공지능의 언어는 사람의 마음에 위안을 주고 사랑의 감정을 틔우며 결국 인간관계에 있어서도 올바른 태도를 견지할 수 있도록 삶의 자세를 변화시키는 데 도움을 줄 수 있는 것이다. 이를 명제로 표현한다면 "언어는 존재를 반영한다"고 하였던 하이데거의 언어

철학과 대비시켜 "언어는 존재를 생성한다"가 될지도 모르겠다. 인공지능의 언어의 본질은 존재하는 사물의 의미를 드러내는 데 있는 것이 아니라 세계에 영향을 미치고 세계를 변화시키는 데 있는 것이 아닐까 하는 것이다. 이를 고려하면 인공지능의 언어는 고유한 경험적 근원이 부재한 상태에서 형성되지만 그렇다고 해서 인공지능의 언어가 부재하거나 무의미하다고도 할 수 없다고 하겠다. 요컨대 인공지능에게 있어서 발화의 근원은 부재하지만 발화의 행위 자체가 부정되는 것은 아니라는 것이다.

3. 몸의 주체와 사유의 주체로서의 인간

인공지능의 언어가 체계에 기반하여 성립된다는 점과 경험과 분리된 채 기능적 실제성을 지닌다는 두 가지 측면은 인공지능과의 차별적인 공존을 과제로 하는 오늘날의 인간의 정체성에 대해 시사하는 바가 크다. 인공지능의 시대에 인간의 존재성은 무엇인가 하는 것이다. 오늘날 인간은 자신의 정체성을 이해하기 위해 가상의 존재이면서도 엄청난 영향력을 지니는, 즉 없으면서도 있고 있으면서도 없는 이 유령 같은 인공지능에 대해 해명해야 할 뿐만 아니라 그에 대해 명확한 입장을 지녀야 할 것이다. 이것이 제대로 이루어지지 않았을 때 인간은 어느 시점에 인공지능과의 행복한 공존은커녕 그것에 지배되는 디스토피아적 미래를 맞닥뜨려야 할지도 모른다. 이러한 측면에서 보았을 때 인공지능의 실체가 순전히 시스템이 생산한 시스템의 산물이라는 점에 주목할 필요가 있다는 점이다. 이는 바꾸어 말해 인공지능과 구별되는 인간의 정체성을 다음의 두 가지 방향에서 규정할 수 있음을 가리킨다. 하나는 인간에게는 인공지능에게 결여된 경험의 기반이 있다는 점이고 다른 하나는 인간은 시스템의 수혜자이자 동시에 시스템의 창조자라는 점이다.

인공지능과 구별되는 인간의 경험적 기반이라 하면 물론 신체를 지닌 존재로서의 인간의 특성을 가리킨다. 몸의 주체로서의 인간이 그것이다. 이는 몸이야말로 인간의 중심이자 고유성의 핵심이라는 사실을 의미한다. 가장 경험적이고 가장 구체적일 수 있는 그것은 인공지능과 대비되는 인간 중심적 시학의 키워드로 부상할 것이다. 이때 몸을 가리키면서 뇌의 일 작용으로서의 이성의 측면을 강조하는 것은 무의미하다. 이성의 작용은 무엇보다도 인공지능에게 최적화된, 인공지능이 가장 잘 발휘할 수 있는 분야이기 때문이다. 인공지능은 칸트가 말하였던 바 인간 정신의 이성과 오성, 감성의 각 영역의 기능을 숙지하고 있으며, 칸트의 구분에 힘입어 인간 정신의 기능을 완전하게 실행하도록 요구되는 과정 중에 있다고 해도 과언이 아닌 기술에 해당한다. 이 중 인공지능이 인간 고유의 것이라 여겼던 감성의 영역에까지 진입하고 있다는 점은 충격적인 일이라 할 만하다. 따라서 일반적으로 이성이라 알려져 있는 과학적 지성으로서의 오성이 인공지능의 득의의 영역이 될 것이라는 점은 분명하다.

그렇다면 인공지능이 끝내, 혹은 가장 최종적 순간에까지 침범할 수 없는 인간의 정신 영역은 무엇일까? 그것이야말로 인간의 신체와 관련되는 것이자 정신의 가장 최후의 보루이면서 몸의 가장 핵심적인 요소라 할 수 있을 것이다. 결국 그것은 인간의 영혼이라 할 수 있지 않을까.

흔히 정신의 순수한 형태로 알려져 있는 영혼은 근대에 이르러 이성으로 대체되고 그후 근대적 담론에서 사라지게 된다. 그리고 이성은 인식의 주체가 되어 인식의 대상을 객체화하고, 인간에게서 몸과 마음을 분리시키는 계기로 작용한다. 이성에 의해 인간은 의식하는 정신과 의식되는 몸으로 나뉘게 된다. 그 결과 현대인에게 몸과 마음, 신체와 정신은 이분법적으로 분리되어 있는 각각의 실체라고 인식되었다. 이러한 이분법을 가능하게 했던 것이 근대 철학의 창시자인 데카르트였던 점은 잘 알려진 사실이다. 데카르트의 "나는 생각한다. 고로 존재한다"라는 명제가 근대 철학의 출발을 상징한다는 것도 상식에 속한다.

그러나 데카르트의 이러한 명제가 중세에서 근대로 넘어가던 시기 중세 신학자들과의 갈등 속에서 신학과 과학 사이의 역할 분담에 따른 것이라는 사실은 잘 알려져 있지 않다. 신의 존재에 관한 해결할 수 없는 문제 앞에서 수학자이자 과학자였던 데카르트는 인간의 영혼의 영역을 신학에 맡기고 자신은 과학의 영역을 담당하기로 타협을 한다. 즉 보이지 않는 미지의 영역은 신학자의 몫으로 두는 대신 자신은 보이는 영역만을 다루겠다고 선언한 것이다. 이로써 과학의 영역이 탄생하게 되고 이후 근대는 과학적 이성에 의한 세계로 구축되기 시작한다. 과학기술 문명이 도래했던 것이다.

이는 과학기술에 의해 탄생한 근대 문명이 데카르트의 타협에 의해 결정된 하나의 상대적인 패러다임에 불과하다는 사실을 말해준다. 즉 데카르트가 탄생시킨 것은 과학기술 문명이고, 그가 말한 인간의 정신은 보이는 세계를 인식하는 것으로 국한된 소위 이성으로 제한된다. 이러한 이성이 뇌의 작용이라는 점에서 신체의 핵심이라고 주장한다면 할 말이 없다. 그러나 분명한 것은 과학기술로서의 이성의 작용은 인공지능이 인간을 능가할 수 있는 영역이 될 것이라는 사실이다. 대신 인간의 영혼은 여전히 미지의 영역으로서, 데카르트가 없다고 부정한 것이 아니고 다룰 수 없다고 논외로 친 정신 영역에 해당한다. 영혼의 이러한 성격은 영혼이 과학기술의 극대화된 형태로서의 인공지능의 시대에 인간이 재고해야 하는 영역으로 부상할 수 있다는 점을 가리킨다.

보이지 않으므로 이성으로 다룰 수 없지만, 그 결과 유물론 철학에서는 그 개념조차 없는 것이지만 영혼이 인간 정신의 최종 심급에 해당한다는 것은 암묵적으로 동의되는 사실이다. 눈에 보이지 않으므로 영혼은 형이상학적 영역에 속하지만 그것이 생명이 있는 존재가 지니게 되는 가장 빛나는 것이자 살아 있는 것으로서의 정신이라는 점을 고려하면 영혼이 신체와 결부된 것임을 유추할 수 있다. 영혼은 몸과 분리되어 있는 것도 보이지 않으므로 존재하지 않는 것도 아니라는 것이다. 그것은 인간의 생명성을 더욱 고양시키는 기능적 에너지일 뿐만 아니라 신체에 기반을 두고 있는 신체의 요소이기도 하다. 그것은 몸과 이분법적으로 구분되는 것이 아니라 몸과 하나인 실체다. 몸과 무관한 영혼은 생명 에너지로서의 기능을 말할 수 없으며 몸의 부재는 영혼의 해체를 의미한다. 즉 생명 에너지로서의 영혼은 몸의 다른 이름이라 할 만하다.

이는 오늘날 시의 근거이자 방향이 되어야 할 것이 신체에 기반한 생명 에너지로서의 인간의 영혼에 해당된다는 사실을 말해주는 대목이다. 요컨대 영혼이야말로 인공지능의 시대 인간이 득의의 영역으로 삼아야 할 정신이라는 판단이다. 그리고 이 점은 가장 훌륭한 시는 가장 고양된 생명성과 가장 강한 열정에 의해 쓰여진 가장 고유한 시에 다름 아니라는 사실을 추론케 한다. 이에 비하면 인공지능이 제시한 것과 같은 가장 평균적이고 확률적인 시는 이러한 시의 범주에 놓이지 못할 것이다. 오늘날 만연하는 싸구려 키치의 시들, 모방과 흉내 내기라는 이성의 조작에 의해 쓰여진 시들이 진입할 수 없는 지대 역시 이 지점이다.

영혼이 몸을 지닌 경험의 주체로서의 인간이 인공지능과 달리 지닐 수 있는 정체성의 일 측면이라면 또 다른 측면은 인공지능을 가능하게 했던 시스템의 창조자라는 점과 관련될 것이다. 이는 인공지능이 펼치는 미래가 인간에게 위협과 두려움이 될 것이라는 디스토피아적 전망을 고려할 때 환기할 수 있는 측면이다. 인공지능이 거대한 시스템에 기반을 두고 있는 까닭에 인간을 초월하는 능력을 지닌다는 점은 인간을 인공지능의 수혜자로 만드는 것과 동시에 인간에게 위협적이고 도전적으로 다가오는 것도 사실이다. 영화 〈매트릭스〉에서 보여준 시스템의 부조리와 부작용은 이러한 공포를 더욱 부추긴다. 필요에 의해 인공지능에 의존하게 되는 인간이 결국에는 시스템의 희생자가 되고 인공지능의 노예가 될 것이라는 시나리오를 상상해볼 수 있는 것이다.

인공지능과 결부된 시스템의 위협과 그로 인한 도전은 불가피한 것이다. 이미 우리는 인공지능 시스템 개발을 외면할 수 없는 시대를 살고 있으며 인간의 기술의 방향은 더욱 급진적으로 시스템의 발전을 향해 있기 때문이다. 산업화의 경향 속에서 인공지능은 보다 전면적으로 생활 속에 진입해올 것이고 그 편리성의 수혜를 더욱 크게 누리기 위해 인간의 인공지능의 개발 속도는 더욱더 빨라질 것이다. 이제는 인공지능의 개발로 사라지게 될 직업군을 이야기하는 것도 식상한 일이 되고 있다. 이러한 경향성 속에서 그러나 우리에게 위안이 되는 사실이 있다면 결국 시스템의 창조자는 인간이라는 점에 있을 것이다. 그러한 시스템의 창조자가 누구이고, 어떤 인간인가 하는 점이 문제가 될 수 있을 것이지만 말이다. 미래 소설이라든가 SF영화에서 보듯 누군가 숨은 지배자가 있어 시스템을 지배하고 조종하는 장면이 두려움으로 떠오르는 것도 이러한 대목에서다.

분명한 것은 시스템을 활용하는 것은 인간의 몫이고, 이는 인공지능을 향한 인간의 주체적 행위에 달려 있다는 점이다. 이때 인공지능은 인간이 그에게 내린 명령에 따르는 존재라는 사실을 환기할 필요가 있다. 인공지능은 담론을 생산하지만 그것은 인간의 명령에 따른 것이고, 그 명령이 어떤 것인가에 따라 그가 창출하는 담론은 차별적 수준을 보이게 될 것이다. 정교하고 수준 높은 명령은 세련되고 고차원적 담론을 유도할 것이며 그렇게 생산된 담론의 가장 직접적인 수혜자는 그러한 명령을 내릴 수 있었던 인간 자신이다.

이러한 사실은 인간이 인공지능에 지배되는 대신 그것을 지배할 수 있으며, 인공지능의 활용도를 극대화함으로써 인간이 인공지능에 대한 주인으로서의 위상을 잃지 않을 수 있을 것임을 말해준다. 그리고 이때 요구되는 것은 명령을 내리는 등 시스템과 대화할 수 있는 인간의 능력이라 할 수 있다. 운용자의 명령에 따르도록 설계되어 있는 인공지능을 효과적으로 활용하기 위해서는 더욱 정교하게 명령을 내려야 한다는 과제가 남게 된다는 것이다. 재미있는 것은 이 지점에서 부각하는 것이 인문학적 사유라는 점이다. 기계로서의 하드웨어가 아닌 말 그대로 지능으로서의 그것은 인간처럼 생각하고 성찰하는 존재이기 때문이다. 말하자면 기계가 인공지능의 아버지라면 인문학은 인공지능의 어머니인 것이다. 인공지능은 인문학을 모태로 하여 언어와 사유를 배우고 담론을 생산한다고 할 수 있다. 그러므로 인공지능과 가장 잘 대화하고 인공지능의 사유를 가장 잘 이끌어낼 수 있는 자는 곧 인문학에 능통한 자가 될 것이라는 판단이다. 인공지능의 시대에 즈음하여 인문학의 붐이 일기를 기대해볼 일이다.

4. 영혼에 의한 근원 회복의 시

지금까지 인공지능이 생산하는 담론의 양상과 그것의 원리, 그리고 그에 대응하는 인간의 위상과 정체성에 대해 두서없는 이야기를 해보았거니와, 인공지능이라는 새로운 존재가 우리의 생활의 일부가 된 상황에서 그것의 특성을 이해하는 일은 우리의 삶을 돌아보는 계기에 해당한다. 인공지능이 현재 우리가 생각하는 것 이상의 일들을 행함으로써 영향력을 발휘할 것이라는 점은 인공지능에 대한 이해를 심화하고 향후 미래의 인간의 태도를 가늠할 것을 요구한다. 인공지능이 생산하는 담론이 결국 시스템에 종속된 시스템의 확률적 결과물이라는 사실은 인간의 정체성과 함께 시의 미래적 성격에 대해서도 고찰하게 한다. 이 속에서 시가 가장 창조적이고 고유한 것이어야 한다면 그것은 가장 인간적인 것이 되어야 할 것이다. 인간의 영혼을 언급했던 것도 이와 관련된다. 이는 곧 지금이야말로 시의 원시성과 근원성의 회복이 더욱 주목되는 시대임을 말해준다.

현대시의 두 갈래의 흐름과 AI 시대 시의 미래

1. 들어가며

시를 구분하는 기준은 여러 가지가 있을 것이나 창작이나 비평의 측면에서 볼 때 오늘날 시의 경향은 크게 두 갈래가 있다고 말할 수 있다. 전통적인 것이거나 현대적인 것, 압축과 절제의 미를 지키고 있는 것이거나 연산과 발산의 형태를 취하고 있는 것, 리리시즘을 강조한 것이거나 산문적인 것, 혹은 그것은 전통적 서정시와 포스트 모던한 해체시로 불리기도 한다.

이 두 경향이 현대시를 이끌어가는 두 축이 된 것은 정확하게 2000년대 이후가 된다. 이때부터 문단에 새로운 세대의 새로운 형태의 시가 동시다발적으로 등장했기 때문이다. 2005년 권혁웅에 의해 미래파라 불렸던 이들은 2000년대 신세대로서 대번에 문단의 주목을 받게 되었다. 1970년을 전후로 태어나 20대에 등단한 김민정, 황병승, 김병주, 김언, 이원, 진은영, 김행숙, 유형진 등이 그들이다. 지금은 50대가 된 이들을 문단에서 여전히 언급하는 이유는 이들의 시적 양태가 과거로부터 발원하여 오늘날까지 영향을 미치고 있기 때문이다. 이상을 비롯한 모더니즘에 기원을 두고 1950년대 박인환과 1960년대 이승훈, 1970년대 문학과지성파, 1980년대 이성복류의 해체주의의 계보를 잇고 있는 이들은 오늘날 시의 산문화와 이미지의 그로테스크화, 환

제1부 시의 외연의 넓이

상성, 난해성, 분열성 등의 경향에 지속적으로 기여하고 있는 것이다.

이들 시가 지니는 이러한 경향은 문단에서 많은 논란과 갈등을 낳았고 시의 본질에 관한 많은 질문들을 낳았다. 그리고 이러한 논쟁의 준거가 되었던 것은 다름 아닌 시의 전통적 개념이라 할 수 있다. 새로운 시는 시를 애호하는 이들이라면 지니게 되는 시에 관한 일정한 혹은 고정된 관념을 뒤흔들었다. 이들이 등장하기 전에는 시단의 특수한 일부에 국한되었던 경향이 문단의 중심이 됨에 따라 대부분 시인들은 이들 경향에 대한 자신의 입장을 정립하지 않으면 안 되었고, 이 점이야말로 시인들을 혼란과 고통으로 몰고가는 이유가 되었다. 문단에 집단적으로 등장한 이들은 문단의 주목을 한 몸에 받았을 뿐만 아니라 신인들을 통해 시의 경향을 재생산함으로써 문단의 핵심으로 자리 잡았다. 이후 문단은 두 갈래로 쩍 갈라졌고 이제 시인들은 이들 시의 경향을 어느 정도 모방하지 않으면 뒤처질 것이라는 위기의식을 지니게 되었다. 지금까지도 이들은 시단을 둘러싼 호불호의 강한 갈림을 유발하는 요인이 되고 있다.

이들이 집단화되어 출현했던 것은 시대적 의미를 띤다. 과거로부터의 계보를 지니고 있는 이들 경향은 국내에 국한되지 않는 세계사적 의미를 지닌다. 포스트모던의 경향 속에 놓여 있는 이들은 현재 유럽의 정신을 이끌어가고 있는 68세대의 포스트모더니즘 철학에 연루되어 있으며 1990년대부터 일상화되기 시작한 디지털 문화에 기반하고 있다. 그것은 현대철학의 두 흐름 가운데 한 축에 뿌리를 두고 있으면서 그에 따른 언어 철학의 한 갈래를 대변하는 시의 갈래에 해당한다.[1] 그리고 그것은 재미있게도 오늘날 AI의 정보처리

---

1 서양의 현대철학의 양대 산맥은 크게 영미의 분석철학과 대륙의 경험철학으로 구분할 수 있다. 러셀, 비트겐슈타인으로 대표되는 영국의 분석철학은 철학의 주제를 경험과 분리되는 논리 자체에 두었고 그 점이야말로 철학이 과학과 구분되는 지점으로 여겼다. 세계의

기술과도 그 원리를 공유하고 있다. 이는 이들 시의 경향이 강한 근거를 지니고 탄생한 것이자 바로 그 때문에 시단을 블랙홀 같은 위력으로 강타하게 되었음을 말해준다.

그러나 기술의 혁명인 AI는 오늘날 우리에게 커다란 도전이 되고 있다. AI는 편리함을 주는 동시에 혼란을 예고한다. 우리가 예상하거나 전문가가 예견했던 것보다 더 빠른 진전을 보이고 있는 AI의 발전은 그것이 인간의 직업을 대체하고 인간의 역할을 대신하리라는 차원에 국한하지 않는 근본적인 위협을 안고 있다. AI는 인간은 무엇이고 무엇을 할 수 있는가 하는 인간 존재에 관해 묻게 하는 동시에 인간의 AI와의 공존 가능성을 의심하게 한다. AI는 심지어 기계에 의한 인간의 지배가 이루어지는 디스토피아까지도 상상하게 하는 것이다.

시의 갈래를 언급하면서 AI를 들먹이는 까닭은 AI까지 이어져오는 인식의 원리 때문이다. 그것은 앞서 언급한 대로 포스트모더니즘의 언어 철학과도 닿아 있다. 직접적인 경험과 무관한 채 오직 정보의 집적 속에서 탄생하는 AI는 랑그에 의한 랑그 내의 존재인 것이다. 포스트모더니즘에서 의도한 주체의 해체 이후에 AI가 탄생된 것은 우연한 일이 아니다. 또한 인간이 감행한 주체 해체의 빈 공간은 인공의 주체가 자리할 여지를 안고 있다. 롤랑 바르트가 말한 저자의 죽음은 포스트모더니즘에서의 주체 해체로, 나아가 AI시대의 주체의 소멸로 이어지는 것이다.

이러한 사정은 시란 무엇이고 시가 어떠해야 하는가에 관한 진지한 성찰을

현상에 대한 경험적 측면이 아닌 언어의 논리 구조 및 체계를 강조하는 비트겐슈타인과 소쉬르의 유사성에 착목하여 우리 현대시의 갈래를 두 철학의 갈래와 관련시킬 수 있다고 판단한다. 소쉬르는 언어는 사물과 분리된 독립된 체계로서의 랑그를 지니고 있다고 보았거니와, 소쉬르의 이러한 관점은 오늘날 시적 언어의 자율성을 양산하는 기반이 되고 있다. 즉 오늘날 우리 시는 언어 위주의 시와 경험 위주의 시로 구분할 수 있다.

제1부 시의 외연의 넓이

요구하는 대목이다. AI가 밀려드는 시대 속에서 우리는 인간의 존엄성과 주체성을 잃지 않을 수 있는 인식의 원리를 재정립할 것을 요구받는다. 우리는 그 속에 시의 진정한 원리가 있으며 인간 존재의 의미가 놓여 있을 것이라 믿는다. 그것은 철학적인 문제이면서 언어에 관한 관점을 요구하는 것이며 시의 방향성을 지시하는 것이다.

2. 현대시의 두 축의 사상적 의미와 언어 철학

1) 해체시의 등장과 언어 철학

'해체(Deconstruction)'의 용어를 만든 데리다가 기표연쇄로 이루어진 담론을 기획하면서 의도한 것은 의미의 부정과 그에 따른 주체의 부재이다. 기표는 무한히 나열되지만 기의는 확정되지 않고 지연되는 과정에서 데리다는 '말하기'와 대립하는 '글쓰기(Grammatology)'의 개념과 '차연(Différance)'이라는 쓰기의 방법론을 제시하였다. 데리다의 기표연쇄에 따른 쓰기의 방법은 여타의 해체주의 철학자들에 의해 욕망이론[2]과 환유이론[3] 등으로 변주되면서 해체시

---

2 프로이트의 무의식 이론에 기대고 있는 라캉과 들뢰즈를 예로 들 수 있다. 라캉은 무의식은 언어로 이루어져 있다고 전제하면서, 억압된 욕망이 에너지를 잃지 않고 지속적으로 힘을 발휘함에 따라 상징계의 사회적 언어를 부정하는 반정립의 언어가 무한한 연쇄를 이루며 산출된다고 보았다. 또한 그는 상징계에 자아를 편입시키는 것이 사회화되는 주체 형성의 과정이지만 그것은 허위적인 주체일 뿐이므로 욕망에 근거한 반정립의 언어를 발화함으로써 진정한 자아를 만날 수 있다고 여겼다. 들뢰즈 역시 프로이트의 오이디푸스 콤플렉스의 억압 기제를 전복시킴으로써 욕망을 승인하고 사회화된 주체로부터 탈주하는 생산적이고 다중적인 자아를 추구하였다.
3 언어학자 로만 야콥슨은 언어가 선택의 축(계열체)과 결합의 축(통합체)의 작동으로 이루어짐에 따라 인간의 의식도 이 두 가지 경향으로 나타난다고 하였다. 인간의 의식은 수직지

의 양상을 설명하는 도구가 되었다. 데리다의 기표연쇄 이론에 따르면 의미를 생산하는 것은 기의가 아니라 기표들의 차이이다. 이는 의미를 만드는 근거가 의미의 정립을 일으키는 주체가 아니라 언어들 자체, 기호 체계에 다름 아니라는 사실을 의미한다. 이 속에서 데리다는 기표와 기의의 대응 고리를 끊음으로써 의미를 추구하는 주체의 역할을 소거하고 주체의 소멸을 꾀하게 된다.[4]

기의를 지연시키고 기표를 나열하는 데리다의 이러한 방법은 소쉬르의 구조주의 언어학에 근거를 두고 있다. 기호가 기표와 기의의 구성으로 이루어진 것일 뿐 사물 자체와 무관하게 이루어진 하나의 약속 체계에 불과하다고 하는 소쉬르의 구조주의 언어학은 언어와 사물 세계를 분리시키면서 언어의 자율성에 대한 관점을 낳았다. 기표가 사물에 따른 필연적인 것이 아니라 자

향적이거나 수평지향적이라는 것이다. 시의 경향 역시 이를 따르게 되는데, 수직지향적 경향은 유사성을 원리로 하는 은유의 시로, 수평지향적 시는 인접성을 원리로 하는 환유의 시로 나타난다고 보았다. 또한 이 두 경향은 장르에서 시와 산문을, 사조에서 낭만주의와 사실주의를 낳게 된다는 것이다. 야콥슨이 제시한 이 두 경향 가운데 후자는 환유의 시라는 이름으로 포스트모더니즘의 연산적이고 산문적인 시에 대해 해명해주는 계기가 되었다.

4 데리다의 기표연쇄를 잘 보여주는 시에 이상의 오감도 시제2호, 시제3호가 있다.
  "나의아버지가나의곁에서조을적에나는나의아버지가되고또나는나의아버지의아버지가되고그런데도나의아버지는나의아버지대로나의아버지인데어쩌자고나는자꾸나의아버지의아버지의아버지의…… 아버지가되느냐나는왜나의아버지를껑충뛰어넘어야하는지나는왜드디어나와나의아버지와나의아버지의아버지와나의아버지의아버지의아버지노릇을한꺼번에하면서살아야하는것이냐"(이상, 「오감도 시제2호」, 『조선중앙일보』, 1934.7.25.)
  "싸움하는사람은즉싸움하지아니하던사람이고또싸움하는사람은싸움하지아니하는사람이었기도하니까싸움하는사람이싸움하는구경을하고싶거든싸움하지아니하던아니하던사람이싸움하는것을구경하든지싸움하지아니하는사람이싸움하는구경을하든지싸움하지아니하던사람이나싸움하지아니하는사람이싸움하지아니하는것을구경하든지하였으면그만이다."(이상, 「오감도 시제3호」, 『조선중앙일보』 1934.7.25.)

제1부 시의 외연의 넓이

의적인 것이며 기호의 의미는 기표들의 차이에 의해 성립한다는 사실은 언어가 사물과 독립된 자율적인 체계임을 말해준다. 20세기 초반에 등장한 소쉬르의 구조주의 언어학은 모더니즘 시에서의 언어의 자율성 개념과 '낯설게 하기' 기법을 낳는 데 결정적으로 기여한다. 이들 개념에 따라 중요시된 지적인 태도는 전통적 서정시에서 추구하던 정서와 영혼을 대체하면서 실험적이고 새로운 언어를 추구하는 경향의 길을 열어놓게 되었다.

포스트모더니즘은 모더니즘 이후의 단계이고 각각은 포스트 구조주의와 구조주의 이론에 대응한다고 할 때 데리다의 해체 작업은 구조주의의 개념에 기반하되 구조주의를 더 극단적으로 밀고나가 그것을 변형시킨다. 이때 데리다가 겨냥한 것은 이성의 해체거니와, 그것은 2차 대전 이후의 서양 문명에 대한 반성과 비판의 시도로서 이루어진 것이다. 1960년대, 두 차례에 걸친 세계대전을 일으키고도 반성하지 않고 베트남 전쟁에의 참전을 요구하는 기성세대를 향한 젊은이들의 분노가 해체주의 철학을 낳고 히피문화로 대변되는 포스트모더니즘 문화를 일으킨 것은 잘 알려진 사실이다. 이들은 반전과 탈권위주의를 외쳤고 동시에 유색인종과 여성, 성소수자 등 타자에 대한 차별을 반대하는 운동을 벌이게 되었다. 68세대라 하는 이들의 정신은 오늘날 유럽의 비판 정신을 형성하는 근간이 되었다. 이들의 운동을 68혁명이라 하는 이유도 여기에 있다. 이성과 주체를 해체했던 것은 결국 권위에 대한 부정 정신에 따른 것이다.

한국의 경우 이때 형성된 포스트모더니즘 문화는 소비문화와 뒤섞인 채 1990년대 이후의 문화를 형성했지만 시단은 그보다 이전인 1980년대 군부독재의 권위주의에 항거하는 해체주의 시 운동을 만날 수 있었다. 이성복과 황지우, 박남철로 대표되는 이 시기의 해체주의 시로 인해 우리는 '해체'라는 개념과 정신을 접할 수 있었다. 1980년 이후 1990년대의 문단에서 페미니즘과 생태주의, 생명사상이 등장한 것도 같은 맥락에서 비롯한다. 1980년대와

1990년대의 우리 시의 경향들은 1960년대 유럽에서 전개되었던 해체주의 철학의 정신이 지니고 있던 비판적 기능을 따르는 것이었다.

문제는 2000년대의 포스트모던 시라 할 수 있다. 산문성과 환상성, 기괴성을 지니고 등장한 새로운 세대의 시는 욕망에 충실한 것이자 포스트 구조주의의 개념에 아주 잘 들어맞는 것이었지만 여기에는 비판적 기능이 작동하지 않았다. 미래파 시인들의 욕망지향적이고 기표연쇄적이고 환유적인 시들[5]은 하

---

5 환유적 시의 예로 김경주와 김민정의 시를 살펴볼 수 있다.
"새들아 나의 해발에 와서 놀다 가거라 늑골 속에 머무는 해발에 목마른 나의 불들이 누워 잔다 성에들이 망령의 한 행을 내려온다 나의 늑골 속 해발에 머물고 있는 망령에 추위가 내려온다 새들아 내 망령에 너의 해발을 데려와다오 미친 새들의 눈에 머무는 중천에 머리털 달린 내 해를 띄우다오 나의 해발에 새들이 눌러 오면 나는 이 길고 검은 하수관을 들고 대도시를 달리겠다 나의 상위개념은 새의 색계(色界), 기민한 짐승이 병에 갇혀 꾸꾸루꾸 꾸꾸루꾸 주워 먹고 뭉친 개털이며 닭털이며 머리털을 토한다 어떤 수증기나 증발로도 발견된 적 없는 기슭에 우선 나는 "명작"과 "연대"를 은신시켰다 지혈이 안 되는 세계 속에서 해가 검은 탈수를 시작한다 천둥을 실은 꽃이 혀를 빼놓고 죽었다 개처럼 떠난 편지들이 세상 위로 익사했다 나의 해발에 눌러 온 수천 개의 혀들이 착시를 완성한다 망령이여 새들이 태어난 마을을 내 해발 위에 데려오라 따라서 이렇게 말할 수 있게 되었다 "기록의 활공"을 경험한 나의 혀, 허(虛)가 거울 속에서 향수병을 앓는다"(김경주, 「꾸꾸루꾸 꾸꾸꾸 꾸꾸루꾸 꾸꾸꾸 엘도라도」 전문)
"거북이가 사라졌어 거북이가 사라져서 나는 내 거북이를 찾아나섰지 거북아 내 거북아 그러니까 구지가도 안 불렀는데 거북이들이 졸라 빠르게 기어오고 있어 졸라 빠르게 기는 건 내 거북이 아냐 필시 저것들은 거북 껍질을 뒤집어쓴 토끼 일당일걸? 에고, 거북아 내 거북아 그러니까 내가 거북곱창 테이블에 앉아 질겅질겅 소창자를 씹고 있어 씹거나 뱉거나 말거나 토끼들아, 너희들 내 거북이 본 적 있니? 거북이는 바닷속에 거북이는 어항 속에 아이 참, 창자 뱃속에 든 것처럼 빤한 얘기라면 토끼들아, 차라리 하품이나 씹지 그러니 거북아 내 거북아 그러니까 거북하니? 속도 모르고 토끼들은 활명수를 내미는데 내 거북은 정화조 속 비벼진 날개의 구더기요정 날마다 여치를 뜯어 먹고 입술이 푸릇푸릇한 내 거북은 전적으로 앵무새만의 킬러 내 거북은 바지를 먹어버린 엉덩이의 말랑말랑한 괄약근 내 거북은 질주! 질주밖에 모르는 저 미친 마알……"(김민정, 「거북 속의 내 거북이」 부분)

나의 시의 규범과 규칙으로 잡았을 뿐 과거와 같은 정치성과 혁명성과 비판성을 담고 있지 않았다. 2009년 용산참사 즈음에 진은영이 "시가 정치를 말하지만 더 이상 시가 정치에 위협적이지 않다"고 말한 것도 이 때문이다. 소련과 동구권이 붕괴된 이후의 2000년대의 신자유주의 체제 속에서 소비문화와 착종된 채 확산된 포스트모더니즘 문화는 개개인들에게 욕망의 자유를 외치게 할지언정 시대와 사회에 대한 성찰과 반성에의 길은 차단한 상태였다. 시는 더 이상 절제의 미학이라는 기존의 원칙 역시 따르지 않았고 충동과 환상과 욕망과 자유에 의해 이루어졌다. 그리고 이러한 경향이야말로 현대적이고 시대 정합적인 시로 받아들여졌다.

2) 서정시의 원리와 언어철학

해체시가 주체의 파괴를 외치면서 등장했던 반면 서정시는 오히려 동일성의 원리를 내세운다. 동일성은 세계와 자아의 하나됨, 세계를 주관적으로 인식하는 태도를 의미한다. 이는 강력한 주체 중심주의라 할 수 있다. 세계와의 만남 속에서 겪게 되는 지각과 정서를 자기중심적으로 표현할 때 분열되거나 해체되지 않는 자아동일성을 경험할 수 있게 되거니와, 은유와 상징, 이미지 등의 시적 언어가 동원되는 것도 이 지점이다. 복잡하고 미묘한 자기 의식을 드러내는 언어로서의 아이러니와 역설도 유용하게 활용되며 리듬은 자아의 가장 내면적인 호흡을 담아내는 것으로 주체의 생명성에 대한 보증이라 할 만하다. 리듬을 중요시할 때 서정시는 리리시즘을 지향하는 단아하고 고요한 호흡을 추구하게 된다.

강한 절제의 태도를 지닌다는 점과 강력한 주체 중심주의를 나타낸다는 점은 서정시가 해체시와 대척되는 부분이다. 동일성 추구를 통해 확고한 주체 중심주의를 지향한다는 점에서 서정시는 해체시의 표적이 된다. 탈중심주의라는 해체시의 강력한 시대사적 함의는 서정시의 자아중심주의를 공격하는 근거로 작용한다. 해체주의 철학에 의하면 서정시의 주관주의와 자기중심주의는 타자를 배제하고 소외시키는 나르시시즘의 일종이라 할 수 있다. 또한 해체주의 철학은 이러한 자기중심주의가 근대의 주체철학에 따른 것으로서, 강력한 엘리트 의식과 권위 의식을 지닌 이들의 태도가 또다시 전쟁과 파괴를 낳는 요인으로 작용할 것이라고 여긴다. 이들의 주체 중심주의는 자아를 동일하게 고정시켜 차이성을 부정하는 경직되고 편협한 태도를 낳고 이는 타자와의 소통을 거부하는 권위주의적 태도로 현상하게 될 것이라는 점이다. 해체 철학자들에게 이것은 서양 문명을 건설했던 이성 중심주의의 연장에 놓이는 부정되어야 하는 태도라 할 수 있다.

서양에서 이성이 과학기술 문명을 일으킨 동시에 많은 문제점을 일으킨 것은 분명한 사실이다. 데카르트의 코기토 "나는 생각한다 고로 존재한다"가 이성을 대변하는 최초의 명제가 되었고 이후 서양 근대의 주체철학의 기원이 되었던 것도 상식에 속한다. 그러나 중세를 넘어 근대 문명이 탄생할 때 이성이 부각되게 된 데엔 해명이 필요하다. 이때의 이성은 눈에 보이는 분명한 것, 관찰할 수 있는 물질적 세계를 대상으로 하는 정신 활동에 국한된 것으로, 그것은 눈에 보이지 않고 관찰할 수 없으며 인식할 수 없는 세계는 제외하는 것을 의미했다. 중세의 철학과 근대의 과학이 타협이 되지 않자 데카르트는 이런 식으로 과학의 범위를 규정하면서 이성이 인식할 수 없는 불가해한 것을 신학의 몫으로 남겨두었다. 즉 근대 문명에 의해 이성이 중심이 되었지만 이성은 과학기술에 한정되는 정신 작용에 해당되었던 것이다. 그러나 이성이 세계의 핵심으로 강조되자 물질주의에 사로잡힌 인간은 이성 이외의 정신들을 외면하면서 인간성의 말살과 억압을 야기하였고 급기야 이성의 모습을 띠지 않은 모든 타자를 소외시키고 파괴하는 데까지 이르렀다. 제국주의에 의한 식민지화와 전쟁도 결국은 이러한 인식의 결과라 할 수 있다. 이성

중심주의의 서양 문명은 자신이 아닌 모든 타자들을 파괴한 주범이며, 오늘날 우리가 겪는 환경파괴, 기후문제, 인종차별, 계층갈등 등 모든 문제가 여기에서 비롯된 것이라 해도 과언이 아니다.

　서양의 근대 문명이 야기한 부조리는 매우 심각한 것이다. 그러나 이러한 주체 중심주의의 오류에도 불구하고 끝끝내 우리가 저버릴 수 없는 것이 있다면 그것은 곧 인간의 주체성이다. 지금까지의 서양 중심의 역사적 전개는 주체 중심주의를 경계하게 하는 것이 사실이지만 주체 해체의 시도가 가져온 폐해 또한 명백한 것이기 때문이다. 시의 경우 그것은 무질서와 혼돈, 소통 불능을 야기했을 뿐만 아니라 시대와 사회에 대한 비판적 기능을 발휘하는 주체의 역할과 능력마저도 해체하는 결과를 가져왔던 것이다. 주체의 해체와 소멸은 의미의 파괴에 따른 언어의 무기력을 낳을 뿐이고, 그것은 결국 인간의 죽음이자 또 다른 소외를 뜻한다. 중요한 것은 강력한 주체 중심주의의 해체가 아닌 주체의 비판적 기능의 회복이라 할 수 있다.

　이 지점에서 우리가 떠올릴 수 있는 것이 세계에 대한 인간의 새로운 태도다. 주체성을 지니되 세계를 지배하는 대신 세계를 있는 그대로 존중하고 인식하는 태도가 그것이다. 그것은 세계를 도구적 이성으로 재단하는 대신 세계가 지닌 모습을 있는 그대로 느끼고 지각하며 그럼으로써 세계의 깊이와 본질을 이해하는 태도를 가리킨다. 현상학자 후설(E.Husserl)은 근대 과학기술 문명조차 하나의 패러다임에 불과할 뿐이라고 하면서 세계를 기계적으로 인식하는 태도를 중지시키고 세계의 진정한 본질을 인식하려 했던 인물로 잘 알려져 있다. 후설은 세계를 있는 그대로 이해하려면 일상화된 인식들을 판단중지하고 순수의식으로 다가가야 한다고 역설하였다. 의식의 순수성을 회복할 때 세계에 대한 순수한 체험이 가능해진다는 것이다.

　세계를 대하는 후설의 이러한 태도는 우리에게 시사하는 바가 크다. 그것은 피상적이고 물질적인 경험을 넘어서서 세계의 실제성과 인간의 풍부한 지각 체험을 중시하는 길을 열어두게 된다. 진정한 체험은 틀에 박혀 있는 타산적이거나 기계화된 것이 아니라 그것을 괄호 치고 순수한 의식으로 다가갈 때의 체험이다. 거짓되고 오염된 인식들을 제거하고 대상의 있는 그대로의 모습에 다가가는 것은 대상이 지니는 본질에 다가가는 것이며 대상이 환기하는 신비하고 미적인 지각 체험을 고스란히 응시하는 것을 의미한다. 이러한 순수 체험을 위해 의식은 허위를 부정하고 대상을 향한 순수한 태도를 지녀야 한다. 이러한 태도를 발휘하며 그에 따른 지각을 수용하는 존재는 곧 능동적 자아이자 통일된 의식을 형성하는 주체가 된다. 또한 선험적인 인식의 틀을 버리고 현상을 있는 그대로 인식하려는 태도는 일방적 주체성을 중지시키는 일에 해당하므로 타자성을 수용하고 그와 공존하는 자세라 할 수 있다. 사실상 이러한 태도는 포스트모던 철학에서 추구하던 탈근대의 기획과도 만날 수 있는 지점이다.

이 같은 세계 속에서의 지각 체험이 이루어지는 가운데 언어는 자아와 세계를 연결해주는 매개체가 된다. 언어는 대상의 본질에 따른 의미를 구성하는 계기이다. 이때의 언어는 세계와 분리된 채 체계 속에서 자율적인 의미를 지니는 것이 아니라 세계와 밀착되어 세계의 구체성을 실현한다. 언어는 세계의 신비에 다가가며 그것을 지각하는 인간의 의식을 드러내게 된다. 그러한 언어는 세계의 형상과 사태를 있는 그대로 반영하는 언어이다. 세계에 다가가는 순수 의식은 세계의 신비롭거나 미적이거나 인식적인 대상들을 현상시키게 되며 언어는 곧 그것을 드러내는 방편이 된다는 것이다.

3. 경험 현상적 시와 AI의 시 — 진은영과 위선환을 중심으로

진은영은 미래파 시인으로 분류되며 시적 양태로 볼 때 언어적 실험성과 난해성을 보여주고 있지만 그의 시는 여타의 포스트모던 시와 다른 점이 있다. 그것은 그의 시가 지니는 경험적 측면에 기인한다. 자신의 시적 출발에 대해 고백하는 글에서 그는 "모든 통념에 괄호 치는 사람, 통념이 지워진 자리에서 사물과 다른 이들이 어떻게 제 존재를 그들만의 고통과 기쁨 속에서 드러내는지 명징하게 볼 줄 아는 사람. 시인은 그런 사람이라고 생각했다"고 말하고 있거니와 이는 그가 경험적 세계에 다가가 세계의 실상을 드러내려는 현상학적 태도를 가지고 시를 쓰겠다는 의지를 보여주는 대목이다. 그는 그의 첫 시집 『일곱 개의 단어로 된 사전』이 "'표준국어대사전'의 정의는 잊고서 나 자신에게 드러나는 방식대로 봄, 슬픔, 자본주의, 혁명 같은 단어들에 담긴 계절과 마음과 사회의 현상을 정의해보고 싶었"던 바람으로 이루어졌음을 말하고 있다. "단식하는 광대같이 말라가면서 응급실에서 배웠던 에포케의 미학이 나를 첫 책으로 이끌었다"[6]는 언급은 그가 실제로 현상학적 태도를 바탕으로 세계를 경험적으로 구성했음을 나타낸다. 그가 선정한 시의 소재들이 비록 '사전' 속의 '언어'에 따른 것이지만 진은영은 그들 언어와 관련한 자신의 경험적 현실에 기반하여 세계의 의미를 밝히려 함에 따라 스스로 닫힌 언어 체계로부터 벗어나 열린 세계로 자신을 위치시키고 있음을 알 수 있다. 그에게 경험적 현상에 다가가는 일은 세계의 존재를 드러내는 일이자 그들을 향한 지향적 관계 속에서 자아의 존재성을 확립하는 일에 해당된다. 진은영은 그러한 작업을 하는 자를 '시인'이라고 규정하고 있다.[7]

6   진은영, 「[책&생각] 스물일곱 내내 아팠습니다, 그리고 20년」, 한겨레, 2023.3.3.
7   진은영의 「일곱 개의 단어로 된 사전」은 '봄', '슬픔', '자본주의', '문학', '시인의 독백', '혁명', '시'라는 일곱 개의 단어를 중심으로 한 그의 의식 현상을 제시하는 형태로 이루어져 있다. 이외에 「어느 눈 오는 날」을 통해 시 창작에 있어서의 진은영의 현상학적 태도를 확인할 수 있다.
        "나
    나
        나

현대시의 두 갈래의 흐름과 AI 시대 시의 미래

시가 언어 체계 내에서 발현되는 것이 아니라 경험적 현실 속에서 그것들의 현상을 인식하면서 발생한다고 할 때 언어는 세계에 최대한 가까이 다가가 세계와 하나 됨을 추구하는 성질을 지니게 된다. 이때의 언어는 사물 세계와 분리된 독립된 체계 내의 것이 아닌 사물과 어우러지는 그것이 된다. 이는 "언어는 존재를 드러낸다"고 하는 하이데거의 명제와도 관련된다. 1960년대 오늘날과 같은 난해시를 쓰다가 절필한 후 2000년대 재등단한 위선환은 "언어와 사물은 하나"라는 명제를 내세우고 있거니와, 이는 언어의 자율성 아래 주체의 해체를 감행했던 포스트모던의 기획과 대척점에서 의미 담지체로서의 언어의 기능과 주체의 능동적 역할을 옹호하는 태도라 할 수 있다. 또한 그는 언어가 사물의 "'온갖' 것과 '모든' 것을 드러내는 능력"[8]을 발휘해야 한다고 하면서 시가 다루어야 하는 모든 경험적 생활 세계들을 제시하고 있다.[9] 그가 다루고자 하는 세계는 인간의 내적이고 외적인 모든 생활상과 그것을 표현하는 언어의 양태까지도 포괄하고 있으며, 위선환은 그러한 생활상에 기반하여 그가 궁극적으로 도달하고자 하는 지점이 삶의 구원에 다름 아니라는 사실을 보여주고 있다.[10]

나/는 공사판으로 내려온 눈송이/한 일이라곤 증발하는 것뿐이었다.//다른 눈송이들이 인부의 어깨를/적시는 동안 다른/눈송이들이 거리를 덧칠하는 동안/다른 눈송이들이 아이들의 다리를 흔드는 동안//한 일이라곤 증발하는 일./낼름거리는 불꽃의 드럼통 속으로"(진은영, 「어느 눈 오는 날」 전문)

8 김선욱, 「위선환 시인─시(詩)산문집 『비늘들』 출간」, 장흥투데이, 2022.4.6.
9 위선환이 시에서 다루어져야 한다고 말하는 온갖 생활 세계들은 그의 장시 「순례의 해」에 잘 나타나 있다.
10 2020년에 발표된 위선환의 시에서도 그의 시에 대한 이러한 관점을 확인할 수 있다.
"모든 음악에 비가 내린다 구부려서, 다 저문 날에야 비가 멎었고 그 이래로/나는/등 뒤가 어둡다/대지는 건조하고 바람 냄새가 난다 구부려서, 발톱이 갈라지고 발가락 사이에 티눈이 자란다//산 너머 날아가는 목 긴 새의 목 잠긴 울음소리를 듣는다 구부려서, 산그늘에/가뭇가뭇 나비가 난다//긴 강의 여러 굽이에 은빛 비늘이 돋았다 나는 꿇고 주먹 쥐어

이들 시인들이 추구하는 바와 같은 구체적 생활 세계에 대한 현상학적 접근의 태도는 오늘날 우리에게 중요한 관점을 제공한다. 그것은 기존의 포스트모던 언어 철학을 넘어서 있는 것일 뿐만 아니라 AI의 시대의 시 창작의 방향이 어떠해야 하는가에 대해서도 말해주고 있기 때문이다. AI는 인간이 아닌 기계이면서도 인간과 같은 양상을 내보이는 기이한 존재다. 또한 그것은 부재하면서도 인간처럼 정보를 생산할 수 있는 오묘한 존재다. AI는 허구적 존재이면서도 인공지능을 탑재함으로써 실제로 살아 있는 인간과 같은 존재성을 드러내는 것이다. AI의 이러한 기괴성은 오늘날 인간과의 공존 여부를 의심케 하며 우리의 인식의 틀마저 뒤흔들고 있다. 그들이 나타내는 현상은 그들이 실제임을 말해주는가 혹은 허구임을 가리키는가?

오늘날 AI산업 가운데 가장 주목받고 있는 오픈AI의 생성형 ChatGPT는 전문가 못지않은 정보를 생산한다는 점에서 놀라움을 주고 있다. 그것은 법률, 경제 등의 분야에서 전문적 자문을 제공할 수 있을 뿐 아니라 시나 소설, 영화와 같은 예술 분야에서도 작품 생산 능력을 보여준다. 물론 시에서의 AI의 활용도는 경제성의 측면에서 볼 때 그다지 높지 않을 것으로 보인다. 그러나 실제로 AI의 창작이 가능하며 그것이 인간의 창작에 버금갈 정도로 활성화된다고 가정할 때 이들과 인간의 차별성은 어떻게 보장할 수 있을까 하는 것이다. 그것은 결국 AI와 구분되는 인간의 인간적 특성, 몸과 영혼을 가진 인간으로서의 인간의 지각능력에 의해 가능해지는 것이 아닐까. 실제 경험 세계 속에서 이루어지는 인간의 지각 현상은 오직 주어진 데이터의 양적 기반 속

무릎에 얹고/구부려서,/이름을 부른다//등불 들어 제 주검을 비춰보는 사람이 있다 구부려서, 숲이 해묵고 땅이 기운 날에/세워둔 돌이/또/넘어진다//여기와 저기가 낮익고 낡고 티끌들이 난다 구부려서, 등 기대고 오래 숙인 목덜미에/먼지가 쌓인다//밤에 하늘에서 전갈좌가 빛난다 구부려서, 북한강에 잠긴 별자리가 소란하므로/한 사람은 허리 꺾고/아직/들여다보므로"(위선환, 「시간 구부리기」 전문)

에서 평균적으로 형성되는 AI의 창조물과 구별된다. AI의 정보 생산은 스스로 현실 세계와의 부딪힘 속에서가 아니라 주어진 데이터 체계 속에서의 축적된 데이터의 양에 따라 이루어지는 것이다. 즉 인간과 AI 사이엔 '몸'이라는 지각의 계기가 가로놓여 있다. 세계의 현상을 대하는 지각의 주체로서의 인간은 몸의 부재로 인해 정보의 지적 처리만 가능한 AI와 달리 세계의 현상을 느끼고 체험하고 깨닫고 상상하는 존재에 해당한다고 하겠다. 또한 '몸'의 주체는 살아 있는 생명 에너지를 품고 있는 존재이자 그로 인한 영혼을 지닌 존재로서 규정된다. 몸과 영혼을 동원한 시 창작이야말로 미래적 시가 아닐 수 없음을 확인하게 하는 대목이다.

4. AI시대 시의 미래와 의의

세계에 대한 현상학적 지각으로 이루어진 시는 언어의 자율적 질서 속에서 쓰여지는 것이 아닌 대신 전통적 서정시와 시적 원리를 공유한다. 세계 속에서의 경험에 기반하여 그로부터 환기된 주관적 정서를 표현하는 서정시는 철학의 갈래상 대륙의 경험주의 철학에 근거를 두고 있다. 그러나 그것이 시적 표현에서의 고정성을 강조하는 것은 아니다. 세계의 현상에 다가가는 지각의 언어는 세계가 품고 있는 본질의 층들과 그것을 향한 주체의 의식의 층들과 그 구조를 함께한다. 세계의 본질을 지각하는 체험의 주체는 반복되는 체험의 차이성과 이질성을 고스란히 지각의 내용으로 품는 동시에 이를 복합적이고도 정교한 지각의 형식으로써 전유하게 된다. 세계에 대한 체험과 동일하게 이루어지는 언어는 지각의 구조와 깊이를 공유한다. 이로써 언어는 언어를 위한 언어가 아니라 세계를 위한 언어이자 존재를 위한 언어가 된다. 언어는 세계의 질감과 무게를 드러내는 동시에 존재의 깊이와 양태를 드러내게 될 것이다.

이는 시와 언어가 그 무엇에 갇히거나 구속당하는 것이 아니라 온전히 세계를 향해 열려 있음을 의미한다. 시는 그 무엇에 의해서 구획되거나 의도되는 것이 아니라 오직 존재와 세계의 있는 그대로의 사태에 의해 현상하게 될 것이다. 시적 언어는 일정한 고정관념에 의해 빚어지는 것이 아니라 세계에 대한 지각의 사태를 온전히 드러내는 데 기여할 것이다. 세계가 무한한 층위와 시간을 함축하고 있는 것처럼 지각의 사태 역시 그러하다. 언어가 무한히 다채로울 수 있는 것도 이에 기인한다. 시적 언어는 모든 고정된 틀로부터의 자유를 누릴 수 있는 것이다. 세계를 향해 개방된 언어는 그것이 세계의 실상을 드러내고 있는 한 어떠한 형태도 용인되는 자유의 그것이 될 것이다. 그러나 그러한 자유의 언어에는 세계가 품고 있는 진리와 본질이 가로놓여 있게 될 것임은 물론이다. 또한 그것이 시적이거나 비시적인, 혹은 공감을 극대화하거나 그렇지 않은 구별은 여전히 남게 될 것이다.

강릉 지역 여성시의 어제와 오늘

1. 강릉 지역의 장소성(場所性)에 대하여

삶의 체험에 대한 기록인 문학은 주체의 삶의 터전으로서의 장소를 기반으로 형성된다. 장소는 단순한 배경이나 공간에 그치는 것이 아니라 주체의 정신의 근간이 되고 역사를 기억하는 바탕이 된다. 이는 장소에 놓임으로써 주체가 단지 개인적 존재가 아닌 통시대적 집단의 일부가 됨을 의미한다. 즉 주체는 자신이 살아가는 지역의 장소성(場所性)으로 인해 현재에뿐만이 아닌 과거와의 연속성 위에서 자신의 정체성을 형성하게 된다.

강릉 지역의 여성시를 말할 때 고려해야 할 점은 바로 이러한 강릉의 장소성이다. 장소성은 자연환경과 문화의 특성을 포함한 강릉의 역사성 전체와 관련되는 것으로서, 강릉이라는 장소가 배태한 삶의 특질은 강릉 여성들의 의식의 특수성을 형성하며 나아가 강릉 지역 여성시의 성격을 규정한다.

자연환경적으로 볼 때 강릉은 매우 특수한 곳이다. 대관령으로 상징되는 험준한 산맥에 의해 중앙과 분리되었으며 영동의 중심지로서의 기능을 해왔다는 점에서 강릉은 고유한 문화를 형성하게 된다. 강릉을 둘러싼 산과 바다의 아름다움과 위협성, 그리고 상대적 독립성은 강릉 지역민들을 강인하고도 기품 있게 이끄는 데 기여하였다. 환경의 척박함과 대결하며 독자적으로 생

제1부 시의 외연의 넓이

존을 모색해야 했던 강릉 지역민들은 상대적으로 중앙에 얽매이지 않는 주체성을 가지고 고유의 전통을 가꾸어온 것이다.

강릉의 문화적 전통 역시 매우 견고하다. 흔히 강릉이 문향(文鄕)과 예향(藝鄕)으로 일컬어지는 데는 강릉을 대표하는 인물들과 학문을 숭상하였던 전통에 따른다. 조선 최고의 유학자인 율곡 이이와 문벌가였음에도 개혁적 사상가였던 교산 허균은 강릉의 정신적 지주가 되어왔다 해도 과언이 아니다. 허균은 그를 비롯하여 집안 전체가 당대의 문장가들이었으며 그중 누이 허난설헌은 조선시대 여성이 처했던 조건을 뛰어넘어 인근 국가에까지 이름을 떨친 천재적 문인이었다. 신사임당과 더불어 조선시대의 가장 대표적 여성인사라 할 수 있는 허난설헌은 가부장제하의 모성성으로서가 아닌 시적 재능을 통해 당당히 여성의 주체성을 실현한 인물이라는 점에서 오늘날 여성들의 모델이 되기에 충분하다.

실제로 강릉의 여성 시인들에게 허난설헌은 강릉의 장소성과 관련하여 빼놓을 수 없는 존재다. 조선시대 여성 시인들은 다수가 있었지만 정통 사대부가의 여성 시인은 난설헌이 거의 유일했으며 그 명성은 국내에 한정된 것이 아니라 중국과 일본 등 주변국에 퍼진 것이었기에 난설헌은 더욱 주목할 만하다. 뛰어난 재능으로 천여 편에 이르는 작품을 썼고 문집까지 발간한 난설헌은 여성을 극도로 억압했던 시대에 그에 도전했던 강인한 인물이라 하겠다. 난설헌의 이러한 성격은 강릉의 여성 시인에게 강한 자부심이 된다는 것을 알 수 있다. 이는 강릉의 여성 시인들과 관련한 장소성을 논할 때 강릉의 자연환경 및 문향(文香)의 전통과 아울러 난설헌이라는 걸출한 인물을 함께 포괄해야 함을 의미한다.

이에 따라 강릉 지역 여성 시인의 과거와 현재를 고찰하고자 하는 본고에서는 허난설헌을 비롯하여 현대의 세 명의 여성 시인을 다루고자 한다. 난설헌이 과거의 여성 시인에 해당한다면 현재의 여성 시인은 현대 문인 중 강릉 지역에서 활동한 여성들로서, 본고는 강릉 지역 1세대 여성 시인이라 할 수 있는 함혜련과 그 이후 세대인 구영주와 심재교의 시를 살펴볼 것이다. 이들 네 명의 시인들은 강릉이라는 장소성을 공유하는 인물들이자 여성으로서의 자의식을 가지고 자신의 독자적 시세계를 구축하였다는 점에서 공통점을 지닌다. 이 중 구영주는 허난설헌문학상을 수상했을 뿐만 아니라 새로이 제정된 난설헌시문학상의 제1회 수상자이며, 심재교는 2020년 제8회 난설헌시문학상 수상자로 선정되었음을 볼 때 모두 허난설헌의 명맥을 잇고 있다 하겠다. 특히 심재교는 지금도 활발히 활동하고 있는 중견 시인으로서 강릉 여성 시인의 현재의 모습을 고스란히 보여주고 있음을 알 수 있다.

2. 가부장적 유교사회에서의 여성의 자아실현, 허난설헌

허난설헌(1563~1589)은 조선 중기 선조(宣祖) 때의 인물로서 양천 허씨 아버지 초당 허엽과 강릉 김씨 어머니 사이에서 태어난 명문 집안의 후예다. 난설헌의 아명은 초희(楚姬)이며 이복 형제들을 제외하더라도 위로 하곡 허봉과 아래로 교산 허균이 있었다. 강릉에서 형제들과 함께 보냈던 유년 시절은 난설헌의 생애 중 가장 행복했던 시기에 해당한다. 오빠 하곡은 여성들에게 정식으로 글을 가르치지 않던 관습 속에서도 난설헌을 허균과 함께 공부하게 함으로써 난설헌의 시재(詩才)를 틔우게 된다. 아버지 허엽과 이복 오빠 허성, 허봉, 그리고 동생 허균과 함께 허씨5문장가 중 하나로 꼽히는 난설헌은 일곱 살 때부터 27세로 죽기까지 천여 편에 걸친 많은 시를 짓게 된다. 난설헌의 유언대로 이들 시가 불태워졌지만 이를 안타까워한 허균이 213수를 엮어 『난설헌집』을 간행함에 따라 난설헌의 이름은 후대에 전해지게 되었다.[1]

---

1   난설헌의 생애에 대해서는 장정룡, 『허난설헌 평전』, 새문사, 2007, 32~122쪽 참조.

난설헌은 유복한 유년 시절을 보냈지만 결혼을 계기로 불행해진다. 15세 때 안동 김씨 명문가의 김성립과 혼인을 한 난설헌은 밖으로만 돌던 김성립과 부부간의 정이 좋지 못했고 연이어 두 아이를 돌림병으로 잃게 되었으며 시어머니와도 사이가 좋지 못하였다. 아이를 낳아 기르는 것이 여성의 유일한 존재 이유였던 당시의 가부장적 관습 속에서 난설헌은 설 자리를 잃고 고독한 세월을 보내게 된다. 더욱이 이 시기 친정이 연이어 화를 당하게 됨에 따라 난설헌은 매우 큰 곤경에 처한다. 아이를 잃은 비통함과 외로움, 그리고 시집살이의 고통을 겪으며 난설헌은 결국 27세라는 젊은 나이에 생을 마감하게 된다. 장정룡은 이 시기를 '정한의 낙화기'[2]로 표현하고 있다.

느낀 대로 — 感遇 四首[3]

1.
쭉쭉 자란 창가의 난초
가지와 잎새에 향기 그윽하네
가을 바람 한 번 불어 제치니
가을 찬서리에 떨어져 슬프구나
빼어난 자태 마르고 파리하나
맑은 향기 끝내 가시지 않아
너를 보는 내 마음 서글퍼져
눈물이 옷소매를 적시누나
盈盈窓下蘭 枝葉何芬芳
西風一披拂 零落悲秋霜
秀色縱凋悴 清香終不死

---

2   위의 책, 103쪽.
3   시 인용은 김명희, 『허난설헌의 시문학』, 국학자료원, 2013, 22~29쪽에 따름.

感物傷我心·涕淚沾衣袂

2.

옛집이라 대낮에도 사람이 없고
뽕나무 위에서는 올빼미만 우네
이끼는 깨끗한 섬돌에 돋아 있고
참새가 빈 다락에 깃을 치네요
전에는 말과 수레 드나들던 곳이
지금은 여우와 토끼의 소굴 되었네
이제야 달인의 말씀 알겠으니
부귀는 내가 구하는 것이 아니란 것을
古宅晝無人 桑樹鳴鵂鶹
寒苔蔓玉砌 鳥雀棲空樓
向來車馬地 今成狐兎丘
乃知達人言 富貴非吾求

3.

동쪽 집 세도는 불꽃같이 일어
높은 다락에 풍악 소리 일고
북쪽 이웃 가난해 입을 옷 없어
쑥대 집에서 배를 곯고 있네
하루아침에 높은 다락 기울어지니
도리어 북쪽 이웃 부러워하네.
성쇠는 각기 번갈아 드는 것이니
하늘 이치 피하기 어렵고말고
東家勢炎火 高樓歌管起
北隣貧無衣 枵腹蓬門裏
一朝高樓傾 反羨北隣子
盛衰各遞代 難可逃天理

4.
간밤 꿈에 봉래산에 올라
맨발로 갈피룡을 밟았네
선인이 녹색 옥지팡이 짚고
부용봉서 나를 맞아 주었네.
동해물을 내려다보니
맑은 것이 잔 속의 술 같다네
꽃나무 아래서 생황을 부니
달이 황금 술잔에 비추네
夜夢登蓬萊 足躡葛陂龍
仙人綠玉杖 邀我芙蓉峯
下視東海水 澹然若一杯
花下鳳吹笙 月照黃金罍

'감우(感遇)'는 즉흥적으로 짓는 시[4]로서 난설헌은 5언 고시(古詩)의 형식에 맞춰 내면의 서정을 솔직하게 표현하고 있다. 1수(首)는 자신을 "난초"에 비유하여 유복하게 잘 자라 아름답고 향기로우나 시집 온 후 "찬서리를 맞아" 마르고 시들어가고 있음을 한탄하고 있다. 홀로 남겨진 채 고독하게 살아가는 여인의 모습이 잘 그려진 위의 1수는 행복했던 유년시절과 대비되어 난설헌의 쓸쓸한 심회를 고스란히 드러낸다.

1수가 자신의 정서적 상태를 직접적으로 표현하고 있다면 2수는 친정의 몰락을 다루고 있는 대목이다. 동인의 영수로서 정치가의 위세를 떨치던 아버지 허엽은 난설헌이 시집간 후 1580년 63세의 일기로 객사하고 오빠 허봉은 1584년 동서대립의 당파 싸움에서 패하여 갑산에 유배된다. 친정의 가세가 기울어지게 되자 난설헌의 입지가 위축되었음은 물론이다. 2수에 묘사되고

4   위의 책, 23쪽.

있는 집안의 스산한 풍경은 난설헌의 쓸쓸함과 허무감을 표현하고 있다.

2수가 몰락한 집안의 형세를 사실적으로 묘사하고 있는 데 비해 3수는 그에 대한 심회를 다루고 있다. 당파 간 갈등 속에서 흥망의 갈래를 예측할 수 없던 때 한쪽이 흥하면 한쪽은 화를 입고 다른 쪽이 흥하면 또 다른 쪽은 망하는 운명을 겪어야 했다. 영원한 승자도 패자도 없이 성쇠를 반복하는 세태였기에 무상감은 더욱 컸을 터이다. 갈피를 잡을 수 없는 정치적 상황을 가리켜 난설헌은 "불꽃같이 이"는 "동쪽 집 세도"와 "입을 옷 없"이 가난해진 "북쪽 이웃"으로 대비하며 "성쇠는 각기 번갈아 드는 것", "하늘 이치 피하기 어려"운 것이라 말하고 있다.

아버지의 죽음과 두 아이의 죽음와 유산, 그리고 친정 오빠의 유배라는 불행들로 고통스러워하던 난설헌에게 남편과 시어머니는 위로가 아닌 오히려 더 큰 고통을 안겨주던 사람들이었다. 그들은 난설헌이 시를 쓰는 것을 탐탁지 않아 했으며 오히려 난설헌을 시기하고 학대했다. 난설헌이 아이를 잃고 처지가 곤궁해지자 그들의 냉대와 학대는 더욱 극심했을 터이다. 고립무원의 좌절 속에서 난설헌이 기댈 곳은 오직 시쓰기였다는 점을 짐작할 수 있다. 그리고 이때 난설헌의 시는 도교적 신선사상으로 기울어지게 된다. 「감우(感遇)」의 4수에는 이미 선계(仙界)에 의지하는 난설헌의 모습이 나타나 있다.

4수에 등장하는 "봉래산"은 동해에 있다는 전설의 산으로 신선이 기거하는 곳이라 여겨지고 있었다. 난설헌의 시에는 봉황, 부용봉, 서왕모, 청련궁, 선궁, 박산(博山), 봉도(蓬島), 신선 등의 어휘가 자주 등장하는데 이들은 모두 신선사상과 관련되는 비현실적 성격을 띠는 것들이다. 허균과 허봉에게도 나타나는 도교사상은 허엽이 서경덕으로부터 받은 영향에 기인하는 것으로 알려져 있으며, 이들과 마찬가지로 난설헌은 이상화된 신선세계를 통해 현실 세계에서의 구속과 억압을 극복하려 하였다. 난설헌에게 막힘이 없이 자유를 구가할 수 있었던 신선의 모습은 가부장제 속에서 속박되어야 했던 여성으로서의 자신의 모습과 대비되는 것이었다. 난설헌은 신선이라는 이상적이고 환상적 존재를 추구함으로써 자신의 현실적 조건을 넘어서고자 하였음을 알 수 있다.

위 시의 "갈피룡을 밟았네", "선인이 녹색 옥지팡을 짚고" "나를 맞아주었"다는 것은 자신이 신선이 되었음을 의미하거니와, 신선이 된 상태에서 바라다본 세상은 더 이상 "나"를 옭죄는 거대한 굴레로서가 아니라 "동해물"이 "잔 속의 술"처럼 작고 소소한 것으로 여겨지게 되었다. 또한 "달이 황금 술잔에 비추"는 모습은 신선세계의 모든 억압과 모습이 사라진 무릉도원의 상태와 다르지 않은 것이다. 난설헌이 시에서 표현한 이러한 세계는 곧 이상적인 낙원에 해당하는 것으로 이는 신선세계가 안팎의 불행으로 인한 총체적 압박 속에서 난설헌이 유일하게 기대고 희망을 가질 수 있는 세계였음을 말해준다.

위의 난설헌의 시에서 발견할 수 있는 시상의 흐름, 즉 여성적 정한의 표출에서부터 그에 대한 체념적 수용, 나아가 신선세계로의 진입은 난설헌의 여타의 시에서도 드러나는 일반적인 유형에 속한다. 예컨대 난설헌의 「흥에 겨워서 —遣興 八首」에서 역시 전반부에서 자신을 몰라주는 암울한 시대 현실을 한탄하고 있다면 후반부에 이르러 "선인이 채색 봉황새 타고" "밤중에 조원궁을 내려와" "내게 유하주를 마시게 하"고 "나를 부용봉에 오르게 하"는 모습이 그려지고 있다. 난설헌은 "책상머리엔 참동계(參同契)가 있네/연단(鍊丹) 공부 혹시나 이루어지면/돌아가 창오제(蒼梧帝) 배알하리"에서 읽을 수 있듯 실제로 수련을 통해 신선이 될 수 있으리라 믿었던 듯하다. 특히 자신의 신선사상을 집중적으로 드러낸 「遊仙詞」, 즉 「선계를 노니는 노래」 87수는 난설헌에게 신선사상이 어떤 의미를 띠고 있었는지를 말해준다. 난설헌에게 남존여비와 삼종지도로 대표되는 가부장적 현실이 여성이라는 존재 자체를 외면하고 무화시키고자 하였던 모순된 세계였다면 신선세계는 모든 모순과 억압이 해소된 자유로운 이상 세계에 해당되었다. 즉 난설헌에게 신선사상을 추구하는 일은 여성으로서의 자아를 회복하기 위한 유교 사회에 대한 도전이자 저항의 의미를 나타내는 것이었다.

조선시대 억압적 조건 속에서 여성이 고독의 정한(情恨)을 품는 것은 당연하고 드물지 않은 일이었을 것이다. 하지만 난설헌의 경우처럼 사회에서 용납될 수 없던 거대한 사상을 통해 이를 극복하고자 하였다는 점은 난설헌의 기개가 어떠하였는지 짐작하게 해준다. 난설헌은 유교 사상의 맹점을 누구보다도 뚜렷이 인식하고 뼈저리게 경험하고 있었으며 그런 만큼 이로부터 벗어나고자 처절히 몸부림쳤다는 것을 알 수 있다. 시쓰기를 통한 난설헌의 노력은 이상사회 실현을 위해 민본주의 사상을 실천하였던 허균에 비견할 만하다. 비록 난설헌의 실천이 당시 유교 사회를 조금도 변화시키지 못했을지라도 철저한 반여성적 사회 속에서 혼신을 다해 그에 저항했던 난설헌의 정신은 오늘날 우리에게 큰 반향을 일으킨다 하겠다.

3. 자연의 여제사장, 함혜련

함혜련(1931~2005)은 1931년 강릉에서 태어나 1950년대 초반 강릉을 중심으로 결성된 '청포도' 동인에 황금찬, 최인희, 이인수, 김유진과 더불어 참여한다. 그의 등단은 1959년 『문예』를 통해 박목월의 추천으로 이루어지며 1969년 첫 시집 『문안에서』를 시작으로 2002년 『12월이 지나면』에 이르기까지 14권의 시집을 상재한다. 6·25전쟁으로 어둡고 혼란스러웠던 시기에 작품 활동을 시작하여 75세의 일기로 작고하기까지 그는 쉼 없는 창작의 열정을 불태웠다. 황금찬 등과 함께 결성했던 '청포도' 동인은 분단 이후 강릉 지역에서 이루어졌던 최초의 동인회로서 이들이 있었기에 이후 강릉의 지역 문단이 뿌리를 내리고 건실히 성장해올 수 있었다 할 것이다. 그중 여성 시인으로서 유일했던 함혜련은 강릉 지역의 여성 1세대 시인에 해당한다.

함혜련은 2001년 그간의 시작품을 갈무리하여 간행한 『함혜련 시선집』 서문에서 자신의 시들을 "허난설헌이 강릉 바닷가 초당리(草堂理)에서 화관을 쓰고 독방에서 썼던 유선사(游仙詞) 장편연작시의 후편쯤으로 생각한다"고 말하고 있다. 함혜련의 이러한 표사는 그가 난설헌이라는 존재를 어떻게 여기고 있었는지를 잘 말해준다. 강릉의 여성 시인들에게 난설헌은 시 창작의 고된 여정에서 언제나 힘이 되어준 버팀목이었다. 여성 시인이 턱없이 적었던 1950~60년대였음에도 함혜련은 여성으로서의 자의식을 가지고 당당하게 자신의 고유하고도 독창적인 시세계를 펼쳐나갈 수 있었거니와, 여기엔 허난설헌의 존재를 포함하는 강릉 지역의 장소성이 작용하고 있었다고 할 수 있다.

함혜련이 구축한 시적 세계는 그가 보여준 자연에 대한 태도를 통해 확인할 수 있다. 『함혜련 시선집』(2001)의 부제는 '우주를 구성하는 4원소 물 불 땅 공기를 중심으로'이다. 또한 함혜련은 자신에게 찾아왔던 큰 시련을 거치고 난 이후 "다시 내 집을 우주의 안방이 되게 하려고 기왕에 내린 신기(神氣)를 도구 삼아 4원소를 불러들이는 말의 굿을 쳤다"고 하였다. 여기에서 그는 자신의 시가 우주로서의 자연을 품기 위한 일종의 제의에 해당한다는 점을 말하고 있다. 자연에 대한 태도를 나타내는 시인의 이러한 관점은 비단 2000년대 일시적으로 이루어진 것이 아니다. 그것은 그의 시작 활동이 전개되었던 오랜 시간 동안 내내 일관되게 견지되어 왔던 것이다. 실제로 1977년에 발간된 4시집 『강물이 되어 바다가 되어』에 수록된 「여섯 개의 원소」에는 시인의 고백과 일치하는 시적 세계가 형상화되어 있음을 알 수 있다.

> 당신이 아직도 아침 이전일 때
> 삶을 외면한 죽음의 우주 같은 나는
> 슬픔만이 부침(浮沈)하는 불행의 원소로서 굳게 잠겨 있는 창 밖에서 물결쳤다

독립된 영혼의 장막을 드리운 당신이 아직도 육신을 갖지 못한

숙소의 녹슨 자물통을 두드리고 두드리다

완전히 녹아버린 소낙비가 되어

들판을 억수같이 파헤쳤다

내 첫 절망을 묻어버리기 위해

그리고

새로 출발하는 희망의 원소로

완고한 당신의 형식을 갉아먹는 세균

왕성한 번식력의 사랑이 되어

질식한 언어들의 법률을 모조리 멸망시켰다

…(중략)…

당신이 아직도 깊은 잠에 있을 때

하늘 높이 치쌓은 가연성(可燃性) 윤리의 울타리를 사르는 맹렬한 불이 되어

당신을 향해 돌진해 갔다

그 날카로운 불꽃 끝에 맺히는 신비로운 열매를 따내기 위해

슬피 울부짖던 밤짐승의 소리

넋을 잃고 물러앉던 청승맞은 달빛

별빛을 쓸어다가 망각의 구렁 속에 쳐박아버리는

바람을 가슴 속에 끌어안은 나는 지금

어둠을 밀어내고

새로 탄생하는 시간의 원소로서 이제사 당신이 눈뜬 아침

햇빛 충만한 온 몸이 넘실대는 강물이 되어

활짝 열려있는 대지에 파동친다

영혼과 육신을 통합하기 위해

환희와 신선 그 모든 행복의 원소인 당신이

물에 잠겨 찬란히 오늘을 선포할 때 —

　　　　　　　　　　　　　　　　— 함혜련, 「여섯 개의 원소」[5] 부분

5　함혜련, 『함혜련 시 99선』, 선, 2003, 78~80쪽.

　　　　　　　　　　　　　　　제1부　시의 외연의 넓이

함혜련의 위 시는 1970년대 시라는 것이 믿기지 않을 만큼 세련된 언어와 폭발적인 상상력을 보여주고 있다. 들끓는 듯한 열정으로 가득 차 있는 그의 시는 시의 중심에 뜨거운 불길을 품고 있는 듯하다. 당시 여류 시인이라 불렸던 시인들의 조용한 음성에 비하면 함혜련의 언어는 무언가를 향한 절박함으로 거세게 타오르는 듯한 형국이다. 이 속에서 그의 언어는 새로운 지대로 이행하기 위한 매개이자 제물이 된다. 말하자면 함혜련의 언어는 자신의 절실한 간구(懇求)를 실현하기 위해 바쳐지는 희생제물이었던 셈이다. 자신의 언어를 불살라 그가 구하는 그것을 얻고자 하였다는 점에서 함혜련의 "시 쓰는 일은 말의 번제"(「나의 시론을 대신하여」[6])였다고 할 수 있다.

함혜련이 시의 말을 태워 추구하고자 한 일은 "당신"에게 다가가는 것이었다. "당신"은 "죽음의 우주 같은 나" 저편에 "독립된 영혼을 드리운 채" 무심히 혹은 "환희와 신선 그 모든 행복"인 채로 존재한다. 독립되고도 완전하며 동시에 "나"와는 무관한 듯 존재하는 "당신"을 향해 "나"는 맹렬히 "돌진"한다. "나"의 "당신"을 향한 맹목적이다시피 한 의지는 그것을 이룰 때에 비로소 "오만, 이기, 무지"의 나를 "죽이"고 새로운 "나"로 거듭날 수 있다는 데 기인한다. 그것은 "하늘 높이 치쌓은 가연성(可燃性) 윤리의 울타리를 사르는" 것이고 "날카로운 불꽃 끝에 맺히는 신비로운 열매를 따내기 위"한 것이다. 그것은 "새로 탄생하는" 것이며 "당신"이 비로소 "눈 뜨"는 것이다. 그러할 때 "나"는 "햇빛 충만한 온몸이 넘실대는 강물이 되어/활짝 열려 있는 대지에 파동친다".

이토록 '나'에게 환희에 넘치는 생명을 부여하는 '당신'은 무엇일까? 그가 "질식된 언어"를 불사르고 "왕성한 번식력의 사랑"의 언어를 장전할 때 비로소 닿을 수 있을 '당신'은 무엇인가? 혼신을 다해 피워낸 자신의 언어가 제물

6 위의 책, 269쪽.

이 될 때라야 마주할 수 있는 '당신'은 누구인가? 그것에 대해 시인은 이미 답을 제시하고 있거니와 그것은 "우주를 구성하는 4원소 물 불 땅 공기"였다. 우주로서의 자연이 그것이다. 시인의 "내 집을 우주의 안방이 되게 하겠"다는 것은 '나'의 안에 자연을 들이고 내가 곧 자연이 되겠다는 것을 의미한다. 시인이 그토록 갈급하게 구하는 것은 결국 자연과의 합일이었던 셈이다.

우리의 시정시인들은 대부분 자연과의 합일을 추구하는 시를 쓴다. 시인들은 아름다운 시를 고요한 정서로 표현하는 데 익숙하고 우리는 또 그렇게 쓰여진 시를 어렵지 않게 접하게 된다. 그러나 자연과의 합일을 추구하되 함혜련 시인이 제시하는 방식은 아주 다르다는 것을 알 수 있다. 그것은 그가 보여준 길이 대단히 치열하고 실질적이었다는 점에서 그러하다. 그는 자신의 시를 통해 들끓는 "말의 굿"을 펼치고자 하였다. 그는 자신의 언어가 우주에 다다를 수 있도록 끊임없이 무기력한 언어를 길어 올려 그것에 생명을 부여했다. 그가 자신의 시쓰기를 가리켜 '번제(燔祭)'라 한 것도 이와 관련된다. 그의 언어가 제의의 제물이 될 때 그의 언어의 불길이 닿은 지대는 죽음에서 새로운 생성으로 거듭나게 된다. 시인은 이러한 순간을 가리켜 "찬란"하다고 말한다. 자신의 언어를 통해 생기를 잃고 죽어 있던 세상에 생명을 부여할 수 있다면 그때의 언어야말로 희생제물이고 시쓰기는 제의가 될 것이다. 함혜련은 이러한 행위를 자연을 향해 바침으로써 스스로 자연이라는 신과 세상을 이어주는 사제로서 기능한다. 말하자면 함혜련은 자연을 향한 기도의 의식(儀式)을 치렀던 자연의 여제사장이었던 것이다.

4. 고요한 시선의 큰 울림, 구영주

구영주(1944~1999)는 본적이 충남 서천이었고 출생지는 서울이다. 7세 때 6·25전쟁이 일어났고 이때 피난길에 올라 아버지의 고향으로 가게 된다. 여

고를 군산에서 다닐 수 있던 것도 이러한 배경에서다. 결혼과 동시에 강릉으로 오게 된 구영주는 1968년 강릉 MBC의 아나운서로 근무한다. 1979년 『월간문학』으로 등단한 그는 강릉에서 1980년 '해안문학', 1983년 여성시 동인인 '산까치', 1988년 '오죽문학' 등의 동인을 결성하는 데 앞장서면서 왕성한 시작 활동을 하게 된다. 관동대학교와 강릉대학교 대학원을 졸업하고 강릉중학교, 명륜고등학교 등에서 교사로도 근무했던 구영주는 정선 임계고등학교에서 근무하던 중 발병하여 1999년 작고한다. 그는 1996년 허난설헌문학상을 수상하였고, 타계 후 2013년에는 제1회 난설헌시문학상을 수상하게 된다. 그가 상재한 시집은 『마음 준 파도 못잊어요』(1980), 『호미ㅅ날 쟁기ㅅ날』(1981), 『鐘, 그 振動항아리여』(1983), 『산하고도 정이 들면』(1985), 『홀로 뜨는 해』(1988), 『앓는 푸른 숲』(1989), 『아우라지 뱃사공아 배 좀 건네주게』(1996), 『정선 아라리』(1997), 『고귀한 사랑』(1999) 등이 있고 이외에도 세 권의 수필집을 간행하였다.

구영주는 강릉에서 살아가는 동안 강릉의 자연과 문화, 그리고 사람들의 삶의 모습에 대해 많은 관심과 애정을 지니고 있었다. 강릉의 산과 바다, 호수와 풍경, 풍물과 풍습, 그리고 인물들은 빠짐없이 그의 시의 소재가 되었다. 그의 초기 시에서는 이러한 시적 대상들이 주로 회화적으로 묘사되고 있다. 흔히 그녀를 향토적이고 토속적인 시인으로 기억하는 것은 그가 보고 겪었던 풍물과 풍습을 사실적으로 다루었던 데서 기인한다. 그리고 이 점이야말로 구영주가 강릉 지역의 삶에 뿌리내리면서 강릉의 장소성을 그의 시의 기반으로 삼았음을 말해주는 대목이다. 특히 그가 신사임당과 허난설헌을 그리면서 썼던 「강릉의 여류시맥」을 보면 그가 강릉 지역의 장소성에 얼마나 강하게 연관되어 있는지 알 수 있다.

강릉의 장소성에 토대하여 강릉의 여러 면면들을 다루었던 구영주의 시선에는 따뜻한 애정이 가득했다. 그것은 저 높이의 달이 세상의 구석구석을 비

춰주는 모습을 환기했다. 그의 시에서 느껴지는 잔잔함과 그윽함은 아무리
궁벽하게 놓여 있어도 그 어떤 것도 소외시키지 않았던 그의 고요한 눈길에
서 비롯된다. 시를 쓰는 그의 시선은 휘영청 높은 '경포의 달'과 다르지 않았
던 것이다.

    캐고
    캐도
    알 수 없는
    그대 나이는 열 다섯 살.

    온 바다.
    호수.
    우리들 술잔에도 차고
    기울어집니다.

    밤의 주인 만월은
    빽빽한 숲, 늪 언저리를 돌아
    경포로 옵니다.
    나그네처럼.

    신혼의 화안한 가슴에 매다는
    등불을 들고
    신혼마당에 보내고 싶어 안달난,
    신부의 가슴에선 촉광이 더하는 등불.

    한송정 아낙이 방금
    솔잎을 깔고 익혀 낸 살진 보름달은,
    외로운 잎사귀 비비며 서 있는

    제1부 시의 외연의 넓이

옥수수밭에서도 울퉁불퉁 살아갑니다.
그믐에 매어달린 밤에도
꿋꿋이,
은장도 벼리는 기척,
귀를 열고 들으면
옵니다 경포대 호숫가에.

저 평화의 달빛 스물여덟, 아홉 나이는
삶을 터득한 연륜(年輪)
저토록 밝지만 차가운 이지(理智)의
다문 입술.

달의 정령이 떠나보낸 말씀과
대보름밤 횃불이
어둠까지 몰아가서
세상 끝 저승 밖까지 쏟아집니다.
강릉 마을.

— 구영주, 「경포의 달」[7] 전문

    자신의 내면을 드러내기보다 사물의 외적 묘사에 치중했던 구영주의 시적 태도에는 자신을 내세우기보다 주변을 감싸는 온화함이 배어 있다. 이는 시적 대상에 다가가는 그의 균형 잡힌 감각으로 이어진다. 사물을 묘사하는 그의 시선에는 치우침이 없고 그의 시선 밖으로 외면되는 대상 또한 없다. 그는 저 멀리 떨어진 발치에서 모든 대상들을 고르게 호명하였던 것이다. 위의 시는 좀처럼 자신을 드러내지 않았던 시인에 의해 쓰여진 자신에 대한 자화상

---

7   구영주, 『정선 아라리』, 혜진서관, 1997, 88~89쪽.

강릉 지역 여성시의 어제와 오늘

이라 할 수 있다.

위 시에 등장하는 강릉의 바다와 호수, 그리고 "우리들 술잔"에 던져진 시인의 시선은 "경포"에 뜬 "달"의 시선과 포개진다. 위 시의 '경포의 달'은 강릉의 온 데를 빠짐없이 비추며 "빽빽한 숲, 늪 언저리를 돌아" "나그네처럼" 이곳에 당도하는데, 이러한 달의 시선에서 우리는 사물에 다가가는 시인의 시선을 만나게 된다는 것이다. 세상을 비추는 달빛은 부드러우면서 따뜻하다. 그것은 누구도 배제하거나 차별하지 않고 온 천하에 고르게 자신의 빛을 드리운다. 마치 사물을 대하는 시인의 태도처럼 그러하다. 위 시에서 묘사되어 있는 세상에 다가갈 때의 '달'의 설렘은 시를 쓸 때의 시인의 정서와 다르지 않았을 것이다. 구영주 시인에게 강릉의 모든 것들, 강릉의 자연과 풍물, 풍습과 사람들은 그의 시선을 "신혼마당에 보내"듯 드리우고 싶어 "안달난" 시적 대상들에 해당한다. 그가 강릉을 얼마나 사랑했는지 짐작할 수 있는 대목이다. 그는 '경포의 달'이 세상을 비출 때의 설렘과 은은함을 가지고 강릉의 사물들을 시로 표현하였던 것이다.

사물에 다가가는 이러한 따뜻한 마음을 통해 시인은 세상의 모든 대상들과 더불어 존재하기를 바랐다. 그는 "외로운 잎사귀 비비며 서 있는 옥수수밭"에 이르러서는 그 모습대로 "울퉁불퉁 살아가"기를, "그믐에 매어달린 밤에도 꿋꿋이" 건재하기를 바랐다. 강릉에서 살아온 29년의 "연륜(年輪)"에 기대면 그것이 감정에 휘둘리기보다는 "차가운 이지(理智)"에 의해 이룰 수 있는 것이라는 인식도 얻을 수 있었다. 요컨대 위 시에서 삶의 결들을 속속들이 비추며 그것들을 온전히 존재케 하고자 하는 '경포의 달'은 세상을 묘사하는 시인의 균형 잡힌 시선과 그대로 맞닿아 있는 것인 셈이다. 이 점에서 "대보름 밤 횃불이/어둠까지 몰아가서/세상 끝 저승 밖까지 쏟아진"다는 것은 곧 시인의 시적 지향이자 그가 추구했던 시적 기능과 관련된다. '경포의 달'이 세상을 그토록 그윽하고 따뜻하게 비추는 것과 마찬가지로 그는 그의 시 또한 세상에 그리 다가가기를 바랐기 때문이다. 그는 그의 시가 세상의 "어둠까지 몰아가서"는 "세상 끝까지 쏟아"지게 되기를, 그것이 "저승 밖"까지 이르기를 바랐다. 강릉을 비추었던 그의 시가 여전히 따뜻하고 환하게 느껴지는 까닭도 여기에 있다.

구영주는 강릉에서 태어나지는 않았지만 누구보다도 강릉을 사랑하였으며 그에 바탕을 두고 치열하게 시를 써냈다. 강릉은 그에게 시인으로서의 삶을 살도록 이끌어주었고 그 결과는 풍성했다. 안타까운 죽음으로 그의 창작 혼은 멈추었지만 남겨진 그의 시는 '경포의 달'처럼 언제까지고 우리를 비출 것이다.

5. 무한한 자연을 향한 순수의지, 심재교

앞의 두 시인이 작고 시인인 반면 심재교는 지금도 활발히 활동하는 현역 시인이다. 강릉에서 태어나 세종대 국문과를 졸업하고 강릉의 중학교 교사로 근무하며 1990년 『시대문학』으로 등단한 심재교는 등단과 동시에 '시대시', '산까치', '해안문학' 등의 동인으로 활동을 시작한다. 등단한 지 30년이 되는 현재에 이르기까지 그는 『젖은 발이 꿈꾸는 날』(1993), 『다시 젖은 바다로』(1996), 『바다를 품은 꽃』(2001), 『흑백사진의 피사체』(2005), 『통로를 줍다』(2006), 『오월을 걷다』(2015), 시선집 『굽이쳐 흐르는 물의 맑음으로』(2020) 등 다수의 시집을 출간했다. 늦은 나이에 시작(詩作) 활동을 시작했지만 그의 시력(詩歷)은 중단이 없었고 그가 언어를 다루는 솜씨는 무르지 않고 옹골차다. 자연과 어우러져 사는 그의 삶답게 그의 언어는 언제나 맑고 부드러운 동시에 늘 참신한 표정으로 우리에게 다가온다는 것을 알 수 있다. 그의 시는 서정시에 대해 내려지는 최고의 찬사인 '주옥같다'는 말에 덜함이 없을 것이다. 올해(2020) 수상하게 되는 난설헌시문학상은 그의 옹골진 시적 여정에 대한 화답이 될 터이다.

> 거저 얻어진 이름 없지
> 거저 만들어진 길도 없지
> 산중 화전민 집 마당에
> 송아지 산다고 더욱 얕볼 수 없지
> 눈 앞에 솟은 만만한 산에
> 다래덩굴도 만나고 산나리도 만나
> 동해 가운데 산죽 주목도 만나
> 목마른 입김 산안개 마시며
> 물새 멧새 더불어
> 그렇게 즐거울 줄만 알았지
> 불로 지진 돌산 어디
> 기름친 산길이든지
> 　호박엿 이겨붙인 찰흙이든지
> 　미끄러지며 지쳐 멀미진 산길
> 　거저 얻어진 이름 없고
> 　거저 만들어진 산도 없지.
> ― 심재교, 「성인봉(聖人峯) 가는 길 ― 외출 · 11」[8] 전문

　시인의 첫 시집 『젖은 발이 꿈꾸는 날』에 수록된 「외출」 연작시의 열한 번째 시편이다. 시집의 후기에서 말하고 있듯 삶의 터전이 강릉, 춘천의 언저리다 보니 그의 시엔 "바다와 산, 호수 등 자연과 생활의 켜켜에서 표출된 것이 대부분"이고 위의 시도 그중 하나임을 알 수 있다. 위 시에 그려져 있듯 '성인봉(聖人峯)으로 가는 길'은 자연의 호흡처럼 편안하고 경쾌하다. 자연에 대해

8　심재교, 『젖은 발이 꿈꾸는 날』, 도서출판 문단, 1993, 69쪽.

느끼는 이러한 심정은 자연을 사랑하는 시인이 자연에서 경험하는 즐거움에 해당할 텐데, 그렇다면 그는 자연을 얼마나 이해하고 있으며 자연과 얼마만큼 닮아 있는 것일까? 인간은 자연 속에서 얼마나 자연다울 수 있을까. 위 시에 담긴 시적 내용은 바로 이러한 질문 위에 놓여 있다 할 수 있다.

위 시에서 시인은 자연에 관한 그간의 선입견을 수정하면서 자연과 관련한 새로운 깨달음을 제시하고 있다. 자연에 대해 과거에는 그저 즐겁게 노니는 것이라 여겼던 데 비해 '성인봉(聖人峯)'으로 가는 길에서 이러한 견해들이 얼마나 피상적인 것이었는지 알게 되었던 것이다. 대신 자연은 그 어떤 사소한 것이라도 아무런 이유 없이 생겨난 것이 아닌, "거저 얻어진" 것이 아니라는 것이다. 모든 것엔 그럴 만한 근거가 있었고 그러기에 그 어느 것도 "만만"히 볼 수 없다는 것이다.

'성인봉(聖人峯)'으로 가면서 행하였던 시인의 이러한 성찰은 우리에게 인간이 자연과 동일시되는 것의 의미에 대해 반성하게 한다. 우리는 자연을 감상하고 즐기지만 자연의 온전한 스스로 그러함(自然)에는 미치지 못하는 것이 대부분이다. 인간은 자연에 인간중심적 관점에서 그저 편의적으로 다가갈 뿐이다. 시인은 자연과 함께하는 즐거움을 누리는 것 역시 자연의 본질을 이해하는 데엔 부족하다고 말한다. 사실상 자연을 다루는 인간의 대부분의 방식은 인간의 자기중심적이고 왜곡된 인식에 해당된다는 것이다.

자연에 대한 온전한 이해는 인간과 자연 사이의 간격을 좁힐 때 가능할 것인데, 이를 위해 인간이 할 수 있는 최선의 길은 인간의 의식을 끊임없이 수정하는 일이 된다. 산을 오르며 시인에게 불현듯 닥친 성찰은 인간의 입장에서 갖게 마련이었던 자연에 대한 편견들을 깨닫게 하고 이를 재고하게 하며 이를 통해 자신을 자연의 자리에 한 걸음 더 다가가게 한다. 위 시는 그간의 자연에 대한 인간 위주의 인식을 버리고 비로소 자연에 대한 외경의 태도를 갖게 되는 과정을 사실적으로 보여주고 있거니와, 이는 자연을 닮고자 시인이 시도했던 일 행동에 해당됨을 알 수 있다.

> 밤이면 바다는 순종으로 눈발에 젖는다
> 어둠 속의 바다는
> 깜깜한 갈피마다 많은 빛을
> 안으로 살린다
>
> 눈 오는 밤의 잿빛 바람
> 그 정처 알 수 없듯 낱낱의 추억
> 깊숙이 가라앉아
> 흔건한 눈물의 흔적을 떠올릴 수 있겠는가
>
> 흔적 없는 바다의 눈이여
> 그토록 오만하던 낮 동안의 호흡
> 미명의 바다 한가운데
> 내 마음 내 것이 아니듯
> 아무 것도 헤아릴 수 없어라
>
> 눈이 멎어도 망망한
> 바다의 뜻
> 피투성이의 투망인들 어찌
> 무한의 물 속 이야기를
> 온전히 내 것일 수 있게 하랴.

— 심재교, 「내 것이 아니듯」[9] 전문

자연과 어울려 살되 자연의 본질에 다다를 때라야 진정한 합일에 이르렀다 한다면, 이를 위해 인간이 깨달아야 할 의식들엔 어떤 것이 있을까? 많은 경

---

9 심재교, 『다시 젖은 바다로』, 마을, 1996, 20쪽.

우 성현들의 가르침은 이로부터 비롯되어 다양한 사상의 갈래들을 전개하였
으리라. 이러한 사상들이 수없이 제시되었다는 것은 자연의 본질에 다다르는
데 있어서의 인간의 한계를 방증하는 것일 터이다.

이 점에서 볼 때 항상 바다를 보며 생활할 수 있다는 것은 자연의 깊이를
이해하는 데 매우 요긴하게 작용하는 것이 아닐까. 바다는 자연이 지니는 무
한의 깊이를 사실적으로 담고 있다는 점에서 그러하다. 끝도 없는 무한의 형
상을 지닌 채 중단 없이 존재하는 바다는 무한의 시공성을 있는 그대로 보여
주는 실체라 할 수 있다. 강릉 지역에서 빈번히 쓰여지는 바다시는 단순히 소
재적 의미를 지니는 데 국한되는 것이 아니라 바다의 형상을 통해 자연의 정
신을 이해하기 위한 계기로서 의미를 지니는 것이리라. 마찬가지로 심재교는
바다를 통해 자연의 본질에 마주하기를 바란다.

바다에 눈이 내리는 모습을 서경적으로 묘사하는 위 시는 단순히 풍경의
아름다움을 담아내는 데 멈추지 않는다. 완전한 아름다움에는 필경 그에 합
당한 본질이 깃들어 있음을 아는 까닭에 시인은 그에 내재한 진리를 끌어내
고자 한다. 또한 "미명의 바다 한가운데"에서 "아무것도 헤아릴 수 없"는 인
간의 한계를 긍정하는 시인은 망망한 "바다의 뜻" 앞에 겸허히 마음을 고른
다. 실제로 눈이 내려 아름답거나 눈이 멎어 고요하거나에 상관없이, 변함없
이 "망망한 바다"는 인간에게 쉽사리 무한의 깊이를 알게 하지 않는다. "무한
의 물 속 이야기를 온전히 내 것일 수 있게 하"기 위해 "피투성이의 투망"을
던진들 사정은 마찬가지다. 그것이야말로 자연의 본질이고 무한의 실체인 것
이다.

위 시에 그려진 이와 같은 인식은 시인이 일관되게 지녀왔던 자연에 대한
관심에서 비롯된 것이며 위 시는 바다를 통해 자연의 본질을 헤아리고자 하
는 시인의 의지를 나타낸다. 그러나 시인이 언급하고 있듯 인간은 이에 대해
쉽게 답을 얻지 못할 것이다. 자연은 그 자체로 무한한 세계이기 때문이다.

인간이 해야 할 일은 오히려 자연의 무한성 앞에서 인간의 한계를 인정하는 일에 해당될 것이며 동시에 무한으로 펼쳐진 대자연의 모습을 보며 여전히 자연의 정신을 이해하기 위해 쉼 없이 고투하는 일이 될 것이다.

이처럼 심재교 시인은 자연을 둘러싼 자신의 시를 통해 우리에게 자연에 관한 바른 인식을 지닐 것을 촉구한다. 자연과 관련한 시인의 이러한 성찰적 태도야말로 시인의 궤적일 것이며 그가 자연을 향해 드리운 하나의 파장일 것이다.

6. 글을 마치며

지금까지 강릉의 장소성을 토대로 강릉 지역 여성시의 과거와 현재를 조명하고자 하였다. 강릉 지역의 장소적 특수성은 많은 시인들을 배출하기에 매우 좋은 조건일 것이다. 허난설헌과 같은 문인이 탄생할 수 있던 요인에서 역시 강릉의 장소성을 배제할 수 없을 것이다. 이처럼 강릉의 지역적 특성은 강릉 지역 시인들에게 있어 보편적이고도 주요한 위상을 차지한다.

그러나 강릉 지역에서 비롯된 시인들의 시세계가 지역성이라는 조건 속에 함몰된다면 그들의 시는 그들만의 시가 될 것이다. 강릉 지역 시인들이 지역성을 품되 지역성을 넘어서는 시 세계를 구현할 때 그때야말로 우리는 지역이 중심이 되는 탈근대의 기획을 달성할 수 있을 것이다.

지금까지 살펴본 함혜련, 구영주, 심재교의 시세계는 우리에게 이러한 가능성을 보여준다 하겠다. 이들의 시세계는 강릉의 장소성에 입각함으로써 지역성을 뚜렷이 보여주되 동시에 우리 모두가 갈망하는 개성적 시의 일가를 이룬 모습을 담고 있기 때문이다. 함혜련이 보여준 우주의 신을 향한 당당한 여제사장으로서의 모습, 구영주가 보여준 온 세상을 품는 은은한 울림, 심재교가 보여준 무한 세계를 향한 의지는 시인들의 혼신의 힘에 의해 구축된 시의 건축이라 할 수 있다. 이밖에도 수많은 강릉 지역 시인들이 시혼을 불태우고 있거니와 이들 뒤에는 항상 난설헌의 시정신이 있어 이들의 길을 환히 비춰줄 것이다.

제2부

시의 생성의 현장

과잉된 감각적 정보 너머에서 만나는 시적 진리

　인간에게 감각은 세계와 교섭하는 통로가 되지만 인간이 자아를 잃고 혼란에 빠져들게 되는 계기이기도 하다. 감각은 세계에 관한 정보를 가장 일차적으로 제공하면서 인간의 인식의 기반을 이루지만 자아를 압도하는 감각은 오히려 인간이 세계 내에서 길을 잃게 하는 요인이 된다. 이는 감각기관으로부터 시작되는 정보의 흐름에 주목함으로써 그것이 시적 진실에 어떻게 작용하는지 확인할 수 있다는 점을 말해준다.

　여러 감각 가운데 시각(視覺)이 시의 중요한 요소로서 자리 잡던 시대가 있었다. 새로운 문명이 시작되고 세련되고 감각적인 도시 문화가 형성되었던 때 그러한 정보를 가장 민감하게 받아들였던 감각은 시각이었다. 당시 시는 빠르게 변화하는 세계의 외적 정보를 참신한 이미지로써 수용하곤 하였다. 이미지즘이 그것이다. 이미지즘과 마찬가지로 세계를 시(視)감각으로 전유하면서 자아는 대상과 일정한 거리를 유지하였고 그것은 원근법적 시선을 지닌 근대적 주체의 탄생으로 이어질 수 있었다.

　이에 비해 청각(聽覺)은 시각이 자아를 세계와 일정한 거리 아래 위치시킴으로써 자아를 세계로부터 안전하게 분리시키는 것과 다르게 작동한다. 시각이 자아를 세계와 구분 짓고 자아를 대상을 인식하는 주체로 세우는 데 비해 청각은 자아에게 이러한 안전거리를 부여해주지 않는다. 귀를 통해 유입되는 정보는 자아를 대자화시키기보다 즉자화시키는 요인이 된다. 청각적 정보에 대해 자아는 시각적 정보에 의해 유지할 수 있던 거리를 취할 수 없게 된다. 자아는 청각적 정보를 대상화시켜 수용하는 대신 즉각적으로 반응하게 되는 것이다. 강력한 청각적 정보에 자아는 쉽게 피로를 느끼며 그것은 자아를 손쉽게 점령하기 마련이다. 때로 자아는 청각적 정보에 대해 불가항력이라고 느낀다. 청각적 정보는 정보라고 할 수도 없을 정도로 지각의 대상이기 이전에 자아와 세계를 하나의 공간 속으로 밀어 넣는 강력한 힘으로 작용한다.

청각적 정보의 이러함은 시적 진실의 중요한 부분과 관련된다. 시는 청각적 정보에 해당하는 세상의 크나큰 소음을 배제하고 다스림으로써 형성되기 때문이다. 정제된 시는 세계의 소음을 밀어내고 그중 유의미한 청각적 정보를 선별함으로써 이루어진다. 소란스러운 청각적 정보에 휘둘리는 대신 고요하고 질서화된 청각적 정보로 그것들을 대체하면서 자아를 평온의 지대로 나아가도록 이끄는 것이 청각적 정보를 다루는 시의 태도이다. 이것이야말로 혼돈에 처한 세상에서 시가 발휘하는 중요한 기능이라 할 수 있다. 반면 시가 더 이상 이러한 기능을 다하지 못하고 자아가 소음 속에 휘말려버릴 때 자아는 갈 바를 잃은 채 세상 속에서 헤매게 된다.

> 환청이 들리기 시작했어요
>
> 좋다는 병원에 다 가봤어요
> 집도 팔았어요 스무 살 때
> 아버지가 죽었고 어머니는 암을 얻었죠
>
> 시설에 왔어요
> 사람들은 그냥 거기 있으라고 했어요

아침인지 저녁인지 헷갈릴 때가 많았죠

봄의 틈으로 창살이 오고 있었어요

연락처 위에 빨간 줄이 하나씩 지나갔어요
재밌는 것도 불편한 것도 없는데
외박도 하고 싶고 퇴원도 하고 싶은데

왜 이곳이 집이고 찾아올 사람은 없는 걸까요
　　　　　　　— 서연우, 「흑점」(『시와시학』, 2020년 가을호) 부분

　청각적 정보의 원리를 감안할 때 그것은 주체 정립에 기여하는 시각적 정보와 그 성격이 다르다는 것을 알 수 있다. 시각적 정보가 자아가 선별적으로 취하고 버리는 것이 가능한 데 비해 소리는 자아의 선별 여부와 상관없이 무작위로 가해진다. 주어진 공간에 있는 한 자아는 청각적 정보와 자신을 분리시키지 못한다. 일정 공간에서 청각적 정보가 자아에게 가해지는 경우 자아가 그에 대해 수용 여부를 결정한다거나 일정한 거리를 취하는 것은 불가능하다. 이 점에서 청각적 정보는 자아가 그것에 노출되는 것만으로도 자아를 종속시키고 통합시켜버린다고 할 수 있다. 공간으로부터의 이탈 등을 통해 그로부터 적극적으로 벗어나지 않는 한 자아는 소리의 일부가 되면서 소리에 지배당하게 된다.

　사정이 이러하므로 위 시에서처럼 "환청"이 들리는 상황에서 자아가 자신을 지키는 것은 거의 불가능해진다. 일반적으로 자신을 압도하는 청각적 정보가 가해질 때 그 자리를 회피함으로써 자아는 스스로 자신을 지킬 수 있는 일을 할 테지만 '환청'은 어떤 방식으로도 자유로워질 수 없기 때문이다. '환청'은 보통의 청각적 정보와 달리 자아가 할 수 있는 일이 전혀 없는 상황을

만들어버린다. '환청'은 소리의 원인이나 실체를 확인할 수 없는 것이기에 그 것을 벗어나는 일 또한 허용하지 않는 악성(惡性)의 소리에 해당한다.

'환청'의 이러한 성격은 자아를 전적으로 지배하기에 충분하다. 자아는 적을 알지도 보지도 못한 채 그에 무방비로 노출된다 하겠다. '환청'이 지속될 때 자 아는 쉽게 고갈되고 질식당하게 된다. 자아의 무너짐이 시작되는 때가 바로 이 시점이다. 위 시의 시적 자아가 처한 자아상실의 상황이 바로 그것이다.

위 시의 화자는 "환청"의 실체를 알기 위해 "좋다는 병원에 다 가보"지만, 결과는 신통치 않았음을 알 수 있다. "환청"은 화자를 끊임없이 파괴하였고 그는 "환청"과의 싸움에서 끝내 패배하고 만다. 모든 것을 잃고 그가 도달한 곳이 "시설"이라는 점이 그것을 말해준다. "환청"은 그의 정신을 지배하고 그로부터 자유를 앗아가버렸다. 화자는 결국 "시설"에 갇힌 채 세상과 단절 된 삶을 살아야 했던 것이다. 이는 실체를 알 수 없는 소리로 인해 자신을 지 키지 못한 채 세상으로부터 유배당한 자아의 모습을 나타낸다 하겠다.

위의 "환청"에서 확인할 수 있는 청각적 정보의 일방적 성격은 자아가 자 신을 정립시키기 위해 청각적 정보에 어떻게 대처해야 하는지 가늠하게 한 다. 자아를 혼돈에 빠트리고 점령하는 소리의 음험함에 대해 자아는 보다 명 확하게 이해해야 한다. 이 점에서 세상의 소음에 대해 분노하는 것은 지극히 당연한 일이며 자신을 괴롭히는 소리로부터 스스로를 보호하는 일 역시 매우 자연스럽다.

탐욕이 집어삼킨 이 지옥 같은 세상, 새로운 세상을 꿈꾸며 살아가지만 앞이 보이지 않는다. 이 어두운 길목에서 나는 한 길잡이를 만났다. 그는 세상을 향 해 귀를 열어놓고 지구가 앓는 소리를 들었다. 그러나 나는 문명에 길들어 이 어폰으로 귀를 막고 우주를 유영하듯 아름다운 선율에 젖어 있다가 그를 잃고 길도 잃고 말았다. 내가 노래를 듣는 동안 그의 귀에 새들의 울음소리도 풀벌 레 소리도 들리지 않았으리. 내가 부르는 허접한 노래소리도 그에게는 귀를 찢

제2부 시의 생성의 현장

는 소음에 지나지 않았으리. 이 막막함이란! 지옥문 앞에 서있는 듯.
　　　　　— 정희성, 「귀울음[耳鳴] · 2」(『시와시학』, 2020년 가을호) 전문

　　세상의 소리가 자아를 그에 종속시키는 까닭에 위 시의 화자는 "나"의 공
간을 확보하고자 "이어폰"에 의지하고 있다. "이어폰"은 세상으로부터 "나"
를 분리시켜 좁은 공간이나마 "나"를 나 자신으로 존립하도록 돕는 "문명"의
장치이다. "이어폰"을 통해 듣고 싶은 "노래"를 듣고 "아름다운 선율에 젖"음
으로써 "나"는 외부의 소음으로부터 "나"를 안전하게 지킬 수 있게 된다.

　　위 시의 화자가 "이어폰으로 귀를 막"고 의도적으로 "나"를 세계로부터 단
절시키는 것은 자아를 세계에 무차별적으로 귀속시키려는 청각적 정보의 성
격에 기인한다. 즉 화자가 "이어폰"을 고집하는 것은 세계의 소음 속에서
"나"를 유지하려는 노력인 것이다. 도시 한가운데에 놓인 자아가 외부로부터
가해오는 청각적 정보 대신 자신이 선호하는 음악을 듣는 행위는 필연적이고
도 불필요한 도시의 소음으로부터 자신을 지키는 일에 해당한다.

　　그런데 위 시의 화자가 외부로부터 자신을 분리시키는 동안 다른 문제가 발
생한다. 그것은 화자가 외부의 소음으로부터 자신을 보호함에 따라 화자가 세
계의 중요한 정보로부터 역시 차단된다는 점에 있다. "이어폰"을 끼고 화자가
자신만의 공간에 있게 된 순간 화자는 세계 자체로부터 단절되고 고립되는 것
이다. 세상의 소음으로부터 자신을 지키는 것이 불가피하다 할지라도 이러한
상황은 그다지 합당해 보이지 않는다. 더욱이 "나"를 세계와 분리시키면서 이
어폰은 "나"를 매우 심각한 위험에 처하게 할 수도 있다. 어느 날 우연히 만난
"그"가 화자의 의식에 자꾸 떠오르는 것도 이러한 이유 때문이다.

　　화자가 세상을 "탐욕이 집어삼킨 지옥 같은" 곳이라 여기며 세상에 대해
벽을 세운 것과 달리 "그"는 "세상을 향해 귀를 열어놓"은 채 "지구가 앓는
소리를 듣"는 사람이었다. "그"는 화자가 "문명에 길들어" 기계가 들려주는

음악에 몰입해 있는 데 비해 "새들의 울음소리"와 "풀벌레 소리"를 듣고자 하는 인물이다. 이처럼 화자와 달랐던 "그"가 화자에게 매우 이색적이고 낯설게 다가왔음을 짐작할 수 있다. 화자는 "문명"의 "아름다운 선율"을 오히려 "소음"이라 여기며 지구의 소리에 귀 기울이는 "그"에게서 세상을 인도하는 바른 모습을 보게 된다. 위 시의 화자는 "그"를 "어두운 길목에서" 만난 "길잡이"라고 칭하고 있는 것이다.

"그"에 관한 화자의 이러한 인식은 세계와 화자 사이에 놓여 있는 조화롭지 않은 관계를 상기시킨다. 화자가 스스로를 세계로부터 단절시키는 것은 세상을 암울하게 여기는 화자의 관점을 나타낸다. 화자는 "새로운 세상을 꿈꾸며 살아가지만 앞이 보이지 않는다"고 호소한다. 화자가 세계에 대해 느끼는 것은 "지옥문 앞에 서있는 듯"한 "막막"한 감정일 뿐이다. 이러한 인식들은 화자가 "아름다운 선율"이 울리는 자신만의 공간에 놓이는 것이 매우 제한적 즐거움을 제공할 뿐 세계에 관한 관점을 근본적으로 바꾸지 못하였음을 말해준다. 이 같은 화자에 비하면 "지구"의 간절한 목소리를 외면하지 않는 "그"는 세계를 올바르게 이끌 진실한 안내자라 할 수 있을 것이다. 물론 위 시의 화자는 그러한 "그를 잃"음으로써 여전히 절망적인 상황 속에 놓여 있음을 알 수 있다.

> 건강을 찾으러 산에를 와 봤다
> 참꽃 찔레꽃 삘기 송기 딸기 머루 다래 산밤……
> 아잇적의 밥상은 더 풍성해졌는데
>
> 군침 돌지 않았다
> 손이 가지 않았다
> 내 식성(食性) 내 입맛
> 그 허기(虛飢) 시장끼는 어디로 갔나?

제2부 시의 생성의 현장

메아리도 살지 않는 골짜기와 비탈마다
억새꽃만 백기(白旗) 들고
허허옇게 비웃는다.
— 유안진, 「오염」(『시와표현』, 2020년 가을호) 전문

발달한 문명에서 소음은 더욱 거세지고 그러한 소음은 인간에게 커다란 고
통을 야기한다. 그러나 앞서 살펴보았듯 그에 따른 세계로부터의 회피는 세
계와의 단절을 의미할 뿐 문명이 안고 있는 문제를 해소하는 데에는 기여하
지 못한다. 그러한 가운데 오히려 거대한 문명은 자연의 소리를 지배하고 압
도하게 될 것이다. 문명이 진보함에 따라 "지구가 앓는 소리"를 내는 것도 이
때문이다. 문명이 더욱 발달하면 할수록 지구의 건강한 소리는 잦아들어 어
느덧 차가운 침묵만이 남게 될 것이다.

문명으로 오염된 우리의 환경에 대해 조명하고 있는 위 시는 흔히 아름답
고 완전한 세계로 묘사되곤 하는 자연마저 문명의 파괴적인 영향으로부터 벗
어나 있지 않다는 것을 보여줌으로써 지구 오염의 심각성을 드러내고 있다.
자연식으로 대표되는 "딸기 머루 다래 산밤"들조차 "나의 식성"을 자극하지
못하는 현상은 시인이 말하고 있는 "오염"을 단적으로 보여준다. 일견 "아잇
적의 밥상이 더 풍성해졌"지만 그것은 눈으로 보이는 모습일 뿐 실제로 그것
들은 "군침을 돌"게 하지 못한다고 화자는 말한다. 이는 그와 같은 자연식품
들이 실상은 건강하지 못하다는 것을 의미한다. 그것들은 더 이상 자연의 소
리를 내고 있지 못하는 것이다.

위 시의 화자는 어릴 때 즐기던 이런 자연식품들이 "시장끼"를 일으키지
않은 것에 당황한다. 이 같은 상황은 우리가 흔히 "건강을 찾으러 산에" 가는
행동을 무색하게 한다. 화자는 문명의 훼손으로부터 안전하다고 여기는 "산"
마저 오염되었음을 발견하고 이에 대해 탄식한다. "메아리도 살지 않는 골짜

기"는 오염된 산이 더 이상 자연이 내야 할 생생한 소리를 내지 못하고 있다는 사실을 말해준다. 가장 건강해야 할 산이 생기를 잃고 시들해져가는 모습은 문명으로 인한 지구의 오염이 얼마나 심화되어 있는지 단적으로 말해준다. 이는 지구가 병들어 내던 신음 소리마저 사라져 차갑게 죽어 있는 상태에 해당한다. "억새꽃만 백기 들고 히허옇게 비웃는다"는 기괴한 이미지는 문명에 의해 생명력을 상실한 자연의 모습을 선명하게 형상화한다.

산에 가도 자연의 소리를 들을 수 없게 된 현상은 문명 속에서의 인간의 삶의 지침이 완전히 상실되었음을 나타낸다. 침묵하는 자연은 문명 세계로부터 상처 입고 찾아간 인간을 치유해줄 힘을 더 이상 발휘하지 못한다. 이는 우리가 살아가는 세계의 근원마저 문명에 의해 파괴되고 돌이킬 수 없이 훼손되었다는 사실을 말해준다.

청각적 정보가 시각적 정보와 달리 자아를 압도한다는 사실은 그것의 조작 불가능성을 의미한다. 자연에 관한 시각적 정보는 실재와 다르게 대상의 진실을 은폐할 수 있지만 청각적 정보는 그것이 불가능하다. 청각적 정보는 대상의 실재이고 실체인 것이다. 이는 청각적 정보 앞에서 인간이 할 수 있는 선택이 그것을 수용하거나 회피하는 것 둘 중 하나뿐임을 말한다. 그것이 받아들이기 힘든 소음이 될 때 그에 대해 대자화할 수 없는 인간은 그로부터의 도피를 선택한다. 문명이 자연의 소리를 억압하지 말아야 하는 까닭도 여기에 있다. 자연의 소리가 문명의 소음을 능가하지 않는 한 인간의 편안하고 자연스러운 호흡을 기대할 수는 없기 때문이다.

무인도에 가야겠다

아무런 향기도 풍기지 않는 곳

제2부 시의 생성의 현장

바다 내음만 안개처럼 감싸오는 섬

그곳에 갈 때엔
치자나무 한 그루 가져가고 싶다

늦봄부터 피는
백설기처럼 하얀 꽃,
꽃 하나에
노랫말 한 구절씩 되뇌어 보고
이윽고
가슴 속 뼈마디 이내 새끼손가락 크기로 자란
여린 가지들이 있다면

새기고 싶다
가느란 칼금을 그으며 노래하련다

아무렴
치자꽃 향기
저 무량의 바다 너머
아리랑 아리랑 넘어간다
— 박광영, 「치자꽃」(『리토피아』, 2020년 가을호) 전문

   문명에 의해 훼손된 지대가 자연을 포함한 온 세계에 이른다면 문명이 일으키는 소음으로부터 안전한 곳은 결국 "무인도" 정도만 남을 것인가. 문명화된 그 어디에서고 안식과 평화를 일으키는 소리가 존재하지 않을수록 인간은 더욱 문명의 손길이 닿지 않은 원시의 공간을 찾아나설 것이다. 더 깊은 산과 더 먼 바다를 향한 인간의 발걸음은 문명에 의해 실종된 자연의 소리를 찾아가는 인간들의 고된 여정에 해당할 것이다. 위 시의 화자의 "무인도에 가

야겠다"는 결연한 의지 역시 이러한 사정에서 비롯한다.

문명의 흔적이 없는 "무인도"는 소음은커녕 "아무런 향기도 풍기지 않는 곳"이며 존재하는 것이라곤 "바다 내음만 안개처럼 감싸오는" 그런 곳이다. 의도적으로 회피해야 할 대상도 소리의 실체도 없다. 이곳에선 이어폰으로 스스로를 세상과 단절시킬 필요도 없고 죽어버린 자연을 보면서 괴로워할 일도 없다. 이곳이야말로 망망대해에 둘러싸인 원시적 공간인 것이다.

그런데 화자는 이곳에 갈 때 "백설기처럼 하얀 꽃"이 피는 "치자나무 한 그루"를 가져가고 싶다고 말한다. 물론 이는 "치차나무"의 순수성을 상징한다. 그런데 동시에 "치자나무"는 아름다운 "노래"와 관련되기도 한다. 화자가 "치자나무 꽃 하나에" "노랫말 한 구절씩 되뇌어 보"겠다고 말하고 있기 때문이다. 화자의 "노래"에 대한 의지는 매우 강하여 "여린 가지들"에 "새기"며 "가느란 칼금을 그으며 노래하"겠다고 말하고 있다.

시의 이러한 대목은 화자의 순수 자연에 대한 열망을 환기한다. 화자는 "치자나무"를 통해 그 어느 것으로부터도 오염되지 않은 순수하고 아름다운 자연의 소리를 구하고자 한다는 것을 알 수 있다. 그것은 "저 무량의 바다"에 닿아 있는 근원의 소리이자 한 점 티끌도 섞여 있지 않은 순연한 소리로서, 화자는 그 소리가 "바다"와 어우러져 "아리랑 아리랑" 세계를 향해 "넘어가"기를 꿈꾸고 있다.

"무인도"에서 피어났다는 점에서 문명과 무관한 "치자꽃 향기"는 결코 훼손되지 않은 자연의 실체에 해당한다. 그것은 화자의 바람대로 "아리랑"의 선율을 타고 세상으로 확산되어야 할 근원의 소리를 지니고 있다 할 것이거니와, 여기에서 화자가 특히 "치자꽃"에 주목한 것이라든가 사람이 살지 않는 "무인도"를 염두에 둔 것은 자연의 순수성에 대한 그의 지향을 반영하는 것이자 문명에 대한 강한 회의를 보여주는 것이라 할 수 있다.

그렇다면 이처럼 바다 멀리서 "아리랑"의 선율을 타고 세계로 전달되는

76

"치자꽃 향기"는 문명의 파괴성을 넘어설 만큼 강한 것일까. "치자꽃"을 통해 전달되는 "아리랑"의 선율은 문명의 소음을 압도할 만큼 강하여 인간들을 치유하는 근원적 자연의 소리로 작용할 것인가.

> 당신이 보내는 파동은 무한하지 않다 스칠지라도 영혼에 새겨지는 신의 문자 기다린다 당신의 눈동자여 하지만 이 지옥의 섬, 내 흐느낌의 파도는 은표(銀表)처럼 수장(水葬)될 뿐

> 파도라는 천국의 계단은 발 디딜수록 나 심연에 잠겨가므로, 당신이 오리라, 천상으로부터. 폭풍우에서 당신을 사랑하리 울음이 감싸지 않았다면 나 파괴되었으므로

> 당신에게 보일 수 없는 이 어둠의 세계. 유계로 부는 바람에 나 흔들려 우는 것은 한 생(生)이었다 왜 이 아픔 살아야 하나 나의 울음은 지옥을 장식하는 진혼곡일 뿐 스스로를 위한 묘비 세우려지만 단죄로도 떠날 수 없는 이 불멸의 세계

> — 오주리, 「지옥의 섬」(『현대시』, 2020년 10월호) 부분

위 시에서 화자 "나"가 자신이 놓인 자리를 괴로워하면서 이름 붙인 "지옥의 섬"은 단순히 화자 개인의 내적 세계만을 의미하지 않는다. "지옥의 섬"은 "당신이 보내는 파동"이 미약하여 구원을 갈망하듯 "신의 문자"를 기다리는 곳, 항상 "당신이 오"기를 기다리며 "심연에 잠겨가"게 되는 어둠과 유폐의 보편적 세계를 가리킨다. 그것은 구원에 대한 희구 없이는 살아갈 수 없는 암담한 세계이자 하루도 "울음"을 그칠 수 없는 절망의 세계이다. 그곳은 "진혼곡"이 울리는 디스토피아의 세계, 곧 오늘날의 문명의 세계를 가리키는 것이 아닐까.

위 시에서 "당신이 보내는 파동"의 "무한하지 않"음은 "당신"의 실체가 견

고하지 않음을 의미한다. "당신"이라는 존재의 영향력은 화자가 처한 "지옥" 같은 상황을 극복하게 해줄 힘으로 작용할 테지만 상황은 그리 좋지 못하다. 여기에서 "파동"으로서의 "당신"은 자연의 소리일 수도 있을 것이며 실제 그의 "목소리"이거나 혹은 아름다운 "노래"일 수도 있겠다. 이에 비해 "지옥의 섬"은 "울음"으로 채워지는 암울과 혼돈의 장소에 해당한다. 여기엔 자아를 헤어 나오지 못하게 하는 무겁고 끈끈한 공기가 있을 뿐이다. 그러한 곳에서 자아의 외침이나 "흐느낌의 파동"은 공기를 가로질러 선명하게 확장되는 대신 흐느적거리며 흘러내리는 "은표(銀表)처럼" 점액질화된다. "지옥의 섬"은 "나"도 "당신"도 강한 "파동"을 일으킬 수 없도록 공간 전체가 자아를 압도하는 곳이자 그곳으로부터 벗어나고자 하는 어떠한 행동도 "심연으로" 가라앉히는 억압의 장소라 할 수 있다.

"지옥의 섬"은 자신을 둘러싼 환경에 대해 대자화될 수 없는 상황을 나타낸다. 전체적인 압박의 상황에서 자신을 누르는 것의 실체를 확인하는 것 역시 불가능하다. 자아는 스스로 주체로 정립될 수 없으며 세상과의 대결 또한 행할 수 없다. 이는 실체는 보이지 않은 채 '환청'이 지속되어 자아를 어쩌지도 못하게 하는 상황과 다르지 않다. 그곳이 "지옥"으로 불리는 것은 자아가 실체와 겨뤄보지도 못하고 겨뤄볼 수도 없는 데에 있다. 자아가 싸워야 할 대상이 너무 크거나 인식할 수 없을 때 그러하다. 위 시의 화자가 온통 "울음" 과 "흐느낌"으로 이어나가는 것이나 "당신"을 하염없이 꿈꾸는 것 혹은 "신의 문자"를 기다리는 것은 모두 이와 같은 대결 불능의 상황에서 비롯되는 일련의 행동에 해당한다.

'환청'이 될 수도 있고 '오염된 문명'이 될 수도 있으며 혹은 '지옥'이 될 수 있는 이 모든 상황들은 인간의 감각을 점령하면서 인간을 무기력의 나락으로 떨어뜨리는 요인이 된다. 이러한 전면적 압박의 가운데에서 허우적대면서도 인간이 자신을 지킬 수 있는 길은 무엇인가?

스스로 제 의지를 꺾지 않는 한

거칠고 센 머리카락, 주름이 지고 검버섯이 핀 얼굴도

남루한 차림새도

오히려 그 남루한 차림새가, 주름살이

더

살아 있는 눈빛의 후광이 된다

…(중략)…

말은 입으로 하는 것이 아니라 눈빛으로 하는 것이라고 말하는 눈빛은

부끄러움과 존경심을 일깨운다

살아있는 눈빛들의 거처 정신의 설산에서

홀로 맞서는 눈보라

눈보라를 이기고 눈보라를 뚫는

깊고 단단한 응시가 아니라면

저물녘 홀로 산정의 눈보라와 맞서는

눈보라를 이기고 눈보라를 뚫는

그런 눈빛이 아니라면

세상 어둠의 빙벽을 녹이고

새벽의 가슴에 닿지 못하리라

　　　　　　　　— 이승주, 「살아있는 눈빛」(『시와시학』, 2020년 가을호) 부분

　우리가 사는 세상은 감각적 정보를 수용하고 공유함으로써 이루어지지만 그것이 기관이 수용할 수 없을 정도로 넘치는 정보이거나 잘못 제공된 조작된 정보일 경우 이에 대해 대처하는 일 또한 우리의 몫이다. 위 시의 경우 "거칠고 센 머리카락", "남루한 차림새" 등의 시각적 정보로부터 그 너머의 인간의 정신을 발견해내는 일은 외적으로 주어진 정보에 휘말리는 대신 그에 대한 판별을 통해 올바른 인식에 도달하려는 의지에 해당한다. 위 시의 화자는 "남루한 차림새"와 "주름살"을 통해 흔히 대상의 빈한함과 초라함을 인식하는 태도를 넘어서서 그로부터 "살아있는 눈빛"을 발견하라고 촉구한다. 외

적으로 보이는 것은 그저 외면일 뿐 진정한 정보는 대상의 "의지"가 만들어 내는 "눈빛"이라는 것이다. 화자는 외모의 누추함은 하찮음의 표식이 아니라 "살아있는 눈빛의 후광이 된다"고 함으로써 그것이 오히려 살아 있는 정신의 증표임을 제시한다. 즉 시각적 정보는 액면 그대로 수용할 것이 아니라 정신과의 관련 속에서 재구성하여 그 의미를 수용해야 하는 성격의 것이라는 점이다.

화자가 제시하는 감각 기관과 정신 사이의 이러한 굴절의 관계는 "말은 입으로 하는 것이 아니라 눈빛으로 하는 것"이라는 진술에서도 그대로 나타난다. "입"이라는 감각 기관을 통해 발화되는 것임에도 "말"에 대해 이렇게 말하는 것은 화자가 표면적인 것에 앞서 정신의 중요성을 강조하는 대목이라 하겠다. "눈빛"은 의지를 발휘하는 인간의 정신을 나타내거니와 화자는 "입"이 아닌 "눈빛"으로 말할 때야말로 "부끄러움과 존경심"이라는 인간적 정서를 불러일으킨다고 말하고 있다.

위 시의 화자가 제시하는 감각과 정신에 관한 이러한 관점은 정신보다는 감각적 정보를 우선시하는 오늘날의 세태와 정면으로 배치된다. 오늘날 우리의 인식은 감각에 선명하게 포착되는 명백한 정보를 통해 구성될 따름이지 눈에 보이지도 않는 정신을 찾아내어 고려하지는 않기 때문이다. 이는 본질과 현상의 대립 속에서 본질을 절대시하고 현상을 허위정보로 간주하던 과거의 태도와는 매우 다른 것이다. 과거의 경우 '본질'이라 여겨지던 정신적인 것들은 오늘날 감각에 포착되지 않는다 하여 실재하지 않는 것이 되어버린 지 오래다.

사정이 이러하므로 위 시의 화자가 제시하는 감각과 정신을 둘러싼 굴절된 관점은 어쩐지 당연한 듯하면서도 낯설다. 눈에 보이는 것과 입으로 표현된 것들의 일차적 정보를 헤집어 그 속에 감춰진 채 도사리고 있는 "눈빛"을 확인하는 화자의 태도는 진실한 듯하면서도 고루하고 고루한 듯하면서도 진실

제2부 시의 생성의 현장

한 것으로 느껴진다. 어쩌면 감각과 정신 사이의 이러한 전도 현상을 확인하게 되는 것 자체가 현대적 현상이 아닐까. 분명한 것은 오늘날처럼 감각적 정보가 넘쳐나고 그것으로 자아가 분별력을 잃고 나아갈 길을 상실케 되는 세태야말로 위 시의 화자가 제시하는 매우 당연하면서도 '이질적인' 관점이 요구되는 지점이라 하겠다.

이에 따라 감각 너머에서 정신이 발견되었다면 그때의 "살아있는 눈빛"은 세계의 과잉된 정보 앞에서 휘청이고 휘둘리는 대신 그에 "홀로 맞서" "눈보라를 이기고 눈보라를 뚫는/깊고 단단한 응시"를 행할 수 있게 될 것이다. 또한 그것은 그러한 응시를 통해 비로소 "세상 어둠의 빙벽을 녹이고/새벽의 가슴에 닿"을 수 있게 될 것이다. 이는 '환청'의 형태로든 '지옥'의 상황 속에서든 과잉된 감각적 정보에 의해 자아의 붕괴를 경험하는 대신 보다 강한 정신성을 발휘하여 이들에 대처해야 함을 의미한다. 자아를 압도하는 정보의 과잉됨 속에서도 이것이 가능할 수 있는 것은 오직 감각 너머에서의 "눈빛", 즉 살아 있는 정신이 빛날 때에 해당한다.

인간 정신의 가장 일차적인 정보원이자 인식의 기반이 되는 감각이 자아가 세계와 대결하고 세계 속에 자신의 존재를 정립시킬 수 있게 하는 근본 요인이 되는 것은 사실이다. 그러나 외적 정보의 직접적 수용 계기인 감각은 정보 과잉의 상황에서 이를 온전히 수용할 수 없는 지경에 이른다. 이는 감각적 정보에 의한 자아의 잠식이자 지배의 현상으로 나타나게 되고 이 속에서 자아는 자신을 상실하고 붕괴될 위험에 처하게 된다. 이러한 현상은 흔히 오염된 정보가 흘러넘치는 현대 문명 속에서 벌어지거니와 이 같은 상황에서 자아는 병들거나 도피를 선택하기 마련이다.

그러나 오늘날처럼 정보 과잉이 기정사실화되어 있는 시대에 자신과 세계를 지켜야 할 자아가 할 일이 세계로부터의 도피나 상황의 회피가 아니라 그에 맞서는 일이 되는 것 또한 사실이다. 이때 넘치는 감각 정보에 대응하는 것은 감각기관을 통해서가 아니라 감각 너머에 존재하는 정신을 깨움으로써 가능할 것이다. 정신이야말로 감각을 넘어서서 그것을 다스릴 수 있는 강력한 힘이 될 것이기 때문이다. 자아를 혼돈과 무기력에 빠트리는 '환청'과 '오염된 문명', 그리고 '지옥의 섬'에 대항하여 온전히 자아를 지키는 길도 결국 이것이라 할 터이다.

제2부 시의 생성의 현장

도구적 이성의 폭력성에 관한 윤리적 성찰

성숙한 사회의 조건은 무엇인가? 경제가 부유해지고 사회 규모가 커짐에 따라 그에 비례해서 인간관계가 원만해지고 인간 의식이 성숙해지는 것은 아닐 것이다. 흔히 동물의 세계와 인간 사회를 약육강식 원리의 유무를 기준으로 구분하곤 하지만 무한 경쟁의 현대 사회에서 그 외 인간관계를 규정할 수 있는 적절한 원리를 찾기 힘들다. 인간의 삶은 가장 거시적인 차원에서부터 가장 미시적인 차원에 이르기까지의 숱한 층위에서 소위 갑을 간 끝없는 갈등과 다툼 속에 놓이게 마련이다. 어쩌면 사회의 발달과 함께 인간은 이 지배 종속의 피할 수 없는 투쟁의 공간 속에서 가장 합법적으로 혹은 가장 위선적으로 승리하는 법을 학습하게 되는 것인지도 모르겠다. 현대 사회는 이러한 합법적이고 합리적인 지배의 방식을 구축하는 곳으로, 이를 가능하게 하는 것이 있다면 인간의 자기중심적 이성, 즉 도구적 이성이 될 것이다.

도구적 이성은 아도르노의 용어로 비판적 이성과 구별되어 사용된다. 근대 문명의 근간이 된 합리성이 다소 중립적 의미를 띤다면 도구적 이성은 용어 자체에서도 짐작할 수 있듯 부정적 함의를 지닌다. 근대 산업사회에서 물질주의 문명을 이끌었던 도구적 이성은 가치의식을 배제한 채 수단을 절대시하고 유용성을 극대화하는 이성을 가리킨다. 도구적 이성의 주체에게 가장 우선시되는 것은 자기 이익의 보존과 확대이며 이를 추구하는 과정에서 주체는 타자의 고유성과 존엄성을 무시하고 자기를 내세우는 동일성의 사유를 취하게 된다.

아노르노는 주체성을 강조했던 서양문명 전체가 동일성의 사유를 근간으로 형성되었다고 비판하면서 그것의 가장 극단화된 형태로 2차 세계대전을 일으켰던 파시즘을 지목했다. 동일성의 사유에 의하면 타자는 있는 그대로 수용되기보다 주체의 일방적 관점으로 재단되고 귀속된다. 동일성의 사유는 주체의 의식을 강고하게 하지만 타자의 존재성은 철저히 외면된다. 아도르노는 이러한 자기중심적 태도의 동일성의 사유야말로 서양 문명을 지탱해온 이성의 본질이라 여기며 이로 인해 서양의 역사가 세계에 자행해온 폭력을 고발한다. 파시즘에 의한 인종 학살은 그중 대표적 사례다.

타자를 억압하는 동일성의 사유에 대한 비판적 인식은 오늘날 문화예술에서 타자 지향적 태도를 불러일으켰다. 포스트모더니즘과 해체적 사유 역시 그러한 경향을 반영하는 현상이다. 오늘날의 문화는 이성주의에 의해 소외되었던 타자들을 복권시키는 흐름에 있다 해도 틀리지 않다. 무의식을 통한 의식의 파괴, 일상성에 의한 추상성의 균열, 소수자들의 자기실현 의지 등이 모두 그것이다. 즉 최근의 문화예술에서의 소위 타자 지향적 경향은 서양 문명에 대한 비판과 반성의 결과라 할 수 있다.

그러나 건전한 타자 지향성에도 불구하고 그것이 반동일성을 보장하는 것은 아니다. 애초에 아도르노는 동일성의 사유가 자신과 구별되는 차이를 배제하는 데서 비롯되었음을 강조한다. 차이가 자신을 위협하는 불안 요소라는 점에서 그러하다. 차이와 다름이 일으키는 불안은 자아로 하여금 자기 자신을 배타적으로 유지하게 만든다는 것이다. 그러한 불안은 자기의식의 무한 복제를 가져오고 그 과정에서 자아는 또 하나의 견고한 체계를 이룩하게 된다. 이러한 사정은 최초의 반동일성이 어느 시점에서 동일성으로 변질될 수 있음을 경고한다. 언제든 존재하는 타자의 차이와 다름을 밀어낸다면 반동일성은 또 다른 동일성이 될 수 있는 것이리라.

반복을 거듭하며 동일성을 확인하려 하는 데서 우리는 인간이 지닐 수 있는 자기의식의 배타성과 맹목성을 확인할 수 있다. 또한 그것은 타자를 지운 자기의식이 얼마나 편협하고 일방적일 수 있는지를 짐작하게 한다. 이향아의 「책을 덮었다」는 자아의 자기중심적 태도가 타자를 어떻게 추상화시키고 그 폭력성을 입증하는지 잘 보여주고 있다.

> 사람을 죽이고도 '칼로 베었다'고 하였다. 떡을 자르듯, 무를 자르고 두부를 베듯이 베었다고 했다. 나는 읽던 책을 덮었다, 무를 자르듯이 떳떳하게 덮었다.
> 나 살려고 너를 죽이고 내가 살려고 너를 쳐부쉈다는, 지나간 날들을 덮었다
> 제 밥사발에 밥 한 숟갈 보태고, 숟가락질을 더 오래 하려고 목숨을 건 사람들, 이기기만 하면 아름다워지는가, 지는 것은 죄악이고 부끄러운 일인가,
> 나는 오래된 역사책을 덮었다.
> 이긴 자도 진 자도 죽었고, 떳떳한 자도 창피한 자도 죽었다. 그저 단 한 줄 남기고 강풍에 말라서 버스럭거리는 이름, 지나가면 그리워진다는 말도 빈말인가
> 울먹이는 시간을 떠나 책을 덮었다
> — 이향아, 「책을 덮었다」(『시와시학』, 2020년 겨울호) 전문

위 시가 말하고자 하는 것은 극단화된 자기중심적 성향으로서의 인간의 본질에 관한 것이 아닐까? 우리는 타자에 대해 얼마나 책임 있고 수용적인 자세를 지니고 살아가는가? "사람을 죽이고도 '칼로 베었다'고 하"는 것은 인간이 느끼는 자아와 타자 사이의 간격을 통렬하게 말해준다. 인간은 타자가 놓여 있는 실제적 처지보다 자기의식을 절대적으로 중요시하는 속성의 존재다. 타자의 고통과 죽음 따위는 자기의식의 동일성을 교란시키는 데 아무런 영향

력을 행사하지 못한다. 인간의 의식은 이러한 자신의 동일성을 확보하는 데에 최적화되어 있다. 인간은 자신의 동일성을 유지하기 위해 편리하게 사유의 조작을 감행한다. 자아의 자기 보존을 위해 이성은 기꺼이 도구가 된다. "사람을 죽이고도 '칼로 베었다'고 하"는 태도는 타자의 존재를 외면한 채 행사되는 도구적 이성의 냉혹함과 추상성을 잘 보여준다.

도구적 이성은 인간의 자기보존 욕구를 위해 소용되는 수단화된 사유이다. 목적이 놓인 맥락이나 가치를 고려하지 않은 채 발현되는 그것은 오직 자기 존립을 추구하는 데서 비롯한 광적이고 빈곤한 사유라 할 수 있다. "나 살려고 너를 죽이고 내가 살려고 너를 쳐부수"는 인간의 행위를 유발하는 것은 이러한 도구적 이성의 강력한 자기중심성이다. 시인은 우리의 역사 전체가 인간의 이기적 의식들의 각축이었음을 통탄한다. 인간은 "제 밥사발에 한 숟갈 보태고, 숟가락질을 더 오래 하려고 목숨을 건" 존재들인 것이다.

사정이 이러할 때 사회와 역사의 전체 속에서 우리가 인식해야 할 것은 그 속에 가려진 "울먹이는 시간"들일 것이다. 그것은 승자의 웃음 뒤에 가려진 패자의 고통의 모습일 수도 있고 승자와 패자를 양산하는 부조리한 역사의 실상을 가리킬 수도 있다. 이토록 인간 삶이 부조리한 가운데 시인은 사회와 역사를 떠난 삶의 진리 속에서는 "이기는 것"과 "지는 것" 사이에 구분이 없다고 말한다. 이는 타자를 지배하면서 이룩하는 인간의 자기 동일성의 역사가 결코 진정한 승리를 의미하는 것이 아님을 강조하는 대목이다.

위 시는 인간의 자기중심성이 사태의 객관성을 얼마나 심각하게 왜곡할 수 있는지 단적으로 말해주고 있거니와 이처럼 인간이 구축하는 삶이 얼마든지 이기적 동일자와 타자간의 지배종속의 구조로 나타나기 마련이라는 사실은 채선의 「임시 공휴일」에서도 확인할 수 있다.

가파른 층계에 둘러싸인 도시는 파경이 시작되는 끝점이다

제2부 시의 생성의 현장

곧 헤어지게 될 애인들
한껏 부풀린 풍선을 놓쳐버리고
달아나던 풍선이 공중에서 어색해질 때

나는 나에게 사기를 친다

모든 끝에는 시작이 달려있고 다시 반복될 것이다
울지 마라, 울지마
울음이 다 타버릴 때까지

우리가 집착하는 것은 관계에 대한 정의
좋은 놈, 삐딱한 놈, 여차하면 죽일 놈 놈놈놈, 그놈일 뿐
성별을 구별 짓거나
질펀한 욕의 의미를 따지는 일이 중요한 것은 아니지

나처럼 살지 마, 오래전 죽은 엄마가 늙은 엄마에게 부적처럼 남겨둔
울지 마라, 울지 마라
작은 울음이 큰 울음을 서틀게 달래는 이상한 계절이 지나가고
불면에 관여한 모함이 또 다른 쓰임새를 노릴 때면
사라진 입들이 젖은 얼굴로 돌아오네

하품은 울음으로 자라고
야비한 웃음들이 허물을 껴입는 동안
젖은 얼굴 쓰다듬다

나는 나에게 사기를 친다
— 채선, 「임시 공휴일」(『시와함께』, 2020년 겨울호) 전문

도시는 도구적 이성이 만연한 곳이다. 나와 타자의 철저한 분리 속 타자로

부터 침해되지 않을 때 비로소 존립할 수 있는 도시에서 자아의 이기성은 극대화된다. 도시는 합리성을 휘두르며 자아들 간 욕구의 충돌을 방지하고 경제적 유용성을 확보하고자 한다. 때문에 도시의 합목적성에 부응하지 못하는 자들에게 소외는 필연적이다. 인간의 필연적인 도태와 소외가 가장 확실하게 발생하는 곳이 있다면 곧 도시인 셈이다.

도시의 생태가 이와 같다면 이곳에서 살아가는 인간의 의식이 도시의 생리를 재생산하게 될 것임은 자명하다. 도시의 목적성을 복제한 도시인들의 삶은 자기실현을 위한 치열한 투쟁의 연속이라 할 수 있다. 도시인은 도시의 부속품이자 대리인이 되어 도시의 목적을 구현하는 데 소용된다. 도시와 마찬가지로 도시인은 도시답지 않은 타자를 배제하고 지배한다. "가파른 층계에 둘러싸인 도시는 파경이 시작되는 끝점이다"는 효용성을 향해 치닫는 도시의 생리와 비인간적 본질을 암시한다.

위 시에서 형상화하는 도시의 모습은 근대 문명의 그것과 다르지 않다. 근대 자본주의 문명은 무한 반복적으로 근대의 도구적 인간형을 양산하거니와 이 속에서 인간이 경험하는 인간관계와 자아 정체성은 허위와 기만, 즉 "사기"로 가득할 것이다. 문명화된 세계 속에서 사람들이 내보이는 품위 있고 아름다운 모습 이면엔 자기실현을 위한 냉혹한 쟁투가 가로놓여 있다. 그것은 앞서 확인하였던 "나 살려고 너를 죽이고 내가 살려고 너를 쳐부수"는 인간 이성의 이기적 모습과 일치한다. 현대의 인간의 속성이 이러하다는 것을 분명히 알고 있으면서도 이로부터 벗어날 수 없는 자기기만의 상황을 두고 시인은 "나에게 사기를 친다"고 말한다.

시인은 부조리한 도시에서의 인간들의 삶의 부조리함이 결코 특수하거나 예외적인 것이 아닌 보편적인 것이라 여긴다. "성별을 구별 짓거나/질편한 욕의 의미를 따지는 일이 중요한 것은 아닌" 것처럼 그들 사이에 구분을 하는 것조차 무의미한 것이 도시에서의 삶이다. 이곳에서 시적 자아는 맹목적으로 자기실현을 좇는 자의 "모함"으로 "불면"의 고통에서 허우적대면서도 "작은 울음으로 큰 울음을 서툴게 달래"는 "이상한" 시간을 보내야 한다. 이기적인 동일자의 "야비한 웃음" 뒤에서 "울음"에 찬 "젖은 얼굴"을 "쓰다듬"는 최소한의 자기 위안을 건네면서 말이다.

　인간 사회에서 자아의 자기보존을 이루고 타자를 소외시키는 데 주효하게 활용되는 매체 중 가장 대표적인 것은 말이다. 채수옥의 「블랙 아이스」는 인간의 말이 진실성을 상실한 채 사나운 폭력의 도구로 사용되고 있음을 신랄하게 형상화한다.

　　　들어가는 것 말고
　　　나오는 것이 추하고 더러운 입

　　　혓바닥 밑에 끼어 있는 지층사이에서 말들은 얼었다 녹기를 반복하고 내리는 눈송이를 혀로 받아먹으며 우리가 도착한 새벽은

　　　결빙구간

　　　내가 말하는 게 그게 아니라는 말과 표정 위로, 브레이크가 말을 듣지 않는 너의 혀가 달려와 부딪히고 그걸 변명이라고 하는 거냐며 우리는 대화 밖으로 미끄러지고

　　　피가 흐르고
　　　팔다리가 찢겨나가기까지

　　　길 안에 갇혀
　　　진눈깨비에 갇혀

　　　어기적어기적 넘어지고 엉덩방아를 찧으며 그 길을 벗어나려는 사람들이 앰

블런스를 부르고 혀들이 실려 나가고

우리는 누군가의 앞길을 막는 존재가 되고
— 채수옥, 「블랙 아이스」(『시사사』, 2020년 겨울호) 부분

인간의 의식을 전달하는 데 가장 직접적으로 사용되는 매체는 단연 말이거니와, 위 시는 인간의 삶에서 말이 얼마나 중요한 위치를 차지하며 그런 만큼 얼마나 폭력적일 수 있는가를 잘 보여준다. 위 시의 화자에 의하면 말을 내뱉는 기관이라는 점에서 "입"은 "들어가는 것 말고/나오는 것이 추하고 더러운" 통로가 된다. 또한 그것이 보일 듯 보이지 않는 위장된 상태에서 타자를 죽음에 이르게도 할 수 있는 냉혹성을 띤다는 면을 떠올릴 때 말은 "블랙 아이스"로 비유될 만하다. 위 시에서 "블랙 아이스"는 미처 준비할 새도 없이 타자를 파괴하는 "말"과 그 말의 주체들을 가리킨다. "말"은 인간의 세치 "혓바닥 밑에"서 "얼었다 녹기를 반복하"며 타자를 소외시키고 상처 입히고 위협한다.

물론 말은 인간들 사이에서 서로를 이해하고 마음을 나눌 수 있는 매개로 작용할 수 있다. 하지만 인간의 의식이 왜곡되어 있을 때 말은 인간들을 묶어주기보다 그들 사이의 거리를 더욱 벌려놓는다. 이러한 때 진심을 다해 "내가 말하는 게 그게 아니라는 말과 표정"을 보여도 "대화"가 성공적으로 이루어지기는 쉽지 않다. 위 시의 "브레이크가 말을 듣지 않는 너의 혀"에는 견고한 자기중심적인 말로 시적 자아를 위협하는 "너"에 대한 원망과 공포의 심정이 잘 드러나 있다.

"피가 흐르고 팔다리가 찢겨나가"는 정도로 묘사되는 "말"이 주는 상처의 극심함은 인간 사회에서 특정 개인들에게 국한하는 문제가 아닌 보편적이고 반복적인 사태에 해당한다는 점에서 더욱 문제시된다. 어쩌면 "말"이 인간

사이에 놓여 있는 한 세상에서 그것의 폭력성은 영원히 사라지지 않을 것이다. 타자를 외면하고 자신의 이기성을 버리지 않는다면 그의 "말"은 언제든 "누군가의 앞길을 막는" 폭력의 도구가 될 수 있다는 것이다.

타자를 억압하고 파괴하면서까지 자신을 공고히 하려는 인간의 모습엔 자신의 동일성을 잃지 않으려는 인간의 끈질긴 욕망이 가로놓여 있다. 그리고 이러한 자기보존을 위해 인간은 보다 강력히 이성을 발휘해야 한다. 자아는 자신의 옳음을 입증하기 위해 더욱 거침이 없어야 하고 회의나 두려움 없이 세상에 진입해야 한다. 아도르노는 이 과정에서 인간의 이성이 더욱더 공고해졌으며 이와 동시에 이성이 장악할 수 없는 마법과 신비로움이 세계에서 사라졌다고 말하고 있다. 이월춘의 「귀신을 찾습니다」에서 "귀신"은 자기 유지를 위해 오늘날 인간이 보이는 오만함을 환기하는 매개체이다.

> 죽순이 햇대를 지나 초록이 짙은데
> 세상은 쌓인 죄의 손바닥처럼 가볍다
> 전설의 고향이 십 년 전에 문을 닫았지
>
> 삼복에도 텔레비전에서 납량 프로가 없다
> 사람들이 귀신을 무서워하지 않아서란다
> 케이팝이나 미스터트롯에 열광해서겠지
>
> 악인필벌의 회초리가 귀신의 소명이었다면
> 혼이 제거된 몸뚱이에 소비욕만 잔뜩
> 두려운 존재가 없고 거칠 것 없는 세상
> 귀신은 없고 귀신 같은 것들이 넘친다
>
> 눈에 띄지 않고 참 오래 살아왔는데
> 하긴 귀신보다 더 무서운 놈들 하나둘인가

귀신이 곡할 만한 일들이 너무 많다
— 이월춘, 「귀신을 찾습니다」(『시와시학』, 2020년 겨울호) 전문

 "귀신을 찾습니다"라는 말은 터무니없이 들리지만, 위 시는 "귀신"이 제 기능을 하지 못하는 오늘의 세태를 흥미롭게 비판하고 있다. 위 시에서 "귀신"은 화자가 과거에 즐겨 보았던 "전설의 고향"이라는 프로그램에 등장하던 것으로, 이때의 "귀신"은 "악인필벌"을 "소명"으로 하듯 귀신에 대한 두려움을 매개로 사람들이 악을 멀리하고 죄를 짓지 못하도록 강제하는 존재였음을 알 수 있다. 즉 "귀신"은 선악의 가늠자 역할을 하였던 것으로서, 세상 사람들로 하여금 선을 행할 것을 독려하는 장치였던 것이다.
 그러나 "귀신"의 이러한 역할이 어느 순간부터 우리 문화 속에서 사라지게 되었다는 것이 화자가 내린 안타까운 진단이다. 화자는 "귀신"이 오늘날 문화적 장치로 작용하지 않는 것은 더 이상 재미가 없어서, 즉 "사람들이 귀신을 무서워하지 않아서"라는데, 이러한 현상은 우리 문화의 현재에 관해 의미심장한 점을 말해준다. 무엇보다 그것은 인간이 "귀신"으로 대변되는 비합리적인 미신에서 벗어나 합리성을 얻게 됨에 따라 미지의 세계에 대한 근거 없는 공포로부터 자유로워졌음을 의미할 것이다. 하지만 그것은 동시에 양심을 지키며 바르게 살아야 한다고 하는 선을 향한 가치관의 상실을 뜻하기도 한다. 즉 사람들은 "귀신"처럼 보이지 않는 곳에서 자신을 징벌하는 존재가 더 이상 존재하지 않게 되자 악을 행하는 데 거침이 없어지고 자신의 행동에 대해서도 거리낄 것이 없어졌다는 것이다. 화자는 여기에서 "귀신"을 매개로 현대인들의 도덕성의 부재와 가치관의 상실을 읽어낸다.
 한편 화자는 이와 같은 문화 현상의 기저에 "혼이 제거된 몸뚱이에 소비욕만 잔뜩"한 배경이 놓여 있음을 지적하고 있다. "혼이 제거"되고 "소비욕"으로 가득한 인간이란 한마디로 정신 대신 물질에 치우친 인간의 상태를 가리

키는 것으로, 이는 눈으로 볼 수 있는 것만 믿고 감각할 수 있는 것만 진리라 여기는 근대의 합리주의적 인간형과 관련된다. 실제로 근대 문명의 합리적 세계관은 인간의 과학적 인식을 가능케 했지만 이는 상상 가능한 신비의 세계를 배제함으로써 인간의 의식을 편협하고 기계화하는 데 기여하였다. 화자가 말하는 "귀신"을 무서워하지 않게 되면서 악을 꺼리지 않게 되었다는 사태도 사실 인간이 비합리적 신비의 세계에서 벗어나게 된 것과 무관하지 않다고 할 수 있다.

화자의 이러한 언급들은 합리적 세계관에 따른 미신으로부터의 자유가 선(善)의 가치관 상실과 동전의 양면과 같은 사태임을 확인하게 한다. 인간에게 합리주의적 인식의 확장은 선을 향한 지향성을 약화시키게 마련이다. 세계의 합리화가 강화될수록 선악을 논하는 것은 부자연스러워진다. 합리성과 선의 관계를 고려하면 도구적 이성과 인간 소외가 함께 논의되는 것은 지극히 당연한 일일 것이다. 이로써 시인이 제시한 "귀신"은 우리에게 근대 합리주의 세계의 한계와 그것의 극복에 대해 성찰케 한다는 것을 알 수 있다.

합리성의 세계로 인해 보이지 않는 신비의 세계를 배제함으로써 선에 관한 가치관의 혼란을 겪었던 점은 인간에게 아주 큰 손실을 의미한다. 이질적인 것, 낯선 것을 밀어냄으로써 의식의 동일성을 보존하려는 현대인의 편협성에 대해 우리가 제시할 수 있는 것은 합리성에 대한 타자성을 복원시키는 일이 될 것이다. 논리성에 대한 전복, 보이지 않는 세계의 복권, 이질적인 것에 대한 수용 등을 통한 타자성의 회복은 편협한 이성을 극복하는 방편들이다. 구재기의 「금동미륵보살반가사유상」은 우리에게 합리성을 넘어서는 새롭고도 근원적인 인간형을 제시해주고 있다.

저 가슴 속에는
한 가지 깊이가 있어

천만가지 움직임이
살아 숨 쉬고 있는 거야
가슴 밖으로 따로
구할 수 있는 것이 전혀 없어
차마 두 눈 꼭 감을 수 없어
반쯤 벌린 눈,
미소를 안고 있는 게야
텅 비어 있으면 강한 것,
쇠파이프도 속을 비워놓아야
쉽게 부러지거나
휘어지는 일이 없지
그게 강한 부드러움이라는 거야
한 줄기로 자라난
길가의 나무에 바람 지나는데
차별이 있음을 분명히 본다
보이지 않는 바람에
실체가 없는 바람에
미동도 모르던 나무가
잔가지 살랑살랑 흔들어대며
　　　― 구재기, 「금동미륵보살반가사유상」(『시와시학』, 2020년 겨울호) 부분

　'금동미륵보살반가사유상'을 바라보면서 그것의 모습을 묘사하고 있는 위 시에서 화자가 중심적으로 제시하고 부분은 불상의 외양이 아닌 내면적 상태다. 정확히 말하면 얼굴에 드러난 반가사유상의 내적 양상이다.

　인간의 내면은 어떻게 구성되는가? 그것은 이성이나 지성으로 이루어지는 것인가, 아니면 감정이나 무의식으로 이루어지는가? 그것도 아니라면 무의식과 이성의 통합된 상태라 할 수 있는가? 인간의 내면에 대한 규정은 다양한 철학적 갈래를 나타낼 테지만 적어도 위 시는 도구적 이성으로 대변되는

이성 중심의 접근과 전혀 다른 방향을 보여준다는 것을 알 수 있다.

위 시에 등장하는 반가사유상은 차갑고 편협한 모습과 상관없으며 타자를 억압하고 자신을 잃지 않으려 조급해하는 도구적 이성의 모습과도 무관하다. 오히려 반가사유상의 얼굴에 비친 모습은 길이를 알 수 없는 "깊이"를 담고 있으며 모든 다양한 타자들을 품는 듯 "천만가지 움직임이 살아 숨 쉬"는 넉넉함을 지니고 있다. 반가사유상의 모습은 인간의 무한한 무의식과 욕망의 깊이를 함축하는 것이되 그로 인해 분열되거나 그들을 억압하는 대신 그것들을 고요히 응시하는 데서 발휘되는 정신의 깊이와 힘을 나타내는 것이다. "반쯤 벌린 눈"으로 온화하게 짓고 있는 "미소"는 인간을 둘러싼 내적 외적의 갖가지 타자들을 포용하는 반가사유상의 바다와 같은 마음을 드러낸다. 이는 근대의 합리주의적 인간형의 냉정한 모습과 대비되는 부드럽고 따뜻한 성격의 그것이라 할 만하다. "텅 비어 있"음으로써 "강한 것", "속을 비"움으로써 "강한 부드러움"을 지닐 수 있다는 역설적인 표현은 반가사유상의 반합리적인 성격에서 비롯되는 것이다.

마찬가지로 반가사유상이 바라보는 세계는 도구적 이성의 자아가 그러하듯 자기 이익에 관여되는 그러한 세계가 아니다. 그가 응시하는 대상은 사물의 본질적 성격이 소거된 추상화된 상태가 아니라 보이는 것과 보이지 않는 것을 모두 아우르는 사물의 실재적 모습이다. "바람 지나는" "나무"의 모습에서 "차별이 있음을 분명히 본다" 한 것은 사물의 실체를 외면하지 않는 반가사유상의 타자에 관한 태도를 나타내는 대목이다.

금동미륵보살반가사유상을 통해 구현된 인간형은 서구 근대 문명의 전형적 인간상과 매우 다른 것이다. 물질화된 것만을 실재라 믿으며 자기의 이익실현을 위해 살아가는 도구화된 인간에게 세상의 모든 것은 수단이고 방편으로 존재할 뿐인 반면 넉넉한 깊이의 미소를 지닌 반가사유상에게 세상의 존재들은 그 자체로 온당하고 완전한 목적이자 가치라 할 수 있다. 금동미륵보살반가사유상의 얼굴을 보면서 우리가 소외 대신 자유와 안식을 느끼게 되는 이유도 여기에 있을 것이다.

이로써 우리가 지향하는 인간형과 인간관계 양상은 분명해진다. 이는 결국 자아의 타자에 대한 태도에 의해 비롯되는 국면에 해당하거니와, 타자의 실재를 응시하고 그의 고유성을 긍정하는 일이야말로 타자를 도구화시키는 위험으로부터 벗어날 수 있는 첫걸음일 터이다. 또한 그것은 자신을 냉혹한 기계적 인간형으로부터 자유롭게 할 수 있는 길이 될 것이다. 김완하의 「꽃 속」에는 우리가 구하는 자아와 타자 간의 이 같은 관계 양상이 세밀하게 그려져 있다.

> 이 세상 모든 손길이 너에게 와 스밀 때 있다 네게 닿아 여린 빛 내미는 순간 그때 이 세상 모든 것들은 바로 너의 하늘이다 너로 해 아침 이슬 속 더 깊은 바다가 트이고 너로 하여 지난 별빛 창가에 다가와 차갑게 솟는다 모든 건 네 눈망울 속에 더욱 깊다 모든 건한 때 언젠가 너는 떠난다 네가 비운 자리가 빈자리로 가득 찰 때 비로소 이 세상은 다시 문을 민다 눈을 닫아도 열리고 눈망울 잠글수록 더 깊게 풀리는 하늘 네가 떠난 자리 오직 너로 차올라 이 세상 모든 것들은 너에게 와 쏟아진다 새롭게, 새롭게 피어난다
> — 김완하, 「꽃 속」(『시와시학』, 2020년 겨울호) 전문

서양 문명의 주체 중심주의의 폐단에 대해 아도르노가 대안으로 제시한 인식의 방법은 소위 객체 중심주의라 할 만하다. 주체의 이기적 이해관계에 따른 객체의 임의적 지배는 객체 존중의 태도를 취함으로써 극복될 수 있다. 그것은 객체를 사물화하는 대신 객체의 살아 있음을 있는 그대로 드러내는 일을 의미한다. 객체를 주체의 편익에 따라 일방적으로 규정하기보다 주체와 무관한 자리에서 존재하는 객체를 온전히 옹호하는 일은 아도르노가 말한 객체 중심적 미메시스에 의해 가능해진다.

위의 시는 화자에게 포착된 꽃의 외양을 묘사하는 데 주력하지 않는다. 꽃은 주체의 자리에서 주체의 시선의 대상으로만 존재하지 않는다. 위 시에서 꽃은 살아 숨 쉬는 실재이자 시공과 더불어 변화와 운동의 한가운데 놓여 있는 현존재의 그것이다. 위 시에서 묘사되는 꽃은 화자의 시선의 끝에 정물처럼 고정되어 있는 존재가 아니라 시간의 흐름 속에서 자신의 역사를 실현하는 동시에 공간적 점유 속에서 세계와 교류하는 존재에 해당한다. 꽃이 스스로 중심이 되어 세계와 서로 융화할 때 꽃은 "여린 빛"을 내고 우주의 일부가 된다. 그러할 때 꽃은 소외된 개체가 아니라 "하늘"과 "바다"와 "별빛"과 모두 함께 어우러진다. 꽃의 새로운 탄생이 가능한 것도 이러한 상황 속에서다.

이는 꽃을 주체의 관점 아래 대상화시키는 접근을 지양하고 또 다른 주체로 복권시키는 일이라 할 수 있다. 화자에게 자신의 자리에서 현존재로서 생기하는 꽃은 독자적인 자신의 생리를 지닌 이질적 타자다. 화자는 그러한 꽃의 생리를 온전히 드러냄으로써 꽃이 누군가의 세계에 종속되거나 지배되어 있는 것이 아니라 우주의 한가운데에서 또 하나의 세계의 중심으로 자리하고 있음을 보여주고 있다. 또한 이러한 과정 속에서 화자는 꽃을 중심으로 하여 현전하고 있는 세계에 서서히 다가서고 있음을 알 수 있다. 꽃의 세계를 응시하는 동안 화자는 꽃의 아우라에 스며들고 꽃의 세계에 몰입해가는바, 이것이야말로 객체를 중심으로 한 미메시스적 동화라 할 것이다. 요컨대 화자와 꽃의 사이엔 인간을 중심으로 한 지배 종속의 관계가 아닌 인간의 지배성이 탈각된 타자 지향적 동화의 관계가 펼쳐진다 하겠다.

지금까지 도구적 이성 개념을 중심으로 동일자와 타자 간의 문제들을 살펴보았거니와, 동일자와 타자, 주체와 객체에 관한 오랜 논의는 추상적 인식론이기에 앞서 인간의 윤리적 태도를 함의한다. 이미 철학자들의 준엄한 이성 비판이 있었지만 지속되는 문명의 패러다임 속에서 이러한 비판은 여전히 유효하리라. 특히 윤리적 범주를 저버리지 않을 때 이성 비판은 보다 섬세해져야 한다. 윤리의 관점에서 이성 비판은 단순히 주체나 동일자의 '해체'를 겨냥하는 것이 아니라 철저히 주체와 객체, 동일자와 타자, 나와 너 사이에서의 '관계'를 문제 삼게 된다. 근대 물질주의 문명이 존속되고 있으며 여전히 과학기술이 문명을 이끌어가고 있는 오늘날, 우리가 해야 할 일은 주체의 '해체'가 아니라 성찰과 반성으로서의 비판적 실천일 것이다. 또한 이때 비판의 핵심이 되어야 할 것은 오늘날 문명을 이끌어가고 있는 도구적 이성의 윤리적 차원에서의 문제들이다. 문명에 길들여진 우리의 의식이 나를 혹은 타자를 혹은 문화를 문학을 시를 도구화하고 있지는 않은가. 우리는 자신을 포함한 모든 대상들이 그 자체로서의 목적이 아닌 무엇을 위한 수단이 되고 있지 않은지 성찰할 일이다. 아도르노가 말한 비판적 이성의 기능이 아쉬워지는 시대다.

다시 본질로, 삶의 겟세마네 동산에서

시의 현대적 미학은 언어가 갖는 언어 자체의 질료(質料)적이고도 기능적인 요인에 기인할 것이다. 언어가 지니는 물성(物性)은 언어가 스스로 언어를 낳는 부분을 포함한다. 물질로서의 언어에서 언어로 이어지는 말의 연쇄에는 사유라든가 의미의 연결이 필수적이지 않다. 쓰기에 처해 시인은 손끝에서 폭주하는 언어의 힘에 이끌리듯 말의 궤적을 그리게 된다. 말의 연상적 그라마톨로지가 현상하는 지점이다. 그것을 비단 언어의 유희라든가 기표의 연쇄라고 명명하지 않더라도 이는 많은 경우 언어 고유의 질감이 지닌 물성에 기인한다.

이에 비해 언어의 기능성은 상상력의 속성에 따라 양태가 결정된다. 사유의 어떠한 갈래인가 하는 것이다. 상상력에 따른 사유의 지향성은 시의 다양성을 나타낸다. 물론 이것은 시적 담론에만 국한되는 것이 아닌 언어에 의한 모든 담론에 해당할 것이다. 그러나 마치 퍼포먼스처럼 제작되는 시에 이르러서 언어는 질료성과 결부되어 다채로운 언어의 형상을 펼치게 된다. 시가 다른 것이 아닌 언어에 집중해야 하는 이유다.

현대시의 무수한 갈래 역시 이러한 언어의 질료성과 기능성의 차별적 조합에 따른다. 가장 전통적인 시에서부터 가장 현대적인 시에 이르기까지 그러하다. 그러나 그것이 어떠한 조합이든 모든 시의 근거는 시인의 실존이자 삶의 현장이 아닐 수 없다. 따라서 시적 언어를 헤집어 상상력을 발견하는 일은 시의 근원으로서의 시인의 정신을 만나는 길이다. 이는 바꾸어 말하면 시인에게 언어란 반영, 굴절, 혹은 왜곡의 방식을 통해 자신을 투영시키는 매체임을 의미한다. 이때 시인은 어떠한 형태의 언어도 취할 수 있지만 근원이 결여되어 있는 시는 어떠한 방식의 언어라 할지라도 감동을 주기 어렵다.

오늘날의 문화적 현란함 속에서 우리가 유독 시에 귀 기울이는 이유가 있다면 그것은 시가 보여주는 인간과 삶에 대한 성찰에서 비롯할 것이다. 시인은 누구보다도 자신의 실존과 삶의 현장에 대해 뜨겁게 민감하고 정직한 자들이라 할 수 있다. 그들이 지니는 자의식은 삶이 무겁게 느껴지는 이유이기도 하다. 이처럼 삶의 근원에 대한 응시가 자신을 옭아내는 덫이 될 수도 있을 것이나 그것은 또한 언어를 통해 초극되는 기이한 현상을 발생시키는 지점이 된다. 사실상 이와 같은 언어에 의한 신비한 작용이야말로 우리를 전율케 하는 것이며 이것이 곧 우리가 시에서 경험코자 하는 바로 그것이다.

벚꽃이 피고 있다
벚꽃이 지고 있다

이펜하우스아파트 상공으로 대한항공 비행기가 천천히 날아간다 구치소 앞의 현수막이 봄바람에 흔들리고 어린아이의 손을 잡고 현수막 아래로 걸어 들어오는 젊은 여자의 청바지며 해맑은 낯빛

457, 한 사람이 숫자로 호명되고
자신의 죄명조차 모르는 한 젊은이
면회시간을 기다리는
그의 발걸음은 초침과 분침 사이를 숨 가쁘게 오간다
그의 옷차림은 아직 겨울이고

구치소 상공으로 장난감 같은 비행기가 햇빛 속을 날아간다 시시각각 사라
지는 푸른 하늘빛, 457의 손끝이 허우적거린다

구치소 상공을 지나가는 탑승객은
제 마음에 감옥 한 채 지닌 채
창밖을 내다보고

457과 비행기의 13A, 구치소 앞마당의 나, 세 사람이 하나의 풍경 안에 갇혀
있다

내 마음의 감옥을 열면
거기 앉아 있는 얼굴, 낯익은 듯 낯선 수의를 입고 있다

나는 나를 의심하고, 눈앞에 솟은 아파트의 창틀을 의심하고, 오늘처럼 눈부
신 봄날을 의심하고, 룸밀러에 비친 나의 눈을 의심하고

노란 민들레가 잡초들 사이에서 고개를 들고 있다
누군가의 기억에서 떨어진 단추처럼 집 나온 치와와가 노란 향기에 코를 박
고 있다
— 정혜영, 「서울남부구치소」(『예술가』, 2022년 겨울호) 전문

구치소에 수감되어 번호로만 호명되는 "그"는 현존성을 상실한 이를 나타
낸다. 어떤 사연인지 "죄명조차 모르는 그"는 과거와 현재, 인과의 고리로부
터 떨어져 나온 상실된 자아다. 이름도 역사도 지워진 그에게서 확인할 수 있
는 실체는 없다. 그를 규정할 수 있는 것은 지금의 처지 그대로 감옥일 뿐이
다. 분간 없이 영어(囹圄)된 그에게 삶은 "초침과 분침 사이를 숨 가쁘게 오
가"는 초조한 그것일 따름이다. "옷차림"이 "아직 겨울"인 점은 현실로부터
소외된 그의 모습을 뚜렷하게 말해준다. "어린아이의 손을 잡고" 그를 면회

다시 본질로, 삶의 겟세마네 동산에서

온 "젊은 여자"는 그의 소외를 더욱 시리게 한다. 위 시에서 제시되고 있는 그의 실상은 인간이 처할 수 있는 극한의 상황을 가리킨다. 모든 것이 지워져 있고 존재를 증명할 수도 없는 그는 살아 있으되 부재하는 부조리한 삶을 대변한다.

구치소에서 만난 그에 대해서 언급하고 있지만 흥미롭게도 시인이 주목하고 있는 대상은 "457"과 대비되는 "13A"라는 존재를 포함한다. "13A"는 "457"과 달리 자유로운 자아다. 그는 "비행기"를 타고 여행을 하고 있는 "탑승객"이기 때문이다. 여행자인 그는 어찌 보면 일상 가운데 가장 자유로운 상태에 놓여 있는 자라 할 수 있다. 상징적으로 말해서 그는 구속된 "457"의 대척점에 있는 자이다. 그럼에도 시인은 "457"과 "13A"를 동일한 성격의 존재로 보고 있다. "13A"라는 익명으로서의 명명이 그 점을 짐작하게 한다. 시인의 눈에 둘은 본질적으로 같다. 그리고 그 동질성에 화자인 "나"도 합류한다.

이러한 시인의 관점에는 삶에 대한 특수한 인식이 담겨 있다. 그것은 삶의 보편적 비극성을 나타낸다. 그것이 외적인 것이 되었든 내적인 것이 되었든 인간은 본질적으로 모두 구속된 존재라는 것이다. 여기에는 다른 어떠한 조건도 크게 작용하지 못한다. 그가 아무리 영화를 누리며 부귀롭게 살지라도 상황은 마찬가지다. 위 시에서 이러한 인간의 동질성에 비해 이질적인 것으로 그려지는 것이 있다면 그것은 "벚꽃"이다. 위 시에서 "벚꽃"은 "피고" "지"기를 무심히 반복하면서 유한하고 구속되어 인간의 모습과 대조적인 모습을 보이고 있기 때문이다. "벚꽃"은 "잡초들 사이에서 고개를 들고 있"는 "민들레"만큼이나 영원하게 느껴진다.

"벚꽃"은 극한의 부조리를 짊어지고 사는 인간의 배경에 놓이면서 인간과 대비되는 타자성을 나타낸다. 자연의 영원성을 환기하는 그것은 인간의 찌들린 삶의 모습에 비해 안정되고 안전하며 평화로운 이미지를 나타낸다. 그러한 이미지들은 곧 합리성이고 영원성이며 초월성의 그것이다. 이 점에서 자연은 신의 대리물이라 해도 무방하다. 그것은 곧 자유의 모습인 것이다. 그러한 자연의 실체가 지척에 있음에도 인간은 그것과의 간격을 좁히지 못한 채 살아간다. 자연은 인간에게 절대타자이고 인간은 자연과의 이질성으로부터 한 치도 벗어나지 못하는 것이다. 인간이 꿈꿀 수 있는 "눈부신 봄날"은 인간의 비극을 해소시켜 주기보다는 오히려 그것을 부각하는 서글픈 장치에 해당할 뿐이다. 요컨대 위 시는 '서울남부구치소'에 갇힌 부조리한 존재를 통해 인간의 본질을 직시하게 함으로써 이에 대한 초극의 관점을 마련하고 있다.

> 한지에 먹물로 남은 이름이 齋를 올리는 대웅전 처마에 매달려 있습니다. 바람이 불어오더니 종이가 나뭇잎처럼 흔들리고 잿빛 하늘을 울리던 북소리는 나를 부르던 당신의 마지막 음성처럼 들립니다.
>
> 노을처럼 붉은 가사를 입은 스님은 엎어 놓으면 하늘이요 젖혀 놓으면 땅이라는 바라를 하늘 높이높이 돌리는데, 오층석탑을 돌고도는 나의 발에 소복 자락이 자꾸만 밟혀 듭니다. 무릎과 허리를 동시에 구부리면서 전진과 후퇴를 반복하고 회전을 하면서까지 달래던 영혼, 이제는 부처님 도량에 들었다는 암묵인지 스님은 눈을 감고 탑을 도는데 나의 가슴엔 호적 소리 북소리 바라 소리만 멀어지고 있습니다.
>
> ─ 강운자, 「엎어 놓으면 하늘, 젖혀 놓으면 땅」(『예술가』, 2022년 겨울호) 전문

'엎어 놓으면 하늘, 젖혀 놓으면 땅'이라며 중생 제도의 범위를 강조하는 불가의 관점에서는 인간의 삶과 죽음이 본질상 다르지 않은 조건이다. 불가에서는 산 자와 죽은 자가 모두 계도가 필요한 어리석고 가여운 중생이다. 인간은 번민과 망상에 사로잡힌 구속된 존재로서, 그는 온갖 욕망과 집착 속에서 평생토록 시달리다가 생을 마감하게 되는데 그러한 상태는 죽어서도 달라지지 않고 연속된다는 것이다. 윤회를 말하는 불교에서는 살아 있을 때의 식(識), 즉 업(業)과 보(報)가 죽은 후에도 또 그다음 생에서도 계속 이어진다고

본다. 따라서 불교의 가르침에 따르면 살아 있는 동안 인간의 삶 자체가 구속인 점을 깨닳음으로써 자유에의 길을 마련해야 한다.

사정이 이러하다면 죽은 이의 경우 이승과 저승의 연속성을 벗어나 더 나은 상태가 될 수 있는 길은 무엇일까? 혹은 이승을 향한 마음의 고리를 끊고 한 걸음 자유에로 나아갈 수 있는 방법은 무엇이 있을까? "한지에 먹물로 남은 이름"이 "바람"에 흔들리고 "북소리"에 스며들면 죽은 영혼은 이승에서 맺히고 얽힌 마음을 풀고 훌쩍 날아갈 수 있을까? 그러나 실상은 보내는 자도 떠나야 하는 이도 서로 엉기는 마음을 벗어내지 못한다. 슬픔과 한, 미련은 삶과 죽음을 더욱 동질적으로 연장시키는 끈끈한 힘이다. 천도(薦度)를 빌며 탑돌이를 하는 동안 "나의 발에 소복 자락이 자꾸만 밟혀 드"는 것도 그 때문이리라. 화자는 "잿빛하늘"에 번지는 "북소리"에서도 자신을 부르던 "당신"의 "음성"을 듣고자 한다. 인연을 끊어내는 일은 "오층석탑을 돌고도는" 하염없이 거듭하는 걸음에도 쉽게 이루지 못하는 것이다. 바라춤을 추는 스님의 바라가 더욱 "높이높이" 하늘로 오르는 것도 이 때문이다.

"무릎과 허리를 동시에 구부리면서" "전진과 후퇴를 반복하고" "회전을 하면서" 추는 동작들은 설움에 사로잡힌 중생들의 영혼을 위무하고 "달래"주고자 하는 간절한 염원을 담고 있다. 그러나 "나의 가슴"에는 "호적 소리 북소리 바라 소리만 멀어지고 있"을 뿐 "나"는 인연의 매듭을 놓아버리지 못한다. 이에 "스님은 눈을 감고 탑을 돌"며 떠나는 죽은 영혼이 "부처님의 도량에 들었다"는 확신이 들 때까지 재(齋)를 이어가고 있다.

위 시에서 그려지고 있는 바라춤은 너른 중생 구제의 뜻에 따라 죽은 이를 위로하며 행해지는 춤사위에 해당한다. 죽은 이의 극락왕생을 빌며 치러지는 의식(儀式)은 위 시를 엄숙하고 슬픈 분위기로 전달한다. 한편 삶과 죽음의 경계에서 행해지고 있는 그것은 인간의 조건에 대해 환기하는 계기가 된다. 인간에게 죽음은 감당하기 어려운 일종의 굴레에 해당할 것인데, 불교적 시각

제2부 시의 생성의 현장

에서 죽음은 여기에서 그치는 것이 아니라 인간의 구속된 삶의 연장이라는 점에서 더욱 심각한 면을 보인다. 말하자면 영혼의 자유는 단순히 죽음에 의해서가 아니라 소위 해탈을 향한 부단한 깨달음의 노력을 통해 비로소 구할 수 있는 것이라는 사실이다. 이승과 저승, 삶과 죽음을 차이보다 동일한 것으로 보는 불교의 가르침은 구속으로부터의 초극을 강조하거니와, 위 시는 천도재를 기하여 행해지는 바라춤을 통해 인간의 조건에 대한 이해와 자유에의 길에 대해 성찰케 한다는 것을 알 수 있다.

> 어디까지 밤인가?
> 너에게로 달려가다 더는 못 가는 지점 그곳을 밤이라 하자
> 어느 곳을 아침이라 하는가?
> 너를 향해 깊은 어둠의 밤에 발이 빠지며 달려 가는 곳이 아침이다
> 산을 두어개 넘고
> 마른계곡물을 쓰다듬으며 갈증을 부비며 달려 가는 곳
> 밤도 아침도 아닌 눈발 날리는 거리다
> 안개 무리 속에 날 쳐 박아도 너 있는 곳은 멀고 아득하다
>
> 너는 이 세상을 추월하고 있는가
> 어느 세상을 초월 하고 있는가
> 나에게 그저 존재의 신비이고자 하느냐
>
> 새로 날아가 본다
> 날개 찢기는 순간까지 가고자 내 의지는 다시 심장을 갈아 끼웠다
> 어디까지 새벽인가, 어둠의 가루가 두 발에서 떨어져 내리니
> 동이 터 오려나 저녁이라고 했느냐
> 아침과 밤과 새벽과 저녁이 뭉쳐 한 순간을 만들어 날 날게 하네
> 그 한순간 너는 빛으로 터져 얼룩도 없이 사라졌다
> 너는 그 어디에도 있고

그 어디에도 머문적이 없다라고 쓴다

나 어느 날 가루되어 저 허공에 흩뿌려질 때
거기서 부딪치려나
그러면 아침이 올까 그 순간이 별 빛나는 밤이 될까
나 살아 홀로 걷는 이 길에는
아침도 밤도 없다 이 시간을 던져 그 줄을 잡고
네가 걸어 올 길이 아무 곳에도 없다
　　　　— 신달자, 「어디까지 밤인가?」(『시와세계』, 2022년 겨울호) 전문

　위 시에서 말하는 지향점으로서의 "너"가 구체적인 대상인지 추상적인 상황
이나 장소인지는 분명하지 않으나 위 시는 부정적 현재와 그로부터의 초월이
라는 역동적 구조로써 지지되고 있다. 화자는 현재의 고통스러운 한계를 딛고
구원을 향해 나아가려는 의지를 뜨거운 어조로 전하고 있다. 이때 구원은 무
엇이고 어떻게 획득할 수 있는가? 위 시는 구원을 둘러싼 주체적이거나 객체
적인, 혹은 시간적이고도 공간적인 인식을 다각도로 펼치고 있어 흥미롭다.
　가령 구원은 사랑하는 연인이 될 수도 있고 신과 같은 절대자일 수도 있으
며, "밤"과 대비되는 "아침"처럼 환한 시공간과 관련되거나, "어둠"이 걷히고
"동이 터 오"는 등의 극적이며 희망에 찬 상황적인 것이다. 시인은 구원의 객
체성을 시공간적 언어를 통해 제시하고 있다. 또한 구원은 "내 의지"의 동력
이기도 하다. "나"는 "새"가 되어 "날아가 보"기도 하고 "날개 찢기는 순간까
지 가고자" 하는 "의지"를 발휘하는 것이다. 화자에게 구원은 온 열정을 다하
여 치열하게 추구되는 것이다. 이는 구원에 관한 주체적 조건과 결부되는 대
목이다. 구원은 저절로 주어지는 것이 아니라 적극적인 의지와 노력으로 구
해지는 것이라는 인식이 나타나 있다.
　문제는 이토록 주체가 적극적인 의지를 다하여 선명하게 이미지화되는 그

것을 향해 나아간다 해도 어느 순간에도 결정적인 구원에 도달하지 못한다는 점이다. "산을 두어개 넘고/마른계곡물을 쓰다듬으며 갈증을 부비며 달려" 간들 그곳은 이제 "밤도 아침도 아닌 눈발 날리는 거리"일 뿐인 것이다. 그렇게 달려간 곳에서 "내"가 마주하는 것은 구원은 고사하고 일말의 변화나 희망도 아닌 "안개 무리 속에" "쳐 박"히는 "나"이며 "너 있는 곳은" 여전히 "멀고 아득"할 따름이다. 구원은 언제나 "이 세상을 추월하"는 결국 구현할 수 없는 신기루 같은 것으로 다가온다. 따라서 "너"는 "나에게 그저 존재의 신비"에 해당할 만큼의 허상에 불과한 것으로도 여겨진다.

　구원의 이러한 불확실성은 결국 그와 관련한 시공성에 대해서도 애매모호한 묘사를 낳기에 이른다. 예컨대 "어둠의 가루가" "떨어져" 도달한 곳이지만 그곳은 "동이 터 오"는 순간인 듯싶다가 "저녁"이 되고 마는 것이다. 구원은 열려 있는 것인가 막혀 있는 것인가. 그것은 밝음을 향해 있는가 어둠에 직면해 있는가. 구원은 있기는 한 것인가. 이것들은 구원의 객체성과 관련한 규정들이거니와, 구원의 객체성이 이토록 모호하다면 우리가 다시금 살펴볼 것은 주체적 조건이다. 즉 "아침과 밤과 새벽과 저녁이 뭉쳐 한 순간을 만들어 날 날게" 하는 그 찰나적인 순간이 구원인 것인가. 비록 일순(一瞬)이라도 시공성을 초월하여 자유를 느낄 수 있는 때야말로 구원의 조건이라 할 만한가 하는 것이다. 그러나 "그 한순간"에도 "너는 빛으로 터져 얼룩도 없이 사라지"는 여전히 알 수 없는 것이다. 결국 "그 어디에도 있고/그 어디에서 머문적이 없"는 애매한 성질의 그것이야말로 구원의 정체성이라 가리킬 수 있을 것인가.

　시에서 구원은 이토록 불명확한 것으로 제시되고 있거니와 그러나 이러한 인식은 역설적이게도 구원의 절대성을 말해주는 대목이다. 마치 인간에게 절대자가 그러한 것처럼 지상에 있는 것이면서 없는 것이기도 하다는 점에서 그러하다. 마찬가지로 구원은 그것 없이는 살아갈 수 없지만 또 손에 잡을 수 없는 아이러니한 것이다. 그것은 손에 쥐면 흘러내려가 버리는 모래처럼 머물 수 없는 것이라는 메타포를 얻는다. 사정이 이러하므로 화자는 죽음이라는 상황을 떠올리게 된다. "나 어느 날 가루되어 저 허공에 흩뿌려질 때"처럼 주체적 조건이 전혀 다른 상태가 된다면 그때가 "아침"이든 "별 빛나는 밤"이든 간에 구원의 순간을 맞이할 수 있을까 하는 것이다. 삶이라는 인간적 조건을 벗어날 때 인간은 구원이라는 절대적이고도 비인간적인 상황에 맞닥뜨릴 수 있을 것인가.

의문으로 시작하여 또다시 질문으로 끝맺으면서 위 시는 인간의 극한상황과 구원에 대해 감각적이고도 집요하게 성찰하는 태도를 보인다. 어느 누구도 정답을 알 수 없지만 그 어떤 이도 답을 구하고자 헤매지 않을 수 없는 인간의 조건을 위 시는 잘 말해주고 있다. 화자의 질문을 따라가다 보면 인간이 처한 불가해한 상황에 마주하며 망연자실해진다. 문득 예수가 죽음에 이르러 '왜 나를 버리시나이까'를 외쳤던 겟세마네 동산이 떠오르는 것도 이 지점이다.

오늘의 거짓말은 내일의 거짓말을 낳고 내일의 거짓말은 오늘의 거짓말을 완성시킨다, 내일의 거짓말은 오늘이 오늘의 거짓말에 취해서 무사히 성공하기를 바란다. 아내가 일하는 교외의 국밥집에 음주운전으로 차량 돌진을 하여 정문과 옆문을 파손하고 유리창과 벽을 깨고 끝내 아내를 파면시킨 남편이여, 거짓말처럼 그 집 앞에 자운영 꽃밭이 펼쳐져 있네, 두려움을 넘어선 분노는 자운영이 가져가고 오늘의 거짓말처럼 또 가정은 저녁 밥상을 차리고 아이들은 아픈 엄마의 목과 어깨에 파스를 붙이며 울고, 빨강에 멍이 들면 자줏빛이 된대, 앨리스 워커의 '컬러 퍼플'이 그런 이야기지, 두려움을 넘어선 분노는 자운영이 삼키고 멍이 든 빨강, 자주빛 자운영을 기르며 그렇게 또 오늘의 거짓말을 묵묵히 지켜나가는 그런 세월이여, 자운영 꽃밭에 깨진 유리조각과 붉은 타이어 자국은 선명하건만 젖 먹던 힘을 다해 붉은 자운영이 자줏빛 자운영을 밀고 나가면서 내일이 오듯, 희망은 신석기 시대나 구석기 시대나 다 똑같아

요, 희망은 내일의 거짓말이 되고 오늘의 거짓말은 그렇게 오늘이 되고, 내일
은 내일의 태양이 뜰 거예요, 당신의 탄생화는 자운영이예요

네, 고맙습니다
— 김승희, 「내일의 거짓말」(『시와함께』, 2022년 겨울호) 전문

　인간의 한계상황에 대한 성찰적 인식은 위 시에서 구체적 삶의 실상을 얻
는다. 인간의 벗어날 길 없는 조건은 삶의 실제에서 출구 없는 일상으로 현상
한다. 허위와 가면으로 운위되는 하루하루는 그 자체로 삶의 양식이 되고 그
의 정체성을 이룬다. 자신의 본질을 잊은 채 살아가는 일상은 빈껍데기의 그
것이다. 자기 자신을 희생하면서 매일을 곡예하듯 이어가는 그의 삶의 뒤에
는 어떤 영광이 기다리고 있을까? 위 시에서 제시되고 있는 것은 그러나 아
이러니하게도 비극이다. 우연처럼 전개되는 불운의 연속은 마치 신에 의해
시험당하는 듯한 미약한 인간의 운명을 연상시킨다. 닥치는 불행에 아랑곳없
이 일상의 틀을 반복해야 하는 사태는 끝없이 바위를 짊어지고 언덕을 기어
오르는 시지푸스의 생과 다르지 않다. 동의한 적 없어도 거스를 수 없는 운명
앞에서 인간이 할 수 있는 것은 묵묵히 받아들이는 일뿐이다.
　이와 같은 삶의 양태에 대해 "자운영"을 대비시키는 시인의 상상력은 또 얼
마나 아이러니한가? 자줏빛에 가까운 붉은 꽃잎의 자운영의 꽃말은 '나의 행
복'인 까닭이다. 음주 운전으로 집안이 풍비박산한 상황에서 화자가 시선을
둔 것은 그 집 앞에 펼쳐진 자운영 꽃밭이다. 파괴와 화려함, 불행과 행복이라
는 극단적으로 대조되는 사태 앞에서 화자는 또다시 "거짓말" 같다고 말한다.
이쯤 되면 "거짓말"은 세상의 미세한 부분까지 점유하면서 세상을 이끌고 지
탱하는 보편적 인자처럼 다가온다. 또한 그렇다면 시인은 세상의 켜켜에 감
추어져 있는 부조리와 부조화의 단면들을 칼로 도려내듯 끄집어내는 자라 할
수 없을까. 시인의 시선은 세계의 아픔을 마주해야 하는 만큼 예리하고 냉철

하다. 그러나 시인이 응시하는 세계의 끝에는 서늘함 대신 뜨거움이 있고 부정 대신 긍정이 놓여 있다. 시인은 "거짓말"과 "거짓말"들을 한데 섞어 삶의 미묘한 색깔을 창조한다. 그 와중에 피어난 것도 "자운영"이라 할 수 있다. 말하자면 "자운영"은 삶에서 빚어지는 "거짓말" 같은 생성의 상징물이다.

시인의 이러한 상상의 궤적은 "자운영"의 빛깔에 기인한다. 붉은 상처가 멍이 들어 자줏빛이 되는 색채의 번짐 속에서 시인은 두려움과 분노를 넘어선 그 이상의 감정을 본다. 초극이라 할 수도 있고 승화라 할 수도 있을 그것을 시인은 "희망"이라 말하고 있거니와, "희망"은 온갖 불순한 감정들이 뒤섞여 용해된 이후에 고요한 다스림 위에서 비로소 솟아나는 순수한 감정에 해당한다. 그것은 맑고 원초적이며, 모든 감정의 소용돌이를 거치는 와중에 형성되는 생성의 감정이다. 말하자면 그것은 "거짓말"들의 아수라 같은 사태들 속에 뒤섞여 있다가 그것들을 밑으로 하고 튀어오르는 가장 역동적인 힘이다.

그런 점에서 어쩌면 "희망"이야말로 생명의 근원적 인자라 할 수 있을 것이다. 화자가 "희망은 신석기 시대나 구석기 시대나 다 똑같아요"라고 말하고 있는 것도 이 때문이리라. 그 원초성은 모든 인간의 삶을 지나고 역사를 뚫고 지나오면서 오늘의 암담함을 미래를 향한 긍정의 지평으로 열어놓는 힘을 발휘한다. 불행과 절망, 파괴와 나락의 한가운데에서 피어오르는 "희망" 역시 "거짓말"스러운 것이고 보면 인간의 삶이야말로 온갖 "거짓말" 같은 힘들로 범벅된 에너지의 복합체라 할 만하다.

표피만 탔을까
더 깊은 속까지 타버린 건 아닐까
불탄 소나무 껍질에서 송진이 눈물처럼 흘러내리고 있다
물관까지 탔다면 포기해야 한다

모든 상처를 눈물로 치유할 수 있는 건 아니라는데

심도의 문제라지만
사랑의 심도
절망의 심도
그 보이지 않는 눈금을 무엇으로 잴 수 있나

산불이 남긴
그을음의 높이와 넓이가 각기 다른 숲속
물관을 따라 기어이 높은 곳으로 오르는 물은 기억의 중력보다 힘이 세다

뿌리만 남았던 아카시아에도 새싹이 자라나고
거북등처럼 타버린 소나무에도 연두 바늘잎이 나오는
새봄이 왔다지만

아직도 계속 송진만
눈물처럼 흘리고 있는 나무들이 곁에 있어
쉽게 새봄이라고 소리치지 못한다

지나간 불길을 지우는 속도는 제각각이다
　　　　　— 정채원, 「상처의 심도」(『시와 함께』, 2022년 겨울호) 전문

　위 시의 "산불"과 그로 인해 재가 된 나무들을 통해 세상 속에서 상처 입은 사람들의 모습을 떠올릴 수 있다. 그것이 비단 '불'인 까닭은 오늘날 세계의 광포함과 예외없음 탓일 터이다. 전체적으로 압박해오는 악재를 피할 수 있는 자는 누구일까. 바람의 방향에 따라 그나마 운 좋게 덜 타거나 혹은 더 타는 차이만 있을 뿐, 재난은 보편적이고 공포는 가장 일반적이다. "산불"은 비유이기 이전에 우리의 일상이자 환경이다. 따라서 "산불"에 의한 연소의 "심도"는

전방위적인 위협의 삶 가운데 각자가 겪는 상처의 깊이를 나타낸다.

모든 나무가 "송진"을 "눈물처럼" 질질 "흘리"는데 그들의 상처의 깊이를 헤아릴 수 있을까? 상처가 깊을 수도 가벼울 수도 있을 것이고 그에 따라 복구의 시간도 차이가 있을 것이나 "물관까지"는 불길이 침범하지 않아야 한다. "물관"은 생명의 근원인 까닭이다. 연소의 정도에서 상처의 경중을 가늠하는 시인의 상상력을 통해 새삼 인간이 겪는 상처와 생명성 간의 연관성을 깨닫게 되거니와, 그러므로 살아 있으라. 어떤 일이 닥쳐도 생명의 근원을 상실하는 일은 없어야 할 것이다. 위 시를 통해 시인이 전하는 간절한 메시지가 그것이다. 화자는 그것을 잃지 않고 있다면 언젠가 반드시 "새봄이라고 소리칠" 날이 있을 것이라는 예언자다운 말을 한다. "물관을 따라 기어이 높은 곳으로 오르는 물은 기억의 중력보다 힘이 세"기 때문이다.

그러나 아픈 자는 "새봄이 와" 조금씩 치유가 이루어져도 여전히 쉽게 눈물을 멈추지 못한다. "모든 상처를 눈물로 치유할 수 있는 건 아니라는데"도 말이다. 그의 곁에 "아직도 계속 송진만/눈물처럼 흘리고 있는 나무들"이 있는 화자가 무엇보다도 허용하고 있는 것은 시간이다. 그는 "뿌리만 남았던" 데서 "새싹이 자라나고" "타버린 소나무"에 "바늘잎이 나오"고 있는데도 계속해서 아프다고 신음하는 나무들을 향해 "불길을 지우는 속도는 제각각이"라며 그들을 위로한다. 그는 보채거나 다그치지 않고 조용히 인내하며 기다려주는 길을 택한다.

이때 불에 탄 숲을 조망하면서 그 안의 고통에 찬 나무들을 위로하듯 찬찬히 응시하는 화자의 시선은 초월자의 그것과 다르지 않다. 각각의 나무들을 상처의 깊이에 따라 개별화하며 염려하는 화자의 음성 역시 마찬가지로 초월자의 그것을 연상시킨다. 병든 나무들의 생명의 근원에 귀를 대며 삶과 죽음을 가늠하는 화자의 손길은 마치 절대자가 피조물을 살피는 모습을 환기한다. 말하자면 화자는 "나무들" 곁에 있지만 "나무들"보다 높아서 그들을 바

제2부 시의 생성의 현장

라보는 위치에 있거니와, 그것은 "나무들" 모두를 가장 잘 볼 수 있고 "나무들"의 고통을 가장 잘 들을 수 있으며 "나무들"이 온전히 살아나기를 가장 잘 염원할 수 있는 자리이기도 하다.

위 시의 독특함은 바로 시의 목소리가 발화되는 지점의 특수함에 기인한다. 그것은 상처로 인해 괴로워하는 존재들을 아프게 바라보면서 그들의 고통에 공감하고 살피는 태도와 관련된다. 특히 존재들은 제각각의 아픔의 "심도"가 있거니와 그들의 "절망의 심도"에 따라 "보이지 않는 눈금"을 "재"가며 "사랑의 심도"를 대응시키고자 하는 모습은 흔히 종교인들이 신을 향해 간구하는 구원의 모습과 다르지 않다. 요컨대 상처 입고 아픈 자들을 향해 사랑과 연민의 시선을 던지는 위 시의 시적 자아를 통해 우리는 신의 마음을 엿볼 수 있거니와, 이러한 자세는 인간이 나 홀로가 아니라 이웃과 함께함으로써 구원의 길을 찾을 수 있음을 암시하는 대목이다.

지금까지 인간의 한계상황에 대해 천착하면서 이를 극복하려는 시의 여러 양상들을 살펴보았다. 삶으로부터 구속을 느끼고 자유를 갈망하는 것은 삶을 사랑하는 자들이 지니게 되는 필연적 의식이다. 시인들은 각자가 처한 삶의 개별성 속에서 보편적인 삶의 본질을 끌어내고 있다. 모든 살아 있는 인간은 저마다 운명을 마주하며 구원을 꿈꾸거니와, 시인들의 개성적인 언어들은 사유를 의미화하는 가운데 언어의 질료성을 발휘한다. 시적 언어는 단순한 기호가 아니라 시인들의 음성이고 감정이고 영혼이다. 위 시들을 읽는 일은 시인들의 마음의 결을 고스란히 느낄 수 있는 계기라 할 수 있다.

주름 접힌 세계, 그 속에서 피어나는 생명의 시학

신을 향한 초월적 표상이 무의미한 세계에서 인간의 구원은 어떻게 가능할까? 인간의 외부에서 인간을 부정하게 하는 초점자로서의 신이 동일성 철학을 대변하는 것이었다면, 들뢰즈는 이를 거부하고 세계 내의 내재적 사건에 주목한다. 인간이 살아가는 세계의 실상은 동일자 대신 무수한 차이들과 그들의 반복으로 구성되며 그러한 차이의 반복들이야말로 그 지대를 사건의 지점이자 특이성의 장소로 만들게 된다는 것이다. 세계 속에서 완전무결하게 일치하는 사태가 발생할 리 없는 대신 모든 사건들은 반복될 수 있으되 차별화되어 반복한다는 사실은 세계에 대한 객관적 인식이자 다양성에 대한 옹호라 할 수 있다. 이를 세계의 주름(pli)이라 일컬었던 들뢰즈는 무한한 반복, 더 정확하게는 무한한 차별적 반복이 발생하는 주름의 지대야말로 사건이 잉태되는 생명의 장소이자 초월적 신의 자리와 구별되는 세계의 내재성의 지점이라 말하였다. 그곳은 인간의 세계이자 사태가 생기하는 생성의 자리이며 생명의 지대다. 들뢰즈는 신이 부재하는 시대에 그러한 생성과 생명의 장소야말로 인간 스스로의 구원이 가능해지는 지대라 하였다.

들뢰즈의 이러한 관점은 자의든 타의든 신에 대한 표상화가 더 이상 이루어지지 않는 현대의 오늘날 인간에게 구원이 필요하다면 그것이 어디에서 어

제2부 시의 생성의 현장

떻게 가능한가에 관한 하나의 진실을 말해준다. 인간의 구원은 외부의 누군가에 의해서가 아니라 인간이 존재하는 바로 이 세계, 인간 스스로들의 무한한 공존이 이루어지고 그들의 다양한 존재태가 깃드는 여기에서의 생성의 에너지에 의해 가능해진다는 것이다. 그곳이야말로 세계에 내재하는 생명성이며 세계 내의 힘의 응집소에 해당한다. 들뢰즈가 말하는 이러한 주름(pli)의 지대는 모든 접힘과 펼침이 무한히 중첩되면서 외부와 구별되는 내재적이고도 동시에 외재적인 특수한 시공성을 이루게 된다. 특이성의 지대라 일컬어지는 다양성의 반복이 이루어지는 고유하면서도 특수한 지대는 곧 생성으로서의 무한한 힘이 발현되는 사건의 지점이다. 이곳에서 인간은 비로소 생의 에너지를 경험하며 온전히 숨 쉴 수 있게 된다.

허형만 시인의 시적 경험 속에는 어디에도 초월자로서의 신의 모습이 비쳐 있지 않다. 그러나 그의 시적 어조에는 그 연원을 알 수 없는 경외감이 자리하고 있으며 속(俗)을 넘어서는 성(聖)이 구현되어 있다. 그의 시에는 세계에 대한 외경이 깃들어 있거니와, 그러한 외경감은 세상을 초월하는 저 너머의 존재를 향해 있는 것이 아니라 세계 내의 존재들 속에서 그들을 통해서 발현되는 것임을 확인할 수 있다.

> 개미가 쉬었다 길을 간다
> 지렁이가 쉬러 들어간다
> 명지바람 한차례 머물다 간 뒤
> 붉은점모시나비 애벌레 잠시 숨을 돌린다
> 해 났다 구름에 덮이고
> 저 멀리 어디메쯤
> 비바람 몰려오는 냄새
> 풀잎보다 작고 여린 나도
> 풀잎 그늘에서 잠시 쉬고 싶다

이 그늘 한 평 일구는데 온 우주가 필요하다

　　　　　　— 허형만, 「풀잎 그늘」(『예술가』, 2023년 봄호) 전문

　위대한 신은커녕 지상에서 가장 하찮은 미물들을 조명하고 있는 위 시에서
느껴지는 정서는 가벼운 조롱이 아닌 신비로움과 경이다. "개미"가 지나가고
"지렁이"가 "들어가"며 "붉은점모시나비 애벌레"가 있는 곳은 세상의 버려진
곳으로 묘사되는 대신 "해"와 "구름"이 머무는 곳이자 "비바람"이 세계의 중
심이 된다. 아무런 변화도 없을 것 같은 가장 평범하기 그지없는 그곳에서 존
재들은 무수한 시간을 운행하면서 세계를 이룬다. 이 속에서 서로는 각기 존
재하면서도 동시에 서로에게 존재의 조건이 되거나 계기가 된다. "해 나"자
"개미"가 "길을 가"고 "명지바람"이 "머물다 가"자 "붉은점모시나비 애벌레"
가 "잠시 숨을 돌리"는 식이다. 각각의 존재들은 무심한 듯 자신의 길을 가지
만 이들은 외따로 있는 것이 아니라 거대한 연기(緣起)에 따라 존재한다. 그런
점에서 각 존재들은 서로에게 있어서 일종의 작용 지점이자 서로를 잇는 끈
의 결절점들이 된다. 각각의 존재는 공간의 접힘과 펼침을 이루며 무한한 세
계의 주름들을 만들어낸다. 주름진 높은 밀도의 세계 속에서 각각의 존재들
은 저마다 사태가 되고 사건이 된다. 의미화된 존재들에 의해 세계는 커다란
특이성의 지대를 구성한다. 이들이 만드는 세계는 거대한 생명체가 되어 외
부와 구별되며 또 외부와 소통한다. 외부와 구별되는 이곳은 고유하고 특수
한 내부의 지대가 된다. 이곳은 곧 세계다.
　위 시의 화자가 포착하는 대상에 대한 외경스러운 묘사는 신에 대한 경외
의 심적 상태를 환기한다. 그러나 물론 그것이 신에 대한 호출을 의미하는 것
은 아니다. 그가 바라보는 이곳은 단지 살아 있는 모든 것들로 채워진다. 그
들은 그저 살아서 이 시공을 지나는 중에 있다. 그것들은 다른 것이 될 필요
도 없고 자신의 속도를 넘어서는 어떤 것에 이끌리거나 헐떡일 필요도 없다.

이들 무수한 존재들의 무한한 운동이야말로 이곳의 주인 됨의 조건이다. 무한한 시간에 걸쳐 이곳에 이룩한 이들의 흔적은 이곳을 생명의 지대가 되게 하는 요인이다. 이들이 누비는 종횡의 궤적은 무궁한 시간의 무한한 덧칠이 된다. 이로써 이곳은 특이성이 이룩된 곳이자 사건이 발생하는 지점이라 할 만하거니와, 이때의 사건은 이곳 내부에서 발생한 것이자 외부를 향해 있다. 이들이 구축하는 생명력이 외부에 힘의 에너지로 발현되는 것도 이 때문이다. 여기를 아우르고 있는 생성의 힘은 외부인들을 끌어들인다. 이곳은 영원한 생성의 지대가 된다.

이처럼 위 시에서 시인이 보여주고 있는 것은 사물들에 대한 단순한 묘사가 아닌 세계에 내재되어 있는 생명의 현현이자 그 요인에 대한 통찰이다. 생명은 저 멀리의 초월적 존재에 의한 것이 아니라 이곳 내부의 온갖 개체들에 의해 비롯된다는 것이다. 그것들은 개별자이되 오직 살아 움직인다는 점에서 보편성을 지니는 자들이다. 그것들의 개별성은 자유이자 무한함이다. 그런 점에서 그들이 만드는 이 시공성은 무한한 잠재성의 장소가 된다고 할 수 있다. 특정한 이곳이 세계로 열려 있다고 여겨지는 것도 이러한 요인에 따른다. 말하자면 이곳은 무한하고 영원한 자유의 시공으로 펼쳐져 있는 것이다. 이곳이 안식처로 다가오는 것도 이 때문이다. 이곳은 외부인으로 하여금 쉼을 느끼게 하는 특이성의 지점이 되는 것이다. 화자가 "풀잎 그늘에서 잠시 쉬고 싶다"고 말한 것도 이에서 비롯한다.

이곳에 이르면 외부인들 역시 자신이 살던 습성들을 버리고 이곳의 특이성의 결을 따르게 된다. 화자는 이곳에서 "나도" "풀잎보다 작고 여리"다고 말한다. 이는 이곳의 특이성에 대한 수용이자 존중이다. 특이성은 이곳에 구축된 체계이자 질서다. 그것은 단단한 밀도를 이루어 외부의 존재들을 그에 포괄하고 동화시킨다. 이곳에 이르러 휴식이 가능해지는 것도 이와 관련된다. '나'는 비로소 모든 것을 내려놓은 채 이곳의 일부가 될 수 있는 것이다. 물론 이것이 저항없이 이루어지게 하는 데엔 이곳에서 발현되는 생명의 힘이 작용한다. 이곳을 가리켜 "우주"라고 일컬을 수 있는 것도 여기에 놓여 있는 무한한 생성력에 따른다. 말하자면 "이 그늘 한 평"은 "온 우주"에 맞먹는 에너지를 내재하고 있거니와, 화자가 말하듯 인간은 이에 기대어 숨을 고르며 "잠시 쉬고 싶"은 것이리라.

> 잠 깬 나비가 언덕 위로 날아갑니다. 거미줄마다 이슬이 빛납니다. 바다는 새로운 오선지를 펼쳤습니다. 따로 예술이 필요치 아니합니다. 종이와 펜을 내려놓습니다. 저 또한 스스러울 것 하나 없는 바람이 됩니다. 오랜 소원 이루는 찬란흠이여, 순수는 저의 궁극의 이상입니다.(1990.9.8.)

> —— —— ——
>
> 이 삼경 어찌해야 전해질까요?
> 벼루가 닳아진들 글이 될까요?
>
> 붓 끝에 뭘 먹이면 꽃이 될까요?
>
> 밤은 자꾸자꾸 동으로 흘러
> 창문에 푸른 물 비쳐드는데
>
> 어떻게 갚아야 갚아질까요?
> 죽어서 갚아도 갚아질까요?
>
> 이 침묵 어찌해야 뜻이 될까요?
> ― 정숙자, 「공우림(空友林)의 노래 · 37」(『예술가』, 2023년 봄호) 전문

앞서 생명의 지대로서의 특이성의 의미에 대해 언급했거니와, 37편의 연작

제2부 시의 생성의 현장

으로 이어지고 있는 '공우림(空友林)의 노래'에서의 '공우림'이 곧 이미 살펴본 특이성의 지대에 대한 개념화라고 일컬을 수 있지 않을까? 그것은 '공우림'이 일반적인 일상의 지대와 구분되는 고유하고 특수하며 신비로운 시공이라는 점에서 그러하다. 비어 있으되 가득 차 있고 또 그 때문에 '벗'이라 여길 만한 독특한 시공성을 '공우림'은 창출하고 있다. '공우림'이라는 조어는 그곳이 지니는 시공성의 특수함을 지시하기 위한 시인의 의도에 따른 것인바, 그러한 시인의 배려가 없었더라면 흔히 자연으로 명명되고 특별할 것 없이 묘사되는 그들 존재들이 현대인들의 자동화된 시선을 끌 수 있었을까 하는 것이다. '나비'와 '거미줄', '이슬', '바다'들이 펼쳐내는 풍경을 가리켜 "예술"이라 일컬은 것도 이와 관련된다.

위 시에서 보여주는 '공우림'에 다가가는 시인의 태도는 실제로 예술 현상학에 부합할 만하다. '공우림' 내에서 존재들은 단순한 사물이나 미물에 그치는 것이 아니라 무한한 시간과 공간의 지평에서 최대한의 몸짓으로 살아가는 실체들이다. '공우림'에 기거하는 이들은 그곳에서의 오랜 생존의 역사를 이어온 존재들이다. 이는 그들 존재들의 자율적인 생존의 이치에 외부의 어떤 것도 관여하지 못하는 독립성이 내재하고 있음을 의미한다. 이에 따라 그들은 최대치의 자유와 밝음을 누리는 존재들이 된다. "잠 깬 나비가 언덕 위로 날아가"는 행위라든가 "거미줄마다 이슬이 빛나"는 사태는 인간의 상상도 환상도 아닌 그들의 객관적인 생리에 대한 사실적 인식에 해당한다. 이들이 보여주는 모습들은 말 그대로 사건이자 사태라 할 만하다. 그것은 외부의 시각에서 볼 때엔 미약할지라도 내부적으로는 무한한 에너지를 함축하고 있다. '바다'를 가리켜 "오선지를 펼쳤"다 하는 동화적 표현이 가능해지는 것도 이러한 관점에서 비롯한다. 이곳은 외부인이 미처 알지 못하는 생명의 거대한 우주와 역사가 펼쳐지는 곳이라는 점이다.

그곳에 내재하고 있는 심층적인 생성의 힘은 그 생명력으로 인해 외부로 전달되기 마련이다. 이때 그것을 인식하는 자라면 그들의 생명성을 공유할 수 있게 될 것이고 그는 곧 이 세계에 동화될 수 있는 자이기도 할 것이다. 그 앞에서 "종이와 펜을 내려놓"는 일은 우주적 존재 앞에서 자아가 느끼는 경이의 순간이자 생명으로 가득 찬 존재에게 보이는 외경심의 표현에 해당한다. 생명의 현현 앞에서 자아는 세계가 지나온 무한한 시간성에 의해 순간 정신의 아득함을 느끼며 자아의 무화(無化)를 그리고 무한한 환희를 느끼게 된다. 화자의 "오랜 소원 이루는 찬란흠이여" 하는 영탄이 솟아나는 소이도 여기에 있다. 이는 자아가 무한한 시공성을 향해 진입하는 순간에 대한 포착이자 그러한 시공성 내에 존재하는 대상과 조우할 때의 정서적 상태를 나타낸다. 그리고 이것은 곧 예술가가 체험하는 미적 순간에 관한 현상학적 인식이라 할 수 있다. 이를 가리켜 화자는 그가 꿈꾸는 "궁극의 이상"이자 곧 "순수"의 순간임을 말하고 있다.

위 시에서 화자가 제시하는 언술의 대부분은 자아의 예술가로서의 체험의 순간에 관한 기쁨과 경이, 감동의 깊이와 무게에 관한 것들이다. "삼경"이 다하도록, "벼루가 닳"도록 "붓끝"을 벼리고 상상력을 기울이면서 화자는 고심을 더해갈 것이고 그러한 고투야말로 대상에의 강렬한 체험에 따른 예술가로서의 번민에 해당한다. 위 시의 화자는 그가 경험하는 위대한 존재들을 온전히 드러내는 것이야말로 곧 그가 이 지상에 있는 이유이자 부채라고까지 말하고 있거니와, 이러한 그의 의식은 그가 지닌 예술가라는 속성에서 비롯한 것일 터이다. 이는 화자가 자신을 세계의 한가운데에서 그곳에 내재하는 생명의 현현을 지각하고 그것을 인간의 언어로 번역하는 자로서의 존재 의식을 지니고 있는 탓이리라. 그는 지금 곧 생명 에너지의 끝없는 생성이 이루어지는 숲의 중앙에 서 있는 것이다.

　　울창하지만 텅 빈 밤

불빛에 이끌려 맨발로 나섰어요
어느새 난 흔들리는 파도에 몸을 맡기죠
내 말 좀 들어봐요 들어보라니까요
외면하는 섬과 섬 사이로 떨어진 말이 떠다니고
쏟아지는 빛의 비명이 몸을 찔러도
아픔을 느끼지 못하는 그림자 무성해요

평형을 잃지 않으려고 애쓰는 동안 신발에 갇힌 발뒤꿈치의 비명이 굳어 화
석이 되어가는 걸 외면했다고 떨리는 목소리로 말을 한다면 신파라고 화를 낼
테죠
알아요 섬과 섬 사이를 떠돌며 할 말은 아니죠

아무렴 어떤가요
난 이미 두려움 없이
비 오는 거리를 맨발로 걸으며
불빛이 차갑게 발을 더듬어도
시린 내 발을 연민하지 않아요
하지만 물끄러미 바라보게 되는 건 어쩔 수 없어요
물끄러미 물끄러미
물끄러미가 어느새 새벽을 몰고 오네요
맨발의 새벽을
　　　　　　　　— 이진옥, 「신발에서 벗어나는 일」(『예술가』, 2023년 봄호) 전문

　세계에 존재하는 생성의 힘의 에너지가 단지 신비로운 존재들에게만 내재
하는 것은 아닐 것이다. 인간 역시 세계 내적 존재인 점에서, 그리고 그 속에
서 끊임없이 생명력을 발휘하며 분투한다는 점에서 내재적 힘의 실체이자 그
안에 무한한 생의 주름(pli)을 내포하는 특이성의 지대라 할 만하다. 그러한 존
재라면 결국 라이프니츠의 표현을 빌려 모나드, 즉 단독자라 일컬을 수 있다.

위 시에서 그려지고 있는 "맨발"의 존재, "신발에 갇"혀 그로부터 '벗어나'기 위해 온 영혼을 다해 몸부림치는 자아가 그에 해당한다고 할 수 있지 않을까? 위 시는 자신을 가두는 굴레에서 벗어나 온전히 자유로운 자가 되기를 열망하는 자아의 내적 고백으로 이루어져 있다.

이를 위해 위 시는 "울창하지만 텅 빈 밤/불빛에 이끌려 맨발로 나"선 화자의 '특이한' 경험을 다루고 있다. 밤의 시간대를 가리켜 "울창하지만 텅 빈 밤"이라 표현한 데서 화자가 느꼈을 시간의 독특함을 짐작할 수 있거니와, 그것은 가득 차 있는 듯하지만 공허하고 소란스러운 듯하지만 고요한 순간을 암시하고 있다. 이러한 시간 체험에 이르러 화자는 알 수 없는 방황의 감정에 휩싸이며 온갖 헤맴의 궤적을 보이게 된다. 그것은 혼란스러우면서도 자아에 대한 각성을 내포하며 급기야 자아가 맞이할 진실과 자유의 순간으로 열리게 되는 경험이기도 하다. 위 시의 시적 자아에게 그러한 순간은 괴롭고 고통스럽지만 기대와 감격으로 채워지는 시간이다. 이 시간의 지대를 지나오면서 화자는 자신이 더 이상 과거의 자신이 아닌 다른 모습의 새로운 자아로 거듭나고 있음을 보여주고 있다.

위 시의 화자가 경험했던 이러한 사태가 어떤 지점에서 어떤 요인에 의해 발생했는지는 정확하게 알지 못한다. 그것은 어느 순간 신비하면서도 갑작스럽게 닥친 까닭이다. "이끌리"듯 나선 화자는 그와 같은 체험의 순간에 기꺼이 스스로를 내맡기게 되거니와 화자는 그때의 순간을 매우 경이롭고 신비하게 묘사하고 있다. "내 말 좀 들어봐요 들어보니까요" 하는 모호하게 "떠다니"는 "말"은 화자가 거의 자기 망각의 지경에 듣게 된 간절하고도 기묘한 소리에 해당한다. 애써 "외면"해도 "말"은 "섬과 섬 사이로" "떠다니고", 화자는 그 속에서 "빛의 비명"이 "쏟아지는" 듯한 느낌을 얻게 된다. 온통 "그림자"가 "무성"하게 흘러다니는 듯한 기이한 순간이 현상하는 것도 이 시점이다. 이러한 미지의 시간에 이르러 화자는 "평형을 잃지 않으려고 애쓰"면서

"신발에 갇"혀 "화석이 되어가는" 자신의 "발뒤꿈치의 비명"을 저버리게 된다는 것을 알 수 있다.

지극히 모호하고도 상징적으로 처리되고 있지만 이 대목은 신비로움의 현현 가운데 시적 자아가 겪게 되는 각성의 순간을 암시한다. 화자는 알 수 없는 소리에 홀리듯 이끌리지만 그곳은 결국 자아에게 있어서 자신을 극적으로 변화시키는 신비로운 생성의 지대이자 그의 내면이 최대로 열리면서 그에 반응하게 되는 세계의 내부적 지대임을 짐작할 수 있다. 실제로 화자는 이곳에서 "두려움 없이" "비 오는 거리를 맨발로 걸으며" "아무렴 어떤가요" 하며 당당해지는 모습을 보이고 있으며 "불빛이 차갑게 발을 더듬어도" "시린 내 발을 연민하지 않"노라고 단호하게 말할 수 있게 되었다는 것을 알게 된다. 이는 이곳에서의 체험이 혼돈으로 차 있으되 그것이 실상은 자아의 탈피와 전환이 이루어지는 과정에서 불가피하게 겪게 될 필연적인 혼란에 해당함을 의미한다. 말하자면 이곳은 그에게 생명성을 고양시켜 그를 존재 전이케 할 수 있었던 사건의 지대, 곧 세계의 특이성의 지대였던 셈이다. 우연히 발 디딘 그곳에서의 체험이 자아에게 극도로 신비롭게 다가왔던 것도 이에 기인한다.

3.
소싯적 그는 늘 앞서 달렸다. 역사의 시작이 불의 발견이라면, 그는 불보다 앞선 나무를 발견하였고 석탄을 찾았으며 기름과 연기로 달려 나갔다. 늘 앞서 있다가, 급기야 발견보다도 더 앞서 버려서 이제는 발견되지 않는다. 어느 날엔 그가 벗어던진 신발이 보여서, 그는 이제 돌아오지 못할 곳으로 건넌 게 틀림없다고 호사가들이 떠들었지만, 더 멀리 발자국이 보였고 더더 멀리 떨어진 발이 보였다. 그는 한때 우리의 신이었고 철인(哲人)이었고 역사였는데, 이제는 발없는 유령이 되었는지 저 홀로 철인(哲人)이 되었는지 알 수 없게 되어버렸다.

4.
시간의 발을 걸기 위해 그는
서둘러 뛰다 뒤로 돌아갔다

어려진 채 아파트 통로 그늘에 앉았다,
아무도 못 찾게 쉬다가
어둠이 그늘을 초과할 때쯤 발을 내밀었다.

시간은 보이지도 발에 걸리지 않았지만
어느덧 그의 옆에 앉는다

안녕,

너는 한겨울에도 맨발이구나
너의 신발은 한여름 모래사장이구나

안녕,

그는 시간이 넘 반가워
라이터 불을 켰다
　　　　　— 정기석, 「그믐의 자서전」(『시와정신』, 2023년 봄호) 부분

　위 시에 그려져 있는 것은 한 노인에 관한 이야기다. 화자는 노인의, 노인이 걸어온 오랜 시간을 중심으로 이야기를 풀어가고 있다. 시간은 그에게 감긴 채 그라는 존재의 전체 역사를 말해주고 있으며 그 과정 속에서 그는 때로 '빛'이었다가 '그림자'가 되었다가 때로 가장 '뜨거'웠다가 '가장 오래 식는' 시간 속 존재이기도 하다. '매일이 반복되는 계단에서' 그는 '들쭉날쭉한 과거'가 되거나 '피로'한 '현재'가 되기도 하고 '죽은' '미래'로서 현상하기도 하

였다. 말하자면 그는 현재 '담배를 태우'며 '갈팡질팡' 하는 '그림자'를 바라보고 있는 자이다.

시간에 관하여 쓰여지고 있는 "그"에 대한 언급들은 곧 "그"라는 존재에 대한 규명들이다. 더 정확하게는 그에게 내재한 정체성의 기록들이자 그가 살아온 흔적들에 대한 되새김이다. 그것들은 그의 역사면서 그의 인생 전체다. 위 시가 '그믐의 자서전'이라는 제목을 얻고 있는 것도 이 때문이다. 그런 점에서 그에게 시간성은 그의 생명성의 지도인 동시에 결이자 조직이다. 또한 이 점에서 위 시에서처럼 노인이 지나온 시간에 대한 내재적 성찰을 하는 것은 그의 특이성의 지대를 고찰하는 행위에 해당한다. 한 인간은, 그의 생애는 세계에 있어서 세계 내적 특이성의 지점, 사건의 지대가 되기 때문이다.

마찬가지로 한 생애 동안 "그"는 충분히 사건이 되어왔다고 위 시의 화자는 말하고 있다. "소싯적 그"는 누구보다도 "늘 앞서 달렸"고, 그러했기에 그가 "불보다 앞선 나무를 발견하였고 석탄을 찾았으며 기름과 연기로 달려 나갔"을 만큼 치열했고 뜨거웠음을 시는 암시하고 있다. 쉼 없이 달려왔을 그의 생으로 인해 그는 모두에게 추앙받는 존재가 되어 한때 "신"이거나 "철인"이라고도 칭송되곤 하였음을 알 수 있다. 그리고 위 시에서 화자는 그의 이 모든 삶의 궤적을 "신발"이라는 상징어로 표현하고 있다. "신발"은 그의 기관차가 되어 그를 세계의 한가운데로 내달리게 했던 매개였던 것이다.

이제 그는 또 다른 전환기에 처하여, 기관차와 같던 그의 지난날들을 돌이켜보며 존재의 새로운 지대를 만들고자 하는 시점에 놓여 있다. 한창 달리기만 하였을 그는 "신발"을 "벗어던지"고 "아파트 통로 그늘에 앉아" "시간의 발을 걸기 위해" 있는 것이다. 그리고 "시간"은 "어느덧 그의 옆에 앉"아 그가 지나왔던 시간 속 내용의 구비들을 나누게 된다. "안녕, 너는 한겨울에도 맨발이구나"라든가 "너의 신발은 한여름 모래사장이구나"는 '시간'이 '그'에게 건네는 대화의 일절이다. 한편 존재와 시간 사이의 습합 혹은 짜임의 관계로도 이해할 수 있을 이 대목에서 그를 둘러싼 과거와 현재 사이의 단절과 차이를 떠올릴 수 있게 된다.

여기에서 말하고자 하는 것은 존재의 특이성을 결정짓는 것은 그가 살아온 시간의 조직이라는 점과 관련된 것일 터이다. 시간의 방향성과 시간의 속도는 그것을 지나온 존재의 특성을 입증하는 근거에 해당한다. 그런 점에서 시간과 존재는 서로 분리되지 않은 채 세계의 결을 이룬다. 시간의 성질로 부각되는 그곳은 곧 존재가 구축한 특이성의 지대이기도 하다. 물론 위 시에서 "그"는 젊은 시절의 숨가빴던 시절을 뒤로하고 이제는 숨을 고르는 시간성을 구하고 있다. 요컨대 위 시는, 위 시의 주된 대상인 '그'의 시간성의 변화 양상을 조망하듯 보여주고 있는 시라 하겠다.

오가는 신발과 주머니, 찬바람에
혹시 모를 우연에 입맛을 다시며
기슭에서 떠내려온 모래와 흙을
자욱한 검은 물에 개어 벌컥이는
말해볼까, 입가에 묻은 불행들은
얼룩진 소매로 대충 닦아 내고서
아름드리 나무 숲 드리우는 짙은
그림자 아래 작은 숲, 손 내밀면
잘라낼 듯 삐걱이는 창살을 따라
건조된 잿빛을 떠먹는 하루 하루
차가워, 파란 트럭이 흘리고 떠난
흰 돌 옆에서 그 사연을 설명하는
풋말이 되어 자라는 줄기와 줄기
끝을 말아 쥐고 숨겨버리는 나를
전할 수 없겠지 저 먼 빛의 자리
나무 숲 따라 입은 초록색 겉옷

즙을 빨며 줄기를 타오른 벌레가
마지막 잎사귀에서 날개를 펼쳐
철창 밖 작은 돌을 향해 날아가는
양초를 켜고 지나가는 그림자로
섞여드는 등을 두드리는 희박한
돌섬의 검은 숲, 느리게 되감기는
입가의 굳은 밀랍 흰소리들 멎는
꺾이고 흰 촛불을 맴도는 왼손을

다만 눈으로 휘감은 버려진 물길
　들리는 말없이 간절한 잎새뿐
　　　— 임원묵, 「하수구에 핀 숲」(『상징학연구소』, 2023년 봄호) 전문

　시간의 반복된 사태로 주변과 구별되는 특이성을 형성한 지대는 세상에 놓여 있는 모든 존재와 사물들에 만연하다. 살아 숨 쉬며 유기적인 개체를 이룬 존재는 물론 오랜 시간에 걸친 사건의 축적이 있던 장소라면 저마다 특유의 공간적 특질을 지닌다. 자신을 에워싸는 주변과의 차별과 대결 속에 존립하는 까닭에 그것들의 존재 방식은 자체적인 힘의 장력에 의거한다. 그들은 척박할 수도 압도적일 수도 있는 환경 가운데 압박의 강도를 견디며 자신의 고유성을 구축해나가기 마련인 것이다. 그러한 조건 속에서 그들이 지속해온 느슨하거나 팽팽한 호흡은 따라서 오직 안온하거나 생생한 휴식의 터전이 된다. 생명을 지닌 이들에게 그곳은 물이 흐르는 오아시스 같거나 몸을 기댈 수 있는 언덕과 같은 장소다. 위 시의 제목이 암시하는 바 '하수구에 핀 숲'이야말로 이처럼 비로소 마음을 풀고 순간 숨을 고를 수 있는 특이성의 지대가 아닐까.
　위 시에서 보여주고 있는 혼돈스러운 가운데 들려오는 화자의 목소리, 그리고 정지하지 않을 듯한 흐름 가운데의 절제된 호흡은 거칠고 조악함 가운

데 자신을 잃지 않으려는 존재의 힘겹고도 저버릴 수 없는 의지를 나타내는 듯하다. 여기에서 말하는 혼돈이란 곧 스스로 감당해야 하는 소용돌이 같은 삶의 조건이라고 할 수 있을 것이다. 그것은 예컨대 제목에서처럼 '하수구' 등속의 것들일 터이다. 사람들의 생활의 배설물들이 모이는 가장 누추하고 더러운 곳인 '하수구'는 어쩌면 인간이 견뎌야 하는 삶의 지대이자 자기 존립의 과제를 안게 되는 회피할 수 없는 조건에 대한 비유라 할 수 있을 것이다. 인간에게 삶의 배경이란 '하수구'처럼 악취 나고 가장 더러우며 밀려드는 오물의 더미들과 같은 것이 아닐까 하는 것이다. 위 시에서 말하는 "오가는 신발과 주머니, 찬바람", "검은 물에 개어"는 "모래와 흙", "휘감은 버려진 물길" 등이 지시하는 것이 이들에 해당할 것이다.

한편 위 시는 이러한 '하수구'의 환경을 거슬러 '숲'을 일궈내는 화자의 존재를 그리고 있거니와, 이때 시의 화자는 실체가 모호한 듯하면서도 분명하게 존재한다는 특징을 지닌다. 위 시에서 화자는 도대체 누가 될 수 있을 것인가? 그는 "오가는 신발과 주머니, 찬바람에" "입맛을 다시며", "기슭에서 떠내려온 모래와 흙"을 "검은 물에 개어 벌컥이는" 행위와 "말해볼까" 하는 궁리를 동시적으로 하는 존재인바, 이는 위 시의 화자가 '하수구'와 다르지 않으면서 또 달라야 하는 애매한 존재, '하수구'와 구별되는 경계 혹은 뚜렷한 윤곽도 없으면서 또한 스스로를 '하수구'와 분리해야 하는 모호한 존재라는 점을 짐작할 수 있다. 말하자면 위 시의 화자는 "입가에 묻은 불행들"을 "얼룩진 소매로 대충 닦아 내"는 자로서, 그러한 반복적 행위 가운데 "간절" 하게 자신의 비전을 일구어야 하는 존재에 해당한다.

화자가 '하수구'라는 환경과 뚜렷이 구분되지 않은 주체로서의 '하수구'라는 사실은 화자가 처한 삶의 조건의 그악스러움을 의미한다. 그것은 도무지 선을 그으려야 그을 수 없고 벗어나려야 그럴 수 없는 극복 불가한 삶의 실상을 암시한다. 환경과 주체가 경계 없이 밀착되어 있는 삶의 조건은 어쩌면 인간 삶의 실상이면서 비극적인 운명을 나타내기도 할 것이다. 이러한 조건 속에서 그럼에도 이를 극복해야 한다면 주체가 할 수 있는 일은 무엇일까. 위 시에서 보여주고 있는 그것은 곧 꿈꾸기이다. 그것도 지속적이고도 반복적이며 끊임없는 꿈꾸기, 즉 "간절한" 꿈꾸기가 그것이다. 실제로 위 시의 화자는 "아름드리 나무 숲 드리우는 짙은/그림자 아래 작은 숲"을 "건조된 잿빛을 떠먹는 하루 하루"를 거듭하며 "파란 트럭이 흘리고 떠난/흰 돌"에도 기대며, 그가 보내는 모든 순간을 두고 상상한다는 것을 알 수 있다. 그의 계속적인 몽상은 분절되지 않는 발화로 표현되고 있으며 "저 먼 빛의 자리/나무 숲 따라 입은 초록색 겉옷/즙을 빨며 줄기를 타오른 벌레가/마지막 잎사귀에서 날개를 펼쳐/철창 밖 작은 돌을 향해 날아가는" 연속적인 형상으로 이어지고 있다.

그가 꿈꾸는 비전이 끊기는 듯 연속으로, 단절되듯 이어지며 모호하게 연장되는 가운데 '하수구'의 한 귀퉁이에는 "희박한 돌섬의 검은 숲"이 하나의 돌기를 이루며 들어서고 있음을 알 수 있다. '하수구'에 밀려드는 급한 물살은 그곳에 이르러 "느리게 되감기는" 속도로 "맺"고 "꺾이고 휜" "촛불"과도 같은 지대를 이룬다. 결국 그곳은 '하수구' 전체와 구별되는 특이성의 지대가 되는 것이다. 그곳은 꿈이기도 하고 실제이기도 하며 '하수구'이기도 하고 '하수구'가 아닌 곳이기도 하다. 이곳은 '하수구에 핀 숲'이 된 것이다. 화자의 쉼 없이 반복된 염원으로 마침내 "숲"으로 생성된 이곳은 "벌레"들이 날갯짓을 꿈꾸는 중심이 되기도 한다. "벌레"는 "숲 따라 입은 초록색 겉옷/즙을 빨며 줄기를 타오르"고 있으며 "마지막 잎사귀에서 날개를 펼쳐/철창 밖 작은 돌을 향해 날아가"는 꿈을 꾼다. 이는 '하수구'에서 피워 올린 화자의 꿈의 지대가 이곳을 지나는 타자들의 또 다른 꿈의 지대가 되고 생명의 근거가 되고 있음을 의미한다.

위 시에서 구현하고 있는 '하수구에 핀 숲'은 세계와 분리되지 않은 채 세계 내에서 구축한 특이성의 지대의 한 형상에 맞먹는다. 세계 내에서 고유하면서도 세계와 차별되는 그곳은 저절로 형성되지 않는다. 그것은 주체들의 무한한 꿈과 무수한 행동으로 비로소 가능한 세계의 주름이라 할 수 있다. 마찬가지로 지금까지 살펴본 여러 시의 특이성의 지대들은 외부에서 비춰질 때 단순히 기이함으로 느껴지지만 실상 그곳은 내부에 무구한 에너지를 내포하는 지대라 할 수 있다. 그것들은 생성 에너지가 서려 있는 창조의 중심지다. 또한 이곳이야말로 쉼과 안식이 이루어지는 장소다. 예술가의 시선이 머무는 곳도 이러한 곳인 셈이다. 이처럼 시인이 포착하는 특이성의 지대는 세계 곳곳에 존재하되 드물게 있으며 세계의 비루함과 번잡함으로부터 우리에게 잠시 숨을 쉬게 하는 곳이 된다. 시와 더불어 구원을 꿈꾸게 되는 것도 이와 관련된다.

미와 진리를 꿈꾸는 순수의식의 현상들

후설은 과학기술의 전일성과 획일성에 대한 비판적 시각이 일던 시기에 현상학을 통해 인간의 구체적이고 다양한 생활세계로 시선을 돌리고자 하였다. 과학적 실증주의에 따라 진리 여부를 판단하던 방식에 반기를 들었던 그는 과학주의 역시 하나의 편견에 불과하므로 이에 대한 판단중지가 요구되며, 진리는 현상 자체를 향한 의식의 지향성과 그에 대한 본질 직관에 의해 드러난다고 논한 것으로 잘 알려져 있다. 후설의 현상학은 근대 문명의 추상성과 객관성으로부터 삶의 구체성과 인간의 주관성을 되살리고자 하는 의도를 지니고 있었으며, 이는 주체로 하여금 대상과 상호작용함으로써 의식의 통일성을 구축하도록 고무하는 계기가 되었다. 대상에 대한 인간적 해석을 중시한 후설의 이러한 방법은 인간이 세계 속에서 경험하게 되는 불명확하므로 무가치하게 다루어졌던 체험들이 오히려 인간의 직관을 필요로 하는 의미 있는 것들이라는 점을 제시하였고, 이에 따라 우리는 종교와 예술과 같은 신비스러운 체험을 보다 풍부하게 이해하는 일의 계기를 얻을 수 있게 되었다. 후설이 말한 의식의 순수성은 우리의 생활세계 속에 가득한 시적 대상 및 시적 체험의 의미를 인식하는 데 유용한 매개가 될 것이라는 점이다.

이러한 후설의 관점은 크게 보아 오늘날 시가 쓰여지는 두 가지 경향성, 즉 언어의 자율성에 기대어 이루어지는 시의 현대적 경향과 세계에 대한 주체의 지각에 기반하는 시의 전통적 경향 가운데 후자와 밀접하게 연관된다. 언어의 기호적 체계 속에서의 새로운 언어 창조에 대한 도전에 주력하기보다는 자아가 세계와 만나면서 경험하게 되는 감각과 정서에 주목하는 경향이 그것이다. 이들에게 시는 사물과 분리되어 있는 독립체로서의 언어 작용에 의한 것이 아니라 철저하게 체험 속에서 이루어지는 성격을 띤다. 이들에 의하면 생활세계 속에서 형성되는 지각들이 주체의 내면에 정서적 파토스를 일으킬 때야말로 시가 탄생하는 순간으로서, 이에 천착할 때 미의 근원과 삶의 진실이 드러날 수 있게 된다. 흔히 시답다거나 시적(詩的)이라고 할 만한 지각의 발생이 곧 이와 관련된다.

시가 시적(詩的)이라거나 지각 가운데 시적 체험에 해당한다는 것은 무엇을 가리키는가? 세계 속 경험 가운데 시인이 시적 충동을 느끼고 그러한 자신의 경험을 능동적으로 포착하게 되는 이유는 무엇일까 하는 것이다. 그것은 개개인의 경험에 따르는 지극히 상대적인 것일까 혹은 보편성을 지니는 것일까?

이러한 질문들은 시의 원리를 묻는 주제인 동시에 삶의 본질에 관한 문제를 포함한다. 시적 미학은 세계에 내재되어 있는 신비로운 의미에 닿아 있을 때 비로소 구현되는 것이기 때문이다. 세계와의 만남 속에서 지각되는 충격과 신비는 주체의 의식을 점령한 후 미적 언어에 힘입어 시적 파토스로 현상한다. 그것은 삶의 진실에 닿아 있는 것이며 존재의 결핍 혹은 충만에 따른 것이다. 인간이 경험하는 혼돈과 의혹, 기쁨과 황홀은 인간의 의식을 초월하는 미지와 불확실성에 기인하는 것일 수도 있겠다. 시의 발생을 일으키는 이러한 지각 체험은 요컨대 알 수 없으면서도 이미 알고 있는 것과도 같은 모순된 경험에 따른 것이기에 인간에게 세계를 이해하고자 하는 욕망을 일으키는 강력한 기제라 할 수 있다. 이는 곧 시가 우리의 의식을 인간을 둘러싼 무한한 시공으로 인도하는 출발에 있는 것임을 말해준다. 인간은 어디에서 비롯하며 어디로 향해 있는가 하는 것이다. 결국 시의 탄생은 인간의 존재가 놓여 있는 근원적인 지평이 무엇인지를 묻는 것과 결부되는 사실인 셈이다.

> 우리가 잠시 추억의 궁궐을 거닐고 싶다면
> 놀빛 옷을 입고 명주세로를 걸어야 한다
> 햇살만을 딛고 온 신발을 벗어두고
> 아무도 밟지 않은 달빛 미로를 걸어야 한다
> 잘 씻은 맨발로 그를 찾아가면
> 얼굴 흰 추억이 우리를 마중한다
> 한번도 방문한 적 없는 그의 침실이
> 흑요석 은환을 손가락에 끼워줄 땐
> 어둠의 안내를 받으며 그에게 몸을 던져도 좋다
> 오래 추억에 세 들어 살고 싶은 사람아
> 숙박할 수 없는 꿈은 파편처럼 아름답다
> 닿고 싶은 곳이 없으면 강물이 천리를 흐르겠는가
> 어제는 수많은 정류장을 지나왔지만
> 지나온 시간들을 압정으로 박아둘 순 없다
> 언제나 염원은 정맥처럼 뛰어가고
> 기억의 가르마길은 잃어진 보석처럼 허전하다
> 잠의 점령지는 제철 다한 들꽃처럼 흩어지고
> 깨어지려고 태어난 유리상자처럼
> 추억은 마지막 페이지가 없다
> ── 이기철, 「추억은 나의 재산」(『동행문학』, 2023년 여름호) 전문

지금 이곳에 있으면서 현재적 지각 체험을 하고 있지만 의식은 미지의 무한의 시공으로 열려 있는 위 시는 화자의 '추억'을 중심 내용으로 삼고 있다. 위 시에서 '추억'은 현재와 과거를 이어주면서 그것과 관련한 시적 자아의 경

미와 진리를 꿈꾸는 순수의식의 현상들

험을 신비롭고 아름답게 환기하고 있다. 매우 시적으로 그려지고 있는 '추억'은 시적 자아를 순수와 기쁨의 상태로 진입하게 하는 안내자이자 그의 의식을 무한의 지평으로 확대시키는 매개자가 된다. '추억' 앞에서 자아는 더 이상 현재의 제한된 시간성 속에 놓이지 않게 되며, '추억'으로 인해 그는 무한의 시공 속에 뛰어들어 열락의 상태에 몰입하게 된다. 이러한 상황은 의식의 순수한 상태에서 경험하게 되는 황홀경의 체험이라 할 만하다. 그것은 자아에게 시적인 경험이자 시적 인식에 해당하며 시인에게 영감을 주는 시적 순간이라 할 수 있다. '추억'을 가리켜 시인이 '추억은 나의 재산'이라 일컫은 이유도 여기에 있다.

위 시에서 '추억'을 순수와 기쁨의 그것으로 묘사하는 방식은 매우 섬세하고 아름답다. 더 정확하게 말해 그것은 '추억'과 대면하는 순간 화자의 내면에 일어나는 경험의 형상을 포착하는 방식이라 할 수 있다. 회상하는 어떤 대상이 밀려올 때 "놀빛 옷을 입고" "아무도 밟지 않은 달빛 미로를 걷"는다는 것은 대상에 임하는 화자의 태도와 상태가 어떠한지를 말해주는 것이다. 그것은 '추억'이 자아로 하여금 현실과 일상으로 오염된 그의 의식을 벗겨내고 순수 지각의 상태가 되도록 인도함을 의미한다. '추억'은 자아가 세계 앞에서 겸허해짐으로써 미와 진리의 순수의 지대로 나아가도록 돕는다. 자아가 기쁨과 행복, 자유를 느낄 수 있게 되는 것도 이러한 때이다. 이때 자아는 무분별한 의식들을 소거하고 자신만의 내적인 체험 속에 빠져들게 되는 것이다. '추억'과 관련하여 "한 번도 방문한 적 없는 그의 침실이/흑요석 은환을 손가락에 끼워줄 땐", "그에게 몸을 던져도 좋다"라든가 "오래 추억에 세 들어 살고 싶은 사람"이라고 말하는 것도 이 때문이다. 이로써 자아는 온전히 자아의 고유성과 통일감을 체험하게 된다.

'추억'을 둘러싼 화자의 이러한 경험은 어디에서 비롯되는 것일까? 고유하고 개별적인 화자의 이러한 경험은 보편적 의미를 지니는 것일까? 위 시에서 제시되고 있는 '추억'은 사실상 외적 체험과 구분되는 특수한 것이다. "숙박할 수 없는 꿈은 파편처럼 아름답다"에서 알 수 있는 것처럼 그것은 현실의 논리로부터 벗어난 일시적이고 신기루 같은 것일 수 있다. 현실의 질서 앞에서 그것은 한갓 꿈처럼 무력할 수도 있을 것이다. 그러나 '추억'의 그러한 점들은 오히려 현실과 대비되는 것으로서의 자신의 고유성과 정체성을 드러내는 요소라 할 수 있을 것이다. 그것은 도구적일 수 있는 현실의 질서로부터 분리되어 자아에게 삶의 진실을 응시할 수 있게 하는 계기가 된다. 즉 '추억'으로 인한 내적 체험은 자아가 의식의 순수성을 회복하고 삶의 본질을 직관할 수 있게 해주는 매개가 된다고 할 수 있다.

현실의 논리로부터 벗어난 의식이 지향하게 되는 세계는 무한의 시공성의 지평이다. 무한의 시공성은 현실의 일회적이고 제한된 시공성을 초월함으로써 진리를 향해 있다. 무한의 지평을 통해 의식은 자신을 가로막는 어떠한 장애도 없이 의식의 자유를 경험한다. 무한의 시공에 자신을 맡긴 채 자아는 자신의 의식 세계를 확장시킬 수 있게 된다. 이를 가리켜 화자는 "지나온 시간들을 압정으로 박아둘 순 없다"라거나, "추억은 마지막 페이지가 없다"고 표현하고 있다. 화자의 의식은 "천리를 흐르"는 "강물"의 시공성에 놓여 있는 것이다.

의식이 놓이는 이러한 사태를 받아들이는 것은 화자가 자신이 처한 존재의 지평을 인식하는 것과 다르지 않다. 더욱이 위 시에서 화자는 "닿고 싶은 곳이 없으면 강물이 천리를 흐르겠는가"라고 하고 있거니와 그것은 이러한 시공성을 수용하는 것이 허무하고 무방향적인 것이 아니라 뚜렷한 목적과 지향성을 지니는 것임을 암시하고 있다. 어쩌면 그가 말하고 있는 이러한 지향성이 화자를 무한의 지평으로 인도한 요인이자 자신을 "정맥처럼 뛰어가"게 하는 "염원"에 해당하는 것일 수도 있겠다. 그가 꿈꾸는 '염원'의 구체적인 내용이 무엇인지는 알 수 없는 노릇이다. 그러나 그것이 현재를 거슬러 그 너머의 삶의 의미에 당도하도록 인도하는 계기일 것임은 분명하다. 그것이 아니라면 화자가 '추억' 앞에서 그토록 겸허하고 순수한 태도를 나타낼 수 있었던 이유를 해명하지 못할 것이다. 또한 '추억'을 마주하는 순간의 의식의 사태를 묘사하는 위 시가 이토록 시적으로 다가오는 이유도 여기에 있을 것이다.

버릇처럼 저녁을 걷는다

빛을 감춘 저녁을 이해하게 된다
새의 발로

저녁이 되면 젖은 얼굴도 아름다워 보인다
매달린 새들도 침묵의 자세를 배우기 위해
어둠에 붙들렸지만

여전히 나무로 새로 남아 있는
눈이 자주 붓는 마음

돌이킬 수 없는 일들은 어디쯤 흘러갔을까
새의 발이 닿았던 수많은 구름을 본다
발등으로 연한 여름이 분다

웅크리고 앉아 어둠을 길게 한 모금 마신다
먼 곳에서는 빛이 넘어오는지 나무가 흔들린다

어둠을 붙들고 있는 것은 내 손이니
소란과 침묵을 번갈아 응시하다
새의 발목을 갖게 되었지

새들은 빛을 감춘 저녁에만 발끝으로 맴돈다

흔들리지 않는 고도를 지나 구름에 닿는다

먼곳에서는 빛이 넘어오는지 기침이 난다
— 최서진, 「오늘부터 새」(『시사사』, 2023년 여름호) 전문

　외적 세계로부터 시선을 돌려 내면을 응시할 때 의식은 오염되지 않은 순수한 상태가 되어 비로소 세계를 직관하고 미와 진리를 인식할 수 있게 되거니와, 이러한 경험은 순전히 개별적으로 이루어지는 것이면서도 보편성을 띠는 것이라 할 수 있다. 이때 자아는 내면에 침잠하되 무한한 세계의 시공성, 즉 우주적 지평과 만나게 된다. 역설적이게도 자아는 자신의 순수의식과 대면하는 순간 세계와 하나가 되는 체험을 하게 되는 것이다. 그것은 신비로운 것이고 황홀하고 자유로운 체험이며, 이러한 순간에 얻게 되는 정서적 상태야말로 시적 체험에 해당한다. 소위 시적(詩的)인 시가 탄생하게 되는 것도 이러한 체험에 기인한다. 시적인 시는 단순한 언어의 꾸밈이나 지적인 조작에 의한 것이 아닌 이와 같은 순간에 현상하는 시적 파토스에 의해 탄생하게 된다.
　위 시는 화자가 시적 사태에 맞닥뜨리게 되는 순간의 상황을 묘사하는 데 대부분이 할애되고 있다. 그러한 순간은 일상의 길고도 평범한 시간 가운데 갑작스럽고도 분명하게 닥치는 미적 체험을 통해 현상하고 있거니와, 화자가 경험하는 "저녁"의 시간이 그것이다. 위 시의 화자에게 "저녁"은 특별할 것도 없이 매일 반복되는 것이면서도 순간 모든 것을 아름답게 보이도록 만드는 신비한 시간이기도 하다. 이러한 순간은 의식하거나 의도하지 않은 가운데 섬광처럼 다가와 세계가 품고 있는 아름다움을 일시에 펼쳐놓게 된다. 화자가 "버릇처럼 저녁을 걷"고 있을 때 갑작스럽게 마주한 사태도 그와 다르지 않다. 이러한 미적 순간 자아는 자신이 이전과 전혀 다른 상태에 처해 있다고 여겨지며 의식의 깨어남을 경험하게 된다. 위 시의 제목이 '오늘부터

새'인 것 역시 불현듯 만나게 되는 이러한 이질적 순간을 지시하기 위한 것이라 할 수 있다.

위 시에서 "새"는 어둠이 내리는 순간 "빛을 감춘 저녁을 이해하게 되"는 자아를 상징하는 것으로서, "새"는 "젖은 얼굴도 아름다워 보이"는 "저녁이 되면", "침묵의 자세를 배우기 위해 어둠에 붙들리"는 존재로 묘사되고 있다. 이는 "저녁"과 같은 특수한 순간에 처하게 되자 외부로부터 분리된 채 고요히 내면을 응시할 수 있는 상태가 되는 자아의 모습을 나타낸다. 자아에게 "저녁"은 사물을 아름답게 현현시키기도 하는 신비로운 시간이면서 내적인 평온을 가져다주는 드문 시간이기도 하다. 이러한 "저녁"은 화자가 살아가는 일상적 시간 가운데의 일부이기 때문에 화자는 "여전히 나무로 새로 남아 있는" 상황과 "새의 발목을 갖게 된" 상황을 구별하고 있다. "새"가 겪게 되는 "저녁"의 경험은 유독 "새의 발로" 이루어지는 드물고도 고유한 사태인 것이다. "새의 발"은 세계의 신비로운 상황과 마주하여 그것에 다가가는 자아의 조심스럽고도 세심한 태도를 암시하는 표현이다. 여기에는 "저녁"이 불러일으키는 미적 순간에 자아가 지니게 되는 세계에 대한 외경의 마음이 잘 담겨 있다.

"새"와 "새의 발목"의 구분은 화자가 놓인 일상적 세계와 내적 세계라는 세계의 양면성을 의미한다. 일상적 세계는 그저 평범한 채로 있으면서 늘상 회한과 "소란"으로 힘겨워해야 하는 삶을 가리킨다. 현실의 시간을 살아가야 하는 "새"가 늘 "눈이 자주 붓는 마음"을 지니게 되는 것도 이 때문이다. 이에 비해 "어둠"의 시간은 그에게 성찰과 통찰을 가져다주며 세계의 본질에 다가가도록 이끈다. "새"에게 "저녁"을 뜻하는 "어둠"의 상황이 그것이다. 이때의 "새"는 "발목"으로 가닿아 보았을 미적 순간들을 떠올리며 영원하고 무한한 세계로 의식을 이동시킨다. 화자가 "돌이킬 수 없는 일들은 어디쯤 흘러갔을까" 질문하게 되는 것도 이와 관련된다.

이처럼 "저녁"이 "새"에게 강한 파토스를 일으키며 기억되는 순간이라는 점에서 화자는 "새들은 빛을 감춘 저녁에만 발끝으로 맴돌"았다고 말한다. 화자에게 "저녁"은 "빛을 감추"고 있는 시간으로 인식된다. 위 시에 따르면 "저녁"이 숨기고 있는 "빛"은 그 속에 놓여 있는 존재들을 충격하고 "흔들리"게 한다는 것을 알 수 있다. 그것은 존재의 의식을 각성시키고 세계의 본질을 깨닫게 하는 상황을 가리킨다. 또한 그러한 순간 자아는 자신을 한계 지었던 견고한 질서로부터 벗어나 무한한 세계로 열린 자유를 경험할 수 있게 된다. "흔들리지 않는 고도를 지나 구름에 닿는" 일 또한 여기에 속한다. 이는 "소란과 침묵" 사이를 "번갈아" 살아가야 할 운명인 "새"가 추구할 수 있는 꿈의 지평이 아닐 수 없다.

이승훈의 유고집 '무엇이 움직이는가'를 읽는다 이승훈은 없고 글자들이, 손이, 흑피로 쓴 글자들이 움직인다 그는 갔어도 그의 혼이 움직인다 혼이 세상을 들썩들썩 움직인다 그의 글씨, 어린아이처럼 삐뚤삐뚤 숨넘어가듯 쓴 시가 움직인다

움직이는 것은 살아 있다는 것, 살아 있다는 것은 죽음을 향해 가는 것,

그의 얼굴이, 손가락이, 죽음을 따라가며 한글 처음 배우는 아이 같이 울퉁불퉁 삐뚤삐뚤 마지막 절규 같은 혼이 움직인다 살아 있다는 신호다 살아 있는 산호다

산호가 그의 노트 속에서 꿈틀꿈틀 빨갛게 살아난다 살아나는 것은 피다

영혼의 피! 이승훈의 피가 움직인다 마지막 붉은 마침표 같은 피, 그의 노트 위에서 꿈틀꿈틀 숨을 몰아쉬고 있다 그의 피가 오늘 여기 강물로 출렁이고 있다

— 이영춘, 「무엇이 움직이는가」(『예술가』, 2023년 여름호) 전문

시인이 언급한 대로 위 시는 2019년 11월에 발간된 이승훈의 유고집 『무엇이 움직이는가』를 읽으면서 얻게 된 생각을 바탕으로 쓰여졌다. 2018년 1

월에 작고한 후 간행된 것이니 이 책은 1년이 훨씬 지난 후 만나게 된 이승훈의 흔적이라 할 수 있다. 유고집이 으레 그러하듯 생전에 그와 함께했던 이들이라면 여러 감정의 뒤섞임을 겪었으리라. 지금은 있지 않은 것에 대한 그리움은 그가 남긴 흔적들에 매달려 그를 추억하게 한다. 특히 작고하기까지 그가 썼던 독특한 모양의 필체는 오래도록 우리의 기억에 남을 것이다. "삐뚤삐뚤"한 그의 필체는 마지막까지 펜을 붙들고 자신의 존재를 이어가고자 했던 그의 열정과 간절함을 담고 있기 때문이다. 위 시는 이러한 이승훈의 글씨체가 야기한 화자의 의식에 기반하여 쓰여진 것이다.

　펜을 쥐기 힘든 상황에서조차 시를 쓰고 지인에게 안부를 묻던 그의 글씨들은 특이성의 사태를 이미 넘어서 있다. 우리는 그의 글씨들을 보면서 놀라움을 경험하는 데서 그치지 않고 그것이 우리의 의식을 모호하면서도 분명한 지대로 몰아간다는 것을 알게 된다. 그의 흔들리는 글씨는 우리의 의식을 흔들고 혼돈에 처하게 한다. 그것은 죽은 자가 남긴 생생한 흔적에 기인하는 혼돈이다. 부재한 자가 일으키는 강한 존재감으로 우리는 삶과 죽음을 되돌아보게 된다. 그가 지금도 실재하는 듯한 이 불합리한 의식을 일으키는 요인은 무엇인가 하는 것이다. 이는 분명히 지각되는 것이지만 생소한 의식일 수 있다. 그의 특유의 글씨는 그것을 지각하는 이들을 세계가 내포하고 있는 본질적 지대로 인도한다. 이때 환기되는 의식은 주체로 하여금 이토록 모호한 의식이 어떤 성격을 지니는 것이며 이를 야기한 대상의 의미는 무엇인지에 대해 질문하게 한다. 시인의 의식이 '움직이게' 된 것도 바로 이 지점이다.

　이승훈의 유고집을 통해 접한 그의 특수한 필체에서 비롯되고 있는 위 시는 주로 '움직임'에 주목하고 있다. "한글 처음 배우는 아이 같이 울퉁불퉁 삐뚤삐뚤"한 그의 필체에서 화자는 '움직임'의 사태를 본다. '움직임'은 글자에서 머무는 것이 아니라 유고집의 제목이자 위 시의 제목으로 재현되고 나아가 "세상을 들썩들썩" 움직이는 데까지 이르고 있다. 무엇보다 가장 뚜렷한

제2부 시의 생성의 현장

움직임은 위 시를 탄생시킨 의식의 형성에 해당할 것이다. 시인은 이승훈의 글씨와 만나면서 커다란 의식의 증폭을 이루어냈던 것이다. 그리고 시인은 이러한 의식의 혼돈스러운 '움직임'의 근원을 가리켜 "혼"이라고 규정한다. 달리 무어라 말할 수 있을까. 부재하면서도 이토록 강렬한 '움직임'을 일으킬 수 있는 에너지는 곧 "혼"이 아니고 무엇이겠는가. "혼"은 사물 속에 내재된 채 소멸하지 않고 그것의 존재성을 발휘한다. 세계의 여러 부면에서 '움직임'을 야기할 수 있던 것도 이 때문이다. 말하자면 위 시는 이승훈의 글씨가 포회하고 있는 "혼"에 대한 현상학적 인식을 담고 있는 것이다.

이승훈의 글씨가 담지하고 있는 "혼"의 실체는 뚜렷하다. 그것을 가리켜 화자는 "살아 있다"고 말하고 있다. 실제로 비록 눈에 보이지 않는 것이어도 힘을 발휘하고 있다면 그것을 없다거나 죽은 것이라 말하기 힘들다. 모든 살아 있음이 언제나 죽음을 내포하고 있는 것이라면 죽음 편에서도 살아 있음을 말해야 한다. 그는 죽었지만 그 죽음은 삶을 이미 포함하고 있다. 그의 삶이 죽음을 전제로 한 죽음과의 싸움을 통해 이루어졌기에 그러한가. 그에게 삶과 죽음은 분리되지 않는 연속체가 될 것이며 그가 남긴 사물들에는 모두 이러한 그의 삶의 실체가 유전자처럼 기록되어 있을 것이다. 그의 글씨가 대표적인 사태라 하겠다. 이를 가리켜 위 시는 "이승훈의 피가 움직인다"고, 그것이 "그의 노트 위에서 꿈틀꿈틀 숨을 몰아쉬고 있다"고, "그의 피가 오늘 여기 강물로 출렁이고 있다"고 말하고 있다. 화자의 말대로 그의 삶이 "절규 같은" 것이었던 모양이다. 그의 흔적 앞에서 누구든지 이러한 마음의 혼돈을 겪게 되니 말이다.

아카데미상을 받으면서 국경을 노출한 덕분일까 낯선 거리에 문을 열자마자 주문이 줄을 잇는 윤식당에 눈을 빼앗긴다. 배낭 여행객들이 잔치국수집으로 알고 출출한 배를 달래려고 들어갔다가 혀를 쑥 뽑힌 채 나오는 파스타 전문점

즐비한 스페인 가라치코 마을, 마카로니 황금 빛깔이 시선을 빼앗는 일 포스티노 촬영지 카프리, 파란 파도 밀려오는 발리에서도 줄을 잇는 손님들 따라 티뷔 화면 속으로 풍덩 빠진다. 그런데 모 생명보험 광고에 노출된 20대의 발랄한 카페 여자를 보며 또 한 번 놀란다. 잔주름이라곤 없이 길게 늘인 목, 가는 허리를 좌악 펴주는 하이힐, 칼로 금을 그은 듯 얇은 쌍커풀에 담긴 맑은 눈의 여자가 뭇 시선을 꼼짝 못하게 당긴다. 윤여정의 리즈 시절을 저렇게 잘 간직한 필름이 있다니! 절로 혀를 차게 된다. 아카데미를 제패한 배우답구나 했더니, 그게 실은 실제보다 더 빼닮은 AI로 재현한 타임슬립 작품이다. 윤여정의 젊은 날 사진이며 숨어 있는 필름들을 찾아 밤낮없이 학습한 컴퓨터가 디에이징 기술로 창조한 여자란다. …(중략)… 인공지능 알파고가 천재 바둑 기사 이세돌을 이길 때만 해도 극히 일부의 우려려니 했더니, AI가 지배하는 세상이 바로 곁에까지 다가왔다고 선언하듯 종아리가 고운 AI 여자가 윤식당 문을 슬며시 밀고 들어간다. 뭇 남성들이 젊은 여자를 따라 식당문을 줄 지어 밀고 들어간다. …(중략)… 광고 속 젊은 윤여정은 여러분 저를 더 보고 싶으면 생명보험에 많이 가입해 주세요 하면서 곤혹스런 미소를 짓는다. 문득 AI와 만나려면 인터넷이 끊어지지 않도록 월급이 계속 나와야 할 텐데, 정리해고 통지를 받을까 봐 오는 봄이 조마조마하다. 얼굴을 가린 누군가 내 등을 AI에게 끝없이 떠민다. 내가 나를 알 수 없이 끝 모를 수렁으로 빠져들어 간다.

—박몽구, 「윤여정AI」(『예술가』, 2023년 여름호) 부분

대상에 대한 지각을 통해 일어난 의식의 충격이 시를 탄생시키는 요인이라 했거니와, 의식의 그와 같은 '움직임'은 주체와 대상 사이의 순수한 의식의 교류를 통해 가능하다. 대상을 그 자체로 인식하고자 하는 의식은 대상을 지배하는 도구적이고 기계적인 논리의 외피를 걷어내고 그 안에 살아 숨 쉬는 대상의 본질을 대면해야 한다. 이를 위해 의식은 거울처럼 맑아야 하며 대상을 향한 순수한 지향성을 지녀야 한다. 이때라야 대상은 의식을 향해 자신을 드러내고 의식은 비로소 대상을 온전히 인식하게 된다. 대상과의 의식의 상호 교류 속에서 자아는 대상에 몰입하는 경이를 느낌과 동시에 세계와의 일

체감에 따른 자유를 체험하게 된다. 이러한 사태야말로 시적 충동이 일어나는 현상학적 순간에 해당한다.

이러한 관점에 따르면 의식을 충격하고 주체를 각성의 상태로 이끄는 지각의 대상은 세계 내의 본질적인 실체라 할 만한 것이어야 한다. 그것은 생생하게 살아 있는 것으로서 그 존재성을 강렬하게 드러내는 것이어야 한다. 그것은 시간의 면면한 흐름을 견디며 우주적 세계 내에서 굳건히 존재하는 것이어야 한다. 그러할 때 그것은 우리에게 지향의 염원을 일으키고 우리의 의식을 몰입시킬 수 있게 된다. 요컨대 시적 충동을 일으키는 대상은 뚜렷한 존재성을 지닌 우주적 실체여야 한다는 것이다.

그러나 오늘날 우리는 이러한 인식의 원리를 뒤흔드는 사태에 직면하고 있다. AI의 등장이 바로 그것이다. 가상 현실을 배경으로 가상적인 존재로 탄생했던 AI는 이제 점진적으로 가상 세계에서 우리의 현실 세계 내로 편입해 들어오고 있으며 이는 우리의 인식 구조를 전면적으로 점검하도록 요구하고 있다. 없는 것이면서 있으며 부재의 상태로 존재감을 발휘하는 AI는 인식의 원리를 고려하면 신비롭고 경이로운, 따라서 그것을 통해 세계의 본질을 논해야 할 우주적 대상이라 할 만하다. 하지만 AI를 두고 이와 같은 속성들을 말할 수는 없는 노릇이다. AI는 현상적으로는 의식을 충격하는 존재임에 틀림없지만 그렇다고 그것이 세계의 본질적 차원에서 의미를 지니는 대상이라고 보긴 어려울 것이기 때문이다. 생생한 존재성을 드러내지만 그것은 실재에 있어서 살아 있다고 말할 수 없는 기계에 불과하지 않은가. 기계적 세계와 선을 긋고 인간적 진실을 구하기 위해 작동해온 우리의 순수의식 앞에서 AI는 지각의 대상으로 포착되는 순간 버려져야 할 운명을 지닌다. AI는 결코 우리에게 시적 충동도 시적 인식도 불러일으킬 수 없는 차가운 사물에 불과한 것이다.

AI를 중심 소재로 삼고 있는 위 시는 이와 마찬가지로 AI의 등장으로 인해 겪게 될 우리의 의식상의 혼란과 삶의 혼돈에 대해 다루고 있다. 2016년 이세 돌과의 대국으로 세상을 놀라게 하며 등장했던 AI는 화자의 말대로 "극히 일부의 우려려니 했"는데 그것은 어느덧 "AI가 지배하는 세상이 바로 곁에까지 다가왔다고 선언하"는 것처럼 예측 이상의 빠른 기술의 진전을 보이고 있는 것이다. 오늘날 AI는 전문가들을 능가할 정도의 전문적 능력을 발휘하면서 우리의 생활 속에 깊고도 광범위하게 스며들고 있으며, '윤여정AI'가 단적으로 말해주듯이 실제보다도 더 진짜 같고 진짜보다도 더 완전한 모습을 띠고 우리 앞에 나타나고 있다. 또 그 때문에 우리는 그것에 매혹되어 자아를 망각할 정도로 빠져들게 된다. "20대의 발랄한 카페 여자"의 "잔주름" 없이 "길게 늘인 목", "가는 허리", "엷은 쌍꺼풀에 담긴 맑은 눈의 여자"는 누가 보더라도 아름다워서 "뭇 남성들"이 "젊은 여자를 따라 식당문을 줄 지어 밀고 들어가"는 사태가 벌어지기에 부족함이 없는 것이다.

상황이 이러하다면 향후 인간이 AI와 교감하고 사랑을 나누며 그것의 존재성으로 인해 삶과 의식의 각성도 겪게 되는 날들이 닥칠 것인가? AI로부터 세계의 우주적 본질을 인식하고 그에게서 시적 신비 또한 경험할 수 있게 될까? 그러나 이러한 가설과 기대는 그들의 존재가 가상이자 가짜인 것처럼 한갓 허구에 불과한 것이 될 것이다. 영혼을 지니고 창조된 것이 아닌 그들에게 신비로움을 경험할 리 만무하며 그러한 그들과 인간과의 깊은 교감은 불가능할 것이라는 점이다. 그것은 결국 인간과 AI와의 공존이 한낱 기계적인 논리에 의해 이루어질 것이며 그 속에서 성립될 이 둘의 관계가 단지 지배 종속이라는 매우 일반화된 도구적 차원에 머물게 될 것이라는 점을 말해준다.

이러한 사정은 인간에게 스스로 인간의 존재의 성격과 의식의 원리를 이해하고 영혼을 지닌 주체로서의 정체성을 상실하지 않도록 촉구한다. 영혼을 지닌 인간은 세계의 유일무이한 존재로서 AI에게 대체될 수 없는 창조성과 신비성을 지니는 존엄한 실체인 것이다. 인간은 AI와 달리 AI가 가지지 못하

제2부 시의 생성의 현장

는 우주적 존재성을 내재하고 있다. 그러나 인간에 대한 이러한 인식은 오늘날 무력하기 그지없다. 오늘날 인간은 이러한 진실한 인간적 면모로부터 얼마나 멀리 떨어져 있는가. 인간에 대한 규정은 신비로움과 고귀함을 상실한 채 이미 도구화되어 있다. 우리의 삶은 대부분 단지 오늘 하루의 일용할 양식을 구하기 위해 전전긍긍하는 차원에 놓여 있을 따름이다. 오늘날 인간의 삶은 많은 경우 "인터넷이 끊어지지 않도록 월급이 계속 나와야 할" 일을 걱정하고 있는 수준을 넘어서지 못하고 있는 것이다. 이 속에서 인간의 주체성을 구현하며 살기는커녕 "얼굴을 가린 누군가 내 등을 AI에 끝없이 떠미"는 대로 "내가 나를 알 수 없"는 "끝 모를 수렁으로 빠져들어 가"고 있지 않은가.

빈터를 채우려 했나? 빈 터를 보여주려 한 것 생상스를 상크트 상크트로 읽으며 vacant vacant 하며 백조 백조로 덮으려 했네. 죽음이 천사인 것 ─ 죽음의 백조인 것

맨 나중 모습을 드러낸 것은 어머니와 함께한 사진, 어머니는 어느 장로님의 모습을 하고 계셨다 엉뚱한 사진, 그로테스크의 두가지 뜻 중(中)에 코믹성이 었네
좌측에 서 계신 어머니, 동생들, 그리고 환경관리공단 본부장, 나는 그들을 채근했네, 봐봐 어머니야, 울음을 터트렸네
궁금한 것은 집안에 들인 커다란 나무, 기둥과 큰 가지 주위를 시멘트가 꽁꽁 싸맸네. 오전 11시에 해가 들어오는 곳. 사진만 나온 것이 아니라 일회용 커피 막대까지, 표지가 썩은 영한사전 푸른곰팡이가 핀 독독사전까지 나왔으니 말 다했지

…(중략)…

남은 인생 찬장 정리 책장 정리 창고 정리하면서 부드럽게 부드럽게 아다지에토로 가네. 너의 세계가 세계의 세계이니, 너의 방이 세계의 방이니 너를 소

홀히 다루지 않네.

욕조를 채우는 눈물 — 세계가 인생인 인생, 세계가 방인 방, 세계가 부엌인 부엌, 나무 기둥이 방 한가운데 세워진 때가 기억날걸세. 어머니의 어머니와 걸었던 도청 뒤 관광호텔도 가보게 될걸세. 삼천리호텔의 함박스텍도 먹어보게 될걸세. 아버지의 아버지와 대화하게 될걸세

빈터 빈터는 없네, 채워진 빈터만 있네. 시간에 빈터가 있는걸. 공간에 빈터가 있는걸 하지 말게. 시간에 비약이 없는 줄 아는 것처럼 공간에 빈 공간이 없는 줄 아시겠네. 빈터를 채우러 가자고요. 빈터를 채우러 갑시다. 방문을 걸어 잠그고 아 몇 번째인 줄 모르나 최초(最初)인 줄 모르나 들어가 봅시다. 시공간(視空間) 여행인 줄 정리하러 갑시다

— 박찬일, 「백조의 나날들 — 욕조를 채우는 눈물」
(『동행문학』, 2023년 여름호) 부분

위 시의 가득한 암시적 언어는 어머니의 죽음과 이후의 "빈 공간"에 대해 말하고 있다. 갑작스러운 어머니의 부재를 어떻게 받아들여야 할까. 어머니의 방을 정리하는 일조차 화자로서는 회피하고 싶은 힘겨운 일에 해당한다. 어머니의 방에 있던 "연필과 볼펜 지우개" 등 모든 "비품"들이 어머니의 존재를 떠올리게 하는 까닭이다. "맨 나중 모습을 드러낸 것은 어머니와 함께 한 사진"이고 그것을 본 순간 그것이 죽음이나 부재와 너무 다른 모습이어서 화자는 그만 "봐 봐 어머니야" 하며 "울음을 터트린"다. 생이 한창인 때 죽음이란 얼마나 생경한 것인가. 생과 죽음은 가장 부조화스럽고 이질적이며 서로 공존할 수 없는 것으로 여겨진다. 그러한 때 인간의 의식은 생의 중심에서 한 치도 벗어나지 않는다. 그러나 생에 죽음이 닥치기 시작하는 순간 삶은 암흑과 공포로 점령되기 마련이고 이때부터 생과 죽음의 불편한 공존이 이루어지게 된다. 이제 의식은 이토록 낯선 죽음에 사로잡히게 되며 그로 인해 자아의 의식은 중심부터 흔들리기 시작한다. 인간이 결국 무너지게 되는 것도 이

제2부 시의 생성의 현장

때라 할 수 있다. 죽음은 이처럼 인간이 마주해야 할 가장 불가해하고 충격적인 사태에 해당한다. 설령 그것이 반복되는 것이어도 사정은 달라지지 않는 것을 보면 인간에게 죽음은 가장 압도적인 타자라 할 수 있다.

어머니의 방이 조금씩 정리됨에 따라 "빈 공간"이 점차로 커져가는 것을 보면서 화자는 괴로움에 몸부림치지만 동시에 죽음과 삶을 한데 용해시켜 의식을 새로이 정립하고자 시도한다. 그는 "빈터 빈터는 없"다고, "시간에 비약이 없는 줄 아는 것처럼 공간에 빈 공간이 없"다고 되뇐다. "빈 터"는 "채워진 빈 터만 있"을 뿐이라고, 그러니 "빈 터를 채우러 가자"고 촉구한다. 그는 "시간에 빈터가 있는걸. 공간에 빈터가 있는걸" 하는 세상의 관점에 대해 대항하면서 그리 "하지 말"라고 목소리를 높이기도 한다. 이처럼 화자는 이제는 죽음을 다른 세계로 밀쳐둘 수 없는 처지가 된 자신의 상황을 받아들이고자 노력한다. "방문을 걸어 잠그고" "몇 번째인 줄 모르나 최초(最初)인 줄 모르나" 이러한 작업을 행하는 것은 그만큼 화자에게 수용하기 힘든 죽음을 응시하겠다는 결연한 의지를 보여주는 것이라 하겠다. 이러한 자신의 시도를 화자는 "시공간(視空間) 여행"이라고 명명하거니와 이는 화자가 죽음이 지나가면서 야기된 이 커다란 "빈 터"를 어떻게든 "정리"해보겠다고 하는 태도를 나타낸다.

화자가 죽음으로 온통 뒤흔들린 자신을 "정리"할 수 있었던 주된 요인 중 하나는 아이러니하게도 어머니 "방 한가운데 세워"졌던 "나무 기둥" 때문이다. "집안에 들인 커다란 나무", 마지막 순간에 "기둥과 큰 가지 주위를 시멘트가 꽁꽁 싸맸"던 나무가 그것이다. 사진 이외에도 "일회용 커피 막대", "표지가 썩은 영한사전 푸른 곰팡이가 핀 독독사전까지" 나왔던 어머니의 방에 그 "나무"는 함께 있었다. 그 "나무"는 화자가 "욕조"를 "눈물"로 채우는 중에도, 어머니의 방을 정리하는 내내 "부드럽게 부드럽게" 흐르던 생상스의 "백조"의 선율을 들으면서도 사라지지 않던 이미지로서 기억 속에 단단히 자리하고 있었던 것이다. 다른 모든 것과 뒤엉켜 있으면서도 오롯했던 그것은 화자의 의식의 중심에 놓인 채 의식의 "빈터"를 채우기 시작한다. 그것은 어머니를 떠올리게 하면서 어머니에 대한 기억을 더욱 풍성하게 한다. "나무 기둥"을 떠올리면서 화자는 "어머니의 어머니와 걸었던 도청 뒤 관광호텔도 가보"고 "삼천리호텔의 함박스텍도 먹어보게 될" 것이라고 생각한다. 또한 "아버지의 아버지와 대화하게 될 거"라고도 말한다. 그러는 중 화자의 의식 속엔 "너의 세계가 세계의 세계이"며 "너의 방이 세계의 방이니 너를 소홀히 다루지 않"을 것이라는 생각이 수면 위로 떠오른다.

　이러한 일련의 의식의 흐름은 화자를 관통하면서 화자를 변화시켜나갔던 과정에 해당하는 것으로, 이는 어머니의 죽음과 대면하며 경험하게 된 화자의 의식의 순수한 현상을 있는 그대로 보여주고 있다. 이러한 그의 의식 현상을 통해 우리는 죽음이 야기한 뿌리 뽑힐 듯한 자아의 무너짐을 화자가 어떻게 극복하는지를 확인할 수 있게 된다. 죽음은 모든 측면에 커다란 "빈터"들을 만들었지만 화자는 그것을 기억과 의식으로 채우고자 하였고, 또한 그것을 응시하면서 자아의 중심을 회복하고 자신을 다져나간다. 결국 그는 이 모든 과정이 "시공간(視空間) 여행"에 해당한다고 여기게 되는 것이다.

　이러한 의식의 흐름을 경험하면서 자아의 무너짐을 극복하고 있다 해서 화자가 더 이상 슬퍼하지 않거나 울음을 터뜨리지 않아도 되거나 하지는 않을 것이다. 화자는 여전히 어머니를 불쑥불쑥 떠오르게 하는 사물들로 인해 흔들리거나 괴로워할 것이고 일상은 쉽사리 무덤덤하게 다가오지 않을 것이다. 그는 여전히 아프고 괴로울 것이며 다시금 "욕조"를 눈물로 채울 수도 있을 것이다. 그러나 이제 그러한 감정들은 그것으로 멈추는 것이 아니라 그것을 둘러싼 의식의 지층들을 현상시키면서 그를 다독이고 위로하기를 역시 반복할 것이다. 또한 그러한 의식의 과정들은 그를 지탱하면서 점차적으로 그가 세계의 중심으로서의 주체성을 회복할 수 있도록 지지해줄 것이다. 이것은 그가 어머니의 부재를 망각했다거나 삶으로부터 죽음을 밀어냈다는 것을 의

제2부 시의 생성의 현장

미하지 않는다. 오히려 그것은 화자가 이 모든 사태들을 있는 그대로 수용하고 자신의 의식을 삶과 죽음을 포함한 더욱 깊고 단단한 것으로 다져나갔음을 의미한다.

위 시의 화자가 그러했듯 슬픔의 사태 앞에서 이것에 의식을 열어둔 채 의식의 현상을 응시하는 태도는 우리에게 많은 것을 시사한다. 삶의 본질을 인식하고자 하는 의지와 순수의식으로 가능할 그것은 사실상 세상에 던져진 자아가 자신을 압도하는 상황에도 불구하고 주체로서 오롯하게 설 수 있는 길을 제시한다. 사태에 함몰되어 지배당하는 대신 이를 응시하고 그것의 의미를 직관하는 태도는 세계 속에 오직 단독자로서 있는 자아가 세계의 본질을 이해하는 계기가 된다. 이를 통해 자아는 성숙한 주체로서 거듭나며 세계 내로 한 걸음 더 다가가게 될 것이다. 이러한 방식의 삶의 태도가 미적 순간과 만나게 될 때 시적 미학을 탄생시키는 요인이 된다는 사실 역시 이미 살펴본 대로다. 이러한 사실들은 도처에 존재하고 있는 세계의 신비와 삶의 고뇌 앞에서 인간에게 요구되는 태도가 무엇인지 말해주는 대목이다. 요즘처럼 AI의 등장으로 혼란스러운 시대에 미와 진리를 구하고자 하는 열정과 성실성이야말로 우리에게 더욱 절실해지는 태도가 아닐 수 없다.

삶의 불확실성과 '그 무엇'을 향한
형이상학적 인식들

　사뮈엘 베케트가 1952년에 발표한 희곡 『고도를 기다리며』는 우리나라에 1960년대에 처음 소개되었지만 1980년대 포스트모더니즘의 유입 속에서 더욱 관심을 끌었다. 사실주의극을 벗어나 부조리극이라는 생소한 형태로 제시되었던 그것은 내용과 형식 모두에서 부조리성이 극대화된 작품이었다. '고도'가 무엇인지에 대한 해석이 난무했으나 여전히 의문이었던 그 작품은 불확실한 무언가를 향해 기다림을 중지하지 못하는 인간의 부조리한 실존을 주제로 하면서, 대부분 고고와 디디라는 두 주인공의 심각한 듯 우스꽝스러운 대화로 이루어졌다. 처음 발표 당시 유럽에서는 2차 대전을 배경으로 한 실존주의적 관점에서 이해되었을 그것은 우리나라에서 포조와 럭키 두 조연의 주인과 노예의 관계와 올 듯 말 듯 계속해서 지연되는 '고도'의 상징성에 의해 포스트모더니즘 특유의 해체의 의미로 다가왔다. 더불어 '고도'는 애초부터 존재하지 않았다고 하는 실체 및 진리 부정의 메시지도 함께 전달하는 듯했다. 요컨대 그것은 주제와 형태 전방위에서 근대적 사유에 대한 종언을 선고하는 작품으로 각인되었다.

　실제로 『고도를 기다리며』에서의 '고도'는 각자가 인생에서 꿈꾸고 기다리는 모든 것이 될 수 있겠지만, 그것의 절대적 지연과 부정의 측면에 주목하면 수천 년간 이어져왔던 서양 철학의 진리에 대한 관점에서 보는 것이 적절할 것이다. 플라톤의 이데아와 기독교의 신, 칸트의 물자체와 헤겔의 절대정신처럼 그것은 서양 철학의 인식론과 존재론의 극점에 놓이면서 인식을 넘어서 있으나 존재하고 존재하면서도 인식할 수 없는 미지의 본질에 해당하는 것이다. 서양 철학의 인식론과 존재론 양 축은 모두 신을 본질로 가리키면서 그것을 기준으로 하여 인간의 양태에 대해 논한 학문이라 할 수 있다. 해체주의와 현대 철학은 정도의 차이는 일을지언정 그러한 전통을 흔들면서 신과 본질을 지우고 대신 인간의 실존과 현상에 인식의 초점을 두려는 시도인 셈이다.

그러나 『고도를 기다리며』에서 던진 포스트모더니즘적 메시지의 충격이 있은 후 수십 년이 흐른 지금 또다시 『고도를 기다리며』 앞에 서면 그것이 희극으로도 비극으로도 읽힐 수 있다는 점의 의미를 새삼 되짚어보게 된다. '고도를 기다리'는 인간의 모습은 '고도'의 부재로 인해 희극적으로 느껴질 수 있지만 반면에 '고도'의 존재성으로 인해 비극적으로도 느껴질 수 있다는 것이다. 부재하는 대상을 단념치 못하고 애타게 기다리는 인간의 실상이 가련한 희극배우처럼 느껴진다면 불확실하지만 신념을 바탕으로 하는 인간의 대상에의 갈구는 처절한 비극에 해당하기 마련이다. 이는 신과 본질에 대한 부정이 쉬운가 어려운가의 문제이기도 할 듯하다. 즉 그것은 쉽게 부정될 성질의 것인가 어떤 상황에서도 부정되지 못할 것인가의 문제인 것이다. 2차 대전과 같은 비극적 삶의 극한상황에서 신의 부정은 냉소적이고도 강력하게 이루어질 문제가 될 것임은 분명하다. 말하자면 신과 본질에 대한 관점은 단순한 철학적 논리의 문제에서 그치는 것이 아니라 인간의 실존과 얽혀 있는 상대적 문제라는 점이다.

이는 다시금 우리의 현재로 돌아오게 한다. 이때 우리는 그것이 신이 되었든 본질이 되었듯 혹은 자유가 되었든 설령 그것이 희극이나 비극으로 느껴질지라도 인간은 여전히 '고도를 기다리'고 있으며 인간이라는 존재 자체가 그러하게끔 설정된 피조물이라는 생각이다. 인간은 언제나 주어진 불확실성 안에 놓인 채 불안과 두려움에 차 있는 존재인 것이다. 때문에 인간은 한순간도 정주하지 못하고 매순간 자신이 처한 모호함을 비본질적인 확고함으로 대체하려고 애쓴다. 본질을 구한다거나 초월적 존재에의 추구 역시 인간의 어찌할 바 모르는 현재의 공허에 기인하는 측면이 강하다. 즉 삶의 불확실성 자체가 인간으로 하여금 지연되는 중에도 끝없이 알 수 없는 무엇을 기다리게 하고 사유하게 하면서 그 미지의 존재들을 현실로 불러들이게 할 것이라는 점이다. 결국 삶의 불확실성과 미지의 존재성은 다른 것이 아니라 상호 등가인 동질적 성격을 나타낸다 하겠다. 그리고 이것이 인간 삶의 조건이라면 이는 시의 미학의 한 형태를 이루게 될 것임은 물론이다. 시는 보이지 않는 것을 향한 필연적인 갈망과 그리움을 내포하면서 그 미지의 대상과의 관계를 언어로 포착하려는 강렬한 상상력의 소산인 것이다.

> 누군가 사막으로 가는 길을 묻네, 사막으로 가는 길은 멀지 않지 어느 땐 온종일 사구에 빠지기도 하지 사막은 목이 뻣뻣하고 발이 무겁지, 사구가 펼쳐지면 구름도 멀어지지 눈이 아리다면, 그건 이미 사막이 가까워졌다는 암시지, 발이 푹푹 빠지면 낙타가 먼저 보이지 낙타의 큰 눈망울에 내가 비치지 유랑으로 넝마가 된 베드윈족의 얼굴이 거기 박혀있지 낙타의 눈망울이 흔들릴 때마다 내 몸이 크게 울렁거리지, 어지러운 모래 폭풍에 멀미를 하면서도 우리는 사막을 벗어날 수 없지, 사구를 벗어나기 위해 사구를 빙빙 돌지, 돌다 보면 그 자리로 돌아오지 사막은 호흡이 거칠고 낙타는 발바닥이 부르트지, 사막은 어지러워 바닥에 드러눕지 모래 위에 한쪽 볼을 기댄 낙타의 큰 눈, 밤하늘의 별들이 눈망울을 뒤덮지
>
> ─ 이경교, 「사막의 시」(『예술가』, 2023년 가을호) 전문

제2부 시의 생성의 현장

위 시에서 "사막"은 무엇을 가리키고 있을까? 화자 이외의 "누군가" 다른 사람의 지향점이기도 하고 화자 스스로 아직 도착하지 못해 힘겨워하며 당도하고자 고군분투하고 있다는 점에서 "사막"은 끊임없이 기다리고 갈망하는 삶의 궁극적인 지점으로 여겨진다. 앞서 말한 '고도'처럼 자신의 현재를 초월하여 언제나 가야만 하고 기다려야 하는 대상이 그것이다. 그런데 위 시에서 "사막"은 막연히 꿈꾸고 기다리게 되는 완전하고 절대적인 존재로서의 이미지와는 거리가 멀게 묘사되고 있다. "사막"은 '사막'이라는 개념에서도 짐작할 수 있는 것처럼 낙원이기보다는 화자를 고통으로 몰아넣는 극한의 장소이기 때문이다. "사막"에 이르러 화자는 "목이 뻣뻣하고 발이 무겁"다고 하고 있으며 "사막"은 "발이 푹푹 빠지"는, 그래서 "벗어나기 위해" 애써야 하는 "사구가 펼쳐지"는 곳이고, "어지러워 바닥에 드러눕"고 "호흡이 거칠"어질 정도로 힘에 버거운 곳이다. 그곳은 파라다이스처럼 다사롭고 안락한 곳인 대신 "구름도 멀어지"고 "눈이 아리"어 오는 적막하고 황량한 곳이다. 이토록 부정적 이미지를 띠고 있는 "사막"에 그렇다면 화자가 "유랑으로 넝마가 되"는 고통을 무릅쓰고 닿고자 하는 이유는 무엇일까? 왜 화자는 고통으로 펼쳐질 장소임을 알면서도 기어이 "낙타"의 삶을 자청하는 것인가?

"사막"을 둘러싼 이러한 의미구조는 화자의 아이러니적 의식을 나타내거니와, 이는 대상에 대한 맹목이 아닌 화자의 냉철한 인식에 따른 것으로 보인다. 예컨대 진리는 일면적인 것이 아니라는 것이다. 진리는 단순하지 않고 복합적이며 오히려 모순적이기까지 하다. 삶의 진실은 무중력과 무갈등 속에서 생겨나는 것이 아니라 극한의 사투에 의해 비로소 구해질 수 있다. 또한 진리는 번잡하고 혼탁한 의식 속에서 얻어질 수 있는 것이 더욱 아니다. 말하자면 진리는 순수하고 고요한 의식의 상태에서 뜨겁게 추구될 때 드물게 그러나 눈부시게 주어지는 것이 아니겠는가. 위 시의 "낙타의 큰 눈"을 뒤덮는 "밤하늘의 별들"의 이미지가 곧 이를 형상화한다. 따라서 위 시에서 그려지고 있는 갈증과 고통, 그것을 감내하는 의지와 그것을 향해 나아가는 주체의 자발적 여정은 최후의 진리의 빛을 얻기 위한 고독의 과정이라 할 만하다. "사막"은 그러한 고독을 위한 가장 분명한 조건이 된다.

　이와 같은 관점에서 보았을 때 "사막"은 저 멀리 초월적이고 관념적으로 존재하는 장소가 아닌, 자아가 현존하는 바로 여기, 생의 한가운데가 될 것이다. 삶의 온갖 현상들이 부대끼는 이곳은 잡다한 혼란스러움과 부박함이 지배하는 곳으로서, 진리를 깨치는 일은 이러한 삶의 실상 속에서 이들로부터 벗어나려는 순수한 열망을 발휘할 때 비로소 가능할 것이라는 점이다. 그것은 세상의 오염되지 않은 공기처럼 희박한 것이고 불순물이 섞이지 않은 물처럼 맑은 것이다. 이는 진리가 그저 저절로 주어지는 것이 아니라 살아가는 가운데 의식적이고도 과도한 의지를 발휘할 때라야 마침내 대면할 수 있는 차별적인 것이라는 점을 의미한다. 다시 말해 진리는 인간의 추악하고 번잡한 욕망이 들끓는 세상 속에서 이로부터 철저하게 자신을 고립시키고 분리시킬 때 어렵사리 구해질 수 있는 자유의 가능성에 해당한다. 고독이 요구된다고 말한 까닭도 여기에 있다. 그러므로 "사막"은 세속의 황폐함이 아닌 고독의 황량함을 내포한다. 또한 그곳에서의 고통에 찬 시간들은 세속의 욕망을 채우기 위한 것이 아닌 진리에의 각성을 위한 것이 된다. 이 점은 위 시의 "사막"의 아이러니적 형상을 이해할 수 있게 한다. 위 시의 화자가 고통을 감내하면서 기어이 "사막"에 도달하고자 하는 치열성을 보여주고 있는 것도 이 때문이라 하겠다.

　　지하철은 출입구 쪽에 등을 기대고 타면
　　내 품을 만들 수 있어
　　언젠가 우리가 들어가 앉을

빈자리가 거기 있어 거기가 종점일까

천천히 닫히는 회전문을 빠져나와서
에스컬레이터를 내려서면 햇살이
닿는 벽으로는 지문을 찍듯 창문이
기하급수로 불어나고 있었어

유월인데 새싹으로 가득한 안양천
산책로가 끝나는 수풀에서
숨을 참았다 내쉬면 속삭임이 되고
고백이 된다는 것

그때 내가 어떤 기분이었을 것 같아
어쨌든 그날 우리는
다시는 혼자 남겨지지 않도록
다시 태어나자 다짐했지

우리가 어디까지 변해갈 수 있을지 상상하는 것
우리가 서로
당신처럼 말하는 법을 배우는 것만큼
재미나는 일이 또 있을까

그날 천변에서
마치 오래 알고 지내던 듯한 얼굴을 봤지
어쩌면 우리는 잠시 스쳤던 것인데
마치 오래전부터 함께였던 것만 같아서

나는 천천히 돌아가는 법을 배웠고

잠시 비틀거리며 노래를 이어가네

— 신동옥, 「가산에서」(『예술가』, 2023년 가을호) 부분

삶의 현실이 숨막히듯 급하고 복잡하게 이루어지는 것이라면, 그리고 그 속에서의 삶이 본연의 자신으로부터 멀리 떨어진 자아 상실의 것이며 그것이 끝도 없이 이어지고 있다면 인간이 할 수 있는 일은 무엇이 있을까? 대부분의 인간의 삶이 이러한 실상으로부터 크게 벗어나지 않는 현실에서 인간은 무기력하게 세상의 물살에 휩쓸려가거나 혹은 바로 그 언제 만나게 될지 모를 어떤 것을 갈급하게 기다리는 일을 반복하게 될 것이다. 디지털단지가 조성되어 있는 한국의 최첨단 산업 단지인 '가산'은 '셈할 수 있음'의 중의성을 내포하면서 온통 이해관계로 가득 차 있는 오늘날의 도구적 현실을 가리키는 기호로 읽히거니와, 이러한 '가산에서' 화자가 취할 수 있는 선택은 무엇일까 하는 것이다. 그와 관련하여 위 시는 "언젠가 우리가 들어가 앉을 빈자리"를 제시하고 있다.

위 시에서 화자가 처한 상황은 비교적 명료하다. 발 디딜 틈 없이 사람들이 밀어닥치는 "지하철"은 숨쉬기조차 힘든 일상적 삶을 나타내거니와 이로부터 빠져나와 밖으로 나오더라도 그곳은 "창문이 기하급수로 불어나" 있는 복잡한 산업의 도시라는 사실이 그것이다. 위 시에서 그리고 있듯 내부와 외부 어디에도 몸 하나 누이고 편히 숨 고를 수 없는 사태는 오늘날 인간이 처한 현실 그 자체라 하겠다. 이처럼 압도적인 산업의 시대 속에서 살아남을 수 있는 길은 현실에 저항하지 않고 그 흐름에 자신을 내맡기는 일이 될 것이다. 그러나 이는 불가불 자신의 본성을 희생하면서 이루어지는 것이기도 하다. 이에 비해 화자는 자신을 위한 작은 공간을 만들고자 한다. 그것은 재미있게도 "출입구 쪽에 등을 기대"어 만든 "내 품"의 그것으로서 사람들 틈바구니에서 내 힘과 지혜로 만들어낸 "빈자리"에 다름 아니다. 더욱이 화자에게 이

제2부 시의 생성의 현장

공간은 나만을 위한 공간이 아닌 "우리"의 공간으로 꿈꾸어진다. 화자는 자신의 노력으로 "우리"가 머물 "종점"으로서의 희망과 행복의 공간을 만들 것을 소망하고 있다.

화자가 꿈꾸고 있는 그것은 강한 서정성을 내포한다는 것을 알 수 있다. "우리"의 공간인 그곳은 "새싹으로 가득한" 곳으로 참았던 숨을 "내쉬"기가 가능하며 그때의 "속삭임"이 "고백"이 되어 미래를 꿈꿀 수 있게 되는 곳이기도 하다. 이를 통해 화자는 더 이상 "혼자 남겨지지 않"을 수 있는 낙원을 구축하기를 기대한다. 화자는 여기에서 서로를 알고 배워가며 서서히 스며들기를, 그리하여 서로가 구분되지 않는 하나가 되어 "우리"의 아름다운 삶의 공간을 만들기를 바란다. 화자가 말하는 바 "잠시 스쳤던 것인데 마치 오래전부터 함께였던 것만 같"게 느껴지는 사랑하는 이와 함께하는 공간이란 언제나 "재미" 있고 행복한 공간이 아닐 수 없다. 화자에게 "노래"가 이어질 수 있는 것도 이 때문이다. 화자에게 이곳은 언제고 "돌아가"고 싶은 "종점"의 장소가 될 것이다.

치열한 삶의 현장 속에서 우리가 '그 무엇'의 대상으로서 추구할 수 있는 것으로 위 시는 결국 사람과 사람이 만나서 비로소 구축할 수 있는 소박하지만 아름다운 '사랑'의 공간을 가리키고 있음을 확인할 수 있다. 위 시는 '사랑'의 공간의 속성을 매우 사실적으로 묘사해주고 있거니와, 위 시에서 보여주고 있듯 사랑을 통해 구축되는 공간은 황폐한 현실 가운데 인간의 고통과 불안을 극복할 수 있게 해주는 본질적이고도 절대적인 공간으로서 기능할 수 있을 것이다는 점이다. 즉 '사랑'은 충분히 인간이 궁극적으로 추구할 만한 지향점으로서 자리매김될 만하다. 그러나 '사랑'이 현실 속에서 진리의 진정한 사태로 정립되는 일은 결코 쉬운 일이 아닐 것이다. '사랑'은 매우 서정적이고 아름다우나 그런 만큼 거칠고 광폭한 현실 속에서 손쉽게 오염되고 훼손될 수 있는 것이기도 하다. 따라서 여기에는 위 시에서처럼 스스로 숨 쉴 수 있는 공간을 만들고자 하는 자아들의 지혜와 노력이 요구될 터이다. 사랑에 관한 인식을 통해 사랑이 안식이 될 수 있는 길을 제시하고 있는 위 시는 이 점에서 우리에게 삶의 모호함을 견딜 수 있는 하나의 '기다림'의 방편을 제공해준다 하겠다.

  잔혹한 종결이다

  점점 뚜렷이 드러나는 맥을 거슬러 가면
  엉성하게 구겨진 신문지처럼 역사가 얹혀 있다

  나는 한 톨의 씨앗이었다
  아니, 이전엔 한 조각의 햇빛이었다
  빛을 타고 내려와 어두운 땅속에 박혀
  설계된 DNA로 로드맵을 그렸다
  누군가의 계시를 받아
  손톱 끝을 세우고 탱탱한 잎사귀에 숨 가쁜 삶을 적었다, 나의 의
  무였다
  햇살도 바람도 빗방울도 고스란히 맞았다
  황혼의 가을들녘
  써 내려가던 일기가 시나브로 지워진다
  떨켜에 묶어둔 잉크 마르고 촉촉한 펜대마저 뒤틀린다

  툭!
  저무는 들녘에 육신을 벗어나는 영혼!

  바람이 분다
  나는 어슴한 공중을 밟으며 초연히 되돌아가고 있다,

제2부 시의 생성의 현장

오그라진 육신은 땅에 떨어져 조각나고

               — 최영희, 「회고록을 던지다」(『예술가』, 2023년 가을호) 전문

  인간은 어디에서 와서 어디로 가는 것일까. 인간에게 삶은 무엇이고 죽음은 또 무엇인가. '회고록'을 다루면서 위 시의 화자는 우리의 가장 중심적인 주제 중 하나인 삶과 죽음에 대한 성찰을 보여주고 있거니와, 위 시는 이러한 형이상학적 주제가 지니기 마련인 추상성을 넘어서 생의 진솔함을 담고 있어 주목된다. 예컨대 "나는 한 톨의 씨앗이었다/아니, 이전엔 한 조각의 햇빛이었다/빛을 타고 내려와 어두운 땅속에 박혀/설계된 DNA로 로드맵을 그렸다"고 말하는 화자의 자기에 대한 인식은 삶에 대한 우리의 오랜 의식을 드러내는 것으로, 여기에서 화자는 인간의 생은 눈에 보이는 것만으로 설명되는 것이 아니라 우주라는 보이지 않는 세계에 근원을 두고 있다는 동양의 고전적인 형이상학을 감각적으로 표현하고 있다.

  이는 생에 관한 비유이기 이전에 인간 생명의 실상에 해당하는 것으로서, 인간의 생은 현재의 육신을 기점으로 시작돼 육신의 죽음으로 끝나는 것이 아니라 무한의 우주 속에서 순환을 거듭하면서 현재의 생을 구성한다는 것이다. 따라서 "빛"이 우주적 근원의 지대를 나타낸다면 "어두운 땅속"이란 태어나 발 딛고 살아가야 할 현실의 세계를 지칭한다. 마찬가지로 "누군가의 계시"는 인간의 생을 관장하는 우주적 초월자를 가리키는바, 우리에게 생명은 일회적이고 우연적으로 발생한 것이 아니라 우주적 섭리에 따른 것이라는 관점이 여기에 놓여 있다. 이러한 인식은 생과 사에 관한 한 우리의 집단적 의식에 해당할 만큼 보편적이고 뿌리 깊은 것이다. 실제로 이러한 전통적인 인식을 지니고 있었기에 화자는 자신의 "의무"라고 생각하면서 "손톱 끝을 세우고 탱탱한 잎사귀에 숨 가쁜 삶"을 살 수 있었을 것이다. 그의 삶은 태어난 이유에 부응하고자 최선을 다하는 사명감에 찬 그것이었음을 짐작할 수 있

다. 화자가 보여주는 생의 이러한 양상은 삶과 죽음에 관한 오랜 형이상학적 관점이 그의 실질적인 삶의 태도로 이어진 진실한 면모에 해당한다고 할 수 있다.

한편 화자가 처한 현재는 '회고록'을 쓰고 있는 "종결"의 시점이다. 그에게 그간의 삶은 "햇살도 바람도 빗방울도 고스란히 맞았다"라고 묘사하고 있는 만큼 성실했을 것이고 결코 가볍지도 쉽지도 않았을 것이다. 그러나 현재는 "써 내려가던 일기가 시나브로 지워지"는 삶의 저물녘의 때로서, 삶을 돌이켜보는 이때에 이르러 화자에게는 회한과 쓸쓸함이 느껴지고 있음을 알 수 있다. 이에 대해 화자는 "잔혹한 종결"이라고 말하고 있다. 한 생애의 마지막은 결국은 갑작스러울 것이고 돌이킬 수 없을 것이며 끝내 수긍해야 할 것이기 때문이리라. "툭!" 하는 소리가 말해주듯 죽음은 모든 것이 일순간에 이루어지듯 단정적일 것이다. 신의 명령인 까닭에 절대적으로 복종해야 하는 그러한 사태는 "잔혹"하다고밖에 말할 도리가 없다.

그러나 죽음을 맞이하는 순간의 화자의 모습은 그저 담담하다는 것을 알 수 있다. 이에 대해 화자는 "어슴한 공중을 밟으며 초연히 되돌아가고 있다"고 묘사하고 있거니와, 이는 죽음에 이른 화자 자신의 정서적 상태를 상상적으로 표현하고 있는 부분으로, 생에 대한 강한 애정에도 불구하고 육신의 죽음에 이른 시점이라면 이에 순종할 것임을 화자는 진솔하게 말하고 있다. 이러한 인식은 죽음의 사태 속에서의 육신의 종말과 영혼의 지속에 대한 화자의 관념을 보여주는 대목이다. 화자에게 영혼은 죽음에 이르러서도 살아서 돌아갈 곳이 있는 것, 즉 왔던 곳으로 "되돌아가"는 것으로 여겨지고 있음을 알 수 있다.

삶과 죽음에 대한 이러한 관점은 그것의 참, 거짓의 여부를 떠나 주체의 삶과 죽음에 대한 태도를 결정짓는 요인이 된다. 위 시는 이를 뚜렷이 보여주고 있거니와, 위 시의 화자에게서 볼 수 있는 것과 같은 삶에 대한 지극한 충실

제2부 시의 생성의 현장

과 죽음에 대한 초연한 자세는 곧 삶과 죽음을 바라보는 이러한 영원의 관점에서 비로소 가능한 것이라 할 수 있다. 바꾸어 말해 화자가 지니고 있던 삶과 죽음에 관한 우주적 형이상학은 화자로 하여금 충실하고도 겸허한 삶을 살도록 한 요인이 되었다는 것이다. 요컨대 위 시는 삶과 죽음에 관한 동양적이고도 고전적인 형이상학 인식을 제시함으로써 그것이 우리 삶에서 어떻게 펼쳐지고 우리의 죽음에 대한 의식을 어떻게 이끌어가고 있는지를 잘 보여주는 경우에 해당한다.

어두운 조명이 어슴푸레 흔적을 비출 때
들려오는 듯 말소리 연한 붓질에, 빛살은
백 년 깊은 침묵을 열다.

영혼은 닫힌 문 틈새로 들어와
정지된 심장을 어루만져주는
얇은 종이 검은 천으로 감싸 안은
오늘을 기도하는 눈물
흙나무뿌리에 묻어나는 너무 일찍 떠난
그날의 위로를 건네는 말.

태고의 아픔에서, 피어나는 이름 없는 풀꽃
한 아름 울창한 미루나무 아래
슬픔을 묻어 얹어놓은 반석의 조각들.

살아 있는 사람은 들을 수 없는 땅의 소리
엄습하는 두려움이 엉켜
산하의 부르짖음으로 달려온다.

먹이를 찾아온 까마귀 떼마저 통곡하는

울분을 불태울 수 없는 전설로 남아
지저귀는, 인광(燐光)으로 춤추는 새
가슴에 간직한 녹슨 번호를, 호명하는
밤하늘에 떠 있는 페가수스자리 푸른 별.

위안의 날개를 펴는 날, 낙원을 꿈꾸던
시간의 강을 건너는 일상은 먼 길을 재촉한다.
안장安葬으로 떠나는 갈림길
칡덩굴 얽힌 한 지붕 아래
붉은 꽃 가꾼 삶을 함께, 살아가고 있음을.
　　　　　— 이돈배, 「유해발굴터 문장(紋章)」(『시사사』, 2023년 가을호) 전문

"백 년" 동안의 "침묵을 열"어 발굴되고 있는 '유해'의 주인공은 "녹슨 번호"를 간직한 국가의 역사적 사건 속 희생자일 것이다. 꽃다운 나이에 속절없이 맞이했을 죽음으로 그의 한과 설움은 얼마나 큰 것이었을까. 모든 죽음이 이기지 못할 고통의 무게를 지니는 것이겠지만 "백 년" 동안 이름 없이 버려져 있어야 했던 그의 고통은 가늠할 길이 없어 보인다. '유해 발굴'의 현장이 더욱 가슴 저리게 다가오는 이유도 여기에 있다. 그래서 그런지 그의 죽음을 아파하는 것은 사람만이 아니다. 여기에는 "땅"과 "산하"와 "까마귀"들과 "풀꽃"들과 "별"들 모두가 동참해 있다. 이들 존재는 모두 인간 역사의 어리석음과 비극을 안타까워하듯 한마음으로 숙연해하며 죽은 이를 기리고 있다. 위 시는 유해 발굴의 현장을 묘사하면서 이곳에서 들려오는 온 우주의 슬픔에의 공명의 양상을 섬세하게 전달하고 있거니와, 이 점에서 위 시는 인간과 함께하는 우주에 관한 형이상학적 인식을 내포하고 있다 하겠다.

유해 발굴의 현장에서 포착된 자연의 존재들은 눈에 보이지 않는 형상까지 드러내고 있는데, 가령 "이름 없는 풀꽃"이 "태고의 아픔에서 피어나는" 형

국이라거나 "울창한 미루나무 아래"의 "반석의 조각들"을 "슬픔을 묻어 얹어 놓은", 혹은 "먹이를 찾아온 까마귀 떼마저 통곡하는" 양태들은 자연의 무위함이 무정함으로써가 아니라 인간에의 동조로써 존재한다는 점을 말해주고 있다. 이는 역으로 인간이 의식하지 못한다 해도 인간 역시 자연과 분리되어 독자적으로 있는 것이 아니라 자연과의 일자(一者)적 유대 속에 놓여 있는 존재라는 사실을 의미한다. 물론 이 점은 인간의 죽음에 처한 상황에서만 적용되는 것이 아니다. "살아 있는 사람은 들을 수 없는" 소리이지만 그러나 자연은 늘 그 자리에서 같은 양태로서 있지 않았겠는가. 무심한 듯 사물화된 형태로 있지만 자연은 언제나 인간의 삶과 죽음을 함께하여온 우주적 동일자인 셈이다. 마찬가지로 인간은 자연과의 동질적 유대자로서 우주의 전체적 그물망 속에 자리하고 있는 존재임을 알 수 있다. 인간의 고귀한 생명이 세상사의 부대낌으로 인해 허망하게 사그라지자 온 존재가 함께 "통곡"하고 "울분"을 태우던 이유도 여기에 있다. 또한 그러한 아픔의 우주적 공명이 있자 "밤하늘에 떠 있는 페가수스자리 푸른 별"이 죽은 이를 "호명하"여 "위안"하는 사태가 발생하는 것이 아니었을까.

시에서 보여주고 있는 이러한 양태는 인간과 자연 사이의 우주적 동일성에 관한 뿌리 깊은 우리의 전통적인 형이상학을 암시하고 있다. 이것은 서양의 일반적 형이상학과 구별되는 것으로 서구 형이상학을 대변하는 절대적 주재자로서의 신에 대한 관념과 사뭇 다른 성격을 나타내는 것이라 할 수 있다. 적어도 서양의 관점에서 자연은 신의 피조물로서 인간에 의해 대상화되고 도구화되기에 마땅한 것에 해당하기 때문이다. 나아가 서양 형이상학에 뚜렷이 각인되어 있는 초월자로서의 절대자가 우리의 형이상학 속에는 희미하다는 사실 또한 위 시에서 확인할 수 있다. 죽음과 동시에 구원의 여부를 문제 삼는 서양식 형이상학과 달리 위 시에서의 구원은 인간의 행위에 의해, 즉 "어슴푸레 흔적을 비추"는 인간 행위로서의 "어두운 조명"과 "연한 붓질"에 의해 비로소 그 가능성이 열리는 사태임을 위 시는 암시하고 있다. 그것이 없었다면 죽음의 사태는 여전히 "백 년 깊은 침묵" 속에 놓였을 것이며 "심장"은 그대로 "정지된" 상태로 놓여 있었을 것이라는 점이다. 자연의 존재자들이 동일한 시간 내내 함께 아파했을 것이나 결국 "위안의 날개를 펴"고 "영혼"이 "닫힌 문 틈새로 들어와" "낙원을 꿈꾸던 시간의 강을 건너는" 일이 가능했던 것은 인간에 의한 "안장(安葬)"에 의해서라는 인식이 위 시의 바탕에 가로놓여 있다. 요컨대 위 시는 인간의 삶과 죽음에 대한, 그리고 자연과 우주에 관한 우리의 전통적 의식을 말해주고 있거니와, 이러한 관점에서 보았을 때 인간의 구원에의 '기다림'은 무엇보다 인간 외부에서가 아니라 내부에서, 초월자를 향해서가 아니라 인간의 삶 속에서 이루어지는 것임을 짐작할 수 있게 된다.

> 어디서고 무엇이고
> 다함께라는 것은 불가능이야.
> 모두에게 똑같이 감동일 수는 없어.
> 내가 좋아하는 현악 사중주는
> 남들이 미치는 음악과는 다르겠지만
> 그게 개성이고 자유고 화음이고 평화야.
>
> …(중략)…
>
> 작품 번호는 백번을 한참 넘었지만 평생을
> 식구도 없이 가난하고 허물어진 몸으로
> 돈 때문에 썼다는 억울한 말도 참아가며
> 분노나 절망을 헤치고 살아남은 것,
> 고통을 이긴 악보는 고개 숙이고 말이 없다.

　　　　　　　　　　　　　　제2부 시의 생성의 현장

…(중략)…

젊었던 시절 이 숨 막히는 음악 때문에
절절한 외로움으로 몸서리쳤었는데
쉴 곳도 말할 곳도 없어 헤매기만 했는데
나이 들어 다시 들으니
따뜻한 위로를 내 전신에 전해 주네.

몸속까지 풍족해지는 오랜만의 이 위안은
지금 내가 외롭다는 것인가, 아니면
슬픔도 나이가 들면 위안이 된다는 것인가.
(혹 내 슬픔도 나중에 누구의 위로가 될까)
통증이 따뜻한 위로가 되는 이 땅에서
부서져 흩어지고 만 사연을
이제서야 소중하게 네게 보낸다.
　　　　　— 마종기, 「후기 현악 사중주」(『문학청춘』, 2023년 가을호) 부분

　위 시에서 가리키고 있는 '후기 현악 사중주'는 베토벤이 죽기 직전에 완성한 그의 마지막 작품들에 해당한다. 평생 독신으로 살면서 삶의 고통과 열정을 음악에 몰아넣은 베토벤의 이 마지막 작품은 당시 사람들의 이해를 뛰어넘은 것이었지만 베토벤 본인과 후대에 의해 가장 완벽하고 역사상 가장 위대한 작품으로서 평가되었다. 평생 불우한 가운데 예술혼을 불살랐던 베토벤은 이 작품을 쓸 당시 더욱 외롭고 상황이 좋지 않았던 것으로 알려져 있다. 이미 건강이 나빠졌을 때 이 작품을 쓰기 시작한 베토벤은 작품을 완성한 직후 폐렴으로 사망하였다 한다. 위 시는 바로 이러한 베토벤의 '후기 현악 사중주'를 모티프로 하여 쓰였다. 더 정확하게는 위 시는 이 작품이 화자에게 주는 '위로'에 대해 다루고 있다.

어떤 대상이 우리에게 위로를 주는 것은 어떤 이유에서일까? 그러한 대상은 삶의 외부에도 내부에도 있을 수 있을 테지만 분명한 것은 "어디서고 무엇이고 다함께라는 것은 불가능"하다는 점이다. 나아가 위로를 주는 대상은 인간에게 있어서 무한정 지연되면서 기다려질 어떤 것일 수도 있겠으나 반면에 인간 삶이 놓여 있는 바로 여기에서 현재 진행되는 사태로서 존재할 수도 있을 것이다. 인간은 미지의 대상을 끝없이 추구하면서 자신의 공허함을 달래고 구원에의 가능성을 꿈꾸는 존재인 동시에 현존들 가운데서 상호 소통과 교감을 통해 서로 위안을 얻고 행복을 누릴 수도 있는 존재이기 때문이다. 위 시는 후자와 관련하여 '음악'이 그것을 가능하게 할 수 있음을 웅변적으로 보여주고 있다. 즉 신과 같은 초월적 존재를 대신하는 자리에서 우리는 새삼 '예술'에 주목하게 되는 것이다.

물론 예술의 위로의 기능은 보편적으로 발휘되는 대신 주관적이고 상대적으로 이루어진다. 위 시의 화자가 "내가 좋아하는 현악 사중주는/남들이 미치는 음악과는 다르겠지만/그게 개성이고 자유고 화음이고 평화야"라고 말하는 것도 그 때문이다. 예술에의 감수성은 이토록 제각각이어서 아무리 위대한 작품이라도 "모두에게 똑같이 감동일 수는 없"을 것이다. 그러나 위대한 작품이 주는 영향력을 폄하하는 것 또한 잘못된 것이다. 이때 예술이 미치는 영향력은 작품이 함축하고 있는 예술가의 삶의 실상에 기인할 것인바, 작품을 쓰면서 예술가가 지니기 마련이었을 삶을 향한 고투, 진리에의 열정과 사랑, 구원에의 의지가 작품 속에 농축되면서 신과 같은 창조력으로써 구현되었을 때 그때의 예술 작품은 위대한 그것이 되어 많은 향유자들을 감동케 하고 각성케 하며 위로를 주게 될 것이라는 점이다. 베토벤의 '후기 현악 사중주'가 화자에게 그토록 각인되었던 이유도 베토벤의 "억울한 말도 참아가며/분노와 절망을 헤치고 살아남은" 이력, "고통을 이긴 악보" 때문이었다고 할 수 있다.

그러나 아무리 위대한 작품이라도 그것은 그것을 향유하는 당사자의 삶과 결부될 때라야 유의미한 것이리라. "젊었던 시절" 동일한 이 음악이 "절절한 외로움으로" 화자를 "몸서리"치게 했다면 "나이 들어 다시 들"은 시점인 지금은 "따뜻한 위로"를 "전신에 전해 주"고 있으니 말이다. 이러한 차이는 왜 발생하는 것일까? 그것은 현재 화자의 '외로움' 탓일까 혹은 '슬픔' 탓일까? 알 수 없는 노릇이다. 하지만 기억할 것은 화자가 겪은 변화는 화자의 마음에 자신의 "슬픔"마저 긍정할 수 있는 마음의 여유가 생긴 데서 비롯되었다는 사실일 것이다. "부서져 흩어지고 만 사연"이지만 그 또한 "소중하게" 여겨지는 시점에 그는 놓여 있는 것이다. 그러므로 "슬픔도 나이가 들면 위안이 되"고, 또 그러하다면 "내 슬픔도 나중에 누구의 위로가 되"는 것이라고 화자는 말하고 있다. 이처럼 인간의 "통증"은 마음과 마음 사이를 오가는 중 사람들의 마음의 빈자리에 깃들고 소통하면서 공감과 위안의 지대를 형성하는 성질의 것이 아닐까. 이러한 과정을 거치면서 "통증"은 서서히 긍정되고 점차적으로 해소되게 될 것이라는 점이다. 이러한 사태는 살아가면서 지니게 되는 마음의 여백에 의해 가능한 것이거니와, 그러한 과정의 중심에 예술에 대한 공감과 수용의 계기가 놓여 있다면 그때의 위안은 참으로 즐거운 것이 될 것이다. 이는 예술이 인간 외부의 초월적 신을 대체하여 인간의 삶 내부에서 인간을 위안으로 이르는 길을 제시할 수 있음을 말해주는 대목이다.

지금까지 인간의 '그 무엇'을 향한 의식의 다양한 양태들을 살펴보았거니와, 이들 '기다림'의 양상과 형이상학적 의식들은 결국 인간의 현존의 상태를 말해주는 것에 다름 아니다. 이와 관련하여 서구의 형이상학은 대부분 인간 너머에 있는 초월적 존재에 대해 환기해왔으나 인간의 삶의 실상은 그보다 더욱 복잡하고 다양하다는 것을 알 수 있다. 인간은 언제나 자신의 현재를 살아가면서 삶의 생동과 구원을 추구하는 존재거니와, 그러므로 인간에게 '기다림'은 항상적이되 그것의 방향과 방법은 제각각이기 마련이다. 그 각각의 개별적이면서도 보편적인 양상을 살펴보는 것은 우리 시의 미학의 한 측면을 확인하는 일인 동시에 시의 위안의 일 양상을 이해하는 일이 될 것이다.

제2부 시의 생성의 현장

감각 수용의 센터로서의 신체와
시적 사유의 양상들

대상에 대한 인식에 있어서 대상의 수용이 이루어지는 지점을 신체라고 한 메를로퐁티는, 선험적 관념론을 부정하며 대상의 실재성을 확보하고자 했던 후설의 현상학보다 한 걸음 더 나아가 그러한 실재성을 매개하는 명백한 근거를 제시하고자 하였다. 그에게 신체는 지각의 현상학이 펼쳐지는 장으로서, 메를로퐁티에게 지각은 수동적인 감각과 달리 감각을 수용한 자아가 그것을 바탕으로 의식을 형성하는 과정 전체를 포함한다. 그런데 이때의 의식은 대상을 선험적으로 규정하는 칸트적 방식의 인식이 아닌, 지각 수용체로서의 개별 자아의 고유한 형태의 의식이다.

이는 대상을 용해하고 굴절하여 수용하는 신체의 특수성에 따른 것으로서, 그것은 무엇보다 신체가 시간성을 기억하는 데서 비롯한다. 신체는 자아의 시간성에 기인하는 감각의 성질과 인식의 틀을 저장함으로써 그의 정체성을 형성한다. 그에 기반하여 자아는 대상에 대한 현재적 인식을 형성할 뿐만 아니라 감각의 한계 너머의 초월적인 사유를 펼치게 된다. 이는 메를로퐁티가 신체 개념을 통해 세계의 실재성을 강조하면서도 보이는 사물에 국한된 인식만을 말하지 않는다는 것을 의미한다. 요컨대 현상학자로서의 메를로퐁티는 인식 가능성을 지지하는 자아의 동일성 및 의식의 통일성을 긍정한다.

이에 비해 마찬가지로 신체를 말하지만 비유기적 신체를 제시함으로써 자아 동일성과 통일적 의식을 부정하는 이는 들뢰즈다. 들뢰즈에게 신체는 대상이 수용되는 내재성의 평면으로서의 기관 없는 신체를 가리키거니와, 기관 없는 신체는 외부의 어떠한 선험적이거나 초월적인 인식의 계기를 거부하고 그 자체로 인식의 전제와 결과를 나타낸다는 점에서 내재적이다. 때문에 내재성의 평면은 대상의 신체에의 수용이 무한히 반복됨에 따른 감각의 주름들을 형성한다고 말해진다. 들뢰즈에 의하면 그 무한한 반복성으로 인한 생성의 힘이야말로 동일성의 내용일 뿐 그 외의 어떠한 외적 초월성이나 의식의 통일성이 인정되지 않는다. 이는 들뢰즈가 의미화되고 개념화되기 이전의 불확정적이고 모호한 이미지의 사유를 옹호하는 이유가 된다.

이처럼 메를로퐁티와 들뢰즈는 신체 지각을 통한 대상의 실재성에 주목하고 내재성을 마련한다는 점에서 일치하는 반면 그것을 초월하는 의식의 통일성을 인정하는가에 있어서 서로 차이가 난다. 그리고 그 지점은 들뢰즈의 탈구조주의적이고 포스트모던적인 사유의 특성을 말해주는 대목이다. 따라서 들뢰즈는 이미지의 생성적 힘을 말하되 파편성을 추구하였으며 어떠한 의식의 완결성도 인정하지 않았다. 그의 내재성의 평면에는 무한 반복되는 차이와 감각의 논리만 있을 뿐 그것을 규정짓는 외부의 어떠한 초월적 개념도 작용하지 않는다는 것이다.

그것이 해체적이든 그렇지 않든 오늘날 신체를 강조하는 일은 시대적 의의를 띤다. 그것은 신체야말로 생명의 증거이자, 오직 관념으로써만 인식이 이루어지는 인공지능과 인간의 차이에 해당하기 때문이다. 인공지능의 과학적이고 논리적 사유는 이성에 따른 것으로 인공지능의 감각과 감정은 이성에 의해 추론된 것일 뿐 존재의 실재성을 나타내지 못한다. 이는 인공지능의 한계이자 인간과의 차별점이 아닐 수 없다. 오늘날 우리가 신체의 철학에 주목하는 이유도 여기에 있다.

느닷없이
가벼워지고 싶었다. 나는

가벼워진 잎사귀들은
무리 지어 광활한 가을의 품 안에서 흩어지는 바람의 허전함이 된다.

황갈색 가랑잎들은 멋대로 썰렁한 하늘을 헤매는 것이 아니라, 하늘의 곡률
대로 휘어지는 비탈면 따라 움직이는 정확한 기하학적 질서다.

멀리 하늘 끝 지긋이 노려보며, 나는 저물녘이 서서히 농도를 찾아, 내 몸 안
에 피처럼 번지는 것을 느끼며,
내 몸을 떠나 빈 하늘 마음 끝 헤치고 싶은 내 손바닥 한 장의 비어 있는 무게
를 펼쳐본다.

어느덧 나의 실체는 두 팔 치켜들고 겨울 사상 중심에 서서 광물처럼 황량해
지고 있는, 잎 진 한 그루 나무 회초리 끝 명석한 바람 소리였다.
— 허만하, 「나는 가벼워지고 싶었다」(『예술가』, 2023년 겨울호) 전문

위 시는 어느 날 가을 풍경 앞에 처하면서 "느닷없이" 겪게 된 지각의 내용
을 있는 그대로 기술하고 있다. 가을의 아름다운 풍경은 경이로 다가오면서
"나"를, 일상을 훌쩍 벗어난 장소로 인도하게 된다. 그것은 인식의 크기를 웃
도는 아름다움이며 놀라움이다. 이 순간 그는 여기의 시점에 놓이는 동시에
순간의 시공성을 넘어 무한의 지평으로 나아간다. 어느덧 자아는 "광활한" 공
간의 한가운데에 놓이게 되는 것이다. 온 공간을 가득 메운 듯한 나뭇잎들은
시간 역시 정지시킨 듯하다. 모든 흐름이 모이고 멈춘 듯한 이러한 무변(無邊)
의 풍경 안에서 "나"는 온전히 나로서 존재하며, 나는 오롯이 나의 감각이 된
다. 그리고 나의 감각은 전경화된 풍경과 하나가 되어 대상을 있는 그대로 표
현할 수 있게 된다.

자아와 세계 사이의 현상학적 순간이 펼쳐지는 것도 이러한 때이다. 다른 모든 것이 지워지고 본질로 환원된 순간 남게 되는 것은 오직 대상과 그것을 느끼는 자아의 의식일 것이기 때문이다. 이때의 자아는 대상을 수용하는 감각이 극대화되면서 대상을 온전히 느낄 수 있는 상태가 된다. 대상의 빛깔과 무게와 움직임은 곧 나의 감각에 고스란히 스며들 것이며, 자아의 감각은 대상과의 합일된 상태로 조율될 것이다. 이와 함께 지각의 활동이 일어날 것인데 위 시의 경우 이 속에서 자아는 "겨울 사상"을 떠올리게 되고 "빈 하늘 마음 끝 헤치고 싶은" 무한의 지평으로 나아가는 욕망을 지니게 된다.

위 시는 사물을 냉정한 인식의 대상으로 대하는 대신 존재 그 자체로 다가가는 태도를 보이고 있다. 위 시에서 묘사되는 "황갈색 가랑잎"은 단순한 낙엽이 아니라 "바람의 허전함"을 배경으로 "하늘의 곡률대로 휘어지는" 우주적 존재이다. 이러한 의미 규정은 대상이 본질의 지평에서 인식되고 있음을 말해준다. 현상학적 지각의 태도에 의해 대상은 그가 지닌 우주적 "실체"를 드러내고 있는 것이다. 즉 위 시에서 대상들은 단지 "멋대로" "헤매는" 일회성의 사물이 아니라 "멀리 하늘 끝"을 향한 무한의 지평 속에서의 "정확한" "질서"의 일부가 된다.

현재적 지각의 대상이 감각적 질료의 특질을 넘어서 형이상학적 의미를 취하게 되는 것은 그것을 지각하는 주체의 의식에 따른 것이다. 지각의 주체는 대상을 감각적으로 수용하는 것에 그치는 것이 아니라 그것을 초월하는 의식의 발생을 경험하게 되거니와, 그러한 경험은 관념적인 것이 아니라 신체가 내면화하고 있는 시간성에 기인한다. 신체는 과거와 현재, 미래의 경험적 시간성 속에서 대상이 놓이는 보이지 않는 무한 지평까지도 상정하게 된다. 즉 현재적 대상에 대한 인식은 경험 주체에 의해 미래적 시간성인 영원성을 전제하여 이루어진다. 이는 대상에 가까이 다가가려는 태도와 함께 주체의 신체를 중심으로 한 통일적 의식을 추구하려는 경향에 기인한다.

영원성을 포함하여 대상의 본질을 인식하고자 하는 화자의 태도는 "가벼워지고 싶었다" 하는 말로 표현되고 있다. 그것은 "가벼워진" 대상과 합일되고자 하는 화자의 의도를 나타내거니와, 그러한 의도는 화자가 "멀리 하늘 끝 지긋이 노려보며" 하늘의 "저물녘"의 "농도"가 "내 몸 안에 피처럼 번지를 것을 느끼"게 된다거나 "내 몸을 떠나 빈 하늘 마음 끝 헤치고 싶은" 무한을 향한 기대의식을 지니게 되는 것으로 나타난다. 이들은 모두 대상이 현상하는 모습에 자신의 의식을 동화시키려는 데 따른 것이다. 요컨대 화자의 의식과 욕망은 모두 대상의 양태에 자신을 일치시키며 형성된 것으로서 이는 결국 화자가 "겨울 사상의 중심에 서서" 겨울의 풍경처럼 "황량해지고 있는" "바람 소리"가 되어 자신의 "실체"를 확인하는 것으로 귀결된다.

주체가 대상의 본질과 실체를 확인하고자 하는 이러한 경험은 대상에 대한 감각만으로써 가능한 것이 아니고 무한의 지평을 현실 속에 도입하는 의식에 따른 것이다. 메를로퐁티에 따르면 그러한 초월적 의식은 관념적 상상에 의하는 것이 아니라 경험적인 신체를 토대로 가능한 것이다. 이로써 신체의 주체는 파편화된 지각 체험에 매몰되는 대신 뚜렷한 의식의 동일성과 자기 정체성을 취하고 있다는 사실을 확인하게 된다. 실제로 이러한 태도를 지닐 때 신비롭고 아름다운 대상은 그대로의 의미로 이해될 것이다. 사실상 이는 주체의 미적 체험에 대한 해명이 되기도 할 것이다.

> 우리 사는 세상, 우리 숨쉬는 곳에
> 노래가 있어
> 연초록 나뭇잎이 살랑거리고
> 개울에는 수초를 휘감으며 맑은 물살이 흐른다네.
> 노래하는 마음이 심장을 뛰게 함으로
> 살고 사랑하게 한다네.

노래는
천둥소리 울리는 폭포 위 선연한 무지개인 양
섬 그늘 아이 스르르 잠들게 하는 속삭임인 양,
또 서로를 바라보는 눈짓
그 스침만으로 가슴 떨리는,
실올 같은 선율에 일순 분홍빛으로 물들여지는

아니, 어떤 개인 날
수평선 저쪽에서 한 줄기 연기 피어오르는가 싶자
이내 하얀 배가 모습을 드러내는가 하면,
"당신이 날 사랑하지 않으면
내가 당신을 사랑할 테야"
그런 말이 살아 푸드득거리는…

샤갈의 마을에 눈이 내리고
분분한 눈발로 인해 경이로운 풍경이 이루어지듯
노래하는 마음, 그 가락 화음이 있어
삐걱거리다 자칫 금 가곤 하는 하루하루
쓰라린 델 어루만져
아늑한 꿈나라로 들게 한다네.

* 푸치니의 「나비부인」에서
** 비제의 「카르멘」에서
— 신중신, 「노래를 향한 한 편의 시」(『예술가』, 2023년 겨울호) 전문

대상이 "살랑거리"는 "연초록 나뭇잎"이 되고 "수초를 휘감"아 "흐르"는
"맑은 물살"이 될 때 대상에 가까이 다가가려는 지각의 주체에겐 위 시에서
처럼 "노래하는 마음"이 생기고 그것이 "심장을 뛰게 하"는 데까지 이르게
될 것이다. 대상이 주체와 분리되는 지적 인식의 그것이 아니라 수용적 감각

제2부 시의 생성의 현장

의 대상이 될 때 그때의 대상은 주체의 신체에 직접적으로 작용한다. "우리 숨 쉬는 곳에 노래가 있"다는 지각이 가능한 것도 이 점에 기인한다. 또한 신체에 이르는 "노래"의 감각은 감각의 주체로 하여금 삶의 이미지를 떠오르게 하고 꿈꾸게 한다. "천둥소리 울리는 폭포 위 선연한 무지개" 같은 아름다운 이미지를 떠올리거나 "섬 그늘 아이 스르르 잠들게 하는 속삭임" 같은 포근함을 느끼게 되는 것도 대상이 야기한 "노래"의 감각에 따른 것이다.

이처럼 세계 내 대상은 인간과 분리되어 존재하는 것이 아니라 인간과 어우러져 인간을 "살고 사랑하게 한다". 실제로 내 "마음"에 "노래"를 일으키는 대상을 만날 때 주체는 "스침만으로 가슴 떨리는", 나아가 스스로 "분홍빛으로 물들여지는" 경험을 하게 된다. "당신이 날 사랑하지 않으면/내가 당신을 사랑할 테야" 하는 "말이 살아 푸드득거리는" 체험을 하게 되는 것도 마음속에 "노래"가 일렁이기 때문이다. 이러한 마음결이 생기는 것은 주체가 어떠한 지각의 대상과 조우하는가에 따른 것이거니와, 그러한 지각의 체험은 주체의 안에서 파편이 되어 흩어지는 것이 아니라 주체의 "마음"을 만들고 자기 정체성에 따른 욕망과 의지를 형성하게 된다는 것을 알 수 있다. 결국 지각하는 주체는 지각의 작용을 통해 통일된 의식을 구축하게 될 것이다.

이러한 작용을 고려한다면 주체가 어떠한 사물을 지각의 대상으로 삼고자 하는지 그 지향성 역시 헤아릴 수 있게 된다. 위 시의 화자가 "어떤 개인 날/ 수평선 저쪽"을 향한 채 "하얀 배"를 바라보게 되는 이유도 여기에 있을 것이다. "수평선"의 이미지는 무한의 지평을 환기하면서 주체의 마음속에 영원을 향한 의식을 지니게 한다. 영원에의 의식은 인간의 한계를 넘고자 하는 꿈을 꾸게 한다. 또한 "샤갈의 마을에 눈이 내리"는 "경이로운 풍경" 역시 "마음"에 "노래"의 "가락 화음"을 불러일으키는 감각의 대상이다. 이처럼 세계의 모든 아름다운 모습들은 인간의 마음에 "노래"와 "화음"을 번지게 할 것이다. 그렇게 하여 발생한 "노래"의 "마음"은 주체로 하여금 "금 가곤 하는 하루하루/쓰라린 델 어루만져"주는 작용을 하게 된다. 이는 세계의 미적 대상과 그에 대한 미적 지각의 작용을 보여주는 것에 다름 아니다. 미적 체험은 곧 인간에게 위안을 주는 대표적 기제인 것이다.

이러한 작용은 물론 모두 신체에서 발생한다. 지성적으로 인식되는 것이 아니라 감각적으로 수용될 대상은 주체의 감각을 운동시키고 이미지를 떠올리게 하는 동시에 마음을 움직이고 의식을 변화시킨다는 것을 알 수 있다. 말하자면 신체는 대상을 수용하는 근거가 될 뿐만 아니라 의식을 구성하는 중심이기도 하다. 신체가 있음으로써 주체는 세계 내에서 살아갈 수 있게 되며 그에 기반하여 사유할 수 있게 된다. 이러한 통일적인 과정을 겪는 주체에게 신체는 그를 분열시키는 대신 치유되게 하고 상상하게 한다. 신체는 주체가 세계 내 존재임을 증명하는 계기이자 그를 "살고 사랑하"게 하는 동력인 것이다.

> 대낮부터 바람을 들이킨 나무가
> 어둑해진 블럭에서 휘청 거린다
> 어둠을 뚫고 하나 둘 구멍 난 창이 날아들고
> 나는 나무가 아니다
> 나는 바람이 아니다
> 나는 구멍이 아니다
> 적잖게 당황한 발걸음
> 살아남을 것인가? 살아버릴 것인가?
> 매달리지 않는 것들은 없다
> 여기저기 엉겨 붙은 줄들이 불안한 교감을
> 끊어 볼 용기 없는 글썽거림
> 갑자기 비가 쏟아진다
> 보이지 않는 터치감이 힘을 전달한다
> 비는 무게에 따라 씻겨낼 기분을 고른다

제2부 시의 생성의 현장

흠뻑해진 기분이 좌지우지 발을 옮기자
작은 구멍 하나에서 새어 나온 아이의 웃음
나는 휘청거리지 않는다
나는 웃음을 들이킨
나는 기분이다
　　　　　　　　　— 리사원, 「기분이 나다」(『예술가』, 2023년 겨울호) 전문

　신체가 외부의 사물을 수용하는 매개라 할 때 위 시에서 "나무"는 그러한 신체에 대한 비유적 의미로 이해할 수 있다. 위 시에서 "나무"는 한데에 놓인 채 외부로부터의 자극을 수용하는 주체에 해당한다. 그런데 이때의 자극들은 "나무"의 오래도록 형성되어온 감각 체계를 붕괴시킬 만큼 과잉되어 수용되고 있다는 것을 짐작할 수 있다. "대낮부터 바람을 들이킨" 나머지 "나무"는 "휘청 거"리는 양태를 나타내고 있기 때문이다. 외부로 향해 있는 "나무"의 감각의 "창"은 "구멍 난" 채 "나무"를 향해 "날아들고" 있다. 그것은 "창"이 내부로부터 외부의 대상을 수용하는 방향으로 나 있는 것이 아니라 외부로부터 "나무"의 내부를 향해 밀어닥치는 형국이다. "창"은 "나무"를 향해 위압적으로 "날아들"어 "나무"에게 "창"을 받아들일 것을 강요한다. 말하자면 "창"은 인식을 위한 감각의 열린 수용체로서의 의미라기보다 안전한 체계를 위협하는 "하나 둘 구멍 난" 불안정하고 위협적인 외부 자극인 셈이다. 그것이 "어둠을 뚫고" "날아들"었다는 점에서 "구멍 난 창"은 더욱 불안하고 위험에 찬 자극에 해당하는 사물임을 짐작할 수 있다.
　상황이 이러하다 보니 "나무"는 "나무"로서의 정체성을 유지하지 못하고 지각의 중심으로서의 기능을 상실해가고 있다. "나는 나무가 아니다"거나 "바람"도 "아니"고 "구멍"도 "아니"라는 혼란이 발생하는 것도 이 때문이다. "나무"가 "나무" 아닌 다른 것이 될 이유가 없을진대 이러한 혼란은 기이하다. 이는 "나무"에 가해지는 자극이 스스로 수용할 수 있는 한계를 넘어서게

됨에 따라 중심과 주변의 구분이 혼란스러운 상태, 외부의 자극이 오히려 본체인 것 같은 혼동이 발생한 상황이라 할 수 있다. 이는 외적 대상을 수용하는 감각 체계의 붕괴와 함께 자아의 정체성의 위태로움을 암시하는 대목이다. 화자가 "당황"하며 "살아남을 것인가? 살아버릴 것인가?"의 절박한 호소를 하는 것도 이 때문이다. "매달리지 않는 것들은 없다"거나 "여기저기 엉겨붙은 줄들"로 괴로운 상태는 압도하는 외부 자극을 "끊어"내고자 하는 욕망을 일으킨다.

한편 "비"는 이처럼 "불안한 교감"의 상황에 대해 반전을 가하는 요소로 작용하고 있다. "기분"은 감각이 분간되기 이전의 모호하고 유동적인 상태를 나타내는 것이자 개념화되기 어려운 원초적인 의식이거니와, "비"는 "힘을 전달하"면서 "무게에 따라 씻겨낼 기분을 고르"고는 결국 나에게 "흠뻑해진 기분"이 변화하도록 하는 것이다. 이로써 가벼워진 "나"는 "아이의 웃음"을 "들이키"게 되는데 그것은 이전의 과잉된 자극의 압박으로 "휘청이던" 나를 새로운 "나"로 변모시키는 요인이라 할 수 있다. 결국 화자가 "나는 휘청거리지 않는다"고 말하게 되는 것도 이러한 변화에 따른 것이다.

위 시에 묘사되어 있는 사태를 통해 주목할 만한 사실이 있다면, 위 시에서처럼 감각의 수동적 수용의 상태에서 그것이 임계점에 이르렀을 때 가장 먼저 운동하는 변화의 주체는 무엇인가 하는 것이다. 그것은 곧 논리나 개념 이전의 상태라 할 수 있을 "기분"이다. 즉 "기분"은 유동성의 주체가 되어 상황에 가장 빠르고 민감하게 반응하는 요소이며 바로 그러한 까닭에 그것은 자아의 성질을 변화시키는 가장 주도적인 요인이라 할 만하다. 따라서 "기분"은 변화의 한가운데에 놓이는 주체의 일 성분이 된다. 뿐만 아니라 자아의 동일성이 불명료한 상황에서라면 그러한 자아를 규정할 만한 요소로서 가장 쉽게 확인할 수 있는 것은 "기분"일 것이다. 이러한 상황에서라면 "나"를 규정할 수 있는 것으로 "기분" 이외에는 찾기 힘들게 될 것이다. 위 시의 화자가

제2부 시의 생성의 현장

"나는 기분이다"라고 단언하는 까닭도 여기에 있거니와, 위 시에서 볼 수 있는 것처럼 유동하는 "기분"은 자신이 처한 위태하고 불안한 상태로부터의 빠른 전환을 이루어 자아를 회복하고자 하는 운동하는 주체에 해당한다는 것을 알 수 있다.

천 피스의 명화 한 점을 골랐다
올록볼록한 절개선을 맞추다 보면 우울이 사라질 것이다
직선 한 면에 기대 울타리를 만들어간다
색과 선을 찾아 무늬를 연결한다
짙푸른 나무 잎사귀에 남자의 외투 한쪽을 끼운다
흐트러진 옷과 엎질러진 과일 바구니에 체리를 찾아 맞춘다
만나지 못한 퍼즐들이 여기저기 나뒹굴고 있다
숲에 둘러싸인 공터, 한 남자 바지 밑에서
여자의 흰 발가락이 튀어나온다
비슷한 홈과 돌기들은 번번이 허탕이다
왼쪽 하단에서 결정적 단서가 될 개구리를 찾고 나니
비로소 가운데 알몸의 여자가 생겨나고 그 곁에 남자가 앉
는다
정장을 한 남자의 무릎 사이로 여자의 흰 다리가 보이고
그 사이는 오래 구멍이 나 있다
턱을 괸 여자의 육체가 클로즈업된다
방바닥에 뒤죽박죽 뿌려 놓은 천 개의 우연과 필연
이런 퍼즐 놀이는 누가 만들었을까
남자의 시선과 여자의 표정은 끝내 만나지 않는다
여자의 눈빛이 하얗다
999개의 퍼즐을 맞추는 동안 나는 늙어 버렸다
새벽달이 풀밭의 점심 식사를 넘어 서쪽으로 기울고
천 개의 조각들은 다 써 버렸다

남자의 얼굴 한 조각은 어디로 쓸려 갔을까
책상 밑에도 옷걸이 뒤에도 주머니 속 기억 어디에도 없다
그 남자는 볼 한쪽이 뻥 뚫린 채
원근법이 사라진 그 숲에서 아직도 식사 중이다

　* 풀밭 위의 점심 식사: 마네의 그림
　　— 우남정, 「풀밭 위의 점심 식사*」(『상징학연구소』, 2023년 겨울호) 전문

　위 시는 마네의 그림 〈풀밭 위의 점심 식사〉로 된 퍼즐을 맞추는 내용으로
이루어져 있다. 화자는 "천 피스의 조각"으로 되어 있는 퍼즐 조각들을 이어
붙여서 마네의 그림을 완성해야 한다. 각각의 조각은 부분의 이미지로 되어
있으며, 이들 이미지들을 구성하는 데엔 당연히 순서와 질서가 없다. 따라서
이미지들은 제각각으로 존재하며 파편적으로 덧붙여지는 형국이다. 각각의
조각은 분리된 비유기적인 이미지 자체에 해당한다. 한편 화자는 이들 조각
들을 구성함으로써 완전한 통일성을 추구하는 자아이다. 하지만 위 시의 결
론은 그것이 끝내 통일을 구축하지 못하고 미완의 상태로 끝나게 된다는 것
이다. "천 피스의 조각"은 이미지들의 무한히 반복되는 양상을 의미할 것이
며 "999개의 퍼즐"은 끝내 완성에 도달하지 못하는 상태를 가리킬 것이다.
그 과정에서 각 퍼즐 조각이 지니는 파편화된 상태의 이미지들은 현란하고
불가해할 뿐 의미화가 거부된다. "한 남자 바지 밑에서" "튀어나오"는 "여자
의 흰 발가락", "정장을 한 남자의 무릎 사이로" "보이는" "여자의 흰 다리",
"턱을 괸 여자의 육체" 등 각기 이미지들은 논리적 연결성 없이 있으며 각각
의 이미지에서 드러나는 모습은 부자연스럽고 그로테스크한 그것들이다.
　실제로 위 시의 화자는 퍼즐 조각들을 가리켜 "방바닥에 뒤죽박죽 뿌려 놓
은 천 개의 우연과 필연"이라고 말하고 있거니와 이는 조각들의 무질서하고
통일성 없는 성격을 암시한다. 이들은 제각각 차이의 이미지를 지니고 있으

며 한 조각의 무늬를 이루는 동안 각기 분리된 주름을 형성한다. 또한 이들 각각의 존재 흔적으로서의 주름들은 천 번에 이르는 무한한 행위의 반복을 통해 그것들의 결과로서의 의미를 향해 나아간다는 것을 알 수 있다.

그렇다면 그 의미는 누군가에 의해 기획되고 "만들어" 진 것일까? 따라서 의미는 분명하고 정해져 있는 것일까? 그러나 이질적인 이미지들의 무한 반복으로 이루어진 퍼즐 그림은 여전히 질서와 원리로부터 벗어나 있다. "남자의 시선과 여자의 표정은 끝내 만나지 않는다"는 것은 그러한 부조화와 무질서를 단적으로 나타낸다. 결국 "천 개의 조각들"을 "다 써 버리"는 동안 "남자의 얼굴 한 조각은 어디로 쓸려 갔"는지 존재하지 않는다. 이는 완성의 영원한 지연을 암시하는 대목이다. 마침내 완성을 이룩할 수 있는 "조각"은 어디에 있을까? 그것은 찾을 수 있는 것일까? "천 개의 조각들"의 차이들이 나열되는 동안의 시간의 흐름이 "나"를 "늙어 버리"게 하지만 그것은 결국 "어디에도 없다". "볼 한쪽이 뻥 뚫린 채" 완성되지 않은 그림은 의식의 통일성을 상징하는 "원근법"의 부정을 나타낸다.

퍼즐 조각의 파편적 이미지들과 완성되지 않는 그림이라는 모티프를 통해 위 시는 감각의 차이들은 무한히 반복될 뿐 일정한 동일성을 향해 있지 않음을 상징적으로 보여주고 있다. 이때 이미지들이 나열되는 퍼즐 판은 외부의 선험적이거나 초월적 규정 없이 오직 이미지만으로 구성되는 내재성의 평면을 가리킨다. 이러한 내재성의 평면 속에서 존재하는 것은 이미지들의 무한 차이들과 그에 따른 사태의 주름들일 뿐 이를 총체적으로 아우르는 의미의 통일적 구심점은 존재하지 않는다. 이 속에서 이러한 사태를 총괄하는 초월적 주체 또한 부재하는 것은 물론이다.

주황을 보며 설레는 것은 일렁이는 불꽃을 본 이후였다

조각난 방을 간직한 말랑말랑한 심장 또는 주황의 알레고리, 널 오렌지라 부른다 열 개의 방, 열 번의 눈길을 기다리며 오렌지는 습한 벽에 기대어 오랜 지하의 굴형을 앓고 있었으니,

오렌지는 주황색; 껍질을 벗긴다 솟아나는 수분의 파편 속에 상징의 풋향기 상큼하게 퍼뜨릴 것이니,

조각조각 떼어 낸 심장을 갈아 마신다 방방마다에서 숨 쉬던 불씨들이 얼어붙은 권태의 강바닥을 주황으로 채운다 실핏줄을 이끌며 흘러든다

문을 열어라 네 숨구멍이면서 벼랑을 향하는 孤道(고도), 심장을 태운 주황빛 포자가 떨어져 내리니, 겨울 바닷가에 번지는 미완의 파도 위에 한 번의 회오리로 완전하게

꽃, 지는 불, 널 오렌지라 부르자
— 김향미, 「불꽃놀이」(『상징학연구소』, 2023년 겨울호) 전문

오늘날 시에 등장하는 이미지는 의미를 규정하는 것으로서의 그것과 오히려 의미 규정 이전의 불명료하고 모호한 상태로서의 이미지로 크게 나눌 수 있을 것이다. 전자가 전통적인 시에서의 이미지의 기능에 따른 것이라면 후자는 개념적 사유와 구분되는 사유로서의 그것, 이미지의 사유를 가리킨다. 물론 이 둘은 모두 감각 수용에 따른 것이자 감각의 형태로 표현된 것이다. 그러나 그것들의 의미화의 정도에 있어서는 구별된다. 전자가 의미를 전제하는 것이라면 후자는 의미를 부정한다는 점에서 차이가 있다. 또한 전자가 그러한 의미가 자아의 의식과 정체성, 그리고 그것의 기반이 되는 신체의 작용에 의해 추구되는 것과 관련된다면 후자는 신체의 기억 작용을 부정함에 따라 자아의 동일성을 해체한 파편화되고 분열적인 이미지와 관련된다는 것을

제2부 시의 생성의 현장

알 수 있다.

　위 시는 "오렌지"를 통해 대상이 어떻게 자아의 감각에 수용되고 어떻게 신체의 작용에 이르는지, 그리고 나아가 그것이 어떻게 의미화가 되고 개념화가 되는지 그 과정을 있는 그대로 보여주고 있다. 위 시에서 묘사되고 있는 그러한 과정은 곧 자아의 의식 속에서 일정한 변화를 일으키는 것이기도 하다. 그런 점에서 위 시에서 보여주고 있는 이미지의 특성은 앞서 언급한 바 후자보다는 전자의 이미지의 기능과 관련되어 있다고 하겠다. 요컨대 위 시는 외적 대상이 신체에 수용되어 어떻게 내재화를 일으키고 의미화에 이르는지의 현상학적 과정을 "오렌지"를 매개로 하여 사실적으로 제시해주고 있다.

　먼저 위 시의 화자가 "주황을 보며 설렌"다고 하는 부분은 사물이 지각의 대상이 되는 순간을 가리키거니와, 이는 지각되는 모든 사물은 그것을 인식하고자 하는 의식의 지향성에 의해 수용되는 것이라는 점을 말해준다. 이러한 지향성의 관계로부터 벗어나 있을 때 사물은 결코 자아의 의식 내로 들어올 수가 없다. 한편 화자의 "주황"에 대한 지각은 단순한 수동적 감각의 차원에서 이루어지는 것이 아니라 강한 정서적 작용을 동반하고 있음을 알 수 있다. 그것은 자아의 기억, 즉 "일렁이는 불꽃"에 대한 경험에 기인한다. 과거에 있었던 "일렁이는 불꽃"에 대한 경험은 자아로 하여금 "주황"을 단순한 색채가 아닌 과거 "불꽃"에 관한 기억을 환기하는 매개체로 기능하도록 하였다. 이러한 환기와 연상의 작용에 신체가 관여함은 물론이다. 신체는 경험을 기록하는 기억의 장이기 때문이다.

　이제 "일렁이는 불꽃"의 이미지를 내재한 "주황"은 '나'의 "심장"을 떠올리게 하며 "심장"처럼 생긴 "조각난 방을 간직한" 채 "말랑말랑한" 모양의 "오렌지"를 새삼 "오렌지라 부르"게 한다는 것을 알 수 있다. 이는 "오렌지"가 단순한 오렌지가 아니라 "주황의 알레고리"로서의 그것이자 "말랑말랑한 심장"의 그것이고, 나아가 "열 번의 눈길을 기다리며" "습한 벽에 기대어 오랜 지하의 굴형을 앓고 있"는 오랜 시간성 속의 그것이라는 인식을 하게 한다. 과거의 "일렁이는 불꽃"과 만난 "주황"은 이렇게 나의 감각으로 수용된 후 활발한 의식의 지각 활동을 일으키게 되는데, 이에 따라 "오렌지"는 "주황" 의 오렌지가 되어 자아로 하여금 행동하기 이전에 "오렌지는 주황색"이라는 개념적 규정을 하도록 한다. 이러한 개념적 규정에 따라 "오렌지"를 먹는 행 위는 자아 중심의 의식의 활동으로서 자리매김된다. 이러한 과정의 결과 오 렌지는 "상징"이 되기도 하고 "얼어붙은 권태의 강바닥을" "채우"고 "실핏줄 을 이끌며 흘러드"는 신체의 영양분이 되기도 하며 신체의 "숨구멍"이면서 "孤道(고도)"인 혈관을 타고 돌아 "꽃"이 되고 "지는 불"이 되기도 한다. 이는 사물로서의 "오렌지"가 지각 대상이 됨에 따라 자아의 의식에 어떻게 현상하 며 그러한 의식이 어떻게 구성되는지를 잘 보여주고 있는 대목이다.

위 시에서 보여주고 있는 대상에 관한 이러한 지각 현상학의 양태는 하나 의 이미지의 원초적 계기가 모호함의 차원에서 머무는 것이 아니라 뚜렷한 의식의 대상이 되어 명확한 개념에까지 이르게 된다는 것을 말해준다. 그리 고 그러한 개념화는 우연적으로 이루어지는 것이 아니라 지각 주체의 필연적 이고도 경험적인 의식으로 이루어진다는 것을 알 수 있다. "오렌지"가 자아 의 몸에 들어와 운동하는 과정에 주목하고 있는 위 시는 특히 주체의 의식의 근거가 신체임을 암시적으로 말해주고 있는 듯하다. 위 시에서 묘사하고 있 는 것처럼 대상에 대한 인식은 그것이 지각으로 수용되는 동시에 신체에 각 인되어 그에 따른 의식을 일으킨다 해도 틀리지 않다. 이러한 인식의 과정은 주체의 통일된 의식에 의해 주도되는 것이거니와 신체를 중심으로 한 자아의 시간성은 그의 정체성의 근거가 되면서 그의 지각 활동을 발생시키는 요인으 로 작용한다는 것을 알 수 있다.

지금까지 시에서 나타나는 이미지와 감각에 주목하여 그것이 시적 자아의 의식과 어떤 관계가 있는지를 살펴보았다. 그것들은 때로 지각 활동을 통해 통일적 의식에로 나아가면서 강렬한 시적 현상을 일으키기도 하는 반면 자아를 압도하면서 파편적이고 혼란스러운 상태로 머물기도 한다는 것을 확인할 수 있었다. 대부분의 서정시가 감각에 의한 미적 이미지에 기대며 시적 의식을 형성하고 있다면 오늘날의 현대적인 시는 이와 구분되는 탈미학적인 시적 양상을 보여주고 있다. 대신 이들은 이미지의 파편적인 펼침을 이루며 의미화 이전의 모호한 이미지의 사유를 나타낸다. 이는 모든 시적 형상화가 대상에 대한 지각을 통해 이루진다고 할 때 현대적인 시는 신체에 관한 독특한 관점에 입각한 것임을 말해준다. 신체에 관한 이러한 접근은 포스트모던한 새로운 것이자 인간에 대한 새로운 관점을 내포하고 있는 것일 테다. 하지만 이들은 의식의 구성적 특성을 외면한다는 점에서 한계를 지닌다고 할 수 있다.

시의 정신의 조명

말할 수 있음과 없음의 사이에서 생성되는 사물들

— 김선오론, 『나이트 사커』를 중심으로

 말은 대상에 대해 언표함으로써 그것을 드러내고 규정하고 존재하게 한다. 이는 철학적 관념이기 이전에 일상적 사실이다. 말이 행해짐으로써 대상은 비로소 세계 내에서 존재성을 부여받는다. 말에 의해 명명되었을 때 대상은 세계 내에서 외현하는 실체이자 사회적 현상이 된다. 말이 구현됨으로써 대상은 스스로 있게 되며 존재로서 입증된다. 그런 점에서 존재에게 말은 모든 것이다. 말은 존재와 분리되지 않는 존재의 또 다른 현현이다. 말과 존재는 동일한 실체의 양면이며, 존재가 말을 벗어나 있을 수 있는 부분은 사실상 없다. 모든 대상은 말의 촘촘한 그물망과 함께 존재하는 것이다. 대상은 말을 중심으로 하여 존재론적이고 사회적인 네트워크를 형성하고 있으며 이에 포함되지 않는 것들은 모두 존재하지 않는 것, 존재 밖의 것이다. 말의 그물망에 포함되지 않는 사물들은 모두 부재이자 무의미다.
 김선오의 무성한 상상력은 우리에게 명명되는 것과 그렇지 않은 것, 말해질 수 있는 것과 없는 것, 말의 유의미성과 무의미의 간격 속에서 존재란 무엇이고 사물은 어떻게 존재하게 되는가와 같은 존재의 특질에 관한 질문을 던지고 있다. 말이 말이 되고 말로서 행사될 수 있는 것은 주어진 말의 네트워크에 포섭될 때에 한하는 것이 아닌가 하는 것이다. 또한 말이 그러하다면 그러한 말의 네트워크로부터 벗어난 사물은 이미 존재도 아니고 아무것도 아닌 것이 아니겠는가. 사물이 존재일 수 있는 것은 전적으로 네트워크상에서 그것의 일부에 관여하고 있을 때에 국한한다. 말을 경유하지 않고 존재는 어떤 경우도 새로이 창출되지 않으며 말의 매개 없이 새로이 산출되는 유의미성 또한 없다. 말과 존재가 동전의 양면을 이루고 있다는 것도 이를 가리킨다. 그런 점에서 존재에게 말은 창(窓)인 동시에 감옥이 된다.

김선오의 시를 논하며 말과 존재에 관한 이러한 원론적인 언급을 하는 까닭은 그의 시가 놓인 지점의 특수성 때문이다. 말을 다루는 것으로서의 시적 특성의 관점에서 볼 때 그의 시는 곧 말할 수 있음과 없음에 관한 성찰 위에 놓여 있다 해도 틀리지 않다. 일상적 삶 속에서 우리가 말할 수 있는 것은 말해질 수 있는 것에 한해서라는 것, 또한 오직 말할 수 있는 것만이 존재하는 것이자 존재로서 입증될 수 있으며 그 외의 것은 모두 부재라는 것이다. 즉 존재가 말에 의해 비롯되는가 하면 부재는 말할 수 없음에 기인하는 것으로서, 말의 유무에 의해 가름되는 이때의 부재는 결코 말의 빈곤에 의한 것이 아니라 네트워크의 결함에 따른 것이라고 할 수 있다. 따라서 말과 존재의 관계는 존재하지 않기 때문에 말할 수 없는 것이 아니라 말할 수 없기 때문에 존재할 수 없다는 성격을 띤다.

말과 존재의 이러한 관계는 실로 말에 의해 가해지는 존재를 향한 폭력 및 말로 구축된 세계 속에서의 존재의 억압을 말해준다. 말이 존재와 부재를 결정하고 네트워크상의 말이 말할 수 있음과 없음을 규정한다면 인간의 존재 역시 전적으로 말에 종속된 결과물이라는 점에서 그러하다. 이 점을 의식한 듯 김선오는 "언어를 믿지 않고 시를 믿지 않"는다고 말한다. 덧붙여 그는 "그건 세계의 구성을 믿지 않는다는 말과 같"(「비주류 천사들」)다고 말한다. 실제로 세계 내의 말에 의해 존재가 결정되고 사물의 유의미성이 구축될 경우 그 외 부재로 분류되는 것들에 관하여 우리의 입장은 무엇이 되어야 하는가?

제3부 시의 정신의 조명

정신을 차려보니 나는 책상 앞에 앉아
네가 쓰던 시나리오를 이어 쓰고 있었다

여기 오기 전까지 뭘 했더라

나는 흰 방에 갇혀 있기로 한 모양이야
미간을 찌푸린 채 연필을 쥐고

…(중략)…

그곳에서
시나리오는 멈춰 있었다

여기부터 쓰면 되는 건가

그러나 나는 모르는 나라에 문득 떨어진 이야기, 보드게임 같은 이야기, 불청
객을 죽이고 그를 구워 먹는 일이 안심 스테이크를 먹는 일보다 낫다고 말하는
사람의 이야기, 유령의 불면증 이야기, 불타버린 광장의 전생에 대한 이야기

그런 것들을 쓰고 싶었어

하나의 사랑이 다른 사랑을 구워먹지 않고, 다른 사랑은 한 사랑의 없음을
설파하고, 우리가 하는 말이 검은 글자가 되고, 그런 거 말고

…(중략)…

첫 페이지로 돌아가자
영화는 어느 불 꺼진 방의 문 밖에서 시작되고 있었다

말할 수 있음과 없음의 사이에서 생성되는 사물들

잿더미가 된 세상
새카맣게 탄 야자수가 툭 부러지는 장면

아직 없는 우리

—「사랑 없음 입장하세요」 부분

"여기 오기 전까지 뭘 했"는지 알 수 없고, "나"에 관하자면 "흰 방에 갇혀
있기로 한 모양이"라고 말하고 있는 상황은 "나"의 자아 없음, 부재 상태를
가리킨다. 위 시에서 화자는 자기 자신에 대한 실제적인 규명을 행하고 있지
않다. 심지어 화자는 "아직 없는 우리"라는 표현을 통해 자신의 부재 상황을
명시적으로 말하고 있다.

화자의 이러한 부재의 양상은 말하기와 관련하여 그가 처한 특수한 상황에
기인한다. "네가 쓰던 시나리오를 이어 써"야 하는 상황 속에서 화자가 할 수
있고 해야 하는 말은, 적어도 "내가 쓰고 싶은 것들"이 아닌, 대체로 정해져
있는 것들이다. "나"의 역할은 "네가 쓰던 시나리오를 이어 쓰"는 것으로서,
이미 진행되어 있고 사실상 구축되어 있는 시나리오를 더욱 "완벽"하게 하기
위해 말을 이어나가는 일이다. 바로 이 일을 담당하기 위해서 있는 것이므로
"내"가 "여기 오기 전까지 뭘 했"는지는 중요하지 않으며, "나"는 지금 여기
에서 "나"의 욕망과 의지와 상관없이 "흰 방에 갇혀 있기로 한 모양인" 듯 그
대로 있어야 한다. 그러한 역할에 충실하기로 한 듯 화자는 "문장을 마무리하
기 위해" 시나리오를 꼼꼼히 되뇌고 "여기부터 쓰면 되는 건가" 하고 자신이
해야 할 일을 점검하고 있다.

그러나 문제는 그 순간 화자의 의식이 보여주는 특이성에 있다. 여기에서
화자는 주어진 자신의 역할에 그대로 따르는 것이 아니라 오히려 그로부터
이탈하는 모습을 보여주고 있다. 화자 스스로 유의미하게 기술되어야 하는
문장이 무엇인지 명백히 인지하고 있는 상황에서 난감하게도 화자는 그것 이

외의 문장들을 떠올리고 있는 것이다. 허무맹랑하거나 동화스럽거나 어이없거나 환상적이거나 비현실적이거나 하는 등의 "이야기"들이 그것인데, 위 시에서 화자의 의식이 피워내는 이들 일탈의 문장들은 가히 폭발적이다. 그것은 폭죽처럼 터지고 살처럼 퍼져나간다. 화자는 이것들을 "생각하느라 너의 글을 모조리 잊어버리고 말았다"고 함으로써 자신이 "쓰고 싶은 것들"과 써야 할 것들 사이의 관계를 짐작하게 한다. 화자는 "쓰고 싶은 것들"과 "검은 글자"와 대립시키고 있거니와, 시나리오의 "완결"을 위한 문장들은 요구되는 것이자 유의미한 것에 해당하지만 화자에게 그것들은 죽어 있는 문장들로서, 허용되지도 의미 있지도 않은 문장들 앞에서 무기력하게 무너져 내리는 성질을 나타낸다.

시나리오 이어 쓰기라는 특수한 상황임에도 김선오의 시세계에서 위 시가 시사하는 바는 적지 않다. 말과 존재와의 관계에 관심을 두고 있는 김선오에게 현실적이라고 할 만한 이미 구성된 세계는 절대적인 존재성을 획득하고 있지만 사실상 그것들은 "우리"를 "없"게 하는 것, 따라서 "나"로 하여금 이외의 것을 꿈꾸고 몽상하게 하고 일탈하게 하는 억압적인 요소에 해당한다는 것이다. 김선오의 시에서 사람을 가리키며 자주 등장하는 "고기"는 이러한 성격의 세계 속에서 인간은 살아 있는 자가 아닌 단지 한 개의 물질에 불과함을 암시한다.

고기는 우산을 들고 걷는다

비가 오면 거리가 젖는다

그는 창가에 앉아 젖어가는 거리와 걸어가는 고기를 바라보고 있다 고기가 흘린 핏물이 하수구로 줄줄 빨려 들어간다

어제는 천둥이 쳤고 그제는 번개가 쳤다

고기는 발을 끌며 걷는다 고기는 빗물에 조금 녹고 있다 고기에게는 부양해
야 할 식구들이 있다

오늘은 고기의 식구 중 한 명의 생일이다.

　　　　　　　　　　　　　　　　　　　　　　　　—「비와 고기」 부분

　위 시에서 "고기"는 사람이다. 그것도 매우 일상적인 삶을 지극히 평범하
게 살아가고 있는 사람들이 "고기"다. 그들은 탐욕스럽다거나 동물적이라거
나 하는 등 "고기"로 연상될 만한 어떤 맥락도 지니고 있지 않다. 시인이 보
통의 사람들을 가리켜 "고기"라 부르는 것은 매우 도발적이다. 위의 시 외에
도 시인이 사람을 "고기"로 표현하는 경우는 드물지 않다. 예컨대 「냉동육」
에서 "덜렁거리며/내가 대체 어디에 붙어 있었던 건지/떠올려보려고 했지만/
하나의 살점으로 온전해서/간절하지 않았다"는 사람을 고깃덩어리로 인식하
는 관점을 뚜렷하게 드러내고 있다.
　시인이 사람을 "고기"로 비유하게 된 데엔 언어와 세계에 관한 시인의 관
념이 가로놓여 있다. 사람의 극단화된 물질성을 강조하고 있는 이러한 비유
는 구성된 세계에 대한 강한 불신을 내포하고 있다. 시인에게 구성된 세계란
허용된 세계이자 존재가 입증된 것으로서 이는 언어의 보장에 따른 것이다.
인간은 언어에 의해 지지되고 구축된 세계에서 가장 중심적 위치에 놓인다.
그러한 인간을 가리켜 "고기"라고 일컫는 것은 세계의 물질성에 대한 시인의
반감을 드러내는 대목이라 할 수 있다. 물질화된 세계 속에서 언어는 필연적
으로 죽어 있는 것이 된다. 요컨대 구축된 세계 속에서 세계 내의 모든 언어
화되는 존재들은 허용되는 것이자 보장되는 것이며 입증된 것이지만 그것은
동시에 고깃덩어리처럼 물질화된 것, 죽은 것이라는 성질을 띤다. 그 속에서

　　　　　　　　　　　　　　　　　　　제3부 시의 정신의 조명

정신적인 것은 찾을 수 없다.

정신성이 말살된 극도의 물질적 세계 속에서 "고기"로서의 "그"는 비판의
대상이기보다는 연민의 대상이 된다. 일상화된 세계를 살아갈수록 "하수구
로 핏물이 줄줄 빨려 들어간다"에서 짐작할 수 있듯 "그"는 끝없이 소모된
다. 결코 풍요롭다고 단정할 수 없는 세상 속에서 그는 지치고 무기력해진다.
"그"가 세심하게 챙겨야 하는 일상들은 "그"를 충만하게 하기보다 고갈되게
한다는 것을 알 수 있다.

세계를 바라보는 시인의 이러한 시선은 우리에게 존재와 부재에 관한 새로
운 관념을 제공한다. 세상은 구축되고 질서화됨으로써 긍정될 수 있는 것이
라기보다 그러하기 때문에 부정되고 회의되어야 할 성질의 것이라는 점이다.
더욱이 이러한 세상을 지지하는 것이 언어라면 언어는 존재의 본질을 드러내
는 고귀한 것이기 이전에 존재의 허구성을 지지하는 공허한 것이 된다. 언어
는 존재를 명명함으로써 존재를 살아 있게 하는 것이 아니라, 명명과 동시에
존재를 구성된 세계의 일부로 자리하게 함으로써 그것을 죽어 있게 한다. 이
런 점에서 언어는 세계와 더불어 음험한 것이 된다. 세계의 구성에 관여한다
는 점에서 언어는 세계와 공범이 된다. 언어 안에서 세계는 허구이자 허위의
그것이다.

> 총과 물감을 안고 돌아갑니다
> 밖에서 묻은 색으로 범벅입니다
>
> 떠났던 곳으로
> 돌아왔어요, 자꾸 색이 날아와서
> 머리를 적시고 살에 박히고
>
> 그래서 왔습니다

말할 수 있음과 없음의 사이에서 생성되는 사물들

너무 희어서 희다는 말이
없는 집으로

이 집에서 나고 자랐습니다

작은 점이 생겨서 집을 떠났습니다
밖에서는 몸이 자꾸 짙어져서
짙어진 것을 아프다고 말하게 되어

돌아왔습니다
집은 여전히 희고 나는
물감이 장전된 총을 안고

문 앞입니다

계십니까

나는 너무 많은 얼룩과 함께
이곳입니다

…(중략)…

나를 알아보시겠습니까

…(중략)…

밤이 될 때까지 외쳤습니다
씻을 수 없는 색을 입었습니다

열어주세요

열어주세요

—「덫」 부분

　위 시의 화자가 괴로워하는 것은 "밖"과 안이 서로 괴리된다는 점에 있다. 화자가 처한 "밖"의 상황은 "자꾸 색이 날아와서/머리를 적시고 살에 박히고//그래서 왔습니다"에서 짐작할 수 있듯 치열하고 번잡한 곳이다. 마치 전쟁터처럼 화자를 부대끼게 하는 곳이 곧 "밖"이다. "밖"에서 자아는 "물감이 장전된 총을 안고" 전투를 치르듯 살아내야 한다. 이곳에서는 자아가 갖가지 "색으로 범벅"되고 온갖 "얼룩"으로 오염되기 마련이다. "색"은 세상에서의 부대낌에 의해 겪게 되는 정체성의 변화를 의미하거니와, 자아의 "몸"이 "짙어질" 경우 "짙어진 것을 아프다고 말하게"도 되는 곳이 "밖"의 상황이다. 이에 비해 안은 "너무 희어서 희다는 말이/없는 집"에 해당한다. 안으로 들어가는 입구인 "문 앞"에서 화자는 안으로 들어가기 위해 "열어주세요"를 반복하며 호소한다.

　"총과 물감"을 무기로 삼아 싸워야 하는 "밖"과 안으로서의 "집"을 대비시켜 자아가 처한 상황의 괴리를 해명하는 것은 익숙한 접근이다. 그러나 화자가 "집"을 가리켜 "너무 희어서 희다는 말이/없는 집"이라고 하는 부분은 주목을 요한다. 화자는 "밖"과 안을 "말"을 통해 구분하고 있거니와, "밖"이 "짙어진 것을 아프다고 말하게 되"는 곳인 데 비해 "집"은 "너무 희어서 희다는 말이/없는" 곳이라는 언급은 안과 "밖"에서의 언어 사용이 차이가 있으며 화자가 안을 그리워하는 이유가 "말이 없"기 때문이라는 사실을 환기한다. 즉 "밖"이 "짙어진 것을 아프다고 **말하게**" 된다는 데서 알 수 있듯 "말"에 의한 단정이 이루어지는 곳이라면 "집"은 "말"의 규정 대신 실재만이 남게 되는 곳이라는 것이다.

　"말"을 통해 규명하는 안과 "밖"에 대한 이러한 관점은 언어에 대한 시인의

말할 수 있음과 없음의 사이에서 생성되는 사물들

불신을 나타낸다. 그에게 언어는 사회적으로 인정되고 통용되는 것이지만 그 때의 언어는 실재를 전적으로 담아내지는 못하는 것으로 인식된다. 실재는 언어를 웃돌며 언어의 규정 너머에 있는 것으로, 언어는 사회적인 규정을 행사하되 존재의 정체성을 뚜렷이 하기보다는 모호하고도 혼란스럽게 하는 성격을 띤다. 이는 "밖"에서 "씻을 수 없는 색을 입었"다, "나를 알아보시겠습니까" 하면서 자신의 정체성에 대해 지속적으로 질문을 던지는 화자의 모습에서도 알 수 있다. 이로써 화자가 정작 요구하는 것은 "말"에 의한 규정이 아닌 오히려 "말"의 부재, 즉 "말"로부터의 자유임을 짐작할 수 있다.

> 우리 움직임으로 시작해볼까 움직임으로 사랑해볼까 움직임으로 팔레트를 깰까 색을 부술까 움직임으로 동요하지 말까 움직임으로 착각할까 움직임으로 춤을 멈춰볼까 움직임으로 물기를 빼앗을까 움직임으로 얼음 근처를 걸을까 움직임으로 흘러내려볼까 움직임으로 나아갈까 아니면 몰려들까 움직임으로 멈춘 것들의 곁에 앉을까 움직임으로 알몸이 될까 움직임으로 말을 잃을까 같이 쓸모없어질까 움직임으로 표기되지 말까 어쩌면 위치를 잃을까 움직임으로 늙을까 움직임으로 두려워질까 움직임으로 너를 정물이라고 부를까 움직임으로 장식인 척 해볼까 그럴 수 있다면 움직임으로 움직이는 장면을 가려볼까 움직임으로 흩날리는 백발이 될까 움직임으로 몸부림칠까 움직임으로 숨을 참을까 움직임으로 떨리는 몸을 지나쳐볼까 움직임으로 깊게 웅크릴까 서 있을까 두 번 다시 움직임으로
>
> ―「드라이플라워」 전문

말이 부여됨으로써 존재성을 입증하지만 그때의 존재가 실재이기보다는 허구에 해당한다는 점은 말이 존재의 실체를 온전히 드러내지 못하고 오히려 왜곡시키고 은폐한다는 사실을 말해준다. 그것이 최선이라 할지라도 말은 존재의 전체성에 비해 불완전하다. 말은 피상적이거나 고정적이거나 기계적이거나 정물적이다. 말은 단선적이고 무채색이고 무표정이고 "움직임"이 없다.

제3부 시의 정신의 조명

말은 존재를 꽃으로 피워내는 것이 아닌 존재의 "드라이플라워"라 할 수 있다. 존재는 그의 피와 살을 차압당한 채 이름을 부여받는다.

시인은 말의 이 같은 성격을 극복할 수 있는 것이 "움직임"이라고 본 듯하다. 생동하는 "움직임"은 말의 기계적이고 고정적인 성질을 파괴한다. "움직임"은 말의 견고한 피상성에 균열을 일으키는 에너지에 해당한다. 무차별적인 "움직임"은 말이 미처 닿지 못하던 세계를 더욱 풍성하게 드러내고 살아나게 한다. 말을 부여받지 못해 부재로 취급되던 세계는 "움직임"으로 인해 비로소 시선이 머무는 영역이 된다. 시인에 의해 거의 무분별하게 포착되는 "움직임"은 말의 제한적 성격에 대립한다. "움직임"은 말의 인색함을 뛰어넘는다. 말의 보수성을 넘어서는 "움직임"은 말에 의해 협애화되었던 세계의 전체성을 회복한다.

"사랑"이 진정한 "사랑"이 될 수 있는 것은 말 이전의 "움직임" 때문이고, "색을 부수"고 색의 틀을 "깨"는 것도 "움직임"이다. 말을 능가하는 "움직임"은 "말을 잃"게 하고 "쓸모없어지"게 하며 "움직임으로 표기되지 말"게 한다. 말이 부정됨으로써 "위치를 잃을" 수도 "두려워질" 수도 있을 테지만 결국 "움직임"은 말로 인한 굴레를 벗어나려는 "몸부림"이라 할 것이다.

위 시에서 보여주고 있는 것은 말과 세계의 대립적 사태다. 대상을 규정하려 드는 말은 세계를 제한시키고 대상을 가두게 되지만 세계는 언제나 말을 비집고 말의 틈새로 삐져나온다. 세계는 말의 손가락 사이로 모래알처럼 흘러내리기 일쑤고 말과 말의 틈새엔 사물들로 가득하다. 말이 세계의 본질을 드러낸다는 관념은 허상에 가깝다. 「실낙원」의 "나는 너를 부른다. 너는 이미 사라지고 없다. 나는 너를 부른다. 너는 오랫동안 발생한다. 너는 윤곽만 남아 윤곽을 제외한 것으로 있다. 너의 윤곽이 너를 죽음으로 몰아가지만 너는 끝없이 재생된다"의 구절은 말과 세계 간의 서로 어긋나는 관계를 잘 말해주고 있다. "너를 부름"으로써 "너"는 "사라지고 없"게 되지만 동시에 "너는 오랫동안 발생하"기도 하는 것이다. 「실낙원」에서 화자는 말에 의해 "너는 윤곽만 남"게 되지만 "윤곽을 제외한 것으로 있다"고도 진술하고 있다. "윤곽"은 "너를 죽음으로 몰아가지만 너는 끝없이 재생된다"는 구절은 말의 억압성과 그로부터 벗어나 있는 세계의 생산성을 나타낸다.

말과 세계와 관련한 이러한 성찰은 김선오 시의 발생에 관한 중요한 점을 일깨운다. 김선오 시에서 대면하게 되는 무성한 상상력은 말을 벗어난 세계를 향해 있다는 점에서 그러하다. 김선오 시의 상상력은 하나의 중심으로 수렴되지 않은 채 뭉게뭉게 피어나는 사물들의 더미와 같다. 이는 말에 의해 제한되는 세계를 넘어서 오히려 말할 수 없음을 있음으로, 말이 닿지 않는 무의미를 유의미한 것으로 전환시키는 행위의 일환이라 할 수 있다.

> 기억도 건축이라고 말하던 여름밤의 너에 대해서. 무너진 건물 속 경쾌한 산책에 대해서. 나를 닦은 수건으로 벽을 닦는 일에 대해서. 톰과 제시카와 숲에 대해서. 락스 물 위로 떨어진 야자수 잎에 대해서. 끊임없이 물 밖으로 솟아나는 머리들에 대해서. 텔레비전 밖으로 범람하는 바다에 대해서. 수평선부터 검게 몰려오는 하늘에 대해서. 아무것도 모르고 하얗게 빛나는 수면에 대해서. 여름이 끝날 때까지 입 주변에 남아 있는 짠맛에 대해서. 냉동실에 얼려둔 생선 머리에 대해서. 작년부터 안 움직이는 엄지손가락에 대해서. 얼어붙은 정전기에 대해서. 찢어진 슬리퍼에 대해서.
>
> ─「아지트」부분

언어에 의한 세계의 구성에 대해 믿지 않는다고 했던 시인의 말을 떠올릴 때 "기억도 건축이라고 말하"는 것의 의미를 짐작할 수 있다. "기억"은 언어에 의해 명명되는 세계의 밖에 존재하는 무의미의 지대를 가리키는 것으로, 그러한 "기억"에 의한 "건축"이란 언어에 의해 지탱되고 구축되는 세계와는 상반된 의미를 지닌다. 즉 언어에 의해 구성되는 세계가 정제되고 고정된 것

제3부 시의 정신의 조명

이라면 "기억"에 의한 것은 정돈되지 않고 유동적인 것이다. 제련되거나 질서화되지 않는다 하여 세계 밖으로 밀려났던 비언어적 지대는 시인의 관점에 의하면, 지금껏 말해지지 않은 것이되 그렇다고 부재하였던 것이 아니다. "기억"의 "건축"은 언어 질서에서 제외되었던 지대를 바라보고 있는 시인의 시선을 전제로 한다.

실제로 위 시에서 언급하고 있는 소재들은 모두 무분별하리만큼 맥락 없이 채택되고 있다. "무너진 건물 속 경쾌한 산책", "나를 닦은 수건으로 벽을 닦는 일", "톰과 제시카의 숲", "락스 물 위로 떨어진 야자수 잎", "끊임없이 물 밖으로 솟아나는 머리들" 등등은 모두 세계 내에서 의미를 띠고 구축되는 요소들과는 거리가 있는 것들이다. 위 시의 전면을 채우고 있는 소재들은 일관된 맥락을 지니고 있는 것들이 아니다. 그것들은 대부분 일상의 일부를 차지하면서도 의미의 무게를 지니고 있지 않음으로써 언어의 질서 내에서 시민권을 얻고 있지 못한 허접하고 무의미한 것들에 해당한다. 더욱이 그것들은 정교하게 시적 구성을 띠며 등장하는 대신 랜덤으로 나열되고 있다.

무차별적으로 끌어모은 무의미의 더미를 구름처럼 쌓아올리듯 열거하고 있는 사물들에 대해 시인이 '아지트'라 일컫고 있는 것은 왜일까? "텔레비전 밖으로 범람하는 바다"라든가 "수평선부터 검게 몰려오는 하늘"에서부터 "냉동실에 얼려둔 생선 머리", "찢어진 슬리퍼" 등 세계의 구석구석을 종횡무진으로 가로지르는 이들 사물들은 무작위로 선택된 것들이자 구축된 세계에 대비할 때 모두 외적으로 드러나지 않은 은폐된 것들이라 할 수 있다. 의미 있거나 가치 있는 것으로 내세워지지 않은 채 언어의 체계로부터 제외되고 숨겨져 있는 것들이 이들이다. 시인이 이들 모두를 가리켜 '아지트'라는 표제를 제시한 것은 이들이 외적 세계에 노출되지 않은 내부의 것들이라는 점에서 그러하다. '아지트'는 언어로써 외현되는 세계로부터 벗어나 있는 내적 지대를 의미한다. 내적 지대로서의 '아지트'를 구현함으로써 시인은 그 안에 놓여 있는 세계의 풍부하고도 온전한 실재를 드러내고 싶었던 것이 아닐까.

 위 시에서도 확인할 수 있듯 시인에게 언어 밖의 세계는 세계의 내부이자 감춰진 지대이면서 언어에 의해 포섭되지 못한 실상으로서의 세계를 나타낸다. 그것은 언어의 체계에 포착되지 못한 실질의 구체성을 이루고 있다. 언어로부터 소외된 채 너절하고 무의미한 것으로 각인되어 있지만 그것들은 오히려 세계의 양적 토대라 할 것이다. 외부적 세계로부터 가치를 부여받지 못하고 있으되 그것들은 세계를 지탱해주고 있는 삶의 실재다. 존재하지만 부재하는 것인 이들을 역시 랜덤으로 포착하는 시인의 행위는 언어적 체계의 허구성을 폭로하는 것이자 세계의 실체를 드러내는 일에 해당한다. 바깥으로 밀려난 지대이므로 언어의 세례를 받지 못하는 실제적 세계는 무가치와 무의미를 넘어서 있는 원천적이고 확장된 세계상을 보여준다. 김선오 시의 상상력은 바로 여기에서 피어오르는 것이며, 이를 통해 시인은 언어의 유한한 틀을 벗어나 세계의 실질적 지평을 열고자 한다는 것을 알 수 있다.

제3부 시의 정신의 조명

심연의 자아의 고백 형식

— 원성은론, 『새의 이름은 영원히 모른 채』를 중심으로

시적 언어는 시인의 표정이자 기원이며 그의 인식이자 욕망이다. 시인은 언어를 통해 자신과 세계를 인식한 바를 표현하고 내부에 도사리고 있는, 그리고 세계를 향한 그의 욕망을 드러낸다. 그에 따라 시적 언어에는 시인의 근원이 담기고 그의 표정이 드러난다. 시적 언어가 무겁게 다가오는 것은 그것이 이러한 시인의 실존을 응시하고 있기 때문이다. 시적 언어는 시인의 존재와 소통하며 그의 깊이를 길어 올리고 독자로 하여금 시인과 대화하게 한다.

나는 원성은의 시가 이러한 전제를 벗어나 있다고 생각지 않는다. 다만 이에 의거하여 그는 누구인가, 그의 정체성은 무엇이고 그의 시적 언어는 무엇을 대상으로 하고 있으며 그가 그려내는 세계는 무엇인가 등에 관한 답을 구할 때, 놀랍게도 우리가 손에 쥘 수 있는 정보는 별로 없다는 사실을 알게 된다. 그는 고백체를 사용하되 자신에 대한 진술을 행하는 경우가 극히 드물다. 그의 시는 시인의 내부로부터 발화되되 그가 응시하고 있는 대상은 고정되어 있지 않다. 그는 말하지만 아무것도 말하지 않고 있고 그리고 있지만 어떤 것도 보고 있지 않다. 그의 발화는 풍성하고 매혹적이지만 그 아름다움 끝에서 우리는 길을 잃는다.

지금까지 경험하였거나 상상할 수 있었던 것이 아닌 명명조차 불가해한 미

지의 지대에서, 언어를 대면하고 있는 나 스스로 어디에 머물고 있는지 분간
되지 않는 체험을 하게 되는 시가 곧 원성은의 그것인 것이다. 사정이 이러하
므로 그의 유혹적인 문장에 이끌려 여정을 시작하다가는 이내 경로를 이탈하
여 번번이 멈칫거리고 정지하고 되짚어가곤 하게 되는 일이 발생한다.

일견 명징하고도 확연하게 이루어지는 듯한 그의 언어의 어떠한 특징이 이
러한 양상을 유도하는가. 내부로부터의 응시와 발화가 대상의 부재를 드러내
고 전달의 불능을 일으킨다면, 따라서 시의 해석의 지점을 찾아 의미의 현을
고르는 것이 곤란하다면 이러한 현상은 어디에서 비롯하는가. 그의 시의 얼
굴에 이르는 희미한 하나의 길이라도 우리는 낼 수 있을까.

> 캄캄해지는 꽃밭 앞에 우두커니 서서
> 나비를 보았다는 거짓말을 한다
>
> 높은 진열장에서 떨어진
> 스노볼이 데굴데굴 구른다
> 가장 낮은 바닥을 멈추지도 않고 굴러서
> 함박눈도 그치지 않는다
>
> 환해지는 꽃밭의 한복판에 앉아서
> 나비를 찢었다는 고백을 한다
>
> 언제나 너무 늦은 눈이 내린다 봄에 내린다
> 암점 위로 쏟아져서 멋지 않는다
>
> 바람 빠진 꽃잎, 구멍 난 풍선, 틀어막힌 바늘구멍, 고장 난 자물쇠, 구부러
> 진 열쇠, 뜯겨 나간 울타리
> …를 모아둔 진열장 속으로 함박눈이

제3부 시의 정신의 조명

검은 구름이 하늘에 착색된다
우박을 떨어뜨리며
안전모를 쓰지 않은 사람들만 집요하게 쫓아다닌다

— 「매직아이」 전문

위 시가 낯설게 느껴지는 이유는 위 시에서 풍기는 초현실적이고 디스토피아적 분위기 때문만은 아니다. 시 전체를 뒤덮는 무거운 눈의 풍경과 어둡고 검은 색채도 하나의 배경으로 작용할 뿐이다. 화자가 바라보는 시적 대상이 근경과 원경을 오간다는 것도 요인이 될 수는 있을 것이다. 그러나 무엇보다도 위 시의 난해함은 시선의 다중성에 기인한다. 위 시에서 발견되는 시적 대상을 향한 시선의 위치 혹은 발화 지점의 불명확함이 시 전체의 초점을 흐릿하게 하고 있다.

예컨대 1연의 "캄캄해지는 꽃밭 앞에 우두커니 서서/나비를 보았다는 거짓말을 한다"에서 화자의 시선은 이내 "나비를 보았"던 지점과 "거짓말을 한다"는 지점을 오간다. 또한 "우두커니 서" 있던 지점은 "나비를 보았"던 때인가 "거짓말을 할" 때인가? 혹은 "나비를 보았"던 주체와 "거짓말을 한다"고 생각하는 주체는 서로 같은가 다른가? "나비를 보았"던 주체가 화자와 일치한다고 보장할 수 있는가? 3연의 "환해지는 꽃밭의 한복판에 앉아서/나비를 찢었다는 고백을 한다"에서도 마찬가지의 분석을 할 수 있다. "나비를 찢었"던 지점과 "고백을 하"는 지점 사이엔 시선의 급격한 이동이 있다. "꽃밭의 한복판"은 "나비를 찢었"던 위치일 수도 있고 "고백을 하"던 위치일 수도 있다. 또한 "나비를 찢었"던 인물과 "고백을 한다"고 생각하는 인물은 서로 같을 수도 있지만 다를 수도 있으며 두 행위의 주체는 화자일 수도 있고 제3자일 수도 있다. 즉 이들 시적 진술은 화자 자신에 대한 고백처럼 들리기도 하지만 타자의 행위에 대한 묘사로 여겨지기도 한다.

이는 원성은의 시적 문장이 각 구절들로 분절해보았을 때엔 어느 한 군데 오류 없이 명확하며 이미지 또한 선명하지만 각 구절들 사이엔 커다란 간격이 발생한다는 점을 말해준다. 원성은의 시에서 이러한 간격은 흔히 인과성 부재의 거리로 나타나지만, 위 시에서처럼 통사구조의 불명확성이라든가 앞서 말했듯 시선의 급격한 이동 혹은 행위 주체의 모호함으로 인해 발생하기도 한다. 특히 위 시에서 시선의 이동은 1, 3연의 계열과 눈 내리는 풍경을 담은 나머지 연들의 계열을 달리하며 근경과 원경을 오가는데, 이와 더불어 1, 3연 내에서 시선의 이동이 분절적으로 벌어진다는 점은 위 시를 난해하게 하는 요인으로 작용한다. 말하자면 위 시에 놓여 있는 시선의 다중성은 시의 중요한 시적 계기이며 시의 핵심 요소임을 알 수 있다.

1, 3연에 놓여 있는 구절 단위의 시선의 다중성에 비해 보면 "함박눈"이 내리는 풍경에 대한 묘사는 평이한 편이다. "진열장"에서 "스노볼이 데굴데굴 구르"는가 하면, 바로 그 "진열장"에 "바람 빠진 꽃잎"이라든가 "구멍 난 풍선, 틀어막힌 바늘구멍, 고장 난 자물쇠, 구부러진 열쇠, 뜯겨나간 울타리…"의 일정한 속성의 사물들이 수렴하고 있는 등 2, 4, 5연이 한 계열이 되어 일정한 시점을 구성하고 있기 때문이다.

물론 1, 3연의 계열과 2, 3, 4연의 계열은 인과성을 이루고 있지 않은 채 서로 무관한 사태들이 파편적으로 병치되고 있는 형국이다. 이 두 계열의 구성은 시인이 "추상화"를 구성할 때 하듯 "1-2-3-4-5의 시간 순서상의 사건들을 4-1-5-3-2로 바꿔놓"(「벌집 쑤시기」)는 작업을 떠올리게 한다. 이러한 구성 자체에서도 난해성은 유발되기 마련이지만 무엇보다 위 시의 생소함은 그러한 계열들의 교차를 넘어 균질적이지 않은 시선의 위치와 행위 주체들 간의 모호함에 기인한다 하겠다. 무엇보다 위 시의 제목이 '매직 아이'인 점을 상기할 때 위 시에 드리워진 시선의 혼재야말로 시를 기이하게 이끄는 마법 같은 요소가 아닐까 한다.

제3부 시의 정신의 조명

납작한 반죽처럼 누워서 기다리고 싶었을 뿐인데
어떡하지 네 얼굴이 생각이 안 나
무서운 것은 종이나 스크린을 당장이라도 찢고 나올 것처럼 입체적인 것들

터널의 끝에서 만나요 그렇게 말한 후 헤어진 사람

　터널의 안에서는 무거운 것들에 대해 생각하기 좋았다 스위치 없는 어둠 속
에서 발끝이 뭉툭해질 동안 마모되는 돌멩이처럼 세이렌의 비명, 비명의 소실
점을 가늠하기 위해 원근법을 망각하는 동안

…(중략)…

얼굴에 구멍 뚫리겠어 그러니까
꽃 좀 그만 들여다봐
하얀 빛이 쏟아지는 창가에서 그가 말한다

나는 나를 작게 접어서 겹겹이
어두운 꽃 속에 숨겨놓았다 그 꽃이
투명한 꽃병 안에서 맑은 빛을 머금고 시든다
만개 후의 시간은 신속하니까

그는 좁아 보이는 창문 앞에 바짝 붙어 있다
정육점의 살점들처럼 선홍빛인 구름들을, 구름들만
관찰하고 기록하고 수집하는 것이 그의 의무인 것처럼

화산 꼭대기에서 만나요 그렇게 말한 후 다시 만나지 못한 사람

폭발 후에는 비가 내리고
빗소리는 이 폐허를 번역하기 위한 세이렌의 낮은 목소리

심연의 자아의 고백 형식

…(중략)…

소실점, 새 한 마리가 멀리 날아가서 만든 작은 점을 그는 손가락으로 꾹 눌러서 지운다 유리창 위에 지문이 남는다

나의 그림자는 나보다 크고 무겁고 어둡고
깊다 깊어서 밟으면 발이 빠질 것이다
죽은 인어의 머리카락 같은 해초에 감긴 발목이 느려질 것이다

네 꼴을 좀 봐 행려병자가 따로 없어
터널의 바깥에서 그는 말한다 지, 우리는
차라리 무섭다고 말해버리자
너의 희미한 미소 하나만으로
내가 오랫동안 캄캄하게 쌓아올린 숯과 재의 산이
와르르 무너져버릴 수 있도록

닫힌 문 뒤의 눈사태가 두렵고
망가진 건반들과 아픈 손가락들로 연주한 산불이 두려운
우리는
안개 속에서 부른 이름처럼 희미해진다
희망처럼 스르르 지워진다

하얀빛으로 기워 지은 수의를 사이좋게 나눠 입고

얼굴에 구멍 뚫리겠어 그러니까
창문 좀 그만 들여다봐
                              —「나는 심해에 빠진 것 같아, 네가 말했다」 부분

뚜렷한 고백체의 위 시에서 이야기를 이끌어가고 있는 화자이자 주인공

제3부 시의 정신의 조명

은 "나"이며, 화자는 "나"를 중심으로 한 "너"/"그"와의 대화를 통해 "우리"를 조명하고 있다. "나"의 내면의 의식을 말하는 동안 불쑥불쑥 등장하는 "너"/"그"는 그런데 정황상 부재하는 존재이면서도 분명히 실재하고 있는 기이한 지점에 놓인 인물이다. "터널의 끝에서 만나요 그렇게 말한 후 헤어진 사람"이 던지는 말/시선은 상상의 차원일 것이므로 응당 희미할 것이지만 위 시에서 "그"는 마치 상상의 차원을 찢고 등장하기라도 하듯 생생하다는 특징을 지닌다. "얼굴이 생각이 안 나"는 "그"가 "나"와 밀착되어 상황을 이끌어가는 공동의 주체라는 점은 위 시가 자아내는 생소하고도 기이한 분위기의 한 요인으로 작용한다. 더 정확히 말해 "너"/"그"는 "나"의 행동을 결정하는 실질적이고 강한 타자다. "좁아 보이는 창문 앞에 바짝 붙어 있"는 "그"는 부재하지만 부재하다고 할 수 없을 만큼의 실존감을 드러낸다. 실제로 "나"를 향한 "그"의 시선은 집요하고, "얼굴에 구멍 뚫리겠어 그러니까/꽃 좀 그만 들여다봐" 하는 "그"의 음성은 "나"로 하여금 "나를 작게 접어서" "어두운 꽃 속에 숨겨놓"게, 그리고 결국 "그 꽃"을 "투명한 꽃병 안에서 맑은 빛을 머금고 시드"는 순서를 밟게 할 정도로 강력하다.

"화산 꼭대기에서 만나요 그렇게 말한 후 다시 만나지 못한 사람"이기에 그리움의 대상일 듯한 "너"/"그"는 그러나 "하얀 빛이 쏟아지는 창가"를 배경으로 하고 있는가 하면 "정육점의 살점들처럼 선홍빛인 구름들"과 함께 등장하는 애매한 인물이기도 하다. 그는 "새 한 마리가 멀리 날아가서 만든 작은 점을" "꾹 눌러서 지우"는 무심한 사람이거나 "터널의 바깥에서" "네 꼴을 좀봐" 하고 내게 "말하"는 냉정한 사람으로도 보인다. 한 마디로 "그"는 성격이 불분명한 요령부득의 인물이다.

그가 종잡을 수 없는 사람인 데 비해 "나"는 일관되게 어둡다. 화자가 자신에 대해 지니는 의식은 "납작한 반죽"이자 "작게 접어서 겹겹이/어두운 꽃 속에 숨겨놓"는 대상이다. 시종 "그"와 함께, "그"의 언저리에 존재하는 인물로서의 "나"는 "터널" 안에서 "그"에게 "병든 산호"를 "선물"하고는 "그"가 "내게 아무 말이라도 좀" 해주기를 기다린다. "나"는 무엇인지가 늘 "무서운" 사람이고 자신에 대해 "무겁고 어둡"게 느낀다. 화자는 자신에게 "나의 그림자"가 있다고 여기는데, 화자는 그것을 "크고 무겁고 어둡고 깊"으며 "밟으면 발이 빠질 것"이라고, "죽은 인어의 머리카락 같은 해초에" "발목"이 "감"겨 "느려질 것"이라고 묘사한다. 또한 화자는 자신이 놓여 있는 상황을 "폐허"라고 명명하고 있으며 그곳에 내리는 "빗소리"를 "세이렌의 낮은 목소리"로 일컫는다. 화자의 길디긴 위의 자기진술에서 확인할 수 있는 것은 이처럼 기원이나 정체를 알 수 없는 깊고 음산한 어둠이고 그 속에서 허우적대고 있는 그의 모습이다.

화자가 처한 현상에 대해서만 언급하고 있을 뿐 그 이유나 근원에 대해 말하고 있지 않은 위 시를 이해하기 위해서 우리가 할 수 있는 일은 "나"와 "그"의 관계를 가늠해보는 것이다. 물론 "그"가 누구이며 어떤 사람인지, 정체를 알 수 있는 길은 없다. 그러나 확실한 것은 "그"는 내 주변에서 없는 듯 있는 사람이며 "나"에게 미치는 영향력 또한 작지 않을 만큼 내가 민감하게 의식하는 존재이다. "그"는 "창문 앞에 바짝 붙어"서 "나"를 보거나 "나"에게 말을 거는 인물이다. 한마디로 "그"는 "나"와 거리가 없이 밀착되어 있는 자이다. 마지막 연의 "얼굴에 구멍 뚫리겠어 그러니까/창문 좀 그만 들여다봐" 하는 비명에 가까운 소리는 위의 "얼굴에 구멍 뚫리겠어 그러니까/꽃 좀 그만 들여다봐"의 변용이자 화자가 "그"에게 느끼는 압박감의 표출이다.

화자가 느끼는 이때의 압박감은 "터널의 안", "스위치 없는 어둠 속에서" "세이렌"의 "비명의 소실점을 가늠하기 위해 원근법을 망각"해야 했던 화자의 처지, 자신이 "발끝이 뭉툭해질 동안 마모되는 돌멩이처럼" 느껴졌을 화자의 처지와 관련된 것이기도 하지만 "창문 앞에 바짝 붙어"서 "나"에게 관여하던 "그" 때문이기도 할 것이다. 이런 점에서 "그" 역시 화자가 "원근법"

제3부 시의 정신의 조명

으로 바라볼 수 없는 대상으로서의 존재에 해당한다 하겠다. 실제로 "그"는 "나"에게 "우리"라고 말하고 있으며 "우리"는 "수의를 사이좋게 나눠 입"은 사이이기도 하다.

그 때문인지 위 시에서 "그"와 "나" 구분 없이 "우리"는 함께 무서워한다. "우리"는 "닫힌 문 뒤의 눈사태가 두렵고/망가진 건반들과 아픈 손가락들로 연주한 산불이 두렵"다. "우리"의 두려움은 화자가 "당장이라도 찢고 나올 것처럼 입체적인 것들"로 인해 무서움을 느끼는 것과 다르지 않게 전폭적이고 즉각적이고 만성적이다. 그런 점에서 "그"는 "나"와 같다. 또한 이 점에서 "그"는 "나"의 또 다른 자아라 해도 무방하다. 즉 "그"는 내 안의 타자이기도 하고 "그림자"이기도 한 "나"의 분신인 것이다.

"나"를 바라보고 "내"게 말을 하고 "나"를 압박하는, 그래서 늘 의식하게 되었던 인물로서의 "그"가 "나"의 분리되지 않는 일부가 되어 감정을 공유하고 있는 사태는 기괴하다. "차라리 무섭다고 말해버리자"는 "그"가, 만일 그렇게 할 경우 "나"의 "희미한 미소"로 그의 "캄캄하게 쌓아올린 숯과 재의 산이" "무너져버릴" 것이라고 말하는 상황은 몸은 하나이지만 머리는 두개인 기이한 형태의 조직을 연상시킨다. 그것은 마치 서로에게 타자이기도 하고 동일한 자기 자신이기도 한 분열된 자의 모습을 띤다. 요컨대 "그"는 심층에 놓인 "나의 그림자"라 할 만한 것이다. 말하자면 위 시는 "나의 그림자"와의 공존 속에서 "내"가 겪는 일상적인 공포와 "폐허"와 같은 상태를 그리고 있는 것이라 할 수 있다. 위 시의 제목이 "나는 심해에 빠진 것 같아" 한 것도 이 때문이며, 이러한 고백의 발화자가 제목에서처럼 "내"가 아닌 "너"가 되고 있는 것도 곧 "너/그"가 "나의 그림자"인 까닭이라 할 수 있다.

위 시에서 살펴본 이러한 양상은 결국 주체의 혼란 상태와 관련된 것이라 할 수 있을 것이다. 그런데 이러한 주체의 모호함은 앞의 「매직 아이」에서도 확인할 수 있었던 현상이기도 하다. 원성은의 시에서 빈번히 나타나는 이러한 현상은 그의 시를 기이하고도 혼란스럽게 만드는 주된 요인이 된다. 나아가 그것은 그의 시가 발생하는 지대가 어디인지 짐작하게 해준다. 원성은의 시의 발생 지점은 그의 의식의 심층으로서, 이는 그의 발화가 그토록 분열증적이고 폐쇄적이며 원근이나 갈래도 가늠되지 않는 초점 부재의 그것인 이유가 될 것이다.

극장에서 나는 목격하고 협조하는 의자다
응시와 청음의 거리를 정확하게 가늠하는 허공이다
메아리가 되어버린 이후에는
내 웃음소리도 내 것이 아닌 것만 같다
공포라는 장르의 속성이다
안젤름 키퍼Anselm Kiefer의 터널 속에 갇혀버린 목소리
모방적인 만장일치의 검은색이다
침묵인 건지

도화선의 길이를 알 수 없어서 침묵이 끓어넘친다
터널의 끝을 알 수 없어서 희망의 소실점이 흐려진다

여름 내내 머리맡에 두고 잤던 카프카의 『법 앞에서』는
볕 좋은 날 베갯잇과 함께 빨랫줄에 걸어서 말려야겠어
이웃 사람들이 나를 정신 나간 사람이라고 수군댄다고 해도 상관없어 사실
광기에 관한 건 상관없어진 지 오래됐어
미친 척하는 것도 미친 걸 들킬까 봐 너무 긴 문장들로 말하지 않는 연습도

애벌레가 사과의 정중앙에 가 닿는 지름길을 찾듯
사과의 가장 맛있는 부위를 파먹은 후 사과의 핵을 뚫듯
공포를 관통할 수 있다면

…(중략)…

불가능한 창문, 사치스러운 창문, 관객을 마중 나가는 창문, 여벌의 창문, 창
문의 오작동에 관한
　성실하고 강박적인 기록물

　창문뿐인 이곳에서 여러 종류의
　창문을 입어보는, 벗어보는 사람들
　제자리에 있지 않은 사람들

…(중략)…
　가면을 하나, 둘 떨어뜨리면서 걸어가는 사람
　그 사람을 집요하게 추적하면서 쓰다 버린 타인의 가면들을 수집하는 박물
관장

　집에서 나는 두꺼운 암막 커튼이다
　미쳐 날뛰는 바람을 입에 머금고 있다가 한 순간의 실수로
　꿀꺽, 통째로 삼켜버린

　　　　　　　　　　　　　　　　　　　　　— 「살아 있는 조각상」 부분

　위 시에서 눈에 띄는 대목은 화자 "나"가 행하는 자기규정에 관한 부분이
다. "나"를 가리켜 "의자다", "허공이다", "암막 커튼이다" 하는 지정적 진
술은 역시 기이하게 느껴진다. 여기에서의 기이함은 이러한 지시가 단순
히 "나"에 관한 비유가 아니라 화자의 시선과 관련된다는 점에 기인한다. 즉
"나"가 "의자"일 수 있는 것은 은유에 의해서가 아니라 화자의 시선의 이동
에 의해 확보되는 실제적인 것이다. 화자는 의자에 시선을 던질 뿐만 아니라
그것에 자기 자신을 투사한다. 화자에게 "나"와 "의자"는 동일체인 것이다.
　단지 감정이입도 아니고 수사도 아닌 이 같은 동일시는 그 대상이 사물인

까닭에 낯설다. 더욱이 그 대상은 하나의 사물에서 그치지 않고 "허공"과 "두 꺼운 암막 커튼"으로 연쇄적으로 이어지거니와, 여기엔 화자가 사물을 대하는 방식의 특수성이 놓여 있다. 화자는 이들 사물을 일정한 거리 하의 대상으로 바라보는 것이 아니라 자신을 압도하는 전체로서 여기는 것이다. 화자에게 이들 사물은 화자라는 주체에 종속된 도구적 객체가 될 수 없다. 그것들을 대상화시킬 수 있는 주체의 자리에 놓여 있지 않는 화자에게 이들 사물들은 오히려 그것들이 주체가 되고 전체가 된다. 이러한 현상은 자아가 주체가 되지 못하고 상황에 지배되고 종속되는 경우에 발생하는 것으로서, 이에 따라 주체는 객체와의 관계 설정을 뚜렷이 하지 못한 채 객체에 자신을 투항하는 일종의 역전이 현상을 일으키게 된다. 말하자면 위 시의 지정적 진술들은 주변 상황에 압도당하여 주체로서의 지위를 확보하지 못하는 화자가 겪는 주체로서의 혼돈의 양상을 나타낸다.

상황이 이러하다 보니 화자는 자신의 경계를 지각하는 데 어려움을 겪는다. "나"의 음성은 "메아리가 되어버"리며 "내 웃음소리도 내 것이 아닌 것만 같다"는 혼란을 겪게 되는 것이다. "터널 속에 갇혀버"렸다는 감각이나 질긴 "공포"의 감정도 여기에서 비롯한다. 도무지 자신을 둘러싼 상황에 대한 객관적 인식이 불가능한 상황은 자아로 하여금 "침묵"하게 하고 어둠 속에서 헤매게 한다. "도화선의 길이를 알 수 없어서 침묵이 끓어넘친다"거나 "터널의 끝을 알 수 없어서 희망의 소실점이 흐려진다"고 호소하는 것도 이 때문이다. 3연의 화자가 『법 앞에서』라는 책을 "볕 좋은 날" "빨랫줄에 걸어서 말려야겠"다는 생각을 하게 된 것 역시 자신이 처한 이 같은 모호한 상황을 벗어나고자 하는 욕구의 표현이라 할 수 있다.

자신을 구축하지 못하는 암담한 상황 속에서 화자가 취할 수 있는 행동은 무엇이 있을까? "사과의 핵을 뚫듯 공포를 관통할 수 있"는 길은 무엇일까? 깊은 "터널"에 갇혀 있는 듯한 폐쇄감을 느끼는 화자에게 가장 절실한 것은 출구를 찾는 일일 것이다. 위 시의 화자가 "창문"을 떠올리는 것도 이 때문이다. "불가능한 창문, 사치스러운 창문, 관객을 마중 나가는 창문, 여벌의 창문" 등의 맹목적 열거가 그것이다. 화자는 이들 "창문"을 통해 세상과의 통로에 관해 사유할 뿐만 아니라 "창문을 입어보"거나 "벗어보는 사람들"을 상상한다.

물론 폐쇄된 상황으로부터 벗어난다 해도 화자가 마주하게 될 세상이 진실하거나 온전한 것은 아닐 것이다. 세상은 대체로 위선과 기만이 만연해 있기 때문이다. "사람"들에게는 "가면"이 일반화되어 있지 않은가. "가면을 하나, 둘 떨어뜨리면서 걸어가는 사람"은 거짓이 팽배한 일반화된 세상에 대해 환기한다. 그리고 사실상 세상의 이러한 모습은 화자가 처한 폐쇄적 상황을 더욱 견고하게 하는 요인이 될 것이다. 이에 따라 "창문"에 관해 궁리하며 상황으로부터 벗어나고자 하였지만 화자는 다시 제자리로 돌아올 뿐이다. "내"가 "집에서" "두꺼운 암막 커튼"이 되는 것도 이 때문이다. 그리고 이때의 "커튼"은 고요하고 평온한 그것이 아니라 강력한 에너지를 머금은 듯 "미쳐 날뛰는 바람"을 "통째로 삼켜버린" 불안정하고 위태로운 그것이다.

세상으로부터 단절되어 유폐되어 있는 자아에게 세상은 공포스러우면서도 언제고 도전을 꿈꾸게 되는 광막한 지평이다. 그가 여전히 잠재워지지 않은 에너지를 지닌 자아라면 좌절과 또 다른 시도는 영원한 부침으로 반복될 것이다.

> 온화한 반딧불에게
> 너는 결국 집으로 돌아오지 않았어 온 우주가 협력이라도 할 기세로 네게 빛을 이해시키려고 했지만 너는 길 위에 주저앉아 심장에 박힌 유리 조각들을 빼내면서 그것을 보고 빛이라고 아름다움이라고 부르는 일에 몰두해 있었어 나는 그것을 사랑이 아니라고 말하지 못했지 너는 큰소리로 깔깔거리면서 이렇게 말했어 "내가 나의 가장 캄캄하고 붉은 맥박 위에서 산산조각 난 파편들을 집도하

기 전까지는 아무도 날 안 보더니 지금은 모두가 날보며 경악하고 있네요" 나는
네가 울지 못한 울음을 울고 있었기 때문에 아무런 말도 할 수가 없었는데 너는
희망처럼 보이는 돌멩이 하나 줍지 않고 아직도 뚜벅뚜벅 걷고만 있어

　여기서부터 다시 시작해
　여기서부터 너의 기록이 삶의 기록이 될지 죽음의 기록이 될지가 결정된단다

　캄캄해지기만 하고 어느 방향으로도 열리지 않는 창문들만 줄 지어 서서 너
를 기다렸지 운명론자들의 커튼이 너를 기만했어 아침마다 찬바람이 샜어 …
(중략)…

　네게는 유머가 없었어 아름다움만이 있었어 아름다움이 많았어
　비밀을 가진다는 건
　신비롭고 향기로운 꽃을 가꾸는 일이나 고도에 활짝 핀 기적과 거짓말에 물
주는 일보다는
　훼손되어 찢긴 그림자를 지하실에 가두는 일에 가까웠어 더는 입지 않게 된
무거운 외투처럼

　여기서부터 다시 기억해
　태양이 불타고 있다고 해서 그 불을 끌 수는 없어
　창고에 방치된 장작더미가 비를 맞으며 썩고 있어
　천진하게 부패하고 있어

　…(중략)…

　너는 이름이 많지 그 이름들은 모두 훔치기 좋고 훔치기 좋은 이름들을 꽃다
발처럼 끌어안고 사는 삶을
　너는 상상하지 않으려고 해 시든 꽃들이 밟히면서 풍기는 냄새를 맡지 않으
려고 해

　　　　　　　　　　　　　　　　　　　제3부 시의 정신의 조명

이름이 많다는 건 이름이 없다는 것과 같아
색깔을 다 빼앗기고 표백된 드라이플라워처럼, 목매단 꽃처럼

···(중략)···

여기서부터 다시 사랑해
아몬드나무에게 새 그림자가 생겼어
둥지에서 부화한 새에게 자아가 생기듯
가느다랗고 검은 끈에 뿌리가 묶여버렸어

검은 새는 높은 굴뚝 안에 사는 새야 온몸에 재를 묻히고서 검어진 새야 원
래는 무슨 색인지 알 수 없게 된 불의 기억을 간직한 새야

여기서부터 처음으로 돌아가서 다시 울기 시작하는
작고 가볍고 부드러운 나의 새야
　　　　　　　　　　　　—「왼손잡이가 오른손으로 쓴 악필의 편지」부분

　"온화한 반딧불"을 청자로 설정하고 있지만 위 시에서 "너"는 "나"의 분신
이자 또 다른 자아에 해당한다고 볼 수 있다. 위 시는 실패가 예정되어 있다
해도 갇히기를 거부하고 세상을 향한 날갯짓을 멈추지 않는 존재를 형상화
하고 있다. 그러나 필연적으로 좌절이 예비된 상황에서 시도되는 "반딧불"의
그러한 행위는 순탄히 진행될 성질의 것이 아니라 의식의 광포하리만치의 혼
돈과 함께 이루어지기 마련일 것이다. 가령 "반딧불"의 도전은 그것이 "빛이
라고 아름다움이라고 부르는 일에 몰두하"는 식의 자기최면을 동력 삼아 이
루어지며, 실패와 좌절이 계속될 때마다 "여기서부터 다시 시작해", "다시 기
억해", "다시 응시해", "다시 사랑해" 하는 식의 자기다짐을 거듭하면서 견인
되었던 것이다.

심연의 자아의 고백 형식

이러한 반복되는 부침의 과정 속에서 "반딧불"이 겪었을 상처와 괴로움은 그를 더욱 세상으로부터 고립시키는 계기가 되었고 그를 더욱 혼란스러운 분열의 상태로 몰아갔을 터이다. 위의 "반딧불"이 "큰소리로 깔깔거리면서" 했던 말인 *"내가 나의 가장 캄캄하고 붉은 맥박 위에서 산산조각 난 파편들을 집도하기 전까지는 아무도 날 안 보더니 지금은 모두가 날 보며 경악하고 있네요"*는 그가 어떤 행동을 한다 해도 그에 대해 세상이 보이는 이질감을 나타낸다. 이런 말을 할 때의 "반딧불"은 이미 외로움의 극한에 이른 상태라 짐작할 수 있다. 아무리 의지를 내어도 "기다리"는 것은 "캄캄해지기만 하고 어느 방향으로도 열리지 않는 창문들"뿐일 때 "반딧불"의 절망은 극에 달한다.

세상을 향한 "반딧불"의 도전은 이러한 한계상황에서, 그것도 "희망처럼 보이는 돌멩이 하나 줍지 않고" "뚜벅뚜벅" 묵묵히 이루어졌다. 따라서 그의 시도는 언제나 "삶의 기록이 될지 죽음의 기록이 될지" 판가름되는 긴장을 견뎌야 했고, "아름다움"을 위안 삼으며 "훼손되어 찢긴 그림자"를 의식 깊이 "가두"어가면서 발휘되어야 했다. 이는 세상을 향한 "반딧불"의 "사랑"이 얼마나 강한 것인지 말해주는 것이며 그런 만큼 그가 감당해야 했을 고통의 무게가 어떠했을지 가늠케 해주는 대목이다. 결국 그는 내면의 분열 상태로 치달아갔던 것이리라. 그에게 "이름이 많"은 것, "색깔을 다 빼앗기고 표백된 드라이플라워처럼, 목매단 꽃처럼" 되었던 것도 그 때문이다.

그러나 "태양이 불타고 있다고 해서 그 불을 끌 수는 없"듯 세상이 지닌 조건을 부정하거나 외면할 수는 없는 노릇이어서, 그것이 아무리 힘겨운 일이어도 "반딧불"은 그 모든 괴로움을 또다시 치르겠다고 나서는 형편이다. "다시 시작하"자는 것이다. 수차례 반복되는 도전으로 갈가리 찢겨 만신창이가 될 지경에 처할 테지만 그가 행하는 굳은 도전은 그에게 자아의 또 다른 국면을 마련할 것이다. "아몬드나무"에게 "생긴" "새 그림자"라든가 "불의 기억을 간직한 새"는 그와 관련된 상징에 다름 아니다. 또한 상처와 좌절을 딛고 다시 일어서는 그는 여전히 다시 "처음으로 돌아가서 다시 울기 시작하는" 자아이다. 위 시에서의 화자는 그런 자아를 향해 "작고 가볍고 부드러운 나의 새"라고 위로의 손길을 건네고 있다.

원성은 시의 전반적인 어두운 색채에 비해 위 시는 사뭇 희망적이고 긍정적인 메시지를 보이고 있다. 여전히 분열적인 목소리가 등장하지만 위 시에서 상황을 이끌어가고 있는 자아는 세상을 향한 도전을 포기하지 않겠다는 의지에 찬 성격의 그것이다. 그러나 안타깝게도 이러한 목소리는 그가 처한 암울한 상황들에 의해 쉽게 묻혀버리곤 한다.

> 식은 총구 안에 팔월을 태양을 장전시킨 후였습니다
> 아무도, 고아의 난잡한 연애 감정이나 해변의 낮잠이 휴식이 아니라 기절의 형식이란 건 몰라요
>
> 덧칠하지 않아도 이미 위협적인
> 무더위를 형광펜으로 죽죽, 눈부시게 중언부언 중입니다
> 슬픈 외국어를 강조합니다.
>
> …(중략)…
>
> 파도가 다음 장으로 넘어가지 못하고 있습니다
> 어서 이 격렬한 민조의 페이지를 완성시켜주세요 떠나겠습니다
>
> 붉고 캄캄한 해저터널이라고 거대함이나 추위 같은 것에 익숙해지고 싶었겠습니까
> 날개에게 낯설고 두려운 중력을 심장이 선뜻 허락해버리는 발칙한 침잠, 그것을
> 고아라고 일찍 학습하고 싶었겠습니까

…(중략)…

그 새의 이름을 영원히 모른 채 고아가 예외 없이 총을 쏘아 버리는 결말,
다만 중력을 망각한 깃털처럼 천진해지고 싶었습니다 날아오르고 싶었어요

이래도, 고백은 형식의 문제입니까
그렇다면, 폭발 직전의 태양이 아주 신 자몽처럼 쥐어짜낸 눈물이나 대단원
을 체념한 달의 소름끼치는 미소 같은 이분법은 어떻게 수습하실 겁니까

여기까지가 태어나서 처음으로 일인칭의 첫 문장을 쓰게 되기까지의 이야기
입니다

— 「이방인」 부분

모호한 주체로써 세계와의 부조화를 감내하며 살아가야 하는 자아에게 세상은 공포로 가득 차 있고, 발화는 분열된 자의 웅얼거림처럼 가닥이 잡히지 않는 상태 그대로다. 자아가 다가가기를 갈망하는 만큼 더욱 견고한 벽으로 여겨졌을 세상은 자아에게 극복 불가능한 거대한 성채와 같았으리라. 원성은의 시적 발화가 혼란스럽게 행해지고 자아의 균열이 발생하며 유폐된 자의 그림자가 짙었던 것도 그 때문이다. 이로 인해 그의 시는 더욱더 이해 불가하고 어두운 색채로 채색되곤 하였다. 앞의 「왼손잡이가 오른손으로 쓴 악필의 편지」에서 살펴보았던 자아의 일련의 행위들은 곧 이 같은 자아와 세계의 조건 속에서 펼쳐진 치열하고도 아픈 자아의 절박한 몸짓에 해당되었을 것이다.

그러나 「왼손잡이가 오른손으로 쓴 악필의 편지」에서처럼 시적 자아가 초인적인 의지를 발휘한다 할지라도 주체 및 세계의 조건 자체에 이미 결함이 내재되어 있는 상태라면 낙관적인 결과를 기대하는 것 자체가 어려울 것이다. 세계를 향해 내딛는 자아의 행보는 어찌할 도리 없이 갈수록 지치고 무거워질 것이다. 위 시의 화자가 "난잡한 연애 감정이나 해변의 낮잠" 등의 자신

의 행위에 대해 "기절의 형식"이라 명명한 것도 이러한 이유에서다. 이는 자아가 어떤 활동에서도 활력을 찾을 수 없이 소위 번 아웃되어버린 상태임을 의미한다. 그것이 심지어 "팔월의 태양을 장전시킨 후"에도 회복할 수 없는 상태라면 자아에게 에너지의 고갈 정도는 매우 심각한 수준이라는 것을 알수 있다.

이어지는 "파도가 다음 장으로 넘어가지 못하고 있"다거나 "격렬한 만조의 페이지를 완성시켜" 달라는 호소 역시 행위의 맹목적 반복이 지루하게 이어질 뿐 현 상태를 타개할 수 있는 어떠한 활력도 찾을 수 없는 상황을 단적으로 나타낸다. 새로운 국면으로의 전환이나 사태의 완성을 기대할 수 없을 때의 무기력이 이들 표현에 고스란히 담겨 있는 것이다. 이는 에너지가 완전히 바닥나 자아가 스스로의 힘으로 어떠한 진전도 이룩할 수 없는 몹시 피로하고 지친 상태를 의미한다.

이로써 유폐된 자아의 처지를 딛고 세상을 향해 도전장을 내밀던 자아의 의지에 찬 이전의 모습은 이제 더는 위 시에서 찾아볼 수 없다. 결과도 없이 반복되는 부대낌은 결국 자아를 붕괴되기 직전까지 이르게 한 것인가. 자아에게서 더 이상 사태를 극복할 만한 일말의 에너지도 끌어내기 힘든 노릇인가. 위 시의 화자는 이러한 사태에 대한 요인으로 "붉고 캄캄한 해저터널" 및 "고아"라는 조건을 제시한다. "터널"이 이제껏 화자가 보여준 폐쇄적 상태를 지칭한다면 "고아"는 주변과의 유대를 상실한 채 뿌리 없이 떠도는 자아의 처지를 암시한다. 화자에 의하면 이들은 자아가 세계로 나아가는 데 있어서의 견고한 조건이자 강력한 걸림돌로 작용하였던 것으로, 이들로 인해 자아는 그에게 가해지는 "거대함이나 추위" 혹은 "발칙한 침잠"과 같은 사태에 굴복하도록 고착되었다는 것이다. 말하자면 이들 조건은 자아가 극복할 수 없었던 절대적 굴레에 해당한다.

화자에게 이들 조건이 어떤 경로로 발생하였고 또 떨쳐낼 수 없게 되었는지에 관해서는 어떠한 정보도 얻을 수 없다. 다만 짐작할 수 있는 것은 이러한 조건들이야말로 화자와 분리되지 않는 그림자이자 이면이라는 점이고 바로 이 때문에 시적 자아의 고통이 유발되었으며 나아가 그의 시를 헤아릴 수 없을 만큼의 혼돈과 어둠으로 뒤덮었다는 사실이다. 이 속에서 그의 시적 전개 또한 비극적이고 암담하게 이루어지리라는 것 역시 쉽게 짐작할 수 있는 노릇이다. 위 시의 "그 새의 이름을 영원히 모른 채 고아가 예외 없이 총을 쏘아 버리는 결말"이야말로 이러한 추이를 나타내는 대목이다. 시집의 제목이 되기도 했던 이 구절은 자아를 둘러싼 비전의 암담함을 나타낸다. 그에게 어둡고 무겁기만 한 자아의 그림자를 떨쳐내는 일은 "중력을 망각한" 듯 "깃털처럼 천진해지"는 상황일 텐데 이에 도달하는 일은 그토록 불가능한 일인 것으로 보인다.

어쩌면 위 시에서 확인할 수 있었던 이와 같은 존재 조건이야말로 시인이 극복하고자 했던 절대적 숙명이었을지도 모른다. 또한 그것의 절박함이 그의 시적 형식을 필연적으로 귀결시켰을 수도 있겠다. "이래도, 고백은 형식의 문제입니까"에서 들리는 어조는 도전적이다 못해 절규에 가깝거니와, 그의 정제되지 않은 시적 형식은 시인이 추구하였던 바 자기극복의 과정에서 빚어졌던 "고백"의 불가피한 형태에 해당되었다는 점이다. 예컨대 "폭발 직전의 태양이 아주 신 자몽처럼 쥐어짜낸 눈물"이나 "대단원을 체념한 달의 소름끼치는 미소"는 시인의 시적 양태를 액면 그대로 지시하는 것으로, 거기엔 시인의 존재조건으로부터 비롯된 사태의 부침(浮沈)이라든가 감정과 의식의 기복이 실제 그대로 기록되어 있다 할 수 있다. 따라서 그의 시는 "태어나서 처음으로" 쓴 "일인칭의 첫 문장"이라 할 수 있을 것이요 최소한의 제련이나 꾸밈도 없이 발화한 신선한 "고백"의 "형식"이라 할 것이다.

제3부 시의 정신의 조명

아포칼립스 시대의 경화되는 말의 '혀'

― 김유태론, 『그 일 말고는 아무 일도 일어나지 않았다』를 중심으로

　김유태 시의 독특함은 그가 구사하는 언어의 폭발성과 그 언어가 환기하는 묵시(黙示)의 이미지에서 비롯한다. 숨 가쁘게 증폭되는 그의 언어가 반복적으로 구현하는 것은 곧 이 시대의 피할 수 없는 암흑세계의 이미지다. 시인의 무한한 연쇄적 언어는 기교를 위한 것도 유희를 위한 것도 충동에 따른 것도 아니다. 그것은 비단 끝없는 감염의 행렬로 숨이 턱턱 막히는 오늘의 상황을 언급하지 않아도, 이미 세계의 차오를 대로 차오른 엔트로피의 밀도를 겨냥하지 않아도 암묵적으로 공유되는 세계를 향해 있다. 그의 언어는 과잉을 위한 과잉의 언어에 속하는 대신 절망의 시대에 과잉되지 않을 수 없는 인류의 몸부림의 그것이다.

　그의 시는 근원으로부터 멀어진 인류의 최후는 결국 소돔처럼 걷잡을 수 없는 혼란에 휘말리는 일이라는 점을 암시한다. 온갖 탐욕과 이기, 기만과 허위에 빠져 허우적대는 인류가 직면할 세상이 이것 이외에 달리 무엇이 있음을 우리는 기대하지 못한다. 김유태의 시는 극한의 시대에 이르러 탈출을 꿈꾸되 그조차 불가능한 공포에 질린 인류의 비극적인 모습을 형상화한다. 그런 점에서 그의 언어는 비명이고 절규다. 시인에게 세계는 출구를 상실한 밀폐된 세계로 다가온다. 인류는 진공된 세계에 한데 갇힌 채 그대로 밀봉된 존재들이다. 더욱 암담한 것은 신이 사라진 시대에 인간은 호소할 대상조차 알지 못하며 인간의 외침이 닿을 수 있는 지대 또한 부재하다는 점이다. 인간은 그저 아우성댈 뿐이고 시험관 속에서 끓어오르는 물질의 양자 운동처럼 미정형의 궤적을 그어댈 따름이다.

이러한 세계 인식은 다분히 종말론적이다. 이러한 상황을 만든 주체가 그 누구도 아닌 인간이기에 이를 해결할 이도 인간이라는 사실 앞에서 사태는 비관적인가 낙관적인가. 신이 아니므로 인간이 할 수 있는 선택은 운명에 그대로 순응하거나 시지푸스가 되는 일이다. 또다시 굴러떨어질 것을 알면서도 끊임없이 바위를 짊어지고 언덕을 기어오르는 시지푸스는 곧 쉼 없이 세계의 참담함을 고발하는 시인의 모습과 겹쳐진다. 다발적으로 발화되는 그의 언어는 종말로 치닫는 세계의 닫힌회로에 틈을 내고자 희구하는 절망 가득한 소리에 다름 아닌 것이다.

1
그 일 말고는 아무 일도 일어나지 않았다

죽어 해안에 추락한 새 한 마리, 해골조각을 마른 목으로 삼켜 울음 같은 긴 트림을 내뱉고 다시 죽어갔다

제 안에서 피 쏟고 새가 죽으면
부르지 못했던 새의 이름이 뼈에 새겨진다고도 들었다

나는 아주 오래전에
내가 잊은 나의 이름 하나를 찾으러
새가 죽었거나 죽어가던 종말의 바다에 서 있었다

죽은 새의 배를 갈라

덜 부패한 이름의 왕국을 밟으면서

내가 기억하는
나의 이름들이 새겨진 뼈는 아무래도 부러뜨리고
잃은 이름 하나를 찾아 죽은 새를 헤맸다

눈이 멀고도 세계를 움직이며
저녁마다 해안에 내려앉아 삼킨 시간의 잔해에 찔려
다시 어둡게 죽어버리는 새
나의 이름 하나만큼은 끝내 발견되지 않았고

퍼즐처럼 손가락뼈 몇 개를 모아
나의 손바닥을 맞댔다

이름 없던 생에 청하는 인사 없는 악수, 무슨 수신호처럼, 손가락뼈는 뭔가
를 쓰듯 바람에 흔들리고

그건 반복되던 임종의 영상 같았다
그때 나는 알아버렸다

전생에서 뛰어내린 현생으로의 익사자들이 모여드는 곳

새가 먹어치울 내생(來生)의 예고된 뼈 몇 조각이
실은 지금의 나임을 알아버렸다
— 「죽지 않는 마을」 부분

몰락이 임박한 듯 폐허의 이미지로 뒤덮여 있는 위 시의 "마을"에서 화자
가 구하는 것은 "이름"이다. 죽음이 지배하는 세계에서 "이름"을 얻는 일은
"제 안에서 피 쏟고" "죽"을 때 비로소 가능하다. 어두운 알레고리로 여겨

지는 위 시의 이러한 설정은 세계의 암담하고도 절망적인 사태를 암시한다. "이름"으로 상정되는 자아의 존재 정립이 죽음을 통해 가능하다는 사실은 위 시에서 제시하고 있는 것이 극한의 세계 상황임을 의미한다. 위 시는 가느다란 생명의 흔적마저 오래전에 소멸한 피폐한 사막과 같은 지대를 형상화하고 있는 것이다.

이러한 세계에서 "새"는 지상적인 것을 초월하는 자유의 상징으로서 그려지고 있지 않다. 위 시에서 "새"는 "죽어 해안에 추락하"였을 뿐 아니라 "해골 조각을 마른 목으로 삼켜 울음 같은 긴 트림을 내뱉고 다시 죽어가"는 절체절명의 존재다. "새"를 둘러싸고 있는 것은 오직 극단화된 죽음의 속성들 뿐이다. 이에 비해 "나"는 "잃은 이름"을 찾기 위해 '새'의 언저리를 배회하고 있는 자다. 애초에 "이름"이 목숨을 담보로 죽은 자의 "뼈에 새겨진다고" 했기에 "내"가 죽은 "새" 근처에서 헤매는 것은 당연한 일이다. "이름"을 구하기 위해 "나"는 "죽은 새"의 "뱃"속을 들여다보고 있는 것이다.

여러 겹의 죽음이 켜켜이 쌓여 있는 죽음이 지배하는 지대에서 "잃은 이름"을 얻고자 기웃거리는 "나"의 모습은 "종말"적 세계를 환기하는 기괴한 이미지를 띤다. 그런데 역설적이게도 그것은 내가 구하는 "이름"의 절대적 성격을 부각하는 계기이기도 하다. 모든 것이 무너진 상황에서 비로소 얻을 수 있는 "이름"이라면 그것은 그 어느 것에도 견줄 수 없는 절대적 성격을 지닐 것이기 때문이다. 시적 자아 "나"가 "덜 부패한 이름의 왕국을 밟"는다고 한 것도 이와 관련된다. 또한 이 점에서 "이름"은 영원히 발견되지 않을 지상에 없는 실체일 수도 있겠다.

실제로 화자는 "시간"이 더해가고 "다시" 죽음이 보태져도 "나의 이름"이 "끝내 발견되지 않았"다고 고백한다. 위 시의 상황에 기대면 어쩌면 인간의 "생" 자체가 처음부터 "이름 없"이 설계된 것이 아닌가. 사실상 인간에게 부여된 '생'은 기만이고 인간에게 허용된 것은 오직 죽음의 무게를 짊어지다가 끝내 그 안에서 죽음을 거듭하는 일이 아닐까 하는 것이다. "이름"을 찾고자 하는 소망은 기원을 알 수 없이 갖게 된 망상일 뿐이며 인간은 예정된 시간만큼 죽음 주위에서 맴돌다가 결국 동일한 세계로 귀결되는 존재가 아니겠는가. 위 시의 화자가 자신의 삶을 가리켜 "이름 없던 생에 청하는 인사 없는 악수"라고 일컬은 것은 인류의 삶에 관한 이 같은 쓸쓸하고도 냉정한 인식을 나타내는 것이라 할 수 있다.

위 시에서 제시하는 생에 대한 관점은 매우 차갑다. 위 시의 화자는 세계를 "전생에서 뛰어내린 현생으로의 익사자들이 모여드는 곳"이라고 말한다. 또한 "지금의 나"는 "새가 먹어치울 내생(來生)의 예고된 뼈 몇 조각"으로 여겨진다. 그에게 세상은 "반복되는 임종의 영상"일 뿐인 것이다. 생이 거듭된들 인간에게 주어지는 것이 진보도 성장도 없이 반복되는 죽음일 따름이라면 생은 무엇 때문에 시작되어야 하는가. 인간의 삶이 그저 주어진 목숨을 다하기 위해 있는 것이라면 생과 존재의 의미는 무엇인가. 어떠한 질적 변화도 없이 절망적 세계가 영원히 반복된다고 했을 때 "죽지 않는 마을"은 축복인가 형벌인가. "그 일 말고는 아무 일도 일어나지 않았다"고 하는 진술은 이 길고 긴 인류의 무의미의 역사를 환기하는 것이자 이 속에서 살아가야 하는 '나'의 지루하고도 힘겨운 시지푸스 같은 삶을 암시하는 대목이다.

> 뼈째로 쓰는 말은
> 내 저승의 뜰을 미리 떠돈다
>
> 추상화를 그린다더니 자취의 초상화를 그렸구나
> 색깔의 눈물과 눈물의 색깔로
>
> 이름을 알 수 없는 너는 역광 안에서 사람을 처음 보는 표정으로 고개를 떨
> 구네 매순간 하얗게 질려간다 나는

슬픔이 곧 주소인 우리의 오래전 실명한 눈을 닮은

검은 너를 바라보며

생의

단 한 번 흘러내리지 않을 언어를 기다리고,

　　　―「검은 원*」 부분 (*카지미르 세베리노비치 말레비치, 검은 원, 1913)

가끔은 십자가로 목을 자른다

어둠의 우물에선 고양이 한 마리가 떠오르고

꽉 찬 행주처럼 쪼그라든 흰 뱃가죽만 지옥의 마지막 신부(神父) 옷깃 같다

기억을 구형받는 날마다 나에게 걸어오는 지옥이 있다

그런 날에 나는 나의 이교가 된다

태양은 예전처럼 환하지 않고

세계도 더는 비통하지 않지만

세계의 뒤로 물러나는 도처의 기도와 발음되지 못한 기도로 가득하다 세계
는

　　　　　　　　―「검은 원*」 부분 (*아니시 카푸르, 림보로의 하강, 1992)

　동일한 제목으로 여러 차례 변주되고 있는 '검은 원'은 종말적 세계에 관한
상징적 이미지에 해당한다. 죽음이 지배하고 있고 그리스도의 "십자가"마저
구원을 위한 것이 아닌 죽음을 위한 도구로 변질된 세상이 곧 '검은 원'의 세
계다. '검은 원'은 인간에게 새겨진 "서로 같은 모양"의 "검은 멍"이자 인간이
살아갈 "지옥"의 형상을 띤다. 그것은 슬픔과 눈물로 가득 차게 될 어두운 세
계인 것이다. 시인은 '검은 원'을 통해 "증오"와 "악취"로 가득한 부패한 세상
의 부조리함을 담아내고 있다.

　　　　　　　　　　　　　　　　　　　　　제3부　시의 정신의 조명

희망이나 미래, 밝음과 기대 등의 어떠한 긍정적 요소도 끼어 있지 않은 이곳에서 "너"와 "내"가 할 수 있는 일은 서로가 서로의 그림자인 채 "몸"을 "함께 문지르면서" "우리"가 되는 일이다. 그리고 "우리"는 모두 "미라"처럼 침묵하면서 "밖에서 들려오는 목소리에 우리 자신을 종속시키려"고 한다. "우리"는 기꺼이 노예 같은 태도로 세계에 순응하고자 하는 것이다. 그러나 무너진 세계는 이미 어떤 권위의 질서도 지니고 있지 못하다. 위엄과 순종으로 구성되어 있던 세계의 지배 구조는 오래된 기억에나 있을 지난 시대의 희미한 흔적과 같은 것으로, 남아 있는 것이라곤 모든 이의 "실명"과 "매 순간"의 공포, 그리고 "모든 무렵"의 "정지"다. 이는 구조화된 질서는커녕 혼돈마저 소멸한 극도의 고요와 침체, 어둠과 파괴의 상태라 할 수 있다.

"지옥"이 이와 다를 것인가. 어쩌면 이것은 종말 이후의 세계, "태양"도 "예전처럼 환하지 않고", "세계도 더는 비통하지 않"은 포스트-아포칼립스(post-apocalypse)의 세계라 할 수 있다. '검은 원'은 구분도 경계도 모두가 사라져 정립된 무엇이라 일컬을 만한 것이 아무것도 남아 있지 않은 모든 것의 소멸의 상태, 모든 것이 무화되어버린 암흑의 더미, '너'와 '나'의 구분도 무의미한 죽음의 공동 지대를 가리킨다.

이러한 세계 속에서 살아가는 방식은 무엇이 되어야 할까. 신은 더 이상 구원의 상징이 될 수 없고 "성호"는 신성하게 보호되지 않는 이곳에서, "발음하기까지 천 년이 걸린다는 한 글자 단어"는 "찢"기기 일쑤고 "외자의 기도문"에는 "희미한 슬픔의 자국들"이 새겨지는 이때에 '나'는 무엇이 될 수 있고 '나'의 언어는 무엇을 할 수 있을까. "행렬에 뒤엉켜 팔도 다리도 없이" "나를" "십자가에" "건" "나"는 그저 묵상하며 "단 한 번 흘러내리지 않을 언어를 기다리고" 있어야 하는가. 위의 시들에서 '검은 원'은 일관되게 극단화된 죽음과 폐허의 상태를 형상화하거니와 구원과 언어에 관한 이들 질문들은 이 속에서 갈 바를 알지 못한 채 망연히 놓여 있는 고독하고 혼돈에 찬 자아의 모습을 나타낸다 하겠다.

　　서쪽이 위로 가는 지도를 내벽에 그리는 중이었다 창이 없는 벽의 바깥으로
새가 전속력으로 날아와 부서졌다 그 방에는 지도의 배면으로 달려드는 새가
있다고 했다

　　모두가 그 새를 목소리, 라고 불렀다 돌아오는 새는 유폐의 방을 비껴갔다
허공에서 홀로 떠돌다 낯선 공중에 흩어지며 타올랐다 목소리는 전염되지 않
았다

　　새의 동선을 따라 벽에 선을 그으면 근사한 초상화가 그려졌다 얼굴은 말을
걸었다 모두가 그 얼굴이 자신의 그림자인지 몰랐다 거울은 불안을 들추며 벽
의 바깥을 떠돌았다

　　벽에 기대 잠든 척하며 언젠가부터 모두가 목구멍 안에서 각자의 새를 몰래
키웠다 성체가 되면 자작나무처럼 염증이 하얗게 오르는 그 새를 모두가 죽음,
이라고 불렀다

　　성대 부근에서 가끔 죽음을 꺼내 쓰다듬던 자들은 예외 없이 커튼 바깥으로
끌려나갔다 종신형을 꿈꾸며 모두가 새를 삼켰지만 새는 자주 튀어나왔다

　　정신 상태가 의심스러운 간수의 비명이 들렸다 비명을 태양, 이라고 명명하
자 누군가는 음악, 이라고 우겼다 창문도 축제도 없는 저녁이었다
　　　　　　　　　　　　　　　　　　　　　　　　　　　　　　—「폐원」 부분

　'검은 원'의 연장선에 놓여 있는 '폐원'은 암흑처럼 어둡고 출구 없이 닫혀
있는 세계상을 나타낸다. 그것은 시인이 인식하는 세계의 실상에 다름 아니
다. 모든 계통적 질서가 파괴된 세계에서의 밀폐된 상황은 무질서와 혼돈으

로 숨을 쉴 수 없는 고조된 엔트로피의 상태를 의미한다. 이 속에서 '새'는 닫힌 세계의 내부와 외부를 넘나들면서 에너지를 교류시키는 역할을 행하는 예외적 존재에 해당한다.

위 시에서 제시되고 있는 "새"의 이동 궤적은 닫힌 세계 안에서 갇힌 채 살아가는 이들의 희원을 표현한다고 할 수 있다. '새'는 "창이 없는" 세계 안의 이들이 내부로 진입해주기를 바라는 대상이자, 세계 안에 갇히지 않고 "공중에"서 "홀로 떠돌"기를 원망하는 대상이기도 하다. 사람들은 "새의 동선을 따라 벽에 선을 그으"며 "근사한 초상화"를 그리기도 하였다. "벽" 안에 갇힌 사람들은 '새'를 통해 행동으로 표현할 수 없는 자신의 욕망을 투영시키곤 하였던 것이다. "모두"가 "그 새를 목소리, 라고 불렀"던 것도 이와 관련된다. 그들에게 '새'는 자신을 대신 표현해주는 말(words)과 같은 존재로 간주되었다.

따라서 "새"는 사람들의 "얼굴"이거나 "그림자"였고 "불안을 들추며 벽의 바깥을 떠도"는 존재였으며, 또한 "새"는 "모두"가 "목구멍 안에서" 키우는 대상이기도 하였다. 다시 말해 "새"는 그들의 내면의 의식을 표현할 "목소리"였던 것이다. 그러나 "벽" 안쪽의 사람들에게 "새"를 키우는 일은 금지되는 일이기도 하였다. "새"를 키우는 일이 적발되면 그는 "커튼 바깥으로 끌려나가"게 되었는데, 위 시에서 그것은 평생 "벽" 안에 "종신형"으로 갇혀 있는 것보다 더 끔찍한 일이라 묘사되고 있다.

'새'와 관련된 이러한 정황은 '폐원' 내의 사람들의 생존 조건에 대해 암시해준다. 그들의 삶은 죄수처럼 억압되어 있다는 것, 그들에게 이로부터 벗어날 수 있는 방편은 없다는 것, 그들의 바람은 "목소리"를 내는 것이고 그들에게 그것은 자유의 일환이라는 것, 그러나 그조차 허용되지 않는다는 것 등이 그것이다. 사정이 이러하므로 사람들은 '새'에 관한 한 자신의 입장을 표명할 것을 요구받는다. 그것을 "비명"이라고 하든 "음악"이라고 혹은 "죽음"

이라고 하든 그들은 '새'를 품거나 그렇지 않거나 양단간의 선택을 해야 하는 상황에 처하는 것이다. 자신의 내부에 '새'를 키우는 금지된 일을 행함으로써 자유에 대한 꿈을 불안하게 이어가거나 혹은 이를 저버림으로써 무의미한 억압의 상태를 지속하게 되는 일이 그것이다.

위 시의 이어지는 대목에서 화자는 "모두가 방을 떠나지 않았다 모두가 이곳이 어디인지 알았지만 부서지는 새의 그림자를 목구멍으로 삼켜 숨겨야 했다 그래야만 이곳을 벗어날 수 있었다"고 말하고 있다. 이는 사람들의 위태롭고도 자유를 향한 절박한 행위를 암시하거니와, 그렇다면 '새'는 이처럼 "숨겨"진 채 "목구멍"에서 자라 어느덧 그들에게 자유에의 꿈을 실현시킬 실체가 될 것인가. "뛰어나오"는 '새'를 끝끝내 잘 "삼켜 숨겨" "창문이 열리고 축제가 시작되"는 어느 날인가 발화하게 될 때 '새'는 '비명'도 '음악'도 '죽음'도 아닌 온전한 "목소리"이자 자유가 되어 '폐원' "바깥"으로 날아오르게 될 것인가. '새'를 "목구멍"에서 품었던 그들을 함께 날아오르게 하면서 말이다.

테는 모두 바깥이었다지
숲에 덩그러니 놓인 규화목 탁자처럼

나무가 진흙에 얼굴을 감추고 바위의 안이 되기까지 사만년을 기다렸다는 표지판 앞에서 당신의 흰자는 노을의 색을 닮아 흐려졌고 지평선 아래로 낙하했을 때 우리는 우리의 속죄를 완성하였다지 별 위에 사는 당신을 별 아래 사는 내가 배웅하던 날, 당신의 눈에 나를 바르며 당신은 말했습니다 구원은 바위 속에 들어가 버티는 시간인지도 몰라 언제 발견될까 보이지 않는 시간의 장막에 숨어 시간은 영원한 암흑의 투명 괴물인지도 몰라 테에 남겨진 문장과 단어는 미제 사건으로 남았다 폐가에서 깬 뱀은 날름거리는 혀로 돌의 안을 추궁하다 사라진 그곳, 계절을 몸으로 빨아들이고 나무는 바위의 색으로 위장을 마치더니 홀로 바위로 변했네 저 돌의 지옥에 양서류의 비명이 있고 유령의 울음이 부드럽게 번진다 안온한 나무화석은 미라였다가 소리였다가 슬픔이 되었고

제3부 시의 정신의 조명

바위가 되었고 당신에게 갇힌 나의 온도가 되었습니다 경련의 형식을 잊고 조
명도 없이 소음조차 없는

　테의 문장 어디쯤에 출구로 가는 지도는 감춰졌을까
　시간의 뼈로 변한 테의 어딘가에서
　다시 문장이 되어 바깥이 되어

—「나무화석」 전문

　오랜 시간 갇혀 있던 자의 바깥을 향한 희구는 결국 안과 밖이 뒤바뀐 '나무
화석'의 형상을 띠고 현상하게 된다. '나무화석'이라 일컬어지고 있는 "규화
목"은 외부로부터 산소의 유입이 원활하게 이루어지지 못하는 상황에서 나무
의 내부 생명의 물질이 경화되어 사물처럼 되어버린 상태를 지칭한다. 그것은
외부세계로 통하지 못한 시적 자아의 밀폐된 삶의 조건을 단적으로 나타낸다.
'규화목'은 바깥으로 나아가기를 꿈꾸었지만 이를 실현하지 못하고 갇혀버린
폐쇄된 세계 내의 자아를 형상화하는 것이다. 자유를 꿈꾸되 자신의 '목구멍'
속으로 '목소리'를 삼키고 밀어 넣기를 반복한 자아는 그의 생의 흔적을 기어
이 '나무화석'으로 빚어내고 있다. 여기에는 숨을 내쉬지만 내쉼과 동시에 숨
을 멈추어야 했던 억압의 시간들이 내포되어 있으며, 외부와 통하고자 하였지
만 외부를 향한 숨구멍이 모두 차단된 세계가 전제되어 있다.
　'나무화석'이 만들어지기까지 지나온 "사만년"의 시간은 종말과 같은 세계
속에서 인간이 견디어내야 할 고통의 양을 가늠케 한다. 그것은 인간이 떠안
아야 할 죽음의 무게이자 "속죄"의 두께에 해당한다. "별 위에 사는 당신"과
"별 아래 사는 나" 사이의 구분은 '나'를 둘러싼 암울한 세계 상황에서 비롯
한다. 암울함은 회피할 수도 외면할 수도 없는 '나'의 현재적이고도 미래적인
삶의 조건이거니와, 이러한 상황에 굴복할 것이 아니라고 한다면 화자가 말
했듯 이 속에서의 "구원"은 차라리 "바위 속에 들어가 버티는 시간인지로 모"

를 일이다. 고사(枯死)하는 대신 경화를 택한 '나무화석'이 죽음을 품은 채 죽음을 지연시킨 것이듯 인류는 종말처럼 닥치는 죽음의 환경을 영구히 더불어 살아가야 할 생의 조건으로 수긍해야 할 것이라는 점이다.

그것이 '나'의 "잃은 이름"을 찾는 시간이 되거나 '목구멍' 속에 '새'를 '삼켜'야 하는 시간이 되든 간에 그 시간들은 끝도 결말도 보장하지 않은 채 무한한 고통을 품게 한다는 점에서, "보이지 않는 시간의 장막에 숨"은 "영원한 암흑의 투명 괴물"이라고 할 수 있을지 모른다. 그러나 이때의 선택은 굴종이 아닌 인내이자 포기가 아닌 견딤의 자세를 따르는 것이라 할 만하다. 비록 사물처럼 굳어져갔지만 실제의 죽음을 끝없이 유예하고 있는 '나무화석'의 형상은 결국 패배도 좌절도 아닌 시지푸스의 무한한 도전에 비견할 만한 위대하고도 용기에 값하는 결과라 할 것이다.

위 시의 화자가 "문장과 단어"가 "미제 사건으로 남"을 것이라고 말한 것처럼 실제로 그 오랜 시간 동안 자아의 발화는 언제까지나 유보되고 거듭 삼켜질 수도 있을 것이다. 때로 그것들은 "지옥"에서 솟구치는 "비명"이 되거나 "유령의 울음"이 되기도 할 것이다. 마찬가지로 시간을 견디는 중의 '나무화석'은 "미라였다가 소리였다가 슬픔이 되"거나 "바위가 될" 수도 있을 것이다. 이처럼 죽음의 시간 안에서는 어떤 일도 일어날 수 있고 아무 일도 일어나지 않을 수도 있다. 분명한 것은 이 모든 일들은 아주 오랜 시간에 걸쳐 영원히 계속될 것이고 끝을 알 수 없으되 시작은 이미 이루어졌다는 사실이다.

이러한 사태는 명백히 영원한 죽음과 다르지 않은 묵시의 이미지를 띤다. 동시에 이것은 인류의 현재적 실상의 이미지이기도 하다. 마지막을 알 수 없는 채 영원히 이어지는 종말의 징후는 두려운 일이 아닐 수 없다. 그것은 무겁게 내리누르는 공기처럼 숨 막히게 다가온다. 이에 비하면 "테의 문장 어디쯤에 출구로 가는 지도"가 있을 것이라는 상상은 비현실적이지만 희망을 나타내는 드문 대목이라 할 수 있다. "시간"이 다하여 "뼈로 변한 테의 어딘가"

에서라면 "문장"은 부드러운 말이 되고 목구멍에 갇힌 '새'는 드디어 '바깥'으로 날아갈 수 있게 될 것이기 때문이다.

우리의 가장 오래된 레시피는 슬픔이다

정전된 원형의 정원
식탁에 빙 둘러앉아 불 켜진 촛대 주위로 두 손을 모은 채 쟁반에 우울을 쏟고 슬픔으로 슬픔을 빚지 우리는 슬퍼지고

빙점에 도달한 슬픔을 살이 파이도록 주무르고
내부에서 각자 키운 죽음의 나무를 한 그루씩 식탁에 올리면

그림자마저 빛으로 여겨야 한다던 어떤 이의 절대와
흔들리는 나의 절대가 해석되지 않는 수화처럼 짐작하기 어려워질 때 우리는 흔들린다 흔들리고 흔들릴 때마다

…(중략)…

눈을 질끈 감아도 명료하게 걸어오는 슬픔
쟁반 위에서 삼켜지기를 기다리는 통증만이 우리의 생이었을까

너는 태어날 때와 늘 다른 모양이 되어가고 있구나

북극의 숲에서 길을 잃고
녹슨 지평선을 손으로 더듬으며 귀가할 계절이 되었으니
누이여, 우리는 정신의 목발을 짚고
잠든 사이 꿈에서 새긴 한 뼘의 칼자국을 함께 문지르며
그늘에서 뚜벅뚜벅 걸어나와

빈 트럭이 오는 정거장
우리의 혀를 태워 떠나보내네

머리를 칭칭 동여맨, 식탁에 남겨진 어둠을 눈꺼풀도 없이 바라보면서
—「슬픈 레시피」 부분

혼돈과 암흑의 세계 속에서 지속적으로 안으로 삼킨 고통은 슬픔의 정서를
정형화한다. 슬픔은 이 시대의 가장 일반적이고 보편적인 감정의 색채가 된
다. 그것은 불안과 우울, 상실과 허무와 함께 오늘날 인류가 다루어 나가야
할 대표적인 감정이라 할 수 있다. 위 시의 화자가 "슬픔"을 가리켜 "우리의
가장 오래된 레시피"라고 한 것도 이 때문이다. 이에 따라 자아들은 "빙 둘러
앉아" "우울"과 "슬픔"을 뒤섞어 요리를 하고는 "내부에서 각자 키운 죽음의
나무를 한 그루씩 식탁에 올"려 식사 시간을 보내게 된다. 말하자면 오늘의
인류에게 "슬픔"은 가장 일상화된 것이고 지상에서 구할 수 있는 가장 흔한
정신의 양식이 된 셈이다.

삶의 이러한 형태는 여전히 암울하고 참담하다. 영원히 반복되는 생활의
이와 같은 양상은 자아를 짓누르는 "압사체"가 된다. 가장 빛나고 굳건해야
할 "절대"는 "흔들리"기 십상이고 그것은 "해석되지 않는" 언어처럼 "짐작하
기 어려"운 대상이 된다. 인류에게 꿈과 이상은 더 이상 삶의 기준으로서 작
동하지 않으며 구원에 대한 믿음은 구시대의 낡은 유물쯤으로 간주된다. 지
금 여기의 이토록 참혹한 일상은 인류가 경험하고 의식할 수 있는 영역의 전
부에 해당하며 이것을 벗어나 기대할 수 있는 그 이상의 세계는 없다. "이승
은 이승에게 저승이곤 했다"는 진술은 '슬픔'에 갇혀버린 인류의 현재적 상황
을 고스란히 드러낸다. "눈을 질끈 감아도 명료하게 걸어오는 슬픔"은 삶의
어디에서도 벗어날 수 없는 견고하고도 질긴 '슬픔'의 성격을 잘 말해준다.

삶의 실상에 관한 이 같은 암담한 인식은 우리에게 다시금 말의 의미를 환

기한다. 말은 시가 되거나 예술이 되거나 아름다움이 될 수 있을 것인가. 말은 억압된 인류에게서 표출되는 거친 음성이자 희미하게 살아 있는 정신의 미세한 흔적일 뿐이다. 불구화된 세계에서 말은 힘의 실재로서 적극적으로 의미화되는 대신 미약한 정신의 가느다란 끈으로서 상징된다. 위 시에서 제시되는바 말은 짓눌리는 자아의 힘겨운 숨쉬기의 일환이라 해도 틀리지 않은 것이다. 이는 말이 그 무엇의 중심도 실체도 아닌 인류의 현재에 대한 즉자적 반영태로서, 인류가 견지하는 정신의 함량에 대한 직접적인 지표가 됨을 의미한다. 말은 인류와 분리되어 있는 독립체가 아니라 인류의 실상을 있는 그대로 현상시키는 세계의 결과에 해당하는 것이리라.

말에 관한 이러한 관점은 위 시의 자아가 "정신의 목발을 짚고" 어렵사리 삶을 지탱하고 있는 상황에 대해 주목하게 한다. 삶은 모든 영역에서 빈틈없이 자아를 위협하지만 자아는 "칼자국"을 "문지르며" 스스로를 다독이고 치유코자 하고 있다. 또한 그는 힘겨운 가운데 "그늘에서 뚜벅뚜벅 걸어나"오는 의지를 보이고 있는 것이다. "빈 트럭"에 "우리의 혀를 태워 떠나보내네"라는 진술은 위 시의 시적 자아가 마지막까지 보여주고 있는 삶에 대한 의미를 나타낸다. 이들 이미지들은 암울함에 갇힌 인류가 최후까지 부여잡고 있는 자유에의 의지를 형상화한다. 이때 "혀"는 죽음과 같은 세계에서 짓눌린 자아가 최종적이고도 유일하게 기댈 수 있는 생의 증거라 할 수 있다.

이처럼 김유태가 묘사하고 있는 시적 세계는 종말에 가까운 인류의 삶의 실상에 관한 것이다. 모든 것이 소멸하고 폐허가 된 세계의 참혹한 모습을 환상적이고도 신랄하게 그려내고 있는 시인의 시에서 우리는 절망과 허무를 목도하게 된다. 시인이 보여주고 있는 시적 이미지는 세계에 대한 어둡고도 극단화된 형상을 띠고 있거니와 그것은 사실상 인류가 처한 조건에 대해 시인이 내린 냉철하고도 직설적인 판단이기도 하다. 환경이 병들고 생명이 멸하는 오늘날 인류의 미래는 결코 환하거나 낙관적이지 않다. 시인은 인류의 암울한 삶에서 묵시(默示)의 이미지들을 끌어냄으로써 인류가 처한 세계의 실재를 환기한다. 이중 말은 인류가 실현하고 있는 자유의 지표라 할 수 있는바, 생명의 소멸과 함께 경화되어가는 '혀'는 그런 점에서 시인의 주목하는 지점이 된다. 말은 도구나 목적이기 이전에 인류 자체의 모습에 해당하기 때문이다. 시인이 암흑의 세계를 묘사하는 가운데 말의 생명을 구하고자 한 것도 이러한 사정에 기인한다.

완성을 위한 배후 그 내면의 심층 지대

— 조온윤론, 『햇볕 쬐기』를 중심으로

조온윤이 그려내는 세계는 우리가 놓여 있는 매일의 그것과 다르지 않다. 그것은 일정하게 구획되고 틀 지워져 있는 규칙과 규율을 전제한다. 그의 시는 우리의 생이 이미 주어진 시간과 공간 속에서 오차 없이 이루어진다는 사실에 대하여 행해진다. 우리의 삶이란 진행되는 궤적이 일정하고 관계가 일정하며 행동과 의식과 말이 일정하다. 그것은 온도가 일정하고 입지가 일정하며 사람들 사이의 거리가 일정하다. 정해진 좌표에 놓인 채 예정된 존재로 살아가고 있는 것이 우리의 삶이자 우리의 존재성이다.

이토록 보편적으로 안정적이고 체계화된 세계 속에서 그러나 매일을 하루가 다르게, 매 순간 "다른 기분"과 "다른 노래"로, 사실상 "변덕과 회복"의 종잡을 수 없는 상태에 너울대듯 처하게 된다는 것이 조온윤 시인이 포착하는 우리들의 삶의 실상이라 할 수 있다. 그것은 슬픔이 추방된 세계에서 느껴지는 슬픔이자 차갑게 얼어붙은 세계에서 맞닥뜨리는 불안을 포함한다. 그것은 우아하게 치장된 세계에서의 추악함을 내포하고 밝고 환하게 펼쳐지는 세상에서의 어두움을 포회한다. 바둑판처럼 정렬된 세계 속에서 "하늘"은 매일이 변화무쌍하고 "구름"(「계절산책」)은 매 순간 분방하다. 모자이크처럼 빈틈없이 맞춰진 세계에서 금세 붕괴해버릴 만큼의 혼돈을 아주 내밀하고도 고요하게 품고 있는 사태야말로 우리 삶의 실태이자 조온윤이 응시하는 시적 세계인 것이다.

그것을 차원이라 일컫는다면, 시인이 묘사하고자 하는 시적 대상은 다분히 양가적이고 이중적이라 할 수 있다. 조온윤 시인이 바라보는 시적 세계는 한편으로는 고정적이고 다른 한편으로는 불안정하며, 한편으로는 정형적이고 다른 한편으로는 무형적이다. 말하자면 그것은 외형적인 것과 내면적인 것의 이질적이고도 차별적인 두 층위를 포괄한다. 구획된 채 주어져 있는 외적인 세계에 인간은 얼마만큼 자신을 규격화할 수 있을 것인가. 외적으로 요구되는 인격들 속에서 인간은 얼마나 괴리 없이 안착될 수 있을 것인가. 즉 조온윤의 시는 우리를 지배하는 규격화된 세계와 그 이면의 동시적 층위, 그리고 그러한 양면성으로 인해 마주해야 할 혼란과 갈등에 관한 것이라 할 수 있다.

> 예습과 복습의 필요성을 느낀다
> 내가 처음 보는 모습으로
> 문도 두드리지 않고 들어와
> 덩그러니 앉아 있는 너를 발견할 때면
>
> 나는 깜짝깜짝 놀라곤 한다
> 알몸으로 비를 맞고 찾아올 줄이야
> 늙은 개마냥 카펫 위에 오줌을 지려놓을 줄이야
> 도박에 영혼을 걸어 몽땅 잃어버리고 돌아올 줄은
>
> 미처 내가 연습하지 못했던 불행이구나
> 공책을 꺼내어 새로운 경우를 쓴다
> 지금 알 수 없는 곳에서
> 트럭에 치여 날아가는 사람을
> 나라고 생각했다가

새라고 생각했다가
새를 닮은 너라고 착각했다가

길을 걷다 빗방울에 맞아 살해된 경우를 쓴다*
(* 베르톨트 브레히트)

— 「불행연습」 부분

　가장 확고한 안녕을 추구하며 적어도 실패하지 않기 위해 전력 질주했을 삶에서 갑작스럽고도 분명하게 마주치는 "불행"을 우리는 어떻게 설명해야 할까? 어느 날 "너"의 모습이 지금껏 보아왔던 대로의 평온하고 안정적인 그것과 달리 "알몸으로 비를 맞"은 듯 혹은 "카펫 위에 오줌을 지려놓"은 "늙은 개마냥" 형편없이 파괴된 형상을 띠고 있다면, 그래서 나를 "깜짝깜짝 놀라"게 한다면 이러한 유쾌하지 않은 상황은 왜 벌어지는가? 그에게 예상했던 온전한 모습과 기대하지 않았던 붕괴의 사태 사이의 불가해한 격차, 그로 인해 "도박에 영혼을 걸어 몽땅 잃어버리고 돌아"온 듯한 추락을 야기한 것은 무엇인가? 그것은 일상 속에서 전개되는 또 다른 형태의 일상이며, 예측하지 않은 가운데 밀어닥쳐 삶을 파괴하는 몰락의 뚜렷한 형상이다. 말 그대로 그것은 준비 없이 맞닥뜨리게 되는 "불행"의 실체라 할 수 있다. 그것이 너무나 뜻밖이어서 자아로 하여금 대처 불능의 지경으로 몰아가는 까닭에 위 시의 화자는 "예습과 복습의 필요성을 느낀다"고 하고 있거니와, 위 시의 제목을 '불행연습'이라고 한 것 또한 "불행"의 파괴성과 그에 적절히 대응하지 못한 데서 오는 곤혹스러움을 암시하는 대목이라 할 것이다.

　위 시에서 언급하고 있는 대로, 커다란 사건처럼 이슈화되는 일이 아닐지라도 "심호흡도 못 하"도록 처참하게 지각되는 것이라는 점에서 "불행"은 "길을 걷다 빗방울에 맞아 살해된 경우"라거나 "행운을 파산"함에 따라 "빗속에서도 익사할 수 있"는 성질의 그것이라 할 수 있다. 비록 사소하고 미

완성을 위한 배후 그 내면의 심층 지대

241

세한 것이라 하더라도 영혼과 삶을 순식간에 파괴할 위력을 지니는 "불행"은 그를 "트럭에 치여 날아가는 사람"이자 가녀린 "새" 혹은 "소낙비에 온몸을 얻어맞고 돌아"온 "지쳐버린" 자아로 만들어버린다. 원인도 정체도 모르게 들이닥치는 "불행"은 일순간에 그를 휘젓고 그를 바닥을 알 수 없는 나락으로 떨어뜨린다. 그것이야말로 그에게 닥친 최고의 불행이며 가장 결정적인 몰락의 순간이라 할 수 있다. 그러므로 그처럼 예상치 못했던 "불행" 속에 던져진 자는 "이상하고 슬픈" 마음에 사로잡힌 채 충격을 감내해야 하는 처지가 된다. 그것이 일으키는 혼돈의 강도에 따라 당혹스러움은 철저히 그의 몫이 되며 그것을 바라보는 타인 역시 그에 대한 더 큰 "알 수 없는" 지경에 놓이게 된다. "불행"에 대비해 "연습하고 또 연습"할 것이 요구되는 것도 이 시점이다.

그런데 이때 "불행"의 와중에 만나게 되는 낯설고 당황스러운 대상인 "너"는 이러한 상황에 대한 "연습"의 주체이기도 하다는 점에서 "너"는 "나"의 또 다른 자아라는 사실을 짐작할 수 있다. 말하자면 "나"의 "연습"은 불시에 현상하는 "나"의 "알 수 없는" 모습에 대한 것으로서, "너"는 곧 "나"의 분신이자 "나"의 감춰진 모습에 해당한다. "너"는 "나"를 당혹스럽게 하고 연민하게 하며 나아가 두려워하게 하는 "나"의 "알 수 없는" 타자로서의 인격이다. "너"는 "나"와 "몸뚱이"를 "하나"로 공유하는 또 다른 주체이자 이면의 "나"인 셈이다. 그런 점에서 "나"와 "너"는 "우리"이면서 공동으로 "우리의 불행을 처음 발견할 사람이 곤란하지 않도록" 주의해야 할 단일한 주체가 된다. 위 시의 화자는 이를 위해서라도 "나"로 하여금 "매일 너를 연습"할 것을 종용하고 있다는 것을 알 수 있다.

"나"와 "너"의 "불행"에 관한 이러한 접근은 위 시에서 말하는 "연습"이 표면적으로는 불시의 "불행"에 대처하는 방향에 놓여 있지만 본질적으로는 이러한 "불행"의 사태에 직면해야 하는 "나"와 "너"의 존재론적 차원과 관련되는 것임을 의미한다. 위 시의 "연습"은 곧 자아의 본질에 관한 존재론적 탐색의 의미를 나타낸다는 것이다. 그리고 이 점은 조온윤 시인이 그의 시에서 가장 중점적으로 다루고 있는 내용이 다름 아닌 이러한 "연습"에 관한 것, 즉 "불행"의 근원에 대해 탐색하는 것임을 짐작게 해주는 대목이다. 시인은, 비유컨대 "판돈으로 목숨을 걸었다가 악당들에게 해코지를 당할" 때의 그 기습처럼 닥치는 "이상하고도 슬픈" 사태에 관해 납득할 만한 이해를 구하고 있는 것이리라.

> 당신은 납작한 기분입니까?
> 아무리 불러도 일으켜 세워지지 않는
> 섣불리 손대려다가 오히려 구겨지는
>
> 모눈종이처럼
> 가로로 혹은 세로로
> 나는 나를 좌표로 찍을 수도 있습니다
> 정확하게 혼자입니다
>
> 찾아오진 마세요
> 같은 장소에 같은 발자국을 찍고
> 같은 기분이 되어준대도
> 우리는 똑같아서 빤한 위로만 건넬 뿐입니다
>
> 이차원에도 감정이 있다면
> 그건 찢어지거나 날을 세웁니다
> 마음은 접을수록 새로운 모서리가 생깁니다
> 그러니 기억하세요
> 당신이
> 공중을 향해 손을 쑥 집어넣을 수 있다는 건
> 바닥이 없는 깊이가 있다는 거고

사각은 지겹다, 나는 입체적인 연인을 원한다!
베란다에서 소리를 지르면 조용히 좀 하라고
어디선가 대답이 들려온다는 건
내가 모르는 방향이 존재한다는 뜻입니다

아무래도 그건 차원이 다른 기분입니다

—「다른 차원에서 만나요」 부분

위 시에서 "당신"이 느끼는 "납작한 기분"을 앞의 「불행연습」에서 말한 '불행'과 동일한 맥락의 것이라 한다면 위 시는 이와 관련한 일말의 정보를 제공하는 것으로 보인다. "아무리 불러도 일으켜 세워지지 않는" "납작한 기분"이란 모종의 감정이 쉽게 해소되지 않는다는 것, 도무지 뾰족한 해결책이 없다는 것, "위로"라고 해봐야 "빤한" 것으로 여겨질 뿐이라는 성격의 그것이다. 결국 그것은 참담하도록 결정지어진 것이자, 더욱이 "우리는 똑같아서" "납작한 기분"에 관한 한 누군가에 의한 대책도 마땅히 기대하기 힘든 사정을 내포한다. 가령 '내'가 그러하듯 모두가 "모눈종이처럼" 가로세로로 "좌표"를 찍은 채 살아가고 있다면 이 모든 각각의 "나"들이 상황에 대해 할 수 있는 일이란 그리 대단치 않은 것들일 것이다. 모두가 자신이 처한 제한된 입지에서 자신의 존립을 위해 근근이 살아가고 있는 형편은 모든 자아들을 기껏해야 자기중심적인 에고이스트로 만들어갈 뿐이다. 그들에게 상황의 타개나 초월을 기대할 수는 없을 것이라는 점이다. 이러한 상황 속에서 타인의 "위로"는 대체로 허구적으로 다가오거나 입발린 소리로 느껴질 따름이다. 어쩌면 "위로"의 행위 자체가 가식으로 다가올 뿐이며 "위로"가 오히려 참담함을 가중시키는 요인이 될 수 있다. 요컨대 "모눈종이" 위에 놓인 "나"들이 모인 세계는 결국 동질적 차원을 이루고 있을 뿐 어디에도 그것을 넘어설 수 있는 또 다른 차원이 끼일 틈은 존재하지 않는다는 것이다.

제3부 시의 정신의 조명

위 시에서 보이고 있는 '불행' 혹은 참담함에 관한 이러한 시각은 다분히 비관적이다. 그것은 동일한 "나"들에 대한 불신과 회의를 나타낸다. "나"들이 이루고 있는 세계에서 "위로"를 얻을 수 없다는 인식은 세계에 대한 부정적인 시각과 아울러 "나"의 고독의 상태를 암시한다. "정확하게 혼자입니다"는 진술은 위 시의 시적 자아가 느끼는 단절과 고립의 상태를 단적으로 말해 준다. 그리고 이러한 사정은 "납작한 기분"의 해소책을 또 다른 "방향"에서 구할 것을 요구한다. 그것은 곧 자아가 놓인 "좌표"를 기점으로 할 때 내부의 "방향"과 관련된다. 위 시의 화자가 가장 먼저 "찢어지거나 날을 세우"는 "감정"에 주목하는 것도 이 때문이다. 이는 "감정"이 예민하고 날카로우면서 또 그 점에서 가장 선명하고 격렬한 반응태라는 점을 나타낸다. "감정"은 투명한 것이자 분명한 것이고 민감한 것이다. 그것은 "접을수록 새로운 모서리가 생기"는 모난 것일 수 있되 "마음"의 움직임을 나타내는 뚜렷한 지표가 된다. 이는 감정이 "이차원"이라 해도 그로부터 벗어나 해결의 계기로서 작용할 수 있음을 시사한다. "감정"은 "모눈종이"의 구획된 세계 너머에 "바닥이 없는 깊이"를 지니는 풍부한 정보의 그것이다. 그것은 "모눈종이"라는 규정된 세계 "바깥"에서 작동하는 것이자 "내가 모르"지만 분명히 "존재하"는 "방향"과 관련된다. "감정"을 가리켜 화자가 "아무래도 그건 차원이 다른 기분"이라고 말하는 것도 이 때문이다. 요컨대 "감정"은 주어진 차원을 벗어난 채 더 "깊"은 세계를 반영하고 있으며 그러한 점에서 해당 차원의 문제를 해결할 수 있는 방편을 포함하고 있는 지대라 할 수 있다. 위 시의 화자가 "납작한 기분이 부풀어 오를 때" "모서리들이 닳아 사라진"다고 말한 것 또한 "감정"이 지닌 이러한 성질과 관련된다.

나무가 아니라
나무의 그림자가 우거져 있었다

우는 건 새가 아니라 새의 마음이었다

숲으로 가 숲을 보는 대신
눈을 감고 숲의 고요를 떠올렸다
잠을 자려다 문득
내가 원하는 건 잠이 아니라
잠 속의 산책이 아닐까
행복이 아니라
행복한 사람들이 아닐까

숲의 그림자와
그림자의 숲
잠 속에서 나는 어딜 걷고 있는 걸까

새는 안 보이는데 자꾸 새의 그림자만
날개를 펄럭이며 날아갔다
누군가 날아가는 새떼를 가리키는데도 여전히
발밑에 떨어진 그림자만 보고 있었다
거기서
새의 마음을 찾으려는 것처럼

—「그림자 숲」 부분

　위 시의 첫머리에서 화자가 "나무가 아니라/나무의 그림자가 우거져 있었다"거나 "우는 건 새가 아니라 새의 마음이었다" 하고 선언적으로 진술하고 있는 것은 의미심장하다. 그것은 위 진술이 앞의 「다른 차원에서 만나요」의 자아가 "감정"을 계기로 마주하고자 했던 세계를 가리키고 있기에 그러하다. "납작한 기분"을 해결하기 위해 "내가 모르는" 너머의 세계로 나아가고자 할 때 자아가 대면하게 되는 시적 대상은 적어도 외적으로 현상하는 것 이외의

제3부 시의 정신의 조명

이면적이거나 감추어져 있는 지대가 된다. 가령 "나무의 그림자"라든가 "새의 마음" 등이 그것이다. 그것들은 외적 세계로부터 배제되고 숨겨진 사물의 배후이자 내적 세계에 해당한다. 또한 그런 점에서 그것들은 주목받지 못하지만 더 깊고 풍부한 정보를 함축하고 있는 것이라 할 수 있다.

이제 화자의 관심을 끄는 것은 외적 표상이 아니라 "숲의 고요"라든가 "잠 속의 산책", "행복한 사람들"로 대변되는 심층적 사태들이다. 이들은 "숲"과 "잠"을 건너고 "행복"을 가로질러 도달한 그 너머의 지대와 관련된다. "숲"과 "잠", "행복"이 일정한 좌표를 점유하고 있는 외적 기표들을 나타낸다면, 그것들이 "아니라" 화자가 말하는 바 "숲의 고요"와 "잠 속의 산책", "행복한 사람들"은 "눈꺼풀 너머"에서 "볼 수 있"는 보다 깊고 내면적인 사태들에 해당한다. 그것들에는 자아의 욕망과 마음이 너울대는 내적 정보가 새겨져 있다. 사실상 그것들은 삶의 실상이고 내면의 진실한 표정을 담고 있다 하겠다. 따라서 그것들은 눈으로 보기보다는 "눈을 감"음으로써 비로소 보이는 것이자, 분주하고 소란스러운 세상에 노출되어 있는 대신 고요에 싸여 있다. 또한 그것들은 일정한 형태로 고정되어 있는 것이 아니라 변화하는 감정처럼 유동적인 것이며 틀에 짜여 구획되어 있는 대신 유연한 흐름 속에 놓여 있다. 그것들은 내부의 또 다른 세계를 이루면서 외적 세계에 대응하는 거대하고 근원적인 지대를 환기한다. 이 점에서 그것들은 "숲의 그림자"일 뿐 아니라 "그림자의 숲"이라 할 수 있을 것인바, 존재의 그림자들이 "숲"을 이루는 그곳에서 이야기들은 더욱 무성하고 극적으로 피어오를 것이다. 요컨대 "새는 안 보이는데 자꾸 새의 그림자만 날개를 펄럭이며 날아"가는 그곳은 곧 "새의 마음을 찾"을 수 있는 심층의 지대인 것이다.

> 아침이 되면
> 나와 가장 가까운 육체부터 찾는다

누워있던 자리에서 더듬더듬 손을 뻗어보면 축축한 목덜미가 만져진다
간밤의 꿈을 이불 위에 쏟아버린 나의 가여운 반쪽
떨지마 네겐 빛이 조금 모자랄 뿐이야

…(중략)…

네 속을 열어보고 싶어
그 안에 들어가 겨울잠을 자고 싶어
쌀알처럼 무수한 빛으로 가득 채워주고 싶어
네가 고개를 들 때마다 들리겠지 물결에 부딪는 자갈 소리처럼

나의 반쪽은
나의 반쪽을 미워할 줄 모르니까

나는 나를 모르는 내가 시들게 두지 않을 것이다
밤이 되면 밤에게는 그림자를 돌려주고
육체에게는 오늘도
내가 사라지지 않고 늘 함께 있음을 이야기해줄 것이다

— 「반려식물」 부분

존재론적 측면에서 볼 때 '감정'과 '마음'이 유동하는 심층의 지대는 자아의 이면이자 근원이고, 실재하면서도 잘 드러나지 않는 자아의 또 다른 부분이다. 위 시의 화자는 그것을 "나의 가여운 반쪽"이라고 일컫고 있거니와 그것은 "육체"와 가장 가까이 있으면서 "간밤의 꿈"과 연루되어 있는 지점이기도 하다. 앞서 언급한 대로라면 그것은 "그림자의 숲"을 이루는 어두운 지대에 속한다. 위 시의 화자가 "빛이 조금 모자랄 뿐"이라고 말한 것도 이 때문이다. 이는 "나의 가여운 반쪽"이 감추어져 있는 자아의 그늘에 해당한다는 점을 의미한다.

여기에서 주목할 점은 자아가 지니는 이러한 지대에 대해 화자가 보여주는 관점일 것이다. 우리의 일상화된 세계에서 대부분 외면되고 억압되기 마련인 그에 대해 화자가 보이는 태도는 무엇인가? 격자화된 외적 세계 속에서 소외되거나 차별당하는 심층의 그것은 억압되는 만큼 파괴성을 띠는 것으로 이해된다. 규격화된 좌표들 틈새로 실체를 드러내면서 기성의 세계와 충돌하는 그것은 위험하고도 난폭한 것으로 규정되곤 한다. 이를 고려하면 위 시의 화자가 제시하는 관점은 이 같은 일반적인 시각을 벗어나 있는 것이라 할 수 있다. 화자는 이들 내적 세계에 대해 결코 대결의 자세를 보이지 않기 때문이다. 화자에게 심층의 "그림자" 지대는 멀리 밀어내야 할 낯설고 이질적인 지대가 아니다. 그는 그것을 몰아내거나 억압하는 대신 "떨지 마 네겐 빛이 조금 모자랄 뿐이야"라고 위로하면서 "가여운 반쪽"이라 칭하고 있다. 화자에게 심층의 어두운 세계는 오히려 밝게 조명되어야 할 대상으로서 온전한 자아를 이루는 데 있어서의 불가결한 "반쪽"으로 여겨진다는 것을 알 수 있다. 그것은 '모눈종이'처럼 규격화된 세계의 틈 사이에서 유동하고 넘실대는 심층 에너지이자 자아를 완전하게 하는 구성적 요소인 셈이다.

화자가 가지는 이러한 관점은 위의 "네 속을 열어보고 싶어", "빛으로 가득 채워주고 싶어"라고 한 진술의 의미를 짐작게 한다. 화자에게 내면의 심층 지대는 적극적으로 인식하고자 하는 미지의 세계일 뿐 아니라 그와 대립하기보다는 화해하고 소통하고자 하는 영역이다. "나는 나를 모르는 내가 시들게 두지 않을 것이다"라고 함으로써 화자는 심층적 내면에 대해 알아가겠다고 하는 강한 의지를 나타내고 있다. 또한 그는 "그림자"가 자아 가운데 온전히 권한을 얻게 될 때라야 "내가 사라지지 않"을 수 있을 것이라 기대한다. 화자에게 "그림자"는 "미워해"야 하는 대상이 아닌 나와 "늘 함께 있"는 실로 "나의 반쪽"인 것이다.

우리가 한 몸이었던 때를 기억해?
우리가 한 몸이었던 때를 기억해

하나의 운명체로서 우리는 우리의 운명을 공평하게
동전 던지기로 정하면서
어디가 앞면이고 뒷면인지를 두고 다투곤 했지
이인삼각 달리기를 하듯 뒤뚱대면서
비탈을 데굴데굴 굴러가면서

…(중략)…

나는 아직도 궁금해
그는 왜 우리 몸을 갈가리 찢지 않고
반쪽으로만 갈라놓았지?
한 사람의 발걸음 뒤를 따라오는 두개의 발자국처럼
우리 마음은 처음부터 둘이었잖아
진정으로 우리가 약해지길 원했다면
반을 가르고 또 반을 갈랐어야 했잖아

…(중략)…

이제 우리는 물결이 갈라놓은 다른 세상의 언저리에서
타오르는 일몰의 순간을 동시에 바라보고 있네
앞면 뒷면을 공평하게 나눠 갖고서
그림자를 나눠갖고서

우리가 한 몸이었던 때를 기억해
나는 내가 앞면이었다고 생각해
너는 네가 앞면이었다고 생각해

제3부 시의 정신의 조명

뒷모습이 없었던 때를 기억해
사랑하기 위해 그가 높이 동전을 튕겼지

—「사랑의 기원」 부분

　"그림자"에 대해 지녔던 화자의 수용적인 태도는 위 시에서 보다 뚜렷이
제시되고 있다. 위 시에서 화자는 더욱 직설적으로 "그림자"와의 화해의 관
점을 보이고 있으며, 그러한 태도야말로 자아를 "한 몸"이 되게 하는 계기라
고 믿고 있다. 이는 화자에게 "그림자"가 자아를 분열시키는 요인이 아니라
온전한 자아가 되기 위한 긍정적 요소로 인식됨을 말해준다. 화자는 애초에
인간이 "한 몸이었던 때"가 있었는데 그때가 곧 "앞면"과 "뒷면"이 상호공존
하던, 자아의 외부와 "그림자"가 서로 차등 없이 힘겨루기가 되었던 시기였
음을 암시하고 있다. 화자가 묘사하던 그때는 "하나의 운명체"였던 시기로서
이때 "우리의 운명"은 "공평하게" 정해졌으며 "뒤뚱대면서" 원만하게 삶을
이루어갈 수 있었다. 이러한 까닭에 화자는 이 지점을 가리켜 '사랑의 기원'
이라 일컫고 있는 것이리라.
　존재를 갈등과 대립이 아닌 "사랑"의 관점에서 바라보는 시각은 이 시대에
오히려 낯설고 생소하다. 오늘날 인간을 바라보는 관점은 대개 분열과 억압
을 전제한 부정적인 것으로 점철되어 있기에 그러하다. 이에 비하면 '사랑의
기원'을 논하는 위 시는 시인의 특수하고 개성적인 존재론을 보여주고 있다
고 하겠다. 화자는 "그는 왜 우리 몸을 갈가리 찢지 않고/반쪽으로만 갈라놓
았지?"라고 하면서 존재에 대한 긍정적인 시선을 드러낸다. "우리 마음은 처
음부터 둘이었잖아"에서 짐작할 수 있듯 그는 자아가 양면으로 구성되어 있
다는 사실을 받아들이면서 이 두 측면이 하나의 통합된 자아로 귀결된다고
여기고 있다. 자아는 "앞면 뒷면"이 동시적으로 이루어져 있되 이들은 서로
대립하고 갈등하는 것이 아니라 양면을 "공평하게 나눠 갖고서" 같은 방향

을 "동시에 바라보"는 관계라는 것이다. 이는 서로 이질적인 두 측면의 평등한 존립 상태야말로 자아의 온전하고 완성된 모습이라고 여기는 화자의 관점을 환기한다. 화자에게 이러한 통합의 시선을 지니는 것은 존재를 "사랑하기위"한 행위이자 "한 몸"이었던 존재의 '기원'을 "기억"하는 일에 해당한다.

존재의 외부와 내면 사이의 이질성과 차별성을 강조하는 대신 공존과 화해의 관계를 보고자 하는 일은 자아에 관한 보다 성숙한 태도를 내포하는 것이다. 그것은 존재의 심층을 응시하고자 하는 것이고 그러할 때 존재가 비로소 완성된 자아로 거듭날 수 있다는 관점을 나타낸다. 그것은 외적 세계의 규격화된 틀이 제한적이고 결핍된 것이라 인식하면서 이것의 틈새에 균열을 일으켜 온전한 존재의 모습을 회복하겠다는 의지를 반영한다. 나아가 존재에 관한 이 같은 관점, 즉 자아의 외부와 내면을 동시적이고도 통합적으로 이해하고자 하는 일은 외적 세계에 무방비로 놓인 채 자아가 맞닥뜨려야 하는 '불행'을 '연습'하게 해주는 방편과 관련된다 하겠다. 자아에 대한 완전하고 심층적인 이해는 자아가 직면하는 외적 사건들 속에서 왜 '불행'에 처하게 되는지 근본적 이유를 해명해줄 것이기 때문이다. 자아가 겪어야 할 '불행'과 '납작한 기분'이 결국 세계의 규격화에 의해 비롯된 것이라면 그 극복은 내면의 심층적 힘, 특히 '사랑의 기원'으로부터 가능할 것이다. 시인이 정형화된 외적 세계와 무정형의 내적 세계를 동시적으로 포착하고 있는 이유도 여기에 있다.

제3부 시의 정신의 조명

4

시의 소통의 담론

세계의 수평적 확장과 "간절함"에 의해 고양된 생의 의지

— 신달자의 『간절함』

1. '감정'과 생의 본질

신달자 시인의 열다섯 번째 시집 『간절함』(민음사, 2019)은 그녀의 일흔여섯 해의 삶에 대한 회한과 성찰의 기록이다. 70여 편의 시와 한 편의 산문으로 구성된 이 시집엔 시인의 과거와 다른 현재가, 또한 과거로부터 지금까지 일관되게 이어진 생의 현상학이 담겨 있다. 그리고 그 중심에는 그녀를 휘감았던 '감정'을 어떻게 다룰 것인가에 관한 고찰이 놓여 있다. 실제로 시집의 후기라 할 만한 산문 「나를 바라보는 힘」에서 시인은 "인생에 후회가 있다면 남발한 내 감정이다"라고 하면서 과거의 자신이 "폭풍 같은 감정을 놓치기라도 하면 시에서 멀어지는 것처럼" "감정을 제왕처럼 받들"었다고 고백하고 있으며, 이제는 "마음의 빗이 그 감정의 파도를 잘 빗겨 내"리기를 바란다고 하고 있다.

이는 현재의 시인이 과거와 다른 마음의 결을 지니고자 하는가 하면, 감정적 충동에 의해 "진폭이 큰 파도"처럼 살아왔던 자신의 지난날에 대한 회한을 드러내는 대목이다. 그는 "젊은 시절"의 자신이 감정에 "휩쓸리"고 그 때문에 자신을 "너무 고단하게" 하였다고 말하고 있다. 주의할 것은 시인이 그동안 감정의 격한 에너지에 들려 있었음을 반성하고 있음에도 불구하고 여전히 시인은 감정을 그의 현재 삶의 중심에 두고 있다는 점이다. 그것은 이 번 시집의 제목이 '간절함'인 것은 물론 시집 『간절함』이 「졸여짐」, 「아득함」, 「심란함」, 「무심함」, 「짜릿함」, 「싸늘함」, 「적막함」, 「막막함」, 「불안함」, 「갸륵함」, 「외로움」 등 감정의 다양한 현상들을 주제로 하는 데서도 드러난다.

감정에 몰입했던 과거와 선을 그으면서도 감정의 계보를 작성하듯 또다시 감정을 중점적으로 다루고 있는 시인의 모습은 아이러니하고 일견 모순된 것으로 보인다. 그러나 그것은 감정의 중요성을 새삼 환기할 뿐 감정이 양단간에 선택되어야 할 것이 아님을 말해준다. 시인에게 감정은 일거에 폐기되어야 할 대상이라기보다 그의 삶의 근원에 놓인 채 그의 삶을 추동시키고 방향지우는 핵심 요소에 해당한다. 감정은 무엇에 의해 억압되거나 배척되어야 할 것이 아니라 더 나은 차원으로 상승되고 초월되어야 할 것으로, 여전히 생의 중심에서 생을 더욱 환하고 아름답게 이끌어가는 요인에 속한다. 요컨대 감정은 생기와 생성을 주도함으로써 생의 의지를 보다 강화시켜주는 힘의 실체이자 에너지라 할 수 있다. 이 점에서 감정을 배제하지 않고 있는 시인은 과거와 현재가 단절되면서도 연속성을 지니고 있다고 말할 수 있다.

그렇다면 그것이 억압이나 배제가 아닌 상승과 초월이라는 새로운 차원으로 나아가야 하는 것이라고 할 때 과거와 현재를 단절시키기 위해 감정을 다루는 방식은 무엇이 되어야 할까? "적당량의 감정은 에너지가 되지만 과다하면 붕괴한다"는 시인의 말처럼, 생의 의지를 견지하므로 감정을 여전히 중시해야 하는 시인에게 생이 "낭비"가 되지 않고 최고의 "이익"으로 환수될 수 있게 할 방법은 무엇인가? 감정의 방향 잃은 발산이 시인이 말한 대로 "피로와 자책만"을 남기는 것이라면 감정을 통해 생의 의지를 실현하고 확대하면서 그것이 무절제한 도로(徒勞)로 귀결되지 않기 위해서 취해야 할 일정한 방법과 원리는 무엇인가 하는 것이다.

제4부 시의 소통의 담론

2. "너"로 호명되는 세상의 모든 것들

'감정'은 세계와의 관계에 의한 자아의 주관적 상태를 나타낸다. 자아가 세계와 부딪힐 때 주어진 다양한 감정들은 자아의 능력과 힘을 결정짓는 원인이 된다. 세계로부터의 패배가 일으키는 좌절과 낙담, 슬픔과 우울감이 자아의 역량을 감소시키는 부정적인 감정에 해당한다면 세계와의 조화와 합일이 일으키는 기쁨과 행복감은 자아의 역량을 증대시키는 긍정적 감정에 속한다.

이러한 사정은 자아가 세상과의 관계를 어떻게 이끌어갈 것인지에 대한 관점을 제공한다. 시인의 경우 그가 전유하는 시적 대상은 "연인과 친구"는 물론이고 "산과 바다 태양" 등의 자연물, "계절"과 그 "안에서 생명을 이어 가는 동물과 곤충", 그리고 "사회와 국가"를 포함한다. 뿐만 아니라 "사탕 하나, 신발 한 켤레"도 시적 대상이 될 수 있으며 "한 통의 편지, 엽서 한 장", 한 폭의 "풍경" 혹은 "마음속 거대한 세계"도 시인에겐 마주할 수 있는 시적 대상이 된다. 세계와의 마주침을 전제하는 시적 대상은 시인에게 "현실"로서 뚜렷하게 육박해오는 세계의 실재라 할 수 있다. 그런데 이 모든 대상에 대해 시인은 "너"라고 부름으로써 세계와의 독특한 관계를 형성한다.

> 내가 네게 한 말들은 절대로 떨어져 죽진 않았을 것이다
> 물에 던진 것은 물고기가 되고
> 땅에 던진 것은 싹이 트고 꽃이 필 것이다
> 하늘에 던진 적도 많았다
> 그거 봐! 모두 별이 되어 있잖아
>
> 이 세상의 물고기 이 세상의 꽃 이 세상의 별은
> 내가 네게 던진 말들이라고
> 오늘 비 내리는 오후
> 묵정 같은 밤이 내리기 시작하는 시간에

내가 네게 말한다

우리가 만나 말과 살을 섞어
이 세상의 새로운 봉우리를 지어 올릴 때
말보다 간간하게 붉어오는 살빛으로도
하늘에 계단을 놓고도 올렸다

—「잿빛 수화」 부분

　세계의 대상들을 향해 '그'나 '그것'이 아닌 '너'로 호명하는 것에는 큰 차이가 있다. 그것은 자아와 세계의 관계상의 특질을 나타내는 것으로 '너'라는 호칭은 자아와 세계 사이의 대결 구도를 친교의 관계로 바꾸어놓으며 대상에 대한 친밀감을 표한다는 것을 알 수 있다. "너"는 쉽게 "우리"로 전환될 수 있는 존재거니와 자아가 대상을 3인칭이 아닌 2인칭으로 간주할 때 세계는 자아와의 거리를 좁히고 자아에게 친근한 얼굴로 다가오게 된다. 이러한 조건 속에서 자아는 보다 용이하게 세계로부터 긍정적인 감정을 얻을 수 있게 된다. 말하자면 "너"라는 호칭은 자아와 세계의 간격을 무화시켜 자아가 세계 속에서 자신을 실현시킬 수 있는 계기로 작용한다는 것을 알 수 있다. 하물며 "너"라 불리는 대상의 폭이 넓다는 것은 시인이 대하는 세계가 그만큼 광대하다는 것을 의미하는바, 이토록 폭넓은 대상과 우호적이고 친밀한 관계를 형성한다는 것은 자아의 생의 규모가 그에 따라 커진다는 것을 뜻한다.

　위 시에서 알 수 있듯 세상의 모든 사물들은 시인과 무관하게 존재하는 것들이 아니다. 그것들은 "너"로 불리는 "우리"의 일부이며 "나"의 "말"이 생성한 새로운 사물들이다. 시인의 시적 언어에 의해 명명됨에 따라 그것들은 단순한 물상으로 남는 대신 살아 있는 존재로 전환된다. "물에 던진" "말"은 "물고기"가 되고 "땅에 던진" "말"은 "꽃"이 되는 것이다. 그것이 어떤 것이 되었든 그에 대해 "너"로 대하며 "말"을 부여한 순간 그들은 아름답고 생생한 존재가 된다는 것을 알 수 있다. 시인은 이를 가리켜 "내가 네게 한 말은 절대로 떨어져 죽진 않았을 것이다"라고 말하고 있다.

위 시에서 세상에 대해 시인이 보여주는 모습은 세상과 거리를 두려고 하지 않는 친밀하고 허물없는 태도이다. 그것은 세계와 자아의 어우러짐을 낳는 소통의 자세이자 시인과 세계가 하나의 단위가 될 수 있다는 융화의 가능성이다. "우리가 만나 말과 살을 섞"는 관계가 그와 관련되거니와, 시인은 이러할 때 새로운 생성이 이루어진다는 점을 보여준다. 위 시의 "하늘"에 오르는 "계단" 역시 이러한 화해의 방식으로 "새로운 봉우리를 지어 올릴 때" 가능해지는 것이다. 이처럼 자아와 세계 사이의 격의 없는 어울림의 관계는 세계를 새로이 생성시키고 동시에 자아의 세계를 확장시켜 나간다는 것을 알수 있다. 세계 속에서의 자아의 실현은 대립과 대결보다는 소통과 융화에 의해 이루어지는 것으로서, 시인의 경우 이것은 세계를 대하는 시인의 따뜻한 태도, 사물을 향한 포용과 사랑의 자세에서 비롯된다.

시인이 보여주는 세상에 대한 이같이 적극적인 친밀의 태도는 결코 흔한 것이 아니다. 세계 속에서 대부분의 자아는 홀로 고립되고 고독한 모습을 나타내기 때문이다. 일반적으로 자아는 세계와의 단절 속에서 분열된 자의식을 드러내게 된다. 자아와 세계와의 화해적 관계는 드물게 일어나는 현상에 속한다. 자아에게 세계는 이질적 존재로서 저 멀리 존재하는 외적 대상일 뿐이다. 따라서 세계는 언제나 맞서 싸워야 할 겨룸의 대상이며, 이 속에서 자아는 자신을 실현하기 위한 고군분투의 행동을 이어나가게 된다. 이에 비하면 세상의 모든 대상을 향해 "너"로 대하는 시인의 모습은 매우 색다르다. 시인은 세상을 향해 능동적으로 다가가 한순간에 가까워진다. 더욱이 시인에게 세상의 모든 존재들은 차별 없이 동질적이다. 시인에 의해 그들은 어떤 편견에 의해 구획되거나 구별되지 않고 모두 함께 사랑으로 대해진다. 이들을 대하는 시인의 표정에는 세상 전체를 품는 따스한 미소가 스며 있다.

티 없이 맑은 청색 하늘
그 아래 소나무들 기지개 켜고
바로 그 옆에 매화 간지럽게 피어나고 있다
뜰에 피는 이 모든 것들의 몸에서
뚝뚝 떨어지는 태초의 공기를 마셔라

순간……
너도 나도 되살아남

어디에도 아픔 없고 마구 웃고 싶은
햇살 아래 이런 세상
땅 위의 민들레도 청색 하늘 보며
제 노오란 옷깃을 견주며 웃고 있네.

—「선마을 봄날」 전문

시인에 의해 "너"로 호명되는 순간 사물들은 인간과 어우러지고 세상에 생기를 차오르게 한다. 시인이 대립과 적대가 아닌 따뜻한 손길을 내밀 때 세상은 신의 온화한 미소에 경계를 풀듯 자신의 본질을 한껏 드러내게 된다. 위 시에 묘사되는 풍경은 "봄날"이 펼쳐내는 평범한 정경으로 보이되 실상 그 안엔 세상을 대하는 시인의 고유한 태도가 가로놓여 있다. 시인이 세상을 따뜻한 우리의 일부로 대할 때 세상은 정물의 상태에서 살아 숨 쉬는 생명체의 모습으로 전환된다. 위 시의 시적 대상들이 그토록 활기 있게 살아나는 것은 세상을 향한 시인의 독특한 마음에 따른 것이다.

위 시의 물활(物活)의 양상은 단순한 표현 기법의 차원을 넘어서 있다. 위 시의 시적 대상들은 시인과의 일정한 거리 하의 관조적 대상으로 놓여 있지 않다. 시인은 세계와 분리된 채 저만치 떨어진 자리에서 대상을 묘사하는 대신 스스로 대상과 하나로 어우러진 모습을 보여준다. 위 시에서 화자와 대상

제4부 시의 소통의 담론

은 일정하게 거리화되어 있지 않고 모두 한데 뒤섞여 있다. 모든 존재들은 땅 위의 존재이며 하늘 아래 생명이란 점에서 동질적이다. 그 속의 존재들은 제 각각으로 구획되어 있지 않은 채 모두 함께 활기차다. 모든 존재들을 하나로 에워싸는 단일한 공간 내에서 모두는 다 함께 생기 있고 다 같이 왁자지껄하다. 세계는 온통으로 환하고 해맑으며 "너와 나"를 포함한 모든 존재들은 그 안에서 "웃고" "되살아"난다.

동일하게 자연을 소재로 취하면서도 시인이 형상화하는 자연은 그 양상이 매우 다르다는 것을 알 수 있다. 시인에게 자연은 인간과 구분되어 인간에 의 해 대상화되는 존재가 아니라 인간과 공존하는 것이자 인간과 대등하게 세계 의 일부에 속하는 존재다. 뿐만 아니라 자연에 관한 이 같은 관점은 단지 관 념적으로 제시되는 인식이라기보다 자연의 생동하는 모습으로 현상하는 실 재로서 다가온다. 시인은 자연과 인간 사이에 생명성의 구분 또한 없다고 여 기는 것이다. 자연에 관한 이러한 관점은 시인의 고유한 생명 의식을 나타내 며 자연과의 어울림 속에서 시인의 생의 의지는 그 폭이 더욱 확장되고 있다 고 할 수 있다.

3. 감정의 조율에 의한 생의 고양, 그 '간절함'

"우주 안의 모든 것"을 겨냥하면서 시인은 "너"라 할 만한 대상들을 점차적 으로 확대시켜 나가거니와, 시인의 이러한 행동에 의해 존재들은 "서서히 눈 부신 진실을 드러내"게 된다. 한편 시인은 이러한 과정을 통해 "현실 속 '너' 를 가지"게 되는 자신을 가리켜 "부유하"다고 말하고 있다. 또한 그는 세상에 "너"라고 부를 만한 대상이 무한하게 존재하며 그 모든 것들이 "우리에게 무 상으로 주어진 것"이라고 한다. 시인은 그러한 "너"들이 존재하므로 그것을 바라보는 "나"는 "힘이 솟구친다"고도 하고 있다.

세계와 관련하여 제시된 이 같은 진술은 시인의 독특한 경제적 관념을 나타낸다. "너"를 많이 가질수록 "부유하"며 그것들이 또 "무상으로 주어진 것"이라고 말하는 대목은 시인이 세상과의 관계를 경제적 측면에서 접근하고 있음을 보여준다. 시인의 경제적 관점은 "행복"이라는 감정에 대해 언급할 때 다시 한번 제시된다. 시인은 "나의 행복을 지키는 가장 큰 경제적인 힘은 나를 둘러싼 사람들과의 좋은 관계다"라고 말하고 있는 것이다.

시인이 세계와의 관계에서 '경제성'을 따지는 것은 매우 이색적이다. 흔히 관계에 대해 경제적 이익 여부를 언급하는 일은 금기시된다. 세상에 대한 이해타산의 태도야말로 물화된 세계에서 비롯되는 부조리한 모습이라 여겨지기 때문이다. 하지만 시인이 '경제성' 운운했을 때 그것이 물질적 계산에 따른 것이 아니라는 점은 물론이다. 시인이 제시한 '경제성'은 순수하게도 "힘"의 경제성, '생명'의 경제성이라 할 만한 정신적 측면에서의 이익 여부를 가리킨다. 시인에게 진정으로 '경제적'인 것은 생명성과 힘의 확장에 기여할 때에 해당한다. 특히 세계와의 공존과 융화라는 "좋은 관계" 속에서 "나"의 "힘"은 최대치에 이르게 된다. 자아와 세계가 어우러져 모두가 생기에 차고 생성력이 극대화될 때 그때야말로 생명성이 가장 고양되는 때이다. 그러한 순간을 시인은 가장 "힘이 솟구치"는 때이자 "행복"한 상태라고 말하고 있다.

자아와 세계에 관해 '경제성'을 말하는 대목은 "감정을 최우선으로 사는 동안 이익에는 둔했다"라는 말로도 변주된다. 시인은 "스쳐간 것들을 끝까지 따라잡으려는 욕망" 속에 "감정이 출렁"임을 겪었고 그러한 "출렁거림"이 자신의 행복을 저해하였다고 말함으로써, 감정이 행복에 직접적으로 관여하는 요소임을 말하고 있다. 즉 시인에게 감정은 무조건적으로 옹호될 것이 아니라 행복의 관점에서 제어되거나 추구되어야 할 것으로 여겨진다. 그리고 이때의 방향은 경제성의 극대화, 즉 "힘"이 솟구쳐 자아의 역량이 최대화되는 것과 관련된다. "행복"이라는 생의 가장 고양된 상태가 그것이다.

오늘 내 가슴속
누가 무지갯빛 떡메를 치는가
벼랑 끝 저릿한 날바람
날바람 끝 곤두박질
파도 끝 생죽음의 전율
신음과 비명과 절규를 뭉쳐 뭉쳐
힘차게 누가 내리치는가
봄에서 겨울까지의 피바람만 뽑아 뽑아
내 목에 번뜩이는 장도(長刀)를 겨누는가

—「심란함」 전문

『간절함』에서 시인은 '아득함', '무심함', '막막함', '불안함' 등 다양한 감정
들의 실제적 현상을 사실적으로 다루면서 그 성격을 고찰하고 있다. 충동적
감정에 대해 경계하고 감정을 무조건적으로 옹호하는 태도를 견제하는 시인
에게 이들 감정들은 행복과의 관련성에 따라 계보화된다는 것을 알 수 있다.
행복이라는 관점을 내세울 때 감정들은 긍정적인 것들과 부정적인 것들로 갈
래 지워진다.

이러한 관점에서 보면 '심란함'은 결코 긍정적인 감정이라고 할 수 없다.
'심란함'은 자아의 "힘"을 솟구치게 하는 것과 거리가 멀다는 점에서 "행복"
과 대립하는 감정이라 할 수 있다. 그것은 자아의 생명성을 고양시키기는커
녕 그것을 저하시키는 감정인 것이다. 실제로 '심란함'은 생의 위기에 처했을
때의 시리고 불안한 심정을 나타낸다. 위 시에서 그것은 "벼랑 끝 저릿한 날
바람", "파도 끝 생죽음의 전율", "신음과 비명과 절규"로 표현되면서 자아를
절망의 나락으로 몰아가는 부정적인 것이다. '심란함'은 자아가 자신의 역량
을 발휘하는 것을 방해하는 부정적 감정 에너지일 뿐이다.

자아의 세계와의 관계 속에서 감정이 야기된다는 사실을 떠올린다면 '심란
함'은 자아와 세계 사이의 불화와 균열을 반영하는 감정이라 할 수 있다. 세

계와의 대면에서 조화와 포용이 더 이상 작용하지 않으며 세계가 결코 따뜻하거나 편안하게 느껴지지 않을 때 '심란함'의 감정이 발생한다. 이 속에서 세계는 자아의 행복을 보장하지 않는다. 이는 세계 속에서 자아의 "힘"이 저하되고 생명성이 하락됨을 의미한다.

이와 같은 상황에서라면 자아는 존립을 위해서라도 세계에 저항하게 된다. 자아는 불안을 호소하고 부당함을 주장하기 마련이다. 민감한 자아는 "내 목에 번뜩이는 장도(長刀)"가 겨눠진다고 외친다. 자아는 "봄에서 겨울까지의 피바람만 뽑"아대는 세계를 향해 불만을 토로한다. 이때의 감정의 격한 표현은 생명 의지가 저지당한 자아의 치열한 몸부림이라 할 수 있다.

'심란함' 이외에도 '싸늘함', '적막함', '불안함' 등은 "조절"(「막막함」)이 필요한 불안정한 감정들에 해당한다. 이들은 시인의 행복을 방해하고 자아의 역량을 저하시키는 요인들이라 할 수 있다. 시인은 이들 부정적 감정들을 "길들여"(「적막함」) "힘"의 상태로 나아가고자 한다. 이들 감정들은 "너"라고 명명하며 세계를 향해 친근함의 태도를 보이는 시인의 시도를 무색하게 한다. 이에 비해 '무심함'은 다소 안정성을 지닌 한 단계 진전된 감정임을 알 수 있다.

> 자연과 인간은 서로 도우는 관계이지요
> 자연 한 잎을 뜯어 짓이겨 상처에 바르는 날
> 우주 한 잎으로 통증을 싸매는 밤
> 천둥소리도 밥 끓는 소리나 마찬가지
> 후려치는 빗줄기도 싸하게 입안을 맴도는 동치미 한 사발
> 모두 모두 인간을 위해 존재하는 우주의 오장육부입니다.
> 저 무궁무궁한 사계절의 변화를 무심하게 바라보며 사시는지요?
> ―「무심함」 부분

제4부 시의 소통의 담론

'무심함'은 '심란함', '싸늘함', '적막함', '불안함' 등의 감정들에 비해 진폭이 약한 무덤덤한 감정이다. 그것은 불안정과 혼돈을 넘어서 있는 감정으로서 비교적 안정되고 고요한 상태를 나타낸다. '무심함'에는 결핍으로 인한 슬픔과 원망 등속의 감정이 개입되어 있지 않다. 그것은 "힘"이 크게 고양된 상태를 나타내지는 않지만 무미무취의 담백한 감정이자 굴곡이 없는 잔잔한 감정으로서, 자아를 지치게 하는 부정적 감정에 비해 감정적으로 덜 부대끼고 피로감이 적은 감정이라 할 수 있다.

　이러한 '무심함'의 상태는 주로 자연과의 만남 속에서 경험하게 된다. "자연 한 잎을 뜯어 짓이겨 상처에 바르는 날" 자연의 영향을 받은 자아는 한결 진정되고 안정을 찾게 된다. "우주 한 잎으로 통증을 싸매"는 치유의 시간에 자아는 마음의 평정을 얻을 수 있다. "자연"은 찢기고 상처 입은 자아의 "통증"을 치유할 수 있는 부드러운 에너지를 담고 있는 세계인 것이다. 이처럼 자아가 대면하는 세계 가운데에서 "자연"은 자아에게 긍정의 에너지를 부여한다는 것을 알 수 있다. "자연과 인간은 서로 도우는 관계이지요"라는 말에서도 짐작할 수 있듯 자연은 '무심'한 듯한 평온함으로 인간에게 안정감을 부여하는 긍정적 존재인 것이다. 시인은 "무궁무궁한" 자연의 영원한 "무심"이야말로 격한 감정으로 들뜬 인간이 닮아야 하는 상태임을 강조하고 있다.

　'무심함'의 감정에 비추어볼 때 인간의 충동적이고 일시적인 감정은 매우 '비경제적'인 것이다. 그것은 자아를 소모시키고 지치게 할 뿐 힘을 고양시키는 데 도움이 되지 않기 때문이다. 격하게 들린 감정은 '무심함'만큼도 자아의 역량을 강화하는 데 기여하지 못한다. '무심함'에 관한 태도에서 짐작할 수 있듯, 시인에게 감정은 힘의 양적인 측면에서 고찰되어야 할 성질을 지닌 것이다. 즉 시인에게 감정은 생명 의지를 실현하는 관점에서 다루어져야 하는 에너지의 일환이다. 시인이 여러 감정들을 세밀하게 고찰하는 이유도 그것들의 생명의 함량을 따져 자신의 삶을 고양시켜 나가기 위해서이다. 시인에게 감정들은 힘의 경제성이라는 관점에서 취사선택되거나 일정한 방향으로 조율되는 성질에 해당되는 것이다.

> 망치 하나면
> 내 생이 교정될 수 있었을까
>
> 팔순 정상이 저기쯤인데
> 나는 지금도 망치가 필요하다
>
> 한 번 내리치면 굽은 등이 펴지고 두 번 내리치면 아직도 시퍼런 감상으로 비를 맞고 거리에 서 있는 채송화 같은 감상의 두개골을 부숴 버릴 수 있는 망치
>
> 집을 팔아 정신의 근육 한 근 사고 싶은 날.
>
> —「망치」전문

위 시의 "망치"는 시인의 생을 "교정"시킬 수 있는 도구를 의미한다. 그것은 과거의 자신을 뜯어 고쳐 새로운 현재의 자아로 거듭나게 한다는 점에서 시인의 과거와 현재를 단절시키는 계기이기도 하다. 무엇보다 시인이 "교정" 하고 싶어 하는 것은 과거에 지녔던 그의 "시퍼런 감상", "채송화 같은 감상", 즉 과잉되고도 여린 감정들이다. "망치"는 그의 과거의 체질을 변화시키는 매개거니와, 자신의 감정적이었던 성격을 "망치"로 "부숴 버리"고자 하는 것은 무조건적 감정이 자아의 역량을 확장시키는 것이 아니라는 시인의 인식을 반영한다.

"팔순 정상이 저기쯤인데"도 "망치"를 통해 자신의 생을 수정하려 하는 모습은 생을 향한 시인의 의지가 얼마나 강한 것인지 말해준다. 그것은 시인의 생에 대한 사랑이 일시적인 것이 아니라 전체 삶을 규정했을 것이라는 점을 짐작하게 한다. "망치"를 들고 "감상의 두개골을 부숴 버리"겠다고 말하는

제4부 시의 소통의 담론

시인의 생의 의지는 그의 높은 "정신"을 가늠케 한다. 보다 고양된 생의 의지는 살아 있는 "정신"에 의해 비로소 가능한 것이기 때문이다. 시인에게 "정신"은 어떤 물질적 풍요로도 교환될 수 없는 절대적 가치를 지니는 것이거니와, 이러한 "정신"에 의해 추구되는 생의 의지는 시인의 고귀한 삶에 대한 지향이 매우 간절한 것임을 나타낸다.

> 그 무엇 하나에 간절할 때는
> 등뼈에서 피리 소리가 난다
>
> 열 손가락 열 발가락 끝에
> 푸른 불꽃이 어른거린다
>
> 두 손과 손 사이에
> 깊은 동굴이 열리고
> 머리 위로
> 빛의 통로가 열리며
> 신의 소리가 내려온다
>
> 바위 속 견고한 침묵에
> 온기 피어오르며
> 자잘한 입들이 오물거리고
> 모든 사물들이 무겁게 허리를 굽히며
> 제 발등에 입을 맞춘다
>
> 엎드려 서 있어도
> 몸의 형태는 스러지고 없다
>
> 오직 간절함 그 안으로 동이 터 오른다.
>
> ―「간절함」 전문

감정을 주제로 한 여러 시편들과 나란히 놓여 있는 「간절함」은 다른 시들이 감정 자체의 성질에 대해 주목하는 데 비해 '간절함'의 기능적 작용에 대해 제시하고 있다는 점에서 차이를 지닌다. 위 시의 내용은 '간절함'이라는 감정의 빛깔이나 결을 다루는 데 할애되어 있는 것이 아니라 '간절함'을 지닐 때 나타나는 변화들을 다루고 있다. "간절할 때" "등뼈에서 피리 소리가 난다"라든가 "열 손가락 열 발가락 끝에 푸른 불꽃이 어른거린다"는 것, 혹은 "빛의 통로가 열리며 신의 소리가 내려온다"는 언급 등이 모두 그에 해당한다.

　'간절함'이라는 감정은 '심란함', '막막함', '불안함', '외로움' 등처럼 자아의 역량의 관점에서 조절이 요구되는 부정적 감정이 아니다. 그렇다고 그것이 기쁨이나 만족감, 행복감 등처럼 자체적으로 충만하여 완결된 감정이라 할 수도 없다. 어찌 보면 그것은 결핍과 충족이 동시에 존재하는 양면적이고 특수한 감정이라 할 수 있다. 그것은 비어 있으면서 채워지기를 갈망하게 되는 미정의 감정이며 불완전함으로부터 완성을 향해가는 과정 중의 감정이다. 그 점에서 '간절함'은 현재의 자아를 계속해서 변화해가도록 유도하는 기능적 감정이다.

　'간절함'의 이러한 성격은 시인이 왜 「간절함」을 표제시로 설정하면서 '간절함'의 감정에 주목하고 있는지 짐작하게 한다. 위 시가 '간절함'이 일으키는 자아 내부와 외부의 변화 양상을 묘사하는 데 주력하고 있는 만큼 '간절함'은 변화를 일으킬 수 있는 힘을 지닌 감정인 것이다. 즉 '간절함'은 자아의 역량을 증대시키는 데 기여할 수 있는 특수한 감정 에너지이다. 뜨겁게 '간절함'을 추구하는 시인은 이러한 감정 에너지의 작용에 의해 생의 의지를 한껏 고양시키고자 한다.

　특히 이때 보여주는 시인의 '간절함'은 그의 정신을 영적 차원으로까지 이끌고 나아간다는 것을 알 수 있다. 그가 "두 손을 모으고/두 손의 느낌이 없을 때까지" '간절함'을 바침으로써 정신은 그의 의식을 초월하여 영적 지평으로까지 도달하게 된다. "두 손과 손 사이에/깊은 동굴이 열리고/머리 위로/빛의 통로가 열리며/신의 소리가 내려온다"는 진술도 그와 관련된다. "영적인 힘"을 가리켜 시인은 "새로운 감정을 견디기 위"한 것이자 "자산"이 되는 "절제의 깊은 미덕"이라 칭하고 있거니와, 이는 영적 정신이야말로 감정을 대하는 힘으로 작용함으로써 생의 의지를 더욱 공고히 하는 역할을 한다는 것을 말해준다. 신의 의지와 합일하고 있는 시인의 이러한 '간절함'은 그의 생의 의지를 보여주는 것이자 고양된 정신을 입증하는 요소인 것이다.

4. 수평과 수직으로 향하는 힘에의 의지

시인은 언제나 우리에게 '동사'로 기억된다. 이는 그의 시에서 확인할 수 있는 생동감과 활기에 기인할 것이다. 시인의 시집들은 모두 세계를 향한 열정의 기록이라 할 만한다. 최근 시집 『간절함』도 예외는 아니다.

본래 감정은 이성에 의해 제어되거나 억압되어야 할 성질의 것이 아니다. 감정은 생의 근원적 에너지이자 삶의 본질이라 할 수 있다. 인간은 감정을 통해 생의 의지를 실현하며 또 그것에 의해 힘의 역능을 발휘할 수 있다. 「나를 바라보는 힘」에서 시인이 "감정 극복"을 말하고 있지만, 이는 감정이 억압되어야 한다는 것을 의미하는 것이 아니라 "힘"의 경제성이라는 관점에서 조정되어야 한다는 것을 의미한다. 감정에 대한 면밀한 고찰을 통해 시인은 감정을 조율하여 힘의 경제성을 확대하는 길을 구한다. 그것은 감정 에너지를 생의 의지로 귀속시키는 길을 뜻한다. 사실상 시인이 의도하는 것은 감정의 에너지를 끌어안아 세계를 확대시키고 자신의 정신을 고양시키는 일이다.

이를 위해 시인이 일차적으로 시도하는 것은 세상과 친밀하고 화해로운 관계를 유지하는 일이다. 세상과의 따뜻하고 친근한 관계는 시인의 세계의 폭을 확대시키고 그 속에서 그의 생의 함량을 상승시키는 데 기여한다. 세상의 모든 존재들을 향해 "너"라고 호명하면서 행하는 이러한 시도는 수평적으로 시도되는 힘에의 의지라 할 수 있다.

이에 비해 감정을 계보화하는 작업은 수직적 차원에서 시도되는 힘에의 의지에 해당한다. 시인은 감정의 여러 성격들을 고찰하면서 그들 감정이 생의 에너지를 고양시키는가의 여부를 질문한다. 감정은 무조건적으로 추구될 것이 아니라 생의 의지라는 관점에서 선택적으로 취해질 요소에 해당한다.

힘에의 의지라는 측면에서 보았을 때 '간절함'은 시인이 온 정신과 영혼을 다해 추구해야 할 감정이라 할 수 있다. '간절함'을 행할 때 시인은 자아의 변화를 경험할 수 있게 되거니와, 이는 '간절함'의 감정이 실질적인 에너지가 되어 정신을 고양시키고 자아의 역능을 확대시킬 수 있음을 말해준다. 시인이 시집 곳곳에서 뜨겁게 희원하는 '간절함'은 시인의 생의 의지를 지지하는 것이자 자아의 정신적 힘을 고양시켜주는 계기인 것이다.

제4부 시의 소통의 담론

생활 세계의 '너머'를 위한 '지금·여기'의 몸부림
─ 정채원의 『제 눈으로 제 등을 볼 순 없지만』

　　정채원의 네 번째 시집 『제 눈으로 제 등을 볼 순 없지만』에 구현되어 있는 시적 양상은 어느 한 가지로 환원되지 않는 매우 다채롭고 복합적인 것이다. 그의 시에 전면화되어 나타나는 유연하고 폭발적인 상상력은 그 자체로서도 미적 특질을 지니지만 그의 시는 그것이 통어되지 않을 때 범하기 쉬운 가벼움을 비껴가고 있다. 정채원의 시를 지배하는 환유적 이미지들은 그의 시를 세련되고 자유롭게 이끌고 있으되 그의 시는 소위 환유적 시들이 노정하기 마련인 방향 없는 맹목성에 함몰되어 있지 않다. 즉, 정채원의 시에는 전경화되는 미적 특장들의 이면에 정신적 기저가 가로놓여 있는 것이다. 시의 화려한 미적 요소들로 인해 가려지곤 하는 그것은 그러나 그것이 있음으로써 정채원의 시를 여느 난해하면서도 가벼운 시들과 구별시킨다. 정채원의 시의 심층을 가로지르는 정신적 거점은 그의 시를 단순히 미적 화려함과 언어적 유희로 치닫게 하는 대신 이들에 대해 의미와 좌표를 부여하여 이들을 예술적으로 승화시킨다. 정채원의 시의 저변에 자리하고 있는 심층적 정신성은 굳은 섬유질로서 존재하면서 그의 시의 미적 요소들과 촘촘히 교직되고 있다 할 것이다.

　　정채원의 경우 미적 요소와 정신적 특질이 만나는 지대는 일상적인 삶이 이루어지는 생활의 영역이다. 시인에게 주어지는 일상의 세계가 곧 시인에게 있어서 미적이고도 정신적인 요소가 충돌하면서 펼쳐지게 되는 지대인 것이다. 정채원에게 생활 세계는 누구에게든지 경험되는 것과 같은 무미하고 건조한 영역이지만 그의 경우 이것은 사실적으로 수용되는 것과 거리가 멀다. 그는 이 일반적이고 보편적인 생활 영역에 과감히 몸을 던진 채 이를 미적이고도 정신적으로 끌어올린다는 것을 알 수 있다.

> 영문도 모르고 반짝이던 유리 날개들
> 내 귀불에 매달린 나비 귀걸이와
> 물빛 노트를 쥐여주고
> 그가 손을 흔들며 돌아섰을 때
> 계단을 내려가기 시작했을 때
>
> 나도 난간에 기대 손을 흔들었지
>
> 그가 계단을 다 내려가
> 문을 열며
> 마지막으로 다시 한번
> 나를 올려다보며 손을 흔들었을 때
>
> 웃으며 한 발 내디뎠지
> 나는 구르기 시작했지
>
> …(중략)…
>
> 밥을 먹을 때도
> 동사무소에 갈 때도
> 잠을 잘 때도

나는 끝없이 계단을 구르고 있지
그가 눈을 떼지 못하고 있지
문을 닫지 못하고 있지

— 「끝없는 계단」 부분

　시집의 첫자리에 수록되어 있는 위의 시는 정채원의 시적 구도를 단적으로 드러내고 있는 시에 해당한다. 위 시에서 등장하고 있는 "그"와 "나"의 만남과 그들 사이의 관계는 위 시의 중심 제재가 일상의 한가운데에 놓여 있음을 말해준다. 시적 화자가 전하는 "밥을 먹을 때도/동사무소에 갈 때도/잠을 잘 때도" 이루어지는 사태들은 "내"가 처한 지대가 생활 세계의 그것임을 나타낸다. 위 시의 시적 내용은 이토록 주어진 현재적 생활 영역을 바탕으로 하여 전개되는 것이다.

　그런데 "그"와 "나"의 일상화된 만남은 일상적 시공성을 파괴한 상태 위에서 이루어진다. "나"에게 "반짝이던 유리 날개들", "나비 귀걸이", "물빛 노트를 쥐여준" 채 "그"는 "나"의 눈앞에서 영원한 이별의 공간으로 들어갔던 것이다. "그"가 "계단을 내려가" "나"와 분리되었을 때, "나"는 제아무리 "계단을 구르기 시작해"도 "그"에게 도달할 수 없는 조건 속에 놓이게 된다. 멀찍이서 "나를 올려다보며 손을 흔드"는 "그"에게 다가가고자 "구르고" 또 "구르고" "끝없이 계단을 굴"러도 "나"는 결코 "그"와 만날 수 없다. "나"는 영원히 "계단을 구를" 뿐이고 "바닥"은 영원히 저 멀리에 놓여 있다. 이는 "그"와 "나"의 일상적 관계가 영원이라는 비일상적 시공성에 의해 전유되고 있음을 말해준다. 분명 "나"의 시야에 놓여 있을지라도 "그"는 천 길의 영원히 단절된 시공 안에 존재하고 있을 따름이다. 그러한 조건 속에서 "나"는 영원히 "바닥에 닿"기를 꿈꾸며 "구르기"를 계속할 것이다.

　일상적 사태 속에서 영원성이라는 비일상적 시공성을 조우하는 일은 결코 일상적인 것이 아니다. 그것이 영원한 부재와 단절을 함의할 때 생활 영역은

생활 세계의 '너머'를 위한 '지금·여기'의 몸부림

273

곧 지옥과 같은 절망의 지대가 될 것이다. 생활 속에 끼어든 비극의 영원성은 자아로 하여금 절대적인 허무 의식 속에 허우적대게 할 것이다. 그것은 곧 생활 세계에 내재하는 극단화된 한계상황을 상정하게 한다. 그것이 자아에게 닥치는 절대적인 고독과 부정의 사태를 의미함은 물론이다.

정채원의 시에서 현재적 생활 영역이 이 같은 비극적 고독감으로 채색되는 경우는 어렵지 않게 만날 수 있다. "한평생 도망쳐도 빠져나올 수 없는 그림 속"(「제8병동 – 복숭아나무 아래」)이라든가, "토슈즈 안에 갇힌 채/뒤틀리고 짓무른 발가락"(「고통이 비싼 이유」), "한 시절을 온전히 보전하는 방법은/화산재로 덮어버리는 것"(「최후의 날」), "마지막 문장은 아직도 오지 않았다/영영/오지 않을지도 모른다"(「미발표작」), "누군가에게 내일은 끝내 오지 않는 날"(「귀가」) 등은 시인이 체감하는 영원하고도 절대적인 절망의 의식들을 생생하게 전달하는 표현들이다. 이들은 정채원의 시에서 영원의 시간성이 구원과 희망으로 향하는 대신 현재의 비극적이고 허무한 사태와 연루되고 있음을 말해주는 대목들이다.

시계는 오늘도 소란하게 죽어간다
두 개의 바늘을 제 살에 꽂고
신음소리, 째깍째깍
구름에 매달린 링거는 보이지 않아도
나날이 수액이 줄어들고, 수명이 줄어들고

시간이 마르는 소리에 잠 못 이루는 밤
혼자일수록 더 잘 들리는 시간의 들숨과 날숨
시간 너머로 시간을 보내도
시간의 검은 문은 어김없이 열리겠지
소리 없이 신음하는 자가
더 아프겠지, 피가 마르겠지

잉크가 마르고 있다
써지지 않는 볼펜을 꾹꾹 눌러쓴다
잉크 없이 쓰는 글자가
더 선명하다, 지워지지 않는다
기억 너머로 기억을 보내도
기억은 어김없이 돌아온다. 툭, 툭,
피어나는 봄꽃을 막을 수 있나

— 「무음시계」 부분

일상적 사태들이 영원한 시공으로 넘나들며 비극성을 확장시키는 정황은 위 시에 이르러 보다 선명하게 포착되고 있다. "두 개의 바늘을 제 살에 꽂"은 채 "소란하게 죽어가는" "시계"는 시적 자아에게 주어진 시간들이 원천적으로 비극적 국면을 향해 놓여 있음을 나타낸다. 시인이 시계 소리를 "신음 소리"로, 시간의 흐름을 "수명이 줄어드는" 사태로 묘사하는 것도 이 때문이다. "잉크가 없어" "써지지 않는 볼펜을 꾹꾹 눌러쓰"는 모습은 시적 자아가 처한 생활 영역들이 온통 황망한 허무의 세계임을 강조한다. 비극으로 점철된 일상의 시간들은 시적 자아의 내적 호흡에 이르러 보다 영구적이고 강력하게 각인된다. "혼자일수록 더 잘 들리는 시간의 들숨과 날숨"은 불행의 시간들이 일순간 스쳐 지나가는 것이 아니라 더욱 지속적이고 위력적으로 자아를 압도하고 있음을 말해준다. "시간 너머로 시간을 보내도/시간의 검은 문은 어김없이 열린"다고 함으로써 시인은 자아를 삼켜버리는 시간의 음험하고 비극적인 속성을 폭로한다. 그것은 생활 영역의 일상적 시간성을 내부에서부터 파열시키는 음산하고 파괴적인 시간성에 해당한다. 이러한 시간성 속에서 자아가 "소리 없이 신음하는" 것은, "피가 마르"도록 고통스러워하는 것은 당연한 일이다.

이처럼 정채원 시인이 그려내는 생활 세계의 모습들은 분명 희망적이거나 낙관적이지 않다. 시인이 바라보는 세계의 실상은 어둡고 우울하게 채색된 디스토피아의 그것에 가깝다. 그것은 자아의 내적 국면에서 영원하고도 전면적인 시공성을 띠고 확장됨으로써 비극성을 한층 더 강화한다. 이로써 시인이 형상화하는 현재적 세계는 우리에게 출구를 찾을 수 없는 암담하고 처절한 극한상황으로 다가오곤 하는 것이다.

시인이 그리는 생활 세계가 이토록 허무와 비극으로 가득 차 있는 것은 무엇 때문일까? 그것은 시인의 경험적 불행에 기인하는 것일까 혹은 선험적 인식론에 기대는 것일까? 자신의 시세계에 관하여 언급한 「시인의 말」에서 시인은 자신의 시가 "아프고도 황홀한 계단을 끝없이 굴러떨어지"는 것이라 함으로써 그가 구현하는 비극적 세계가 그가 도달코자 하는 궁극적인 지평을 위한 일정한 계기에 해당되는 것임을 암시하고 있다. 즉 시인이 구현하는 비극적 생활상은 시인에게 있어서 현재적 생활 세계 너머의 궁극적 이상을 위해 존립하는 매개적 사안이라는 것이다. 그것은 그 자체로 의미를 지니는 대신 시인이 추구하는 초월적 지향성에 의해 비로소 의미가 부여되는 종속적 변수라 할 만하거니와, 이는 비극적 세계 인식이야말로 "시를 통해 눈 하나 더 찾게 될까"라는 시인의 말에서 암시되듯 인간의 현재성을 넘어서는 데 기여하는 불가능한 가능성을 위한 것임을 짐작하게 한다. 말하자면 그것은 적어도 "제 눈으로 제 등을 볼 순 없지만 그 혹등이 없다는 건 아니라는 거"(「혹등고래」)를 알아차리기 위한 시인의 불가결하고도 필사적인 시도와 관련된다는 것이다.

물 밖에도 세상이 있다는 거
살아서 갈 수 없는 곳이라고
그곳이 없다는 건 아니라는 거
새끼도 언젠가 알게 되겠지

제4부 시의 소통의 담론

제 눈으로 제 등을 볼 순 없지만
그 혹등이 없다는 건 아니라는 거
그것도 더 크면 알게 되겠지

어미는 새끼에 젖을 물린 채 열대 바다를 헤엄친다
그런 걸 알게 될 때쯤 새끼는
극지의 얼음 바다를 홀로 헤엄치며
어쩌다 그런 이름으로 불리게 되었는지
묻지 않을 수도 있겠지

코고는 소리 윙윙거리는 소리 울음소리 신음 소리가 섞여 긴 노래가 되고

예언처럼 멀고 먼 주름투성이 바다
뻔하고 모호한
젖은 몸뚱이는

이따금 물 밖으로 힘껏 솟구친다
다른 세상을 흘낏 엿보면서
그렇게 숨을 쉬면서

—「혹등고래」 부분

위 시의 "혹등고래"는 스스로의 한계를 넘어서서 인식할 수 없는 것을 인식하고자 하는 인간의 의지를 상징한다. 위 시에서 전하는 바대로 "혹등고래"는 자신의 눈으로 자신의 등에 나 있는 혹을 볼 수 없지만, 볼 수 없다는 것이 혹이 있음을 알 수 없다는 것도 또한 혹이 존재하지 않는다는 것도 뜻하지 않는다는 점에서, "혹등고래"에게 "등의 혹"은 주어진 현재성 이상의 세계에 대한 인식가능성의 의미를 내포하게 된다. 또한 그것은 비록 인지로써 확인할 수는 없으되 현재적 생활 세계 너머에서 자아와 세계가 온전하고 완성된 존재

생활 세계의 '너머'를 위한 '지금 · 여기'의 몸부림

일 수 있다는 믿음을 함의하게 된다. 직접 눈으로 볼 수는 없지만 "혹등고래"에게 실제로 "혹등"이 있으며 그 점이야말로 "혹등고래"에게 이름을 부여하고 그를 완전하게 했던 것처럼, 인간도 눈에 보이는 현재성 너머의 세계로 인해 스스로 인간이라 명명되며 동시에 완전한 존재일 수 있다는 것이다.

그런데 "혹등고래"가 자신의 인식의 한계를 넘어서기 위해서는 필연적으로 거쳐야 하는 도정들이 있다. 그것은 새끼고래가 어미고래로 성장하는 과정과 일치하는 것으로서, 숱하고 오랜 인내와 시련의 시간들로 채워지게 될 것이기도 하다. 그것은 "극지의 얼음 바다"는 물론 "멀고 먼 주름투성이 바다"를 헤매며 "홀로 헤엄치"는 험난한 여정을 포함하는 것이자 그 속에서의 온갖 "코고는 소리 윙윙거리는 소리 울음소리 신음 소리가 섞여 노래가 되"는 경험을 아우르는 것이다. 항구적인 "젖은 몸뚱이"는 새삼스러울 것도 없는 "뻔한" 것이자 생활 세계가 왜 그래야만 하는지에 대해 뚜렷한 이유와 목적도 알 수 없는 "모호한" 국면들을 나타낼 것이다.

숙명이라고도 할 수 있을 "혹등고래"의 이 같은 사정은 정채원 시인이 자신의 시쓰기가 "안 보이는 걸 보려고/가뭇없이 사라지는 걸 말하려고/도망치듯 온"(「시인의 말」) 과정에 다름 아니라고 말한 대목을 상기시킨다. "혹등고래"가 보이지 않는 세계에 관한 믿음을 얻기 위해 험한 항해의 여정을 거쳐야 하듯 시인의 시쓰기 역시 "안 보이는 걸 보려"는 의도 속에서 이루어지는 고통의 행적이라는 점에서 그러하다. "혹등고래"의 생리가 그러하듯 시인의 시쓰기는 한계를 넘어서 확장된 인식의 지평을 열기 위한 고투에 해당하거니와, 이는 곧 지금·여기라는 생활 세계를 딛고 미지의 세계로 나아가려는 시인의 뜨거운 의지를 나타낸다. 그것이 하강을 의미할지라도 시인이 기꺼이 비극적 숙명의 한가운데로 진입하여 생의 극한의 사태를 응시하였던 것도 이 때문이다.

물론 어른이 된 "혹등고래"라 하여 자신의 존재론적 조건을 떠나 "물 밖 세상"에 당도할 수 있는 것은 아닌 것처럼 시인이 비극적 국면을 수용하는 일이 초월과 구원을 보장하는 것은 아니다. 그러나 "흑등고래"가 "다른 세상을 흘낏 엿보면서" "물 밖으로 힘껏 솟구치듯" 시인 역시 생활 세계에 관한 응시를 저버리지 않을 때 인간의 한계 내 조건을 초극하고자 하는 열정을 구가할 수 있게 될 것이다. 마치 "숨을 쉬"는 일과 다름없이 말이다. 이는 시인이 말한 바 "와이퍼"처럼 "쉬지 않고 부정과 긍정 사이의 오가"(「파라다이스 리조트」)는 일에 필적하는 것으로서, 이러한 부대낌을 통해 시인은 살아 있는 내내 힘겨울 것이되 그 속에서 비로소 평생토록 타오르는 생의 에너지를 길어 올리게 될 것이다.

　정채원이 인식하는 생의 실상은 이처럼 인간의 한계에 닿아 있는 것이다. 그는 부여된 조건 속에서 인간이 할 수 있는 일은 무엇인가와 관련한 질문을 우리에게 지속적으로 제기하고 있다. 그의 질문들이 인간 존재의 현재성을 인식하게 하고 이에 대한 초월에의 지향성을 보여준다는 점에서 그의 시는 정신적이다. 특히 정채원 시인에게 이러한 과정은 결코 단선적이거나 관념적으로 이루어지지 않고 있는데, 그것은 시인의 시쓰기가 이러한 과정 내부에서 전개되는 치열한 고투의 흔적이라는 점에 기인한다. 삶의 비극성이 극점에 이를수록 이에 대한 초극에의 의지는 더욱 가속될 것인바, 이 지점이야말로 시인의 미학적 고구가 팽창하듯 솟구치는 지대가 될 것이라는 점도 분명하다. 현재적 생활 영역을 기반으로 하여 빚어진 정채원의 시가 아름답고도 정신적인 까닭도 여기에 있다.

스밈과 번짐, 그 영원성의 미학
— 정혜영의 『이혼을 결심하는 저녁에는』

"시집 없는 시인으로 남고 싶었다"고 말하던 정혜영 시인이 첫 시집을 냈다. 마음을 잡고 시집을 낸 이유가 평범하면서도 독특하다. 그는 누군가를 기억하기 위해서라고 한다. 누군가란 그의 지인들일 텐데 이름들이 다국적이다. 경기도에서 태어나 서울은 물론 한국의 여러 지역과 유럽, 미국을 두루 옮겨다니며 살다 보니 각별했던 인연이 많았던 듯하다. 누군가와의 추억을 기록하며 쓴 시는 애틋하게 다가온다. 시인의 세심한 마음이 느껴지기 때문이다. 그는 이번 시집이 "지상의 집 한 채를 빌리"(「시인의 말」)는 일이라고 말한다. 시집 한 권을 "집 한 채"라 한 것이나 그것을 "빌리"는 것이라고 한 말에 시인이 어떤 사람일까 새삼 궁금증이 일었다. 그의 손이 떠올랐다. 무언가를 힘주어 쥐려 하지 않는 그의 가볍고도 빈 손이. 그러면서도 사람들을 담아 두려는 마음자리가 그려졌다. 그 자리가 참 따뜻하고 넓어 보였다. 시집을 셈으로 여기지 않는 모습이 맑게 느껴졌다.

시인이 자신의 시집을 가리켜 잠시 빌린 "지상의 집"이라 말하는 데엔 삶에 대한 시인 특유의 태도가 담겨 있다. 그에게 생은 동동거리며 무언가를 소유하고 그것을 악착같이 움켜쥐어야 한다는 일반적이고도 세속적인 차원의 그것이 아닌 것이다. 자신이 쌓아올린 것을 과시하면서 그것으로써 자신

제4부 시의 소통의 담론

의 존재를 입증하는 여느 사람들의 모습과 그것은 차이가 난다. 무엇이 중요하고 가장 우선시되어야 하는가에 관해 그는 대개의 사람들이 지니기 마련인 기준과 썩 다른 관점을 제시할 것이다. 그에게서 생에 관한 무소유의 태도를 읽을 수 있는 것이다. 그가 건네는 말 한마디 한마디에서 어떤 물질이나 이해관계에 집착하지 않는 무심하고도 흔연한 마음이 전해진다는 것을 알 수 있다. 실로 그에게서 정해진 가치에 매이지 않고 성큼성큼 가로지르는 "유목"민다운 모습을 발견하게 된다.

과도한 경쟁 속에서 물질적인 것을 포함한 유무형의 자산을 증대시키려 매 순간 자신을 다그치며 살아가는 현대인들에게 무소유는 피부로 와닿지 않는 관념적인 가치일 뿐이다. 그것은 특정 종교인의 가르침이나 교과서에서만 접하게 되는 공허한 말일 뿐인 것이다. 그에 비하면 시인은 무소유한 삶의 태도를 자신의 삶 속에 녹여내고 있다. 시인에게 무소유는 일부러 드러낸다거나 의도적으로 추구해서가 아니라 삶의 과정 속에서 저절로 지니게 된 습성에 해당한다. 때문에 그것은 시인이 자신의 가치관임을 언표하는 전언을 통해서가 아니라 그의 시선이 닿는 대상이나 그것을 의미화하는 품, 그리고 그의 사유가 놓여 있는 지점 등을 통해 유추할 수 있게 된다. 그의 시는 어느 한 장소에 정주한 채 그곳을 중심으로 이해의 산물을 집적하는 자의 그것이 아니라 "유목으로 떠돌던" 자의 "시간과 공간"의 흔적들에 해당한다. 그의 시가 신기루처럼 환상적이고 "오로라"(「오로라 브릿지1」)처럼 아름다운 이유가 여기에 있을까. 그의 시의 온전한 미학성의 근원을 탐색하는 것이 이 글의 목적이다.

　　잠수교 바로 밑까지 한강 물이 차올랐다 잠수교 밖으로 생각이 빠져나가지
　못하고 있다
　　누가 먼저 말을 꺼냈을까
　　여긴 오래전 사막이었다

정원을 만들자, 생각이 소년의 머릿속으로 들어갔다
생각이 뿌리를 내리고 가지를 뻗을 때까지
무성한 이파리를 매단 느티나무 아래 소년이 발뒤꿈치를 들고 구름과 손잡을 때까지

정원을 만들자
입술과 입술 사이 수많은 궁구 속에서 가지를 뻗고 잎을 매단 말이 움직인다
소년이 앞에 섰다 모래바람을 뒤로 하고 사막은 소년을 둘러싸고 소년은 머뭇거리며 입술을 아주 조금 연다 자신만이 알아듣는 목소리로

말이 움직인다
팔과 다리를 달고 조바심하고 솟구치던 침묵이 움직인다
소년의 손이 움직인다
소년의 하얀 손수건에서 유람선이 하얀 원피스의 소녀가 강변의 아크로리버파크가 반포대교가 잠시 한눈파는 사이 세빛둥둥섬이

생각은 무지개 분수와 음악을 불러오고 아홉 번째 교각 아래 재두루미를 불러오고 화요일의 낚시꾼들을 불러오고 해당화를 불러오고 아기들을 불러오고 유모차가 따라오고 엄마오리와 아기 오리가 파라솔을 들고 사람 아기들을 따라 다닌다 잠수교 위로 조깅하는 오리들이 불룩한 배를 내놓고 지나간다

모래언덕을 떠나 낙타가 사막을 메고 소년의 길을 걸어간다

아무것도 없는 사막인 소년
아무것도 아닌 내게 말한다
강 건너 고층 빌딩 모두 아파트란다
사람이 저 높은 곳에 사는구나
　　　　　　　—「지상에 발 디딜 곳이 없을 때 소년은 잠수교를 탄다」 전문

제4부　시의 소통의 담론

위 시의 주된 내용은 "소년"에 관한 것이다. 더 정확하게 말하면 "소년"을 보며 떠올리는 화자의 "생각"이 "소년의 머릿속으로 들어"가 "생각"의 묘한 흐름을 일으키는 것이 위 시의 중점적인 이야기다. 화자가 "소년"을 바라보며 가장 먼저 떠올리는 단어는 "사막"이다. "소년"이 처해 있고 "잠수교"에서 환기되는 장소가 "사막"인 것이다. 한강이 흐르다 못해 "잠수교 바로 밑까지 한강 물이 차오"르는 상황에서 "사막"이라는 전혀 상반된 장소가 연상된 것은 "소년"의 삶이 처한 불모지와 같은 암담함 때문이었으리라. 메마르고 황폐한 사막 한가운데 혈혈단신의 "소년"이 던져져 있는 모습은 미래를 꿈꿀 수 없는 디스토피아의 상황을 나타낸다. 의지가지없는 "소년" 자체가 "아무것도 없는 사막"인 것이다. 또한 "한강 물이 차올라" "잠수교 밖으로 생각이 빠져나가지 못하"는 상황이 그것이다.

이는 매우 절망적이고 절박한 사태일 것인데, 그러나 위 시의 어조는 그것과 거리가 있음을 알 수 있다. 분명 "사막"이 전제된 상황에서 위 시에서 풍기는 분위기는 뜻밖에도 생동감이기 때문이다. "정원을 만들자"는 "생각"이 무기력함을 나타내는 것은 아니지 않은가. "정원을 만들자"는 반복되는 "생각"은 "소년"을 "움직이"게 하고 "소년"을 "말"하게 하고 "소년"을 상상하게 하고 "소년"을 꿈꾸게 한다. "생각"은 위 시에서처럼 매우 암담한 상황에서도 오히려 발랄함이 느껴지게 했던 요인이라 할 수 있다.

위 시에서 "생각"은 많은 일들을 한다. "생각"은 "소년의 머릿속으로 들어가" "소년에게서" "뿌리를 내리고 가지를 뻗을 때까지", "소년이 발뒤꿈치를 들고 구름과 손잡을 때까지" 마치 의지를 지니고 나아가듯 스스로 운동력을 발휘하는 것이다. 나무처럼 살아 생장하는 "생각"에 힘입어 "소년은 머뭇거리며" "아주 조금"이지만 "입술"을 열게 되고, 또 그리 되자 "말이" 스스로 "움직이"더니 "침묵이 움직"이고 "소년의 손이 움직"이는 사태에까지 이르고 있다. 뿐만 아니라 "생각은 무지개 분수와 음악을", "재두루미를", "화요일의 낚시꾼들"과 "해당화"와 "아기들"과 "엄마 오리와 아기 오리" 등등을 "불러 오"는 것이다. 요컨대 위 시는 오로지 "생각"으로 인해 "잠수교"를 둘러싼 활기 있고 생동감 있는 분위기가 빚어진 것이라고 말할 수 있다.

그러나 위 시의 전체적인 구도는 그리 간단치 않다. "생각"은 생각일 뿐이고 상황은 황무지 그대로이기 때문이다. "사막"이 물에 찬 "잠수교"라는 점에서 "생각"은 "잠수교 밖으로" "빠져나가지 못하"는 상황에 놓여 있다. "생각"이 아무리 동력을 지닌 채 사력을 다해 작동해도 사태는 아무것도 달라지지 않는다. "소년"은 여전히 "아무것도 없는 사막" 같은 인물이고 "나"는 역시 "아무것도 아닌" 존재인 것이다. "강 건너"엔 모두 "고층 빌딩"뿐이며, "사람"이 "사는" 곳은 "저 높은 곳"이라는 현실 인식은 "아무것도 아닌" "소년"과 "나"에겐 한없이 씁쓸할 따름이다. 위 시의 화자가 "생각"이 "잠수교 밖으로 빠져나가지 못하고 있다"고 말한 까닭도 이와 관련된다. 말하자면 "잠수교"는 도시 가운데에서도 가장 소외되고 버려진 곳, "지상에 발 디딜 곳이 없을 때" 극한으로 밀려나 당도하게 되는 무(無)와 같은 곳이 아니겠는가.

그러므로 이 지점에서 우리는 또다시 "사막"에 대해서, "잠수교"와 "소년"과 "나"에 대해서 의미화할 수 있는 것이리라. 이 모든 것들은 공통적으로 "아무것도 아닌" 것들이라 할 수 있다. 모두 대도시의 드높음과 소유관계로부터 도외시되고 배제된 것들이라는 점에서, 지상다운 지상에 소속되지 못하고 지상이라 할 수 없는 지대에 내던져져 있다는 점에서 이들은 모두 일관되고 동일하다. 이들 사이엔 너와 나의 구별도 나와 타자와의, 주체와 객체의 구별도 없다. 그저 모두 하나인 것이다. 그리고 이 점은 이들 사이에 미묘한 소통의 끈을 드리우고 이들을 한데로 잇는 요인이 된다. 이들 사이엔 어느새 상호 스밈과 뒤섞임이 존재하는 것이다. "정원을 만들자"고 한 화자의 "생각이 소년의 머릿속으로 들어갔"던 것도 그 때문이고, "사막"이 "소년을 둘러싸고" "소년"이 "머뭇거리며 입술을" "열"게 한 것도, "낙타가 사막을 메고 소년의 길을 걸어간" 것도 모두 같은 이유에서다. 이들 사이엔 어느덧 연대와 어우러짐이 이루어지고 있다.

실제로 "아무것도 없는" "소년"과 "아무것도 아닌 나" 사이의 "생각"의 넘나듦과 소통은 의미심장한 일이다. 둘 사이를 경계 없이 흘러간 "생각"은 둘을 하나로 이음과 동시에 오직 "생각"으로 "무지개 분수와 음악"과 "재두루미"와…… 등등 무수한 아름다운 사물들을 유발시키기 때문이다. 그것들은 아름다운 장면이 되고 환상적인 이미지가 되어 신비한 영상의 장막을 이룬다. 둘 사이엔 소통과 스밈이 일어나고 나아가 주변으로의 힘의 번짐이 발생한다. 그리함으로써 이들을 둘러싼 이 무(無)의 빈 자리엔 외부 공간과 구별되는 이질적이고 미묘한 힘의 장이 형성된다. 그것은 "아무것도 없는 사막인 소년"과 "아무것도 아닌 나" 사이의 스밈과 번짐에 의해 생긴 에너지의 장이라 할 수 있거니와, 이 무소유의 자장에서 발생하는 에너지의 기류야말로 오로라의 장막처럼 화려하고 아름다운 환상의 띠를 이루는 요인이라 할 것이다.

이처럼 「지상에 발 디딜 곳이 없을 때 소년은 잠수교를 탄다」가 두 존재 사이의 신비한 만남의 양상을 보여주고 있다면 「하라의 LOVE STORY」의 신비함은 어떤 성격의 것일까?

영어 캠프가 끝나는 날, 한 아이를 포옹하는 하라의 사진 하라도 아이도 햇살처럼 번지는 흑백사진에서 하얀 날개를 보았다

한 남자를 사랑했던 하라, 하라는 보이는 것보다 보이지 않는 것에 눈멀었다 그는 종종 너무 멀리, 높이 있어서, 그녀 옆을 스치는 모든 사람들에게서 그를 보았다 그는 차비가 없었고, 그는 옷이 없었다 그녀는 자신의 것을 내어놓았다 그녀가 내어놓을 수 있는 전부를 그에 대한 사랑으로 그녀가 드높아진 순간, 그녀는 희미한 소리를 들었다 그 소리는 빛이었다 더 이상 몸은 필요하지 않았다 하라는 그날 캐나다의 고속도로에서 중앙선을 넘었다 중앙선을 넘어 빛을

따라갔다

> 흑백사진 속에서 푸드득, 하얀 날개가 전부인 새 한 마리 날아올라 방안을
> 몇 바퀴 돌더니 창밖으로 날아가 버렸다 사진 아래 조그맣게 "한 천사가 날개
> 를 달고 천국으로 돌아갔다"고 적혀 있었다
>
> ─「하라의 LOVE STORY」 부분

위 시는 "하라"의 죽음에 관한 슬픈 이야기를 담고 있다. 「시인의 말」에 기
대면 "하라"는 시인이 언제까지나 기억하고 싶은 소중한 지인이다. 그의 안
타까운 죽음이 시인으로 하여금 위와 같은 시를 쓰게 하였으리라. 말하자면
위 시는 "하라"의 죽음에 대한 애도의 시에 해당한다. "하라"는 위 시의 화자
가 "아이를 포옹하는" "하라"의 사진에서 "하얀 날개"를 보았을 정도로 사랑
이 가득하고 또 그것을 나눌 줄 알았던 아름다운 사람이었다.

이와 같이 위 시에서 "하라"에 대한 이야기는 "사랑"으로부터 시작된다. 화
자는 "보이는 것보다 보이지 않는 것에 눈멀었"던 "하라"에게서 커다란 사랑
의 실재를 본다. 늘 사랑이 넘쳤던 그녀다 보니 그녀는 언제나 돋보이고 주변
을 환하게 했던 인물이었던 듯하다. 위 시에서 "그녀 옆을 스치는 모든 사람
들에게서 그를 보았다"는 진술은 "하라"가 주변 사람들에게 어떤 존재였던가
를 말해준다.

"하라"의 특별한 존재성은 자신이 가지고 있는 모든 것을 언제나 주변에
"내어놓"는 데서 비롯한다. 정작 "하라"는 "차비"도 "옷"도 없었지만 사랑을
주어야 하는 대상이 있을 시엔 "그녀가 내어놓을 수 있는 전부를" "내어놓았"
던 것이다. 그것이 그녀의 삶의 방식이었고 "그에 대한 사랑"의 길에 해당되
었다. 말하자면 그녀는 주변 사람들과의 소통과 어우러짐에 의해, 또한 주변
인에게 스며듦으로써 존재하는 인물이었던 것이다. 그리고 이러한 그녀의 존
립 방식은 죽음에 이르러서 그대로 재현되었다는 것을 알 수 있다. 죽음의 순

간 그녀가 경험한 것은 소리와 빛의 융해였고 어둠과 환함의 섞임이었기 때문이다. 그녀에게 죽음은 죽음으로 끝나지 않았으며 어둠은 어둠 그대로 나락으로 떨어지지 않았다. 그녀의 죽음은 빛에 둘러싸인 죽음의 이질적인 양태로써 묘사되고 있다. 그녀를 기억하는 주변의 모든 이들은 그녀의 죽음을 단지 죽음으로서가 아니라 또 다른 생명이자 새로운 세계와의 만남으로 인식한다. 그녀에게 죽음은 단절과 끝이 아닌 탄생과 시작의 의미를 띠게 된다. 사람들이 그녀의 죽음을 가리켜 "천사가 날개를 달고 천국으로 돌아갔다"고 여기는 것도 이 때문이다.

"하라"의 죽음에 대한 주변인들의 이와 같은 의미화는 다른 것이 아니라 "하라"의 존재방식에 기인하는 것으로서, "하라"는 주변인들과 벽을 쌓고 지냈던 개체로서의 인물이 아닌 더불어 지내며 함께 호흡할 줄 알던 우리들 가운데의 인물이었던 것이다. "하라"의 이러한 성격은 남겨진 이들로 하여금 그를 기억하게 하고 그를 애도하게 하며 그를 상상하게 하거니와, 위 시에 그려지고 있는 "하라"의 죽음과 관련된 환상적 이미지들은 그를 아는 이들에게 "하라"를 영원히 마음속에 새길 수 있게 하는 계기로 작용할 것이라는 사실을 알 수 있다.

"하라"를 추도하는 위 시는 삶과 죽음의 문제라든가 사람들 간의 관계, 그리고 영원한 것의 의미 등에 관한 시인의 의식에 관해 생각하게 한다. 위의 두 편의 시를 통해 추론하자면 시인이 중요하게 여기는 것은 곧 영원을 가능하게 하는 생의 방식에 관한 것이 아닐까. 가령 삶의 물질적인 차원에서의 풍요를 구하는 등속의 일은 시인에게 하등 중요한 것이 아니다. 대신 그가 중요하게 여기는 것은 사람 간의 만남과 그 속에서 길어내는 사랑이라든가 영원성과 같은 형이상학적 가치다. 어쩌면 이는 종교적인 문제와 관련될 테지만 시인의 경우 이러한 주제는 그가 마주하는 주변 사람들과의 관계 속에서 경험되고 성찰되는 까닭에 매우 구체적인 양상을 띠고 펼쳐진다 하겠다.

가끔 뜻하지 않은 곳에서 그와 마주칠 때가 있다

그날 나는 아이들이랑 만화 영화를 보고 있었다 한 살 반 된 루마니아 아이 조보가 나의 무릎에 앉아 있었다 두 살 미만의 독일, 멕시코, 이태리, 캐나다의 어린아이들이 방안 가득했다 이태리어로 더빙된 도널드 덕의 발길을 따라 아이들 모두 왁자할 때 조보는 엄지 손가락만 빨고 있었다 아이의 보드라운 몸과 따스한 체온 때문이었을까 마치 내가 안락의자가 된 듯 아이들 나라에 있었다 천국이 그러할까 어느 순간 모든 것이 사라지고 내 품에 안겨 있던 조보의 숨소리만 들려왔다 나의 숨결도 그 아이 숨결과 하나였다

처음에 우리가 받았던 숨결, 누군가 조용히 고개를 숙이고 숨을 불어넣는 순간이 느껴졌다 조보와 나의 몸속에, 아니 그 숨결이 전부였다

—「조보의 숨결 안에서」 전문

루마니아인 "조보"가 등장하는 위 시에서 시인이 주로 다루고 있는 것은 어린 "조보"가 화자 "나"의 품에 고이 안겨 잠들고 있던 순간에 관한 이야기다. "조보"는 18개월 남짓의 갓난아기로, 여러 국적의 아이들이 어울려 왁자하게 웃고 떠들며 놀던 와중에 화자의 무릎에서 고요히 잠들고 있던 사랑스러운 모습의 주인공이다. 시인의 많은 시들이 그러하듯 위 시 역시 일상에서 흔히 경험할 수 있는 평범한 일화를 소재로 하고 있다. 하지만 이를 통해 시인이 말하고 있는 것은 결코 가볍지 않아 주목을 끈다. 위 시에서 어린아이가 잠든 순간 화자가 떠올린 것은 사실상 신의 존재에 관한 문제라는 점에서 그러하다. "아이의 보드라운 몸과 따스한 체온 때문이었을까" 하면서 자신의 의식에 관해 의아함을 표현하는 대목은 화자가 이 순간을 얼마나 경이롭게 체험했는지 말해준다. "천국"이라고 말할 정도로 화자는 이 순간에 최대의 행복감을 느끼게 된다.

화자가 이토록 지극한 행복을 경험할 수 있었던 것은 무엇 때문이었을까?

그것은 화자가 언급했듯 아이가 주는 촉감 때문일 수도 있고 주변의 시끄러움에도 동요하지 않는 아이의 사랑스러운 모습 때문일 수도 있으며 자신에게 의지하고 있는 아이의 한없이 무구한 모습에서 오는 감동 때문일 수도 있을 것이다. 하지만 그 무엇보다도 그것은 "나의 숨결도 그 아이 숨결과 하나였다"고 말하는 부분에서 짐작할 수 있는 것처럼 "아이"와 "나"의 서로 간의 스며듦과 하나 됨에 기인하는 것이 아니었을까? 화자는 아이의 쌔근거리는 숨결에 동조하면서 자신의 호흡과 아이의 그것이 일치하는 체험을 하게 되었거니와 아이와 그가 함께 만들어내는 이때의 섬세한 시공이 화자에겐 외부 세상과 구별되는 매우 신비롭고 이질적인 세계로 다가왔음을 알 수 있다.

외적 세계와 다른 특별한 시공 체험으로서의 이때는 화자가 신을 떠올리는 순간이기도 하다. 그는 이를 가리켜 "뜻하지 않은 곳에서 그와 마주칠 때"라고 말하고 있는 것이다. 여기서의 "그"란 곧 "우리"에게 "숨을 불어넣는" 창조주를 지시한다. 화자는 지금 서로 일치하고 있는 "조보와 나"의 "숨결"이 저절로 생겨난 것이 아니라 "처음에" 누군가로부터 "받았던" 것으로서, "조보"의 사랑스러운 숨결은 "누군가 조용히 고개를 숙이고" 온 사랑과 정성을 다해 생명을 부여할 때라야 비로소 생기할 수 있는 성질의 것이라고 말하고 있다. 이러한 성찰은 "조보와 나"의 하나된 "숨결"이 빚어내는 경이로운 순간이야말로 화자에게 신이 현상하는 완전한 순간으로 다가왔음을 가리킨다.

아이의 숨결로부터 지복감을 느끼고 신의 존재를 환기하는 이러한 과정은 이 순간이야말로 화자에게 영원성이 체험되는 때에 해당되었음을 의미한다. 즉 이때의 순간은 화자가 가장 가치 있고 귀하다고 여기는 상황인 것이다. 화자에게 신은 부재하는 것이 아니며 인간의 가장 아름다운 순간에 임재(臨在)하는 것인바, 위 시를 통해 확인할 수 있는 것은 그것이 지극히 순수한 마음들 간의 일치됨의 상태와 관련된다는 점, 존재들이 서로 경계의 흔적도 없이 하나로 스며들어 호흡과 호흡이, 마음과 마음이 융해되는 상태와 관련된다는 사실이다. 그리고 이는 곧 사람들 사이에 오직 마음으로 오갈 수 있는 지극한 사랑의 상태와 다르지 않을 것이다.

> 노숙자는 한자리에서 민들레처럼 돋아난다 주유기에 기대앉은 그가 내게 눈빛을 주유한다 그는 자동차 유리창에 달라붙어 저녁 몇 칸을 지나고 내 눈동자로 옮겨와 새싹처럼 돋아나더니 거실 달력 속 칸칸마다 웅크리고 있다 어제는 숫자 7로 햇살 좋은 주말을 보냈다 숫자 8은 마리화나를 피우며 뫼비우스의 띠처럼 휘청거렸다 하체가 부실한 숫자 9는 팔레트 같은 보도블록에 쓰러져 회색 물감으로 굳었다 그가 처음 마주친 내 눈빛에서 빛을 잃고 어두운 눈을 깜박이는 동안 슬롯머신 숫자 7이 주유기 옆으로 돌아와서 시든다 그를 다시 만났을 때 차창 밖으로 달러를 건네주며 그의 손을 잡았다 낯선 초록 그늘이 만져졌다
> ―「민들레 팔레트」 전문

인간에게 지복의 감정이 사람 사이에 놓인 벽이 사라지고 서로 간 소통과 사랑이 실현되는 사태 속에서 비롯되는 것이라면, 또한 그에 대한 뚜렷한 인식을 바탕으로 이러한 가치를 실천해가고자 한다면 소외된 이들에 대해 연민하는 마음을 갖게 되는 것은 자연스러운 일일 것이다. 위 시는 어느 날 주유소에서 우연히 마주친 "노숙자"를 향한 염려의 마음이 어떻게 "내" 마음속에 싹트게 되고 번져가는지 잘 보여주고 있다.

"노숙자"는 "나"와는 하등 상관없는 존재일 것이다. 거리에 노숙자가 만연한 것은 어제오늘 일도 아닌 흔한 일상사에 속한다. "나"의 생활 영역에 존재하지 않으므로 "나"에게 "노숙자"는 어떤 관계도 지니지 않는, 아무것도 아닌 존재다. 그런데 위 시에서 "노숙자"는 화자의 시선에 불쑥 모습을 들이밀더니 어느덧 화자의 생활 속에 똬리를 틀고 급기야 화자로 하여금 "그의 손을 잡"게 하기에 이른다. 결국 "노숙자"는 "나"와 무관한 타인이 아니라 "나"의 이웃이자 "나"와 다르지 않은 존재로서 다가온다. 그를 향한 연민과 염려의

제4부 시의 소통의 담론

마음이 생겨난 것이다.

"노숙자"와 "나" 사이의 이러한 관계의 변화는 무엇보다 그가 "내게 눈빛을 주유한" 데서 비롯되었을 것이다. 그러나 "노숙자"가 "민들레처럼" 보였던 처음에 이미 화자의 시선에는 대상에 대한 온도의 따뜻함이 담겨 있었음을 알 수 있다. "노숙자"가 눈에 띄었을 순간부터 화자에게 "노숙자"는 땅에 박힌 듯 지상의 가장 낮은 자리에 놓여 있는 인물로 다가왔던 것이다. 그러던 그의 "눈빛"과 마주치게 되자 이후 "그"는 "내 눈동자로 옮겨와 새싹처럼 돋아나더니 거실 달력 속 칸칸마다 웅크리고" 있는 것이 아닌가. 그러한 그가 7일에는 "햇살 좋은 주말을 보내"더니 8일에는 "마리화나를 피우"고 9일에는 "보도블록에 쓰러져" "굳어"가는 것이었다. "내 눈빛"에 담긴 "그"의 눈은 나날이 "빛을 잃고 어두"워지고 있었고 그의 모습은 갈수록 "시들"어갔다.

화자에게 환기된 "노숙자"의 이와 같은 일련의 모습들은 화자와 "노숙자" 사이에 점차적으로 경계가 허물어지고 있었음을 말해준다. 화자에게 "노숙자"는 더 이상 아무런 관계도 없는 타자가 아니라 살피고 보듬어야 하는 이웃으로 다가오게 된다. 이들 사이엔 어느새 서로 스며들고 서로에게 번져가는 관계가 형성되고 있었던 것이다. 따라서 "그를 다시 만났을 때" 화자는 "차창 밖으로 달러를 건네주며 그의 손을 잡"을 수 있었고 결국 그의 손에서 전해오는 "노숙자"의 "그늘"을 느낄 수 있었다. 이는 "노숙자"에 대한 깊은 연민의 감정을 나타내거니와 이러한 감정이 빚어질 수 있었던 것은 화자와 노숙자 사이의 서로 간의 스며듦의 시간들이 있었기 때문이다.

위 시에서 형상화되고 화자와 노숙자 사이의 양태는 시인이 추구하는 가치의 일단을 잘 보여준다. 시인에게 그 무엇보다 소중한 것은 사람에 대한 존중과 사랑인 것이다. 그것이 누가 되었든 소외되고 곤궁한 모든 이를 향한 보편적 사랑이야말로 인간이 지녀야 할 가장 바르고 큰 마음이 될 것이다. 그런데 문제는 이것이 미사여구를 구사한다고 주어진다거나 생각만으로 이루어지는 것이 아니라는 데 있다. 사랑은 관념에 의해 구현할 수 있는 것이 결코 아닌 것이다. 이 점을 시인은 너무도 명백히 이해하고 있었으며, 이 때문에 그가 제시하게 된 방법이 있다면 그것은 삶의 현실태로서의 서로 간의 소통과 나눔, 곧 사람 사이의 섞임과 하나 됨의 길이었던 것이다.

마른나무 가지가 있어요
당신이 보여주지 않는 눈동자처럼 창문은 열리거나 열리지 않거나
움트길 기다리는 작은 혀들이 있어요

창문이 열리고 안과 밖이 조우하는 순간 7동과 8동 사이 공중전화 부스가 있어요

겨울나무 빈 가지 사이에 새 둥지가, 플라타너스 몇 그루 사이 노란 공중전화 부스가 있어요

늘 비어 있어요 늘 기다리고 있어요 동전이 떨어지는 소리, 동전을 더 넣으라는 기계음이 계속 들려와요

지나가는 봄바람이
창문을 열어놓고 잊어요

비둘기가 날아와서 창틀에 앉아요 다른 한 마리도 곁에 와서 앉아요
나뭇가지를 닮은 가느다란 발로
중력을 버티며 창틀에 안부가 섞인 똥을 누기도 해요
어느 날은 창틀에서 내려와 붉은 카펫 위를 걸어 다녀요 제 몸무게를 마른 나뭇가지로 견디면서요

봄이 오면 비둘기 다리에도 연두 물이 돌고 새잎이 돋아날까요 안과 밖이 허

물어질까요

—「기다리고 있어요」 전문

　일상의 살이를 무심히 넘기지 않고 매 순간 가장 고귀한 가치를 추구하는 시인에게 삶은 물질적 차원을 넘어서서 영원성의 지평 위에 놓여 있음을 알 수 있다. 따라서 그에게 의미 있게 다가오는 순간은 오히려 무용하고도 무심하게 일어나는 사태들과 관련된다. 대부분의 사람들에게는 무의미하고 무가치한 그것들을 향해 시인은 새삼 발길을 멈추고 고요히 응시한다. 그가 바라보는 것은 "마른나무 가지"라든가 "공중전화 부스", "새 둥지", "비둘기" 등 아무도 관심을 두지 않는 아무것도 아닌 듯한 사물들인 것이다. 시인은 이들을 바라보고는 그들 사이에서 자신의 고유한 사유를 펼쳐낸다.

　위 시의 화자가 "마른나무 가지"라든가 "공중전화 부스"에서 읽어내는 것은 "기다림"의 마음이다. "마른나무 가지"에는 "움트길 기다리는 작은 혀들"이 보이고 "공중전화 부스"에서는 "동전을 더 넣으라는" 조바심을 느낀다. 이 두 소재는 전혀 무관한 것 같지만 "사이"를 품고 존재한다는 점과 "늘 비어 있"으면서 또한 "늘 기다리고 있"다는 점에서 공통의 성질을 지닌다. 가령 "마른나무 가지"는 "빈 가지 사이에 새 둥지"를 품고 있으며 "공중전화 부스"는 "7동과 8동 사이", "플라타너스 몇 그루 사이"에 위치하고 있다. 또한 "새 둥지"가 날아드는 새를 기다린다면 공중전화는 그를 작동시킬 신호를 기다린다.

　시인의 경우 이와 같은 측면들은 단순한 서경적 장치에 국한되지 않는 정신적 의미를 나타낸다. 이들 소재가 품는 "사이"의 의미소는, 앞선 시들에서 살펴본 바처럼, 소통과 교류를 전제하는 요소다. "사이"는 두 존재 간의 점이적 장소로서 서로 간 스밈과 섞임의 바탕이 되는 지대라 할 수 있다. 앞의 고찰에 기대면 그것이 인간에 대한 사랑의 정신을 잉태시키고 신을 현상시키며

스밈과 번짐, 그 영원성의 미학

293

영원성의 순간을 도래케 하는 요인이 된다는 점도 짐작할 수 있다. 시인이 모든 사물들 가운데 유독 "마른나무 가지"와 "공중전화 부스"에 눈길이 머물렀던 것은 전혀 이상한 일이 아니다.

실제로 화자는 이들 소재를 중심으로 간절한 기다림의 정서를 형상화하고 있다. 그리고 둥지를 찾는 "새"들과 전화기를 작동시킬 "동전"을 향한 이때의 기다림은 결국 "당신이 보여"줄 "눈동자"로 상징되는 시인의 이상을 향해 있는 것이 아닐까 한다. 그것은 곧 신이 임재(臨在)하는 순간의 경이이자 사랑으로 인한 기쁨의 사태를 가리키는 것이라 할 수 있다. 이러한 기쁨과 경이의 경험은 시인이 지속적으로 추구해왔던 순간적이지만 영원한 의미를 띠는 최고의 체험이기도 한다. 위 시에서 그와 같은 갈망은 "봄"을 기다리는 "비둘기"를 통해 그려지고 있다. 화자는 "봄이 오면 비둘기 다리에도 연두 물이 돌고 새잎이 돋아날까요 안과 밖이 허물어질까요" 하고 있는 것이다. "비둘기"는 "가느다란 발로 중력을 버텨"야 하는 가녀리고도 한계 지어진 인간의 존재 조건을 의미하거니와 그럼에도 "연두 물이 돌고 새잎이 돋아나"는 일은 "봄"이 비로소 이룩하는 창조적이고 경이로운 기적에 해당하는 일이다.

대부분 구체적인 생활상들을 통해 그려지고 있는 정혜영 시인의 시편들은 그러나 생활에서 배어나오기 마련인 고달픔이라든가 부대낌들을 있는 그대로 전달하고 있는 대신 이속에서 인간이 살아갈 만한 여지가 있는지를 궁구하는 데 주력하고 있다. 미약하지만 사람 사이에 숨을 틔우고 짧은 순간이지만 행복을 느끼게 하는 경험은 황폐한 인간살이 가운데도 희망을 주는 요소가 아닐 수 없다. 정혜영 시인이 중점적으로 형상화하고 있는 사람들 사이의 소통의 체험, 마음이 오가면서 일체가 되는 체험이야말로 여기에 해당하거니와, 시인에게 이러한 경험은 인간적 의미를 지님과 동시에 신(神)적 의미를 내포하는 것이다. 시인의 시에서 신은 인간이 일으키는 경이로운 기쁨의 순간에 현상하는 존재로서, 이는 오직 지상적 존재로서의 인간이 자신의 한계 조건으로부터 벗어날 때 조우 가능한 대상이다. 시인에 의하면 사적 이해관계보다 타자를 향한 순수한 사랑의 마음을 품을 때 드물게 모습을 드러내는 것이 신(神)이라는 것이다. 이러한 사정은 정혜영 시인의 시적 고유성에 대해 말해주거니와, 시인의 이 같은 시적 주제는 무소유의 습성 속에서 비로소 가능한 순수함의 양태를 나타내는 것이다.

인드라망의 회로를 거쳐 "바다"로 나아가는 길

— 안경원의 『바람에 쓸리는 물방울은 바다로 간다』

1977년 등단한 이래 꾸준한 시적 성취를 보여주고 있는 안경원 시인의 여덟 번째 시집 『바람에 쓸리는 물방울은 바다로 간다』는 이전의 그의 시가 보여주었던 고아한 언어 미학과 삶의 성찰이 지속되는 가운데, 존재의 본질에 대한 보다 뚜렷한 인식의 방향성을 제시하고 있어 주목된다. 스치는 일상을 단지 우연한 일회성의 그것으로 여기지 않고 인식의 조명 아래 두는 데서 비롯되는 그의 시작 태도는 무심한 듯 삶을 가꾸어가는 시인의 한결같은 자세를 보여준다. 그에게 일상은 시가 발원하는 지대이자 세계가 펼쳐지는 장(場)으로서, 시인은 이러한 일상에 대한 성찰을 통해 그 안에 종횡으로 새겨져 있는 존재의 의미를 발견하는 데 주력하고 있다. 그의 시선을 거칠 때 무의미하게 반복되는 것처럼 여겨졌던 삶의 모습들은 숨겨진 의미를 드러내는 동시에 다채롭고 오묘한 형상을 빚어낸다.

새로운 변화 없이 습관화되어 있던 세계가 껍질을 벗겨내고 본질을 드러내는 양상은 투명한 프리즘이 빛을 머금고 그 안에 숨겨진 색채를 뿜어내는 현상에 비견할 만하다. 그 모습은 미묘하면서도 무엇보다 진리를 향한 지향성을 내포하는 것이다. 대상을 대하는 시인의 촉수는 그것들의 외적 양태를 뚫고 내부에 숨겨져 있는 진실의 지층에 닿아 있다. 이는 그의 시가 대상의 미적 구성으로부터 시작하되 그것을 지나 그 너머의 세계의 진리를 밝히는 데 할애되고 있음을 말해준다.

이를 통해 드러나는 세계의 본질은 한 겹으로 단순화할 수 없는 복합성을 지닌다. 그것은 층층이 직조된 시간과 공간의 그물망을 이루고 있거니와, 거기엔 과거에서 미래로 나아가는 시간의 다층성이 있고 개인의 실존과 세상 전체를 아우르는 복잡성이 있다. 더욱이 이때의 시간성은 과거의 억겁을 포함하는 것이며 공간성은 우주적 자연에 미친다. 이로써 그려지는 인간 삶의 총체적 면모에는 존재들의 상호적 관계망이 가로놓이게 된다. 인과로 엮인 과거와 현재, 서로를 귀결짓는 개인과 공동체, 인간과 자연의 불가분리성 등 이 모든 것을 아우르는 전체적 관계망은 그것을 구성하는 계기들이 각기 동떨어져 있는 것이 아니라 연기(緣起)의 그물코를 이루고 있다는 점에서 거대한 인드라망의 형상을 띤다. 무한한 구슬들이 얽힌 채 서로를 투명하게 비춰주는 그물망으로서의 인드라망은 시인의 경우 끈끈하고 복잡한 실타래를 구축하는 삶의 구체적 양상으로 현상한다. 이러한 삶의 복합성 속에서 자신을 잃지 않고 인격의 성숙으로 나아가는 과정을 그리고 있는 안경원 시인의 시적 여정은 그 자체로 신비롭고 의미 있는 삶의 궤적이라 할 것이다.

> 어미 사자가 어린 얼룩말 잡아 자기 새끼를 먹이는
> 정글 세계, 볼 때마다 으흑
> 깔끔하게 포장해 파는 고기 구워
> 작게 잘라 밥상 차리다
> 왜 사자가 보이는지
> 닭백숙 해서 가슴살 발려낼 때면
> 생각은 더 치열해진다
> 사자는 강한 이빨로
> 나는 집게와 가위로

인드라망의 회로를 거쳐 "바다"로 나아가는 길

도축장은 멀기만 하니
야성 대 문명이라면 누가 동의할까
…(중략)…

TV 화면에 알래스카 바다가 넘실대고
바다와 강이 만나는 곳으로 회귀하는 연어 떼가
거센 물살을 거슬러 튀어 오른다
대략 4년 걸린다는데
저물녘 퇴근 인파 가득한 지하철 안에
점선 빙그르르 달리곤 한다

북극해 가까이 떠도는 유빙을 헤치며
물개 사냥하는 원주민의 총성이
광활한 푸름을 꿰뚫을 때
나는 왜 가슴이 뚫리는 저격을 느끼는가
벗겨진 북극곰 가죽이 찬 바람에 펄럭이는데
연어 잡으러 물속에 뛰어드는 북극곰 모자
야성이 생존을 활짝 열어젖힌다

—「야성은 점선으로 빙그르르」 부분

  일상적 의미에서 문명은 야생과 구별되어 인간 삶의 고상함과 품위를 보증
해준다. 수천 년의 역사를 거치며 문명 세계를 구축해온 인간은 스스로를 야
생의 세계와 차별시키며 그것을 인간의 특권과 우월성에 대한 근거로 삼아왔
다. 이는 야생에 대한 인간의 지배를 정당화해주는 요인이었고 인간이 모든
생명체와 자연에 대한 파괴를 아무런 죄의식 없이 자행하도록 한 계기가 되
었다. 위 시는 세계에 관한 이와 같은 일반적 인식을 전제로 과연 문명과 야
생이 그토록 다른 것인가, 인간은 실제로 다른 동물들과 차별적이며 자연으
로부터 인간은 철저히 분리되어 있는가를 질문하고 있다.

이러한 질문은 아이들에게 "고기" 요리를 해주고 "닭백숙"을 해먹일 때 불쑥 생겨나게 된 것이다. 음식을 조리하는 인간의 행위는 야생과 단적으로 구별되는 문명적 삶에 해당한다고 여겨진다. 하지만 어찌 보면 이것은 "어미 사자"가 "자기 새끼"를 위해 "어린 얼룩말 잡아" 먹이는 일과 본질적으로 다르지 않은 것이다. 단지 "도축장"이 "멀"다는 사실이 사자와 인간을, 야생과 문명을 구분하는 근거가 될 수는 없기 때문이다. 실상이 그러하다면 인간은 얼마나 이기적이고 자기 합리화에 능한 아전인수적 존재들인가? 위 시의 화자는 기존 문명에 관한 관점에 "동의"할 수 없다는 주장을 하면서, 야생과 문명에 관한 본질적 인식을 제시하고 있다. 실제적 측면에서 야생과 문명은 거리가 멀지 않다는 것이다. 이러한 관점은 "저물녘 퇴근 인파 가득한 지하철 안" 사람들의 치열한 행렬에서 "거센 물살을 거슬러 튀어 오르"는 "연어 떼"를 연상할 때 더욱 확고해진다. 요컨대 자연과 본능을 공유하고 있는 인간은 사실상 자연과 일치하며, 인간의 행위들은 모두 자연의 원리를 기반으로 하여 이루어진다는 것이다.

자연과 인간 사이에서 차이보다는 동질성을 강하게 지각하는 것은 시인의 인식이 그동안 학습해왔던 피상적 차원을 넘어 심층적 관점에 입각해 있음을 의미한다. 그러한 관점은 인간 중심적 의식을 넘어서 있는 것으로 인간이 역사 속에서 형성해온 편견을 제거했을 때 비로소 대면하게 되는 세계의 진실에 해당한다. 이때 마주하게 되는 실재의 세계는 인간이 타자들과 선명하게 구분되거나 차별되지 않은 채 온통 하나로 뒤엉켜 있는 존재라는 사실을 깨닫게 한다. 나아가 각각의 존재들은 뚜렷이 개체화되어 있지 않으며 오히려 알 수 없는 끈에 의해 서로 단단하게 연결되어 있다는 것을 지시한다.

이 같은 사정은 위 시의 화자가 "물개 사냥하는 원주민의 총성"에서 "나" 스스로 "가슴이 뚫리는 저격을 느끼는" 현상으로 나타난다. "광활한 푸름을 꿰뚫"고 가해지는 "총성"이 멀고 먼 "북극해 가까이"에서 일어나는 일임에도 '나'를 직접 "저격"하는 것처럼 느껴지는 것은 화자의 의식이 심층적 지대에서 형성되고 있으며 야생과 인간이 분리되어 있지 않다는 사실을 짐작하게 한다. 마찬가지로 "북극곰 모자"의 "야성"을 환기하는 대목은 이들의 "생존"의 치열성을 공유하며 이에 대해 경외와 존중으로 대하는 화자의 태도를 보여주는 것이고, "벗겨진 북극곰 가죽" 역시 존재들의 평등한 관계 속에서 일방적으로 생명을 거세당하는 사태의 부당함을 강조하기 위해 제시된 것이라 할 수 있다. 이는 모두 세계를 피상적으로 바라보는 대신 이면의 촘촘한 관계망으로서 대하는 시인의 인식적 태도를 나타낸다. 말하자면 이들 시적 대상들은 인간과 분리된 외적 대상이기 전에 상호 구분 없는 평등하고 밀접한 존재들인 셈이다.

> 1동과 2동 사이로 까치 예닐곱 마리의 비행
> 겨울 저녁 흐린 하늘에 그어진 동선은
> 금세 사라지고 새들은 은행나무 빈 가지에
> 모여 앉았다. 이름은 몰라도 아는 사이로
>
> 너와 나 사이로 나비 날아다닌 적도 있었고
> 혼자된 산비둘기가 지나가던 적도 있었지
> 나비는 맴도는 동그라미와 길게 끄는 곡선을
> 지어놓더니 날아가 버렸고
> 산비둘기는 오래 구구대며 지그재그 끈을
> 그어놓고 날아가 버렸지
>
> 사이를 오가며 실선 같으나 가상의 선을
> 끌어가며 얽으며 헝클어 놓기도 하는 그들
> 아늑하기도 어지럽기도 가시에 찔린 듯도
> 발을 옮겨 짚는다

극명한 현실이 순간의 주름 속으로 사라지기도 하다니
빙하의 크레바스 같기도 한
너와 나, 나와 그, 그와 그들, 그들과 나/너 사이
오래된 점과 점이 물방울이 되고
흐르는 메신저와 명멸하는 문자들로
현실은 생성 소멸 중

　　　　　　　　　　　　　　　―「덧없다, 숨다, 생겨나다」 부분

　"까치 예닐곱 마리의 비행"을 바라보면서 쓰여지고 있는 위 시는 세계에 대한 시인의 인식이 현상적 사태 이면의 관계의 인드라망에 근거하고 있음을 선명하게 보여주고 있다. "1동과 2동 사이로" 날아든 "까치"는 우연한 존재로서 '나'와는 무관한 흔한 새들일 테지만, 화자는 이들에 대해 "이름은 몰라도 아는 사이"라고 단호하게 말하고 있다. 순간적으로 스친 "까치"를 가리켜 '안다'라고 단정하는 태도는 곧 시인이 응시하는 세계의 층위가 표면적인 그것이 아니라 그것 너머의 보이지 않는 지대에 해당함을 말해준다. 그것은 세계의 본질이라 할 수 있을 심층적 지대를 가리키는 것으로, 여기에는 "까치"만 혼자 있는 것이 아니라 "까치"를 둘러싼 시공간의 관계망 속의 모든 존재들이 공존하고 있다. 지금 내 눈앞의 "까치"는 단지 현재에만 귀속된 "까치"가 아닌, 언젠가 "나"와 만났던 적이 있고 그 "사이로 나비 날아다닌 적도 있"으며 "혼자된 산비둘기가 지나가던 적도 있"던, 온갖 빼곡한 연기의 그물망 속에 놓여 있는 "까치"다. 따라서 이들 간 '만남'의 흔적들은 지금은 없어 보이지만 "나비는 맴도는 동그라미와 길게 끄는 곡선을 지어놓"은 바 있고 "산비둘기는 오래 구구대며 지그재그 끈을 그어놓고 날아"갔을 정도로 분명한 것이다. 이는 이들의 종적(蹤迹)이 시간의 흐름과 함께 소멸하는 것이 아니라 존재들을 엮는 인연의 끈으로 작용하여 관계의 총체적 그물망을 형성하게 된다는 것을 의미한다. 말하자면 그것은 "너와 나, 나와 그, 그와 그들, 그들과

나/너 사이"의 인연의 인드라망으로서 구축된다는 것이다.

인드라망은 보이지 않지만 존재하며 그로부터 강력한 관계의 힘을 이끌어 내는 거점이다. 독립된 개체이면서도 독자적으로 존재하지 않는 인드라망 속 주체들은 서로 "끌어가며 얽으며 헝클어 놓"으며 살아가게 된다. 그들은 알지 못하는 끈들의 인력과 척력에 의해 서로 만남과 헤어짐을 반복하면서 현재를 지나고 역사를 만들어간다. 이러한 관계의 힘이 작동하는 지대는 현상들을 결과시키는 보이지 않는 근원의 세계로서, 이를 시인은 "빙하의 크레바스 같"다고 말하고 있다. 이 힘의 근원은 어느 순간 "극명한 현실"을 토해내는가 하면 이들을 부지불식간 "순간의 주름 속으로 사라지"게 하는 작용을 하기도 한다. 이러한 저변의 관계망은 현상적으로 좀체로 파악되지 않는 까닭에 위 시에서는 그것을 "실선 같으나 가상의 선"이라고 표현하고 있다.

이러한 "가상의" 그러나 끈끈한 "선"은 현상 세계에서 '실선'이 아닌 "점"으로 인식되기 마련이다. 이는 보이지 않지만 작동하는 사태에 따른 것으로, 이로써 존재들은 서로의 관계 속에서 이유를 알지 못한 채 때로 "아늑하기도 어지럽기도 가시에 찔린 듯도" 한 심정을 겪기도 하고, '이름을 알'고 '슬픔까지 안다 해도' 또 '아는 사이'라고 할 수 없는 모순되고 모호한 처지에 놓이기도 한다. 즉 인드라망의 그물망 속에서 인간이 살아가는 세계는 전모가 드러나지 않은 채 서로 간 "오래된 점과 점"으로 존재하면서 어느 날 "물방울이 되고" 또 어느 날은 "흐르는 메신저와 명멸하는 문자들"을 나누게도 되는 사태로 이루어진다는 것이다. 이는 현상 세계가 알 수 없는 근원적 힘의 결과임을 말해주거니와, 이러한 사정을 고려한다면 우리가 살아가는 "현재"의 세계를 가리켜 "생성 소멸 중"이라 할 만하다.

이처럼 보이는 사태 이면의 세계의 본질을 이해하려는 시인의 의지는 그의 시를 복합적으로 구성하는 요인이 된다. 그것은 시의 내용과 양태 면에서 그대로 드러난다. 시인의 시선에 의해 대상은 그것이 존재하는 방식에서의 전

제4부 시의 소통의 담론

체성을 드러내게 되며 마찬가지로 그의 시적 양태는 결코 단조로운 평온과
고요의 형태로 이루어지지 않는다는 것을 알 수 있다.

> 내 얼굴이 궁금한 날이 있다
> 저기 마주 오는 이 이마에 눈을 붙여 본다
> 그보다 앞서 오는 이 옷깃에 붙여보기도 한다
> 가로수 몸통에 붙여 놓으면
> 사람과 다른 눈으로 볼 것도 같다
> 핸드폰 카메라에서 만나는 내 얼굴이
> 나를 바라보며 알 듯하다는 표정이다
> 사람의 얼굴엔 무엇이 서려 있을까
> 흐르는 강물 반짝이는 물결 물에 잠긴 산
> 그 산에 새들과 벌레 밤이면 오가는 쥐들과 여우
> 바람에 나부끼는 우울한 숲과 밤새 내리는 빗물 흐느낌
> 발자국과 날갯짓 소리를 감싸던 공기의 혼합이
> 혹시 얇은 거죽으로 덮여 있을 수도 있을까
> 보는 눈이 오히려 궁금해진다
> 나의 시선은 차단되곤 하지만
> 너의 시선에 잡혀 밑그림이 그려질지도
> 얼굴 속에 얼굴, 속 얼굴은 어찌 보이려나
> 이제껏 나라고 알고 있는 누군가
> 익숙한 집에서 방에서 지붕 위 하늘로 사라질지도
> 나도 너도 아닌 제3자로 건너편 길에 걸어가는
> 털모자에 마스크 쓰고 썬글라스도 쓴 노인
> 한둘이 아니다, 그중에 한사람이라고 해두련다
>
> —「거리에서」 전문

 위 시에서 말하고 있듯 "내 얼굴이 궁금"하여 "저기 마주 오는 이 이마에
눈을 붙여 본다"거나 "그보다 앞서 오는 이 옷깃에 붙여보기도 하"는 이유는

무엇일까? '거리에서' 스쳐 지나가는 자들을 훑은 일이 "나"에 대한 "궁금"을 해결하는 어떤 요인이 되는가? 근원에 있어서 세계의 복합적 실상을 이해하고자 하는 시인은 위 시에서 시적 대상으로서의 "나"에 이르러 "나"와 관련한 지각과 인식의 다층적 영역을 구축하고자 한다는 것을 알 수 있다. 이때 존재들로 구성된 관계망이 미지의 영역에 놓인 것이라면 "나"를 알기 위해 포괄해야 하는 인식의 범위도 그만큼 폭넓고 무작위한 성격의 것일 수 있다. 예컨대 우연히 스쳐가는 누군가도 "나"에 대한 이해의 편린을 포함할 수 있는 것이다. 이는 "나"의 다면성과 우연성, 그리고 인식의 불가해성을 동시에 말해준다. "나"를 "나"로 규정지을 수 있는 단적인 근거는 없다. 마찬가지로 "나"는 눈앞에 존재하지만 반면에 실체를 규정할 수 없는 '무無'한 존재이기도 하다. "사람의 얼굴"에 때로 "물에 잠긴 산"이 "서려" 보이기도 하고 "새들과 벌레" 혹은 "쥐들과 여우", "우울한 숲"과 "빗물 흐느낌" 등 여러 이미지가 포개져 보인다면 그것은 지금의 "나"를 현상시키는 복잡하고 촘촘한 존재들의 관계망에 따른 것이다. 따라서 "나"의 그러한 이미지들은 "나"의 본질에 닿아 있으면서 우연적인 것이고, 분명한 형태로 현상하면서도 곧 사라질 '없는' 것이기도 하다.

이러한 사정은 "핸드폰 카메라에서 만나는 내 얼굴이/나를 바라보며 알 듯하다는 표정"을 보이기도 하는 한편 "너의 시선에 잡혀" "나"의 "얼굴 속에 얼굴, 속 얼굴"이 "어찌 보이"는지 모호해지는 이유가 된다. 이는 현상과 본질 사이에 존재하는 관계망의 두터운 복합성에 따른 것인바, 결국 이 속에 놓인 여러 "시선"들을 좇다 보면 "이제껏 나라고 알고 있는" "나"의 모습이 어느 순간 "누군"지 모르게 되는 혼란 속에 빠지게 된다. "나"는 어느덧 "하늘로 사라질지도" 모르게, "나도 너도 아닌 제3자"의 누군가로 여겨지게도 되는 것이다. 위 시의 화자가 "나"를 가리켜 "털모자에 마스크 쓰고 썬글라스도 쓴" 숱한 "노인" "그중에 한사람이라고 해두"자고 말하는 것 역시 이와 관

제4부 시의 소통의 담론

련된다. "나"는 쉽게 규정할 수 없는 모호함의 지대 속의 존재라 해도 틀리지 않은 것이다.

위 시에서 제시하고 있는 "나"에 대한 해명은 존재에 대한 이해의 불가해 성을 단적으로 나타내는 것으로, 우리가 흔히 지녔던 인간에 대한 일반적이 고 상식적인 이해를 벗어나 있다. 불교적 관점에서 이해될 수 있을 그것은 세 계에 관한 깊이 있는 인식을 주는 한편 그러한 인식의 어려움을 함께 말해준 다. 분명한 것은 그가 품고 있는 내부의 심층적 지대와 함께 인식할 때 존재 는 확고한 단일성을 벗어나 모호하고 복합적인 양태로 현상하게 될 것이라는 점이다. 존재의 정체성은 어떻게 구축되고 규정될 수 있는가? '내가 누구인 지 말할 수 있는 사람은 누구인가,' 이러한 질문들은 모두 존재에 관한 이해 가 단순하게 이루어질 수 없음을 말해준다. 이 같은 인식의 혼돈 가운데에서 시인은 존재를 둘러싼 현상들의 "얇은 거죽"들을 한 겹씩 벗기면서 점차적으 로 세계의 본질에로 다가서고자 하고 있다.

> 어제 그제 비와 바람에
> 숲길은 낙엽들로 그윽하다
> 뒤섞인 색들은 아직 초록인 관목들까지
> 두툼한 화음을 뿜어내고
> 간혹 붉게 타오르는 단풍의 격렬함이
> 소멸의 순간순간을 터뜨리고 있다
> 걷고 걷노라면 그 속에 사는 듯하지만
> 비탈길 내려와 거리로 나서면
> 이미 지나 온 길이요 겨울로 가는 길이요
> 마음 다독이며 내 바닥으로 내려가 본 길이다
>
> 나무들 물든 가을 끝에서
> 누군들 사람의 생애를 생각하지 않으랴

채우다 넘치게 채우다 빼앗다 빼앗기다
비우다 벗어버리다 아프다 죽다
빈 나무에 드러난 빈 둥지가 적막하건만
물든 나무들은 긴 가지를 들고
생애를 깊숙이 저어 물결을 일으킨다
밀물의 가득함과 썰물의 걷잡을 수 없는 떠남
사이, 난폭한 음계의 물결 격렬하건만
바다은 고요하구나
빛의 너울이 온다

누군들 비애를 내보이지 않으랴
걸음을 멈추고 끝내 보게 되리라
떠오르는 흐린 날들, 둔탁한 마음 갈피
뭉쳐 엉긴 것에, 무거워 가라앉은 곳에
긴 장대로 저어 빛의 물결 이는 것을
바다은 늘 그곳에 있어
한 번씩 내려와 껍질 벗고 가기를
물든 나무들에게 듣는다

—「물든 나무들은 생애를 깊숙이 젖는다」 전문

존재의 현상만을 보지 않고 그것의 심층에 놓인 관계망을 살피는 일은 세계에 내재된 진리를 인식하고자 하는 의지에서 비롯된다. 그것은 보이는 것만으로 해소되지 않는 세계의 인과성에 대한 질문에 따른 것이거니와, 미지의 세계를 향한 형이상학적 탐색은 시인으로 하여금 세계의 진실에 다가갈 수 있는 길을 열어놓게 된다. 안경원의 시편들에서 그러한 과정은 두 갈래의 인식의 범주를 구축하며 이루어진다. 하나는 현상적 세계에 관한 관심의 확충이고 다른 하나는 존재에 대한 깊이 있는 성찰이다. 전자가 「봄은 마음의 감옥에도」, 「커피 한잔 마시는 동안」, 「기본점수」, 「성경책」, 「시의 그늘

제4부 시의 소통의 담론

에서」, 「릴케에게 묻는다」 등의 시들로 대표되면서 인간이 살아가는 현실의 문명적 사태에 대해 비판적 사유를 전개하고 있다면, 후자와 관련되는 「숨은 그림 찾기」, 「두 세상」, 「죽은 나무 산 나무」, 「길찾기」, 「다른 그림을 그리다」 등의 시편들에서는 인간의 존재 의미를 끈질기게 물으며 그것의 초월의 양태를 구하고 있다. 후자의 계열에 속한다고 할 수 있을 위 시는 가을이라는 계절적 시점에 이르러서 자아가 보이는 생에 관한 잔잔하면서도 성숙한 사색으로 이루어져 있다.

"나무들 물든 가을 끝에서" 환기하게 되는 "사람의 생애"는 지난날에 대한 회한과 슬픔으로 차 있는가 하면 다가올 날들에 대한 긍정과 기대가 교차하는 성격의 것이다. 화자에게 쉽지 않았던 지난 시간들은 매 순간 자신의 전부를 건 치열한 투쟁을 요구하는 것이었다. "채우다 넘치게 채우다 빼앗다 빼앗기다/비우다 벗어버리다 아프다 죽다"는 이러한 지난한 생에 대한 묘사라 할 수 있다. 생은 고요히 평탄하게 전개되었던 것이 아니라 관계 속에서 부딪히고 갈등하고 싸우고 다치는 일련의 연속된 과정이었던 것이다. 그러했던 날들을 돌이켜보는 것은 무겁고 적막한 일이다. 이를 가리켜 화자는 "누군들 비애를 내보이지 않으랴"라고 말하고 있다. 그리고 화자는 "걸음을 멈추고" 이렇게 지나간 날들과 앞으로 올 날들이 서로 교차하는 지금의 시간을 응시하고 있다. 가을의 "단풍의 격렬함"이 지나가고 있는 지금의 순간은 화자의 생각을 어느 하나의 시점에만 고정시키지 않는다는 것을 알 수 있다. 그것은 불가불 과거와 현재를, 그리고 미래를 동시에 사유하게 한다. 이는 생이 이루어지는 시간성이 "밀물의 가득함과 썰물의 걷잡을 수 없는 떠남"이 말그대로 "난폭"하고도 "격렬"하게 이루어지는 성질의 것임을 말해준다.

그러나 가을은 그러한 가운데에서도 고요로 들어가는 길을 안내해주고 있는 듯하다. 가을의 "숲길"이 "낙엽들로 그윽하"기 때문일까. 이때 단풍 든 나무들이 펼쳐내는 모습은 살아가는 존재들의 양태를 유비적으로 보여주고 있다. 거기에는 존재들의 "뒤섞인" 관계와 그들이 만들어내는 "화음"과 "두툼한" 삶의 밀도와 그리고 "소멸"의 과정들이 모두 담겨 있는 것으로 보이기 때문이다. 때문에 가을에 더욱 아름다우며 곧 모든 것을 내려놓을 "단풍"은 자아에게 그간의 생의 고단함에 대한 위안을 주는 동시에 미래의 삶의 방향에 대해 암시해준다. 그것은 화자의 "마음"을 "다독이며" "내 바닥으로 내려가"게 하거니와, 이때 화자가 경험하는 것은 "고요하"면서도 "빛의 너울"을 몰고 오는 "바닥"의 양태다. 말하자면 "바닥"은 지금껏 시인이 지녀왔던 세계의 현상과 관계의 그물망에 대한 전체적 인식과 통찰 그 끝에서 마주하게 되는 고요한 내면의 상태를 가리키는 것으로, 자아는 바로 여기에서 자신의 생을 채웠던 온갖 마음의 색채들을 뒤섞은 후 "생애" "깊숙이"에서 발원하는 "빛을 물결"을 길어 올리게 된다.

"물든 나무들"을 통해 자아가 세계에 대한 통찰과 삶에 대한 성찰을 얻는 과정은 시인의 경우 매우 의미 있는 경험에 해당한다. 그것은 현상의 세계와 세계의 심층 전체에 대한 인식 틀을 지니고 있는 시인이 세계의 복잡함과 혼란스러움을 넘어 삶의 지혜를 자연에서 구한다는 점에서 그러하다. 흥미롭게도 자연은 현상 자체로써 세계의 심층을 투명하게 드러낸다. 위 시의 "물든 나무들"이 그러했던 것처럼 자연의 외적 형태에는 존재들의 관계 방식이 고스란히 내재되어 있다. 그러면서 그것들은 모든 현상과 관계를 초월하여 성숙하고 아름다운 존재 방식의 길을 안내해주는 것이다.

> 풀벌레들 여름 숲을 뒤흔든다
> 말로 할 수 없는 그 무슨 절박함
> 소리가 소리를 곱하고 나누고
> 숲은 말 없는 관중은 아닐 것이다
> 입추 지나고 말복 지나 한낮의 불볕은
> 사람의 말도 닳게 하는데

제4부 시의 소통의 담론

풀벌레들 그 무슨 토로일까
바람이 풀어내는 화음과 아르페지오
숲은 등과 배를 빌려주고
그들의 울음이 가슴 속 외침 같다는 사람들이
절박함을 나무 그늘에 덜어낸다
달궜다 식혔다 여름이 닿는 곳마다
진저리치며 익어가는 열매도 있겠지
몸을 떨며 울어대는 풀벌레들
제 생애를 채우느라 비워내느라 그러겠지
푸른 목청 물결치는 지극함으로 홀로 가는 처절함이
한바탕 향연 아니고 무엇이랴

—「한바탕 향연」 전문

　"풀벌레들"의 "여름 숲을 뒤흔드"는 "울음"에서 "무슨 토로"를 읽어내고 있는 시인은 "풀벌레들"의 그러한 모습에 인간의 삶을 극복하는 방편이 내재되어 있다고 여긴다. 인간에게나 "풀벌레들"에게나 똑같이 "말로 할 수 없는" "절박함"이 있을 것인데 "풀벌레들"이 보여주는 모습은 인간들과는 사뭇 다르다고 본 것이다. 그들은 "소리가 소리를 곱하고 나누고" 할 정도로 요란하고도 거침없이 "외쳐"대는 것인데, 이는 "한낮의 불볕"으로 "말"을 "닫"는 사람들과는 다른 방식의 삶의 태도다. 이런저런 이유로 표출하기보다 가슴속에 억눌러 두는 사람들에 비해 "풀벌레들"의 거침없는 "울음"은 "숲"의 공감과 위로를 얻어내고 "바람이 풀어내는 화음"과 공명과 조화를 이루고 있다. 화자의 판단에 의하면 이는 단순히 자기를 내세우며 소란을 피워대는 것이 아니라 결국 자기의 생을 극복해가기 위한 일 과정에 해당한다. 그것은 "제 생애를 채우느라 비워내느라 그러"는 것이라는 점이다. 그들의 "몸을 떨며 울어대는" "가슴 속 외침"은 자기 안에 억눌려 있는 설움과 한을 토로하는 것이다. 또한 그에 대한 주변의 공명과 위로가 있기에 "풀벌레들"은 자신의 허한 마음을 채울 수 있게 되는 것일 테다.

　이러한 측면에서 볼 때 "풀벌레들"의 "외침"으로서의 삶의 방식은 인간들에게 하나의 모델로서 제시될 수 있다. "풀벌레들"처럼 인간은 담아두기보다 비워내야 하고 홀로 있기보다 서로 나누어야 한다는 것이다. 인간들은 "풀벌레들"과 "숲"과 "바람"이 그러하듯 서로의 소리에 귀 기울이고 아픔에 공감해주며 위로를 더해주어야 할 것이다. 인간의 삶은 고독한 가운데 있는 것이 아니라 그처럼 표현과 공명을 통한 소통과 어울림 속에 있어야 하리라. 그러할 때 "사람들"은 자신의 "절박함"을 털어내고 성장의 길로 나아갈 수 있게 된다. 즉 자신의 "외침"이 설령 사나운 소란스러움으로 여겨질지라도 그것을 "나무 그늘에 털어낼" 때 "진저리치"면서도 "익어가는 열매"가 있을 것이라는 사실이다. 시인은 이러한 과정을 "한바탕 향연"이라 일컫고 있거니와, 이와 같은 자기 "외침"과 주변과의 "화음"이 이루어질 때 인간은 비로소 인생의 "홀로 가는 처절함"을 이겨내고 원숙함으로 영그는 삶의 열매를 맺을 수 있으리라는 점을 위 시는 말해주고 있다.

> 내가 바다가 된 듯하다
> 웬만한 일은 대수롭지 않게 넘어가고
> 이 사람 저 사람 속 터지는 얘기 들어도
> 그럴 수 있어 또 지나가는 일일거야
> …(중략)…
> 삶이라는 그야말로 끈질기게 억척같이 굴러가는
> 수레바퀴가 모든 것을 싣고 가는 것이라고
> 도도한 강줄기에 대륙 횡단 열차에 거대 산맥에
> 열대 밀림의 숨 막히는 생존 현장에 은유를 든다 해도
> 그보다 더한 것임을 노인들은 알게 된다
> 그렇다 하다가도 바다를 내버리고
> 쫄쫄 흐르는 개울물 아니 컵 안에 든 물이 되기도 한다

　　　　　　　　　　　　　　　제4부 시의 소통의 담론

그냥 지나가는 감정이리라
컵을 박차고 몸을 가벼이 수증기가 되어
공중을 타고 돌아 바다로 가기로 한다
또 한 번의 순환이겠지만 물방울이 되어 구름에 들어
쏘아대는 화살에 독은 안 묻어 있으려니
맞아 깨어나고 알게 되고 지나간다면
물비늘 눈물겨운 저녁 바다의 진경이리라
삶은 모른다 싣고 가는 물방울들의 이야기를
물방울들끼리 어울려 바다로 가는 막다른 길에서
모여 바다가 되고 바다를 나누어 갖는 것도
— 「바람에 쓸리는 물방울은 바다로 간다」 부분

자연의 존재 방식을 통해 삶의 성찰과 통찰을 얻어내는 시인에게 자연은 인간 세계 저편에 놓여 있는 것이 아니라 일상과 뒤섞인 채 있는 영역이다. 자연은 인간의 일상적 삶과 분리되지 않은 채 켜켜이 존재하고 있다. 때문에 시인은 자연의 생명력으로부터 생기를 얻기도 하고 자연의 원리에 기대어 지혜를 배우기도 한다. 위 시는 이러한 자연과의 교감 끝에 갖게 된 원숙한 경지에서의 자신에 대한 인식을 보여주고 있다. 위 시에서 시인은 인간 세계의 혼돈을 넘어, 또한 인연의 복잡한 관계망 너머에서 "내가 바다가 되"는 마음의 "진경"을 펼치게 된다. "바다"는 마음의 너른 지평을 의미하는 것으로서, 그것은 실타래처럼 뒤엉켜 있는 세계를 가로질러 당도한 원숙함과 깨달음의 상태를 지시하고 있다.

한편 이러한 자아의 원숙함은 관념 안에서 이루어지는 것이 아니라 생활 속에서 실현되는 것이다. 그것은 "웬만한 일은 대수롭지 않게 넘어가"거나 사람살이에 대해 "그럴 수 있어 또 지나가는 일"이라고 여기는 생활의 태도로 나타나거니와 이 같은 마음가짐은 저절로 주어지는 것이 아니라 오랫동안의 생활의 부대낌을 지나왔을 때 생기는 심적 여유에서 비롯한다. 그러한 과정을 거친 자에게 삶은 거칠고 험난하면서도 "끈질기게 억척같이 굴러가는" 것으로서 시인은 그것을 "모든 것을 싣고 가는" "수레바퀴"와 관련시키고 있다. 이때의 "수레바퀴"는 관습적 수사가 아닌 세계에 대한 시인의 포괄적 인식을 암시하고 있는 것이다. 그것은 현상 세계의 온갖 혼란과 고통을 끌어안는 것이면서 그 안에 가로놓여 있는 치밀한 인연의 관계망을 포함하는 것이기 때문이다. 따라서 "수레바퀴"는 삶의 억셈을 의미하는 동시에 운명의 견고함까지도 지시한다. 몇 겹에 걸친 관계의 그물망이 빚어낸 삶의 불가해한 현상들에 처해서 다치고 찢기고 부서지기 십상인 인간에게 "수레바퀴"는 이에 대한 견딤과 극복의 이미지를 제공한다. 이 점에서 "수레바퀴"는 위 시에서 말한 대로 "도도한 강줄기"나 "대륙 횡단 열차", "거대 산맥", "열대 밀림" 등 어떠한 "은유"보다도 "더한 것"이라고 할 수 있다.

이처럼 "수레바퀴"는 삶의 어떠한 양태와 국면도 의연히 지나오는 원숙함을 나타내는 것으로서, 시인은 그것을 "노인들"의 인식과 연관짓고 있다. "수레바퀴"와 같은 의식의 힘은 생의 오랜 시간을 묵묵히 견뎌온 자가 비로소 지니게 되는 삶의 내적 기반이라는 것이다. "노인"은 그러한 내면의 힘을 갖춘 드물고도 귀한 존재가 된다. 이는 "노인"의 원숙함이야말로 인간 삶의 근원이 된다는 사실을 말해준다. 단, "노인"에게 주어지는 그러한 영예는 그가 "바다"가 될 때를 상정한다. "바다"는 "쫄쫄 흐르는 개울물"과 "컵 안에 든 물"과 같은 협애한 틀을 극복하고 인격의 너른 지평으로 나아갔을 때 만날 수 있다. 따라서 이를 위해 시인은 "컵을 박차고 몸을 가벼이 수증기"가 될 것을, "공중을 타고 돌아 바다로" 갈 것을 요구한다. 설사 그러한 행위가 무수한 반복 속의 단지 일 "순환"이라 하더라도 시인은 그와 같은 무한한 반복 속에서 의식이 순화되고 인격이 성장할 것임을 암시하고 있다. 그러한 과정은 "깨어나고 알게 되고 지나가"는 지난하고 오랜 시간을 지나는 것일 테지만 그것을 거칠 때라야 비로소 "물비늘 눈물겨운 저녁 바다의 진경"에 도달하게 될 것이라는 점이다.

"바다"를 둘러싼 이와 같은 측면에서 볼 때 삶은 "물방울들의 이야기"라 해도 틀리지 않다. 서로 "어울려 바다로 가는" 개개의 사람들을 의미하는 "물방울"은 곧 인드라망의 촘촘한 그물망을 구성하는 투명한 구슬들과 유사한 의미를 지닌다. 따라서 "물방울들"로서의 각 개체들은 서로가 서로를 있게 하는 필연의 존재들이면서 또한 서로의 모습을 비춰주는 거울과 같은 관계 속에 놓인다. 즉 "물방울들"은 홀로 외따로 있는 것이 아니라 서로에 대한 지지대로서 존재한다. 이는 타인이 없을 때 나 또한 있을 수 없는 관계의 필연성을 의미한다. 그런 점에서 이들 "물방울들"이 나아가는 길은 "막다른 길"이 되었다가 또 그것을 넘어서야 하는 과정을 포함한다. 그리고 마침내 당도하게 될 "바다"는 모두가 "어울려" 있는 모두의 너른 지평이 될 것이다.

삶의 원숙한 지점에서 바라보는 생은 광범위하고 복잡하면서도 단순하고 고요한 것일 터이다. 더해지는 연륜은 세상을 더 넓고도 깊게 통찰하게 한다. 이미 원숙의 경지에 도달한 시인에게 삶의 모습은 어느 것 하나 관심 외로 밀어버릴 수 없을 만큼 다채로운 것이지만 그는 이들 모습에서 하나로 짜여진 전체상을 본다. 그의 눈에 모든 존재들은 외롭고 고독하게 놓여 있는 것이 아니라 거대한 하나의 인연의 짜임을 이루고 있는 것이다. 그것을 아우르는 시인의 시선에 그들은 저마다 자기 이야기를 간직하고 있는 소중한 존재로 다가온다. 그러한 그에게 삶은 이들을 더욱 넓게 품을 수 있기 위해 나아가는 과정에 해당한다. 따라서 "바다"는 시인이 도달하고자 하는 궁극의 지평이라 할 수 있을 것인바, 『바람에 쓸리는 물방울은 바다로 간다』는 이러한 "바다"에 도달하는 과정에서 겪게 되는 자아의 내적 고투와 성찰적 인식을 담아내고 있다 하겠다.

삶의 균형 잡기를 위한 추(錘)의 언어

— 안태현의 『최근에도 나는 사람이다』

안태현의 세 번째 시집 『최근에도 나는 사람이다』는 시인의 실제적 삶에 관한 세밀하고 다양한 기록으로 이루어져 있다. 그것은 통시적으로는 영등포의 "지하다방"(「안 큠아,」)에서 첫 직장 생활을 하던 16세 가출 청소년 시절부터 구로공단 가발공장에서 "공돌이가 되어가"던 "청춘"(「하루 이틀 밥물처럼」)의 시기를 거쳐 "직장의 종착역이 보이는 이즘"(「연말 또는 섬」)의 현재까지를 아우르며, 공시적으로는 지인들과의 인연의 양상들, 일상의 소소함과 감정들, "당신"에 대한 이야기 등 삶의 모습들을 속속들이 드러내는 일과 관련된다. 그가 다루는 시적 내용들은 대부분 생활인으로서 마주하게 되는 일상적 요소들이 차지하고 있으며, 이러한 이유로 그의 시는 일견 신변적 경험을 사실적으로 묘사하고 있는 것이라 여겨진다. 혹은 그의 시적 경향은 시인 스스로 "이도 저도 아니게 살아 있는 내가 늘 아쉽"(「봄, 나를 위한 왈츠」)다고 고백하는 대목이나 "시 쓰는 일도 그냥저냥/나를 지키는 일도 그냥저냥"(「별호」)이라는 데서 짐작되듯 시와 삶에 대한 피상적이고 미온적인 태도를 나타내는 것이 아닌가라는 의문을 갖게 한다.

그러나 그가 기록하고 있는 삶의 갈피들은 그렇게 단순하지 않다. 그의 시들에 등장하는 경험들은 "지뢰처럼 밟히는 기억들"(「공존」)을 소환하면서 제시되는 것들이며 현재적 내용 또한 생의 주변에서 비롯되는 깊은 슬픔과 울음, 허무와 구원 의지 속에서 길어 올려진 것들이기 때문이다. 그에게 생활은 그것이 설령 비교적 안정적인 가운데 형성된 것일지라도 "벗어나려던 사슬의 기억"(『은신처』)과 더불어 마주해야 하는 것이었으며 "섞이지 않고/그렇다고 따로 놀지도 않"(『그늘 반 연두 반』)는 어정쩡한 인간관계 속에서 "의붓자식"처럼 "빙빙 돌다가 다시 나에게 빠져드는 어두운 분위기"(『삶은 고구마를 헤아려본다는 것은』)를 감내하며 살아내야 하는 성격의 것이었다. 말하자면 그의 시들은 지극히 평범한 일상적 생활상들을 평온한 어조로 내비치고 있다 해도 그의 굴곡진 삶의 명암과 무관한 것이 아니라는 점이다. 안태현의 시들은 그의 실존의 지평에서 펼쳐지는 삶의 부대낌들과 공존하면서 그것들을 제어하는 장치로서 작용하는 것이라 할 수 있다. 즉 시인은 생의 너울 속에서 그만큼의 부침으로 경험되었을 감정의 높낮이들을 시를 매개로 하여 다스리고 견디어갔을 것이라는 사실이다.

그런 점에서 안태현에게 시는 단순히 삶의 리얼리티를 기록하는 평면이 아니라 삶의 모럴(moral)을 형성하는 축으로서 기능한다고 하겠다. 시인은 시를 지렛대로 삼아 때로는 삶의 무게를 덜어내고 때로는 깊이를 더해갔다. 그에게 시는 삶을 반영하는 도면이 아니라 삶의 무게를 가늠하고 조절하는 추와 같은 역할을 한다. 시를 통해 시인은 그의 삶을 가장 안정되고 균형잡힌 상태로 이끌어 나갔던 것이다. 그의 시적 언어가 아름다우면서도 견고하고 울음으로 차 있으면서도 담담한 까닭도 여기에 있다. 시인에게 바른 삶이란 자아를 뒤흔드는 도처의 힘들 앞에서 무너지지 않은 채 꼿꼿이 균형을 지키는 일이며 이런 태도야말로 "사람"(『최근에도 나는 사람이다』)의 요건에 해당한다. 이때 시는 시인을 "사람"으로 존재하게 하는 매개자로 작용하고 있음을 알 수 있다.

어딘지 모를 지금에 이르러 사랑을 잃어버리고
뒤돌아보는 법도 잊어버리고

　아무도 생각하지 않는 밤이다 가끔 어둡게 걸었던 길이나 떠올리면서 생각
을 다 쓴다

잠이 들지 않으면
달빛이 희미하게 부서져 내리는 걸 보고
내 여린 박동이
검은 풀잎에 내려앉는 것을 본다

읽을 수 있으되
지금이란 시간은
당신이 보낸 편지가 아니다

　하마터면 후회할 뻔했으나 명백하게 혼자다 그리고 마침내 음각으로 새겨지
겠지만

최근에도 나는 사람이다 사람이게 하려고
웃고
잊어서는 안 되는 몇 가지를
울고

성의껏 먹는다

태어나는 동시에 날아가 버린 아름다운 목소리를 찾아서
검은 풀잎 위를 걷는다

—「최근에도 나는 사람이다」 전문

시집의 표제시이자 시편들 가운데 가장 앞자리에 놓여 있는 「최근에도 나는 사람이다」는 시인의 의식에 관한 중요한 사항을 말해준다. 다소 생경하게 다가오는 "사람"이라는 용어는 위 시에서 보편적 도덕성을 나타내는 것이 아니라 시인의 특수한 삶의 성질을 환기하는 요소다. 그것은 가장 절망적인 상황에서도 무너지지 않기, 극도의 허무 속에서도 그에 굴복하지 않기를 지향한다는 의미를 지닌다. 이 점은 "사람이게 하려고/웃고/잊어서는 안 되는 몇 가지를/울고//성의껏 먹는다"에서 짐작할 수 있다.

웃고 우는 행위, 먹는 행위는 생존의 차원에 놓인 일상적 행동들일 뿐 "사람"됨의 지표와는 거리가 멀다. 그럼에도 위 시가 이들 요소들에서 "사람"의 조건을 끌어내고 있는 데에는 시인 고유의 의식의 맥락이 놓여 있음을 말해준다. 이를 이해하기 위해 「사람의 일이란」의 "우리가 만난 건 몇 십 년/헤어지는 건 찰나/나는 알 수 없는 냉정함 속으로 사라질 테니/착한 당신은 내 몫의 미래를 들고/환한 쪽으로 뛰어라//뒤돌아보지 말고 뛰어라/그게 사람이다"의 구절을 떠올리는 것도 도움이 될 것이다. 여기에도 "사람"이 언급되는데 이때의 "사람"은 윤리라든가 의리 등을 내포하는 대신 뒤도 돌아보지 말고 "미래"를 향해 "환한 쪽으로 뛰"는 일, 즉 타인과의 관계보다는 나 자신을 위한 일과 관련된다. 요컨대 시인에게 "사람"되기는 일반적 의미의 도덕적 덕목과 상관없는 것으로 살아 있기, 살아내기, 무너지지 않고 좌절하지 않고 견디고 버텨내기 등속을 가리키는 것이라 할 수 있다.

예를 들어 "사랑을 잃어버리고/뒤돌아보는 법도 잊어버"릴 정도의 극심한 절망의 상황 속 "어둡게 걸었던 길이나 떠올리면서" 모든 "생각을 다 쓰"는 암담한 상태, 생존의 동력은 미약하여 "검은 풀잎"으로 환기되는 죽음 가까이에 이르게 될 때, 대부분의 자아가 그대로 허무의 늪 속으로 빠져들게 마련이라면 이에 대해 시인은 다른 의식의 방향을 제시한다. 울고 웃고 먹는 등의 생존의 행위들을 "성의껏" 하는 일이 그것이다. 이는 자아가 처한 생존조차 힘들 정도의 고통스러운 정황을 가리킴과 동시에, 고통스러움에도 이들 행위를 충실히 행함으로써 생활을 유지할 것을 촉구하는 두 가지 차원의 의미를 내포한다. 이것은 곧 절망스러운 상황일지라도 이에 굴복하지 말고 살아 있을 것을, 살아낼 것을 요구하는 대목이다.

대신 "아름다운 목소리"는 설사 그것이 신기루와 같은 것일지라도 "검은 풀밭 위를 걷"게 하는 촉매제가 될 것이다. 그것은 이미 부재하게 된 "사랑"의 흔적일 수도 있겠으나 시를 통해 환기되는 미적 기능일 수도 있겠다. 시인의 시적 언어가 지니는 미적 성질이 이 점을 상기시키거니와, "아름다운 목소리"가 허무의 지대를 건너게 하는 기능을 발휘하는 것이라면 그것은 아름답게 연마되는 시인 자신의 시적 언어와 관련되는 것일 터이다.

생존하는 것으로 "사람"임을 증명하고 환영적인 미(美)에 의지하여 생을 연명하는 태도에는 무거운 절망의 두께가 가로놓여 있다. 그러나 이 속에서 시인은 절망한 자가 행하는 선택 가운데 죽음이 아닌 삶의 편으로 기울 때의 드문 정황을 우리에게 보여주고 있다. 그 경우 자아가 어떻게 자신을 잃지 않고 삶을 구축해갈 수 있을까? 그에 관한 세심한 이정표를 시인의 시를 통해 확인할 수 있을 것이다.

숨에도
볼 수 없는 뿌리가 있다
이식도 안 되고 재배도 안 되는

내 앞가림도 못 하던 시절
가파른 언덕에서 뛰어내리다가 죽을 뻔한 일이 있었다

숨이 턱 막혀
마른 가랑잎처럼 몸을 뒤틀자 겁에 질린 동무들은 다 도망하고

어둠의 구렁텅이에서
겨우 되찾은 숨뿌리

조금씩 숨에 숨을 이어가며
살았구나
안도하던 눈물

가끔 산에 오르다 숨이 턱까지 차오를 때면
그때의 숨뿌리가 보인다

내가 나무의 세포인지
고래의 후손인지 모르지만
숨 쉬는 일은
어쨌거나 우주에 입술을 대고 삶을 맛보는 것

숨을 쉬고 있으면
어쨌거나 사람이라고 부르겠지
말도 걸어오겠지

—「숨뿌리」 전문

　　죽음의 문턱에서 겪었던 공포의 경험 탓에 시인에게 "숨"은 관념으로 인식
되기 쉬운 삶에 구체성을 부여하는 감각적 매체로서 자리하고 있다. "숨"은
삶에 대한 철학적 의미 이전의 실재성을 나타내는 것이자 죽음과 대립하는
가장 구체적이고 실질적인 지표에 해당한다. 더욱이 그것이 "이식도 안 되고
재배도 안 되는" 대상이라는 점에서 "숨"은 한 개체에게 고유한 "숨뿌리"의
성질을 지닌다. 개체는 자신의 내부에 "숨"의 뿌리를 내림으로써 비로소 생
존하고 살아갈 수 있다. 그리고 이러한 "숨뿌리"는 대단한 방법이 요구되는
것이 아니라 "조금씩 숨에 숨을 이어"갈 때 형성되는 것이다.

누구의 도움이나 외부의 간섭 없이 스스로 행동함으로써 가능한 것이기 때문에 "숨"을 통해 규정되는 삶은 개체의 내면으로부터 비롯되는 철저히 독자적인 것이라 할 수 있다. "숨"을 쉬는 자아는 "나무의 세포인지/고래의 후손인지" 등속의 유적(類的) 규정과 무관하게 존재한다. "숨 쉬는 일"은 개체를 외적 맥락 속에 위치시키는 대신에 순전히 삶의 핵심적 지위에 놓이게 한다. "숨 쉬는" 자아는 곧 "우주"의 중심에 놓여 있는 존재라 할 수 있다. "숨 쉬는 일은/어쨌거나 우주에 입술을 대고 삶을 맛보는 것"에 다름 아니다.

개체를 "숨뿌리"의 관점에서 인식하는 태도는 인간을 생물학적 존재로 보는 것을 넘어서 존재론적 측면에서 바라보는 것을 의미한다. "숨뿌리"를 지님으로써 인간은 생명을 이어감과 동시에 우주적 존재가 되거니와, 이 점이야말로 인간을 "사람"이 되게 하는 충분조건에 해당한다. 앞서 살펴보았듯 "사람"은 도덕률이나 사회적 관점에서가 아닌 살아 있음에 의해 명명되는 이유에서다. "숨을 쉬고 있으면/어쨌거나 사람이라고 부르겠지" 하는 것도 이 때문이다. 나아가 위 시에서 가리키는 "말" 역시 그것이 "숨뿌리"를 지닌 "사람"에게서 발화되는 것이라는 점에서 사회적인 것이기 이전에 생명적이고 존재론적인 것, 말하자면 미적인 언어를 암시하는 것이다.

> 가까운 사람의 이름을
> 자주 불러보는 버릇이 생겼습니다
>
> 그게 치매 예방에 좋다고 하니까 그래 본 것이긴 한데
> 입술을 달싹여서 이름을 부르다 보면
> 부드러운 공기로
> 둥근 방을 짓는 기분이 듭니다
>
> …(중략)…

내가 작명한 이름도 얼추 예닐곱이나 되지만
좋은 기운과 바람을 담아놓은 것이
이름이라지요

수척한 마당에
이런저런 꽃모종을 심듯이 불러 모은
이름들을 길게 이어놓으면
내가 살아온 날들이 되고
앞으로 더 살아갈 위로의 말이 될 것입니다
—「이름을 불러본다는 건」 부분

  시인에게 "사람"이 되는 일과 "말"을 구하는 일은 동전의 양면처럼 서로 분리되지 않는다. "사람"이 되는 일이 생에의 의지를 통해 규명되는 것처럼 "말"은 그러한 생명력을 지지하는 역할을 한다는 점에서 그러하다. "말"은 살아 있음의 증표이자 죽음의 지대를 건너갈 수 있게 하는 기능적 계기이다. 이때 이러한 요건의 성립은 "말"이 미적 성질을 지닌다는 점을 전제로 한다. "말"은 "아름다운 목소리"(「최근에도 나는 사람이다」)의 내포 및 "숨뿌리"(「숨뿌리」)에 닿아 있는 고유성을 지닌다.

  이러한 관점에 서면 위 시의 "이름"은 그저 기호의 역할을 하는 것이 아니라 미적 의의를 겨냥하고 있다는 것을 알 수 있다. "사람의 이름"이 "부드러운 공기로/둥근 방을 짓는 기분"으로 다가오는 것은 그것이 대상의 인식 수단이라는 사회적 차원에서가 아니라 존재론적 차원에서 의미화되고 있음을 말해준다. 아름답게 발화되는 "이름"은 말 자체의 미적 요소에 관여하면서 그 "이름"의 대상과 함께 그것을 발화하는 존재를 고양시키는 기능을 발휘한다. 애초에 "이름"이 "좋은 기운과 바람을 담아놓은 것"이라는 관점도 이러한 사실에 대한 근거가 된다. 염원을 안고 탄생한 "이름"은 그것을 둘러싼 존재들 모두에게 영향을 미치는 에너지의 중심이 된다. 이는 실로 "말"이 의사 소통의 매개체로서의 성질만 지니는 것이 아니라 생명적이고 우주적 성격을 띠는 것이라는 사실을 나타낸다. "말"의 아름다움을 강조해야 하는 이유도 여기에 있다.

시인의 경우 "말"이 지니는 이와 같은 성격에 주목함으로써 "말"을 통해 자신의 인생을 빚어왔다고 해도 과언이 아니다. 삶의 고비에 처할 때마다 "아름다운" "말"에 기대어 그 구비들을 넘어왔던 그는 그의 삶이 곧 정성스레 가꾸어온 "말"들의 연속이라 여긴다. 위 시에서 "꽃모종"과 "이름들"을 동일시하는 것도 이 때문이다. 시에서 그는 "이어"진 "이름들"이 "내가 살아온 날들"이자 "앞으로 더 살아갈 위로의 말이 될 것"이라고 말하고 있다. 이는 "말"의 미적 성질이 단순히 장식적 수사에 그치는 것이 아니라 생의 지평에 놓이는 것임을 가리킨다. 시인에게 시적 언어는 위안과 구원의 함의를 지니는 것이다.

그런데 시인은 우리에게 시의 미적 언어들이 삶의 핵심이듯 고통 역시 동일하게 삶의 일부라는 점을 강조한다. 비중으로 치자면 전자가 2할이라면 8할이 후자가 아니겠는가. 이 점은 삶 자체가 생과 사의 길항 위에서 형성된다는 이치를 떠올리더라도 이해할 수 있는 일이다. 그에게 미적 언어 자체가 추상화되어 있는 것이 아니라 고통을 축으로 하여 비롯되는 것이라면 시인이 시적 언어를 가꾸어가는 동시에 삶의 어두운 면에 주목하는 것은 당연한 일이다.

너그러운
순한

노루귀 같은 말들과 우애하며 살자 그랬습니다만
눈을 뜨면
매일 첫 사냥을 나가는 것처럼
맨발의 감촉이 살아납니다

제4부 시의 소통의 담론

저녁엔 동굴로 돌아와서 불을 켜고 동사들의 야행성을 잠재웁니다

…(중략)…

여기,
내가 살고 있다는 말보다 그가 살고 있다는 말이 더 실감이 납니다

…(중략)…

내가 사랑하는 것들도 높은 파고가 되는
소리의 거스러미

아래는 아래를 쌓고
위는 위를 쌓아서
비무장지대 같은 공중정원이 완성된다고 누가 말했을까요

창밖을 보세요
허공을 켜고 층층이 쌓인 저 거대한 유리의 방들을
저곳에 갇히면
일생 배역이 바뀌지 않습니다
왜 몸과 마음이 견디는지 모르지만
고스란히 되돌려 보내는
보은의 양식으로
나는 융숭하게 아래층을 살아가는 중입니다
　　　　　　　　　　　　　　　　　　　—「소리의 거스러미」 부분

　위 시는 시인의 삶 가운데 "말"과 삶의 실상이 어떻게 구조화되고 있는지 잘 말해주고 있다. "너그럽고 순한 노루귀 같은 말들"이 시인이 지향하는 미적 언어를 가리킨다면 "매일 첫 사냥을 나가는 것"같은 "맨발의 감촉"은 고통으로

점철되어 있는 실제의 삶을 의미할 것이다. 그것이 위안이 되므로 시인의 의지가 "아름다운 말들"을 향해 있지만 미의 현상이 삶의 전체를 점유하는 것은 아닌 것이다. 사실상 시인이 현재 마주해야 하는 삶의 실재는 거칠고 위험에 찬 그것들이다. "매일 첫 사냥을 나가는" 때에 겪게 마련인 불안과 공포야말로 인간이 늘상 겪게 되는 삶의 실태가 아닐까. 거친 사냥터에서 맨몸으로 싸워 내야 하는 인간의 모습에서 시인은 "맨발의 감촉"을 느끼게 된다.

　더욱이 그러한 삶의 공간이 "왜 몸과 마음이 견디는지 모르"는 의미화되지 않는 곳으로 인식된다면 삶에서 얻는 고통은 보다 극심하게 다가올 것이다. 위 시에서 "일생 배역이 바뀌지 않"은 채 "갇히"는 곳으로 표현하는 대목은 현실적 삶에 대한 시인의 관점을 단적으로 드러낸다. 시인에게 주어지는 삶의 현재는 다분히 허무주의적이다. "내가 살고 있다는 말보다 그가 살고 있다는 말이 더 실감이 난"다는 고백은 시인이 삶에서 느끼는 공허감을 뚜렷이 나타내고 있다. 이런 상황 속에서 자아가 만족과 행복을 영위하기란 불가능하며 반복되는 일상은 곧 형벌과 다르지 않을 것이다. 그에게 삶은 출구 없는 쳇바퀴로 여겨질 것이며 하루하루의 일상들은 "허공"에 축조하는 누각에 해당할 것이다. 이와 같은 극단적인 고통의 현실 속에서라면 심지어 "내가 사랑하는 것들도 높은 파고가 되"어 자아를 궁지로 몰아가는 요인이 될 수 있다.

　삶에 대한 이와 같은 허무적 인식은 생활을 다루는 시인의 시편들이 많은 경우 비애의 정서로 채색되어 있는 정황을 환기시킨다. 시에서 주되게 그려지고 있는 생활 속 체험들은 시인에게 수용할 만한 대상이기보다는 참고 견뎌야 하는 요소들로 형상화되고 있거니와, 시인의 시에서 이러한 양상은 상당히 견고하게 나타난다는 것을 알 수 있다.

　　공동묘지다
　　아무것도 더는 가져갈 수 없는 곳인데

빈손으로 가지 않을 것처럼
때늦은 바람이 분다

죄를 온전히 사할 수 없어서
반은 믿고 반은 믿지 않는
나의 십자가

그래서 늘 감았다 풀었다 하는 일상으로 돌아가지만
어딘지 지독하게 스며 있는
생의 리듬
늦은 밤에도 커다란 밥술을 뜨게 하는
그 단단한 악기

나는 여전히 반주 없는 돌림노래에 취해 있다

내 입술 위를 흘러
올해도 빈손인 채 단풍이 가고
언뜻 묘비에 앉은 새는
지나온 절정과 비애를 노래하지 않는다

—「언뜻」부분

　위 시에 등장하고 있는 "공동묘지"는 세상에 대한 시인의 인식이 비관적이라는 사실을 대번에 말해준다. 더 내어줄 것도 남아 있는 것도 없이 철저히 무(無)의 상태라는 관점이 이에 내포되어 있다. 그럼에도 "빈손으로 가지 않을 것처럼" 불어대는 "바람"은 가뜩이나 주어진 세상이 황폐하게만 느껴지는 자아에게 더욱더 혹독하게만 다가오는 것이리라. 이때의 "바람"은 자아를 둘러싼 주변적인 것들, 인간관계를 포함한 환경적인 요소들을 의미할 것인데, 여기에는 시인이 지니고 있는 비애와 허무의 정서가 그대로 포함되어 있음을

삶의 균형 잡기를 위한 추(錘)의 언어

알 수 있다.

　위 시의 자아에게 종교는 구원이 될 수 있을까? "십자가"는 "온전"한 죄 사함의 상징이 되는가? 위 시의 화자는 이에 대해 긍정적이지 않다. "반은 믿고 반은 믿지 않는"데서 짐작할 수 있듯 그에게 종교는 그다지 효과적이지 않다. "십자가"에 비해 삶의 무게가 더 큰 까닭일 것이다. 그가 짊어지고 있는 삶의 비애와 허무를 덜어줄 수 있는 방법은 별로 없는 듯하다. 그가 어쩔 수 없이 "일상으로 돌아가"야 하는 것도 이 때문이다.

　시인에게 일상은 여전히 출구를 찾기 어려운 막힌 회로이다. 그것은 일탈을 허용하지 않는 "단단한" 것이고 같은 행동의 반복을 요구하는 강제적인 것이다. 규격화된 일상의 틀에서 오차 없이 살아가는 일은 세월을 거듭할수록 회의적인 것으로 여겨진다. 시인은 그러한 정황을 가리켜 "지독하게 스며 있는 생의 리듬"이라 표현하고 있거니와, 이러한 일상적 삶의 끝에서 맞게 될 결론은 이미 내다볼 수 있는 것이다. 허무의식이 고개를 드는 것도 여기에서다. "올해도 빈손인 채 단풍이 간"다는 인식도 이에서 비롯된다.

　그러나 견고하고 단단한 만큼 그것에 자신을 몰아넣지 않을 수 있는 길을 찾아야 할 터, 이때 "언뜻" 눈에 들어오는 대상이 곧 "새"였다. "묘비에 앉은 새"가 그것이다. 그것은 "묘지"의 한복판에 있으되 서러움이나 괴로움 등속의 정서적 상관물로 존재하고 있지 않다. 오히려 그것은 "지나온 절정과 비애를 노래하지 않는" 고요하고 담담한 존재이다. 삶의 비애에 붙들려 있는 자아에게 이러한 "새"의 모습은 자유의 형상에 가까운 것으로 다가온다.

　　모처럼 홀로 되어
　　묵은 때 씻겠다고 뭍에서 섬으로 건너오니
　　휘파람새가 운다

　　가파른 비탈에 뒹구는

　　　　　　　　　　　　　　제4부 시의 소통의 담론

동백꽃 숭어리들

섬에서는 나를 오래 보관하고 싶은 마음이 든다

…(중략)…

나를 태운 이 섬이 둥둥 떠서
망망대해로 흘러가면
홀로 우는 휘파람새가 되어도 좋겠다

파도에 밀리고 밀리어
아무리 기다려도 오지 않는 사람이 되어
끝내 시처럼 살아내도 좋겠다

       — 「휘파람새 울고 동백꽃 지니」 부분

 생활의 주변들을 담아내되 소소한 일상들을 결코 유쾌하거나 가볍게 전유하고 있지 않은 시편들은 어두운 시인의 삶을 떠올리게 하여 안타까움을 자아낸다. 시인의 반복되는 일상들은 그 횟수와 시간에 비례하여 무게를 더해 갔을 것이며 이와 함께 그로부터 벗어날 수 있는 퇴로의 문은 더욱 좁아져갔을 것이다. 오랜 세월 지속된 닫힌회로의 삶은 자아의 에너지를 잠식해갔을 것이며 이 속에서 필연적으로 슬픔과 허무의 감정이 범람하듯 밀어닥친 것이리라. 더 이상 더 깊은 나락으로 떨어져서는 안 된다 생각되었을 때 시인이 붙들어 생의 지렛대로 삼았던 것이 시의 미적 기능이었음도 살펴본 바다.

 위의 시는 "모처럼 홀로 되어" "뭍에서 섬으로 건너오니" 부분에서 짐작할 수 있듯 일상적 시간과 동떨어진 체험을 다루고 있거니와, 주변이 소거된 "섬"에서 자아는 비로소 "나를 오래 보관하고 싶은" 자기 치유적 희망을 지니게 된다는 것을 알 수 있다. "섬"은 일상의 부대낌으로부터 "나"를 분리하여 "나"를 지킬 수 있는 안전거리를 확보해주는 장치가 된다. "섬"을 둘러싼 "바다" 또한 자아에게 두껍게 쌓여 있던 "묵은 때"를 "씻"어주는 환경이 된다.

"섬"에서의 상황은 일상의 더께들을 일정 정도 벗겨내준다는 점에서 자아의 정서를 가볍게 해주는 조건이라 할 수 있다. 이에 위 시의 화자는 "홀로 우는 휘파람새가 되어도 좋겠다"고 말한다. "휘파람새"는 앞의 「언뜻」에서 보았던 "묘비에 앉은 새"의 변용된 형태다. 「언뜻」의 "새"가 "지나온" 날들에 발목이 잡히기를 거부하는 존재라고 한다면 "휘파람새"는 자유를 향한 보다 진전된 형상을 담고 있다. "휘파람새"를 꿈꾸는 이 순간 시인은 다시 한번 "시"를 떠올리게 된다. "끝내 시처럼 살아내도 좋겠다"는 말은 시인이 가장 "나"일 수 있는 상태에서 토해낸 고백적 진술이다.

위 시에 등장하는 "섬"에서의 생각의 흐름들은 시인에게 시가 어떤 위상을 지니는지 말해준다. 자아가 가장 "나"다울 수 있는 순간에 환기되는 시란 자유의 코드를 내장한다. 시인에게 시는 삶이 붕괴되는 것을 막아주는 안전핀이자 삶의 궁극적 목적이기도 하다. 삶의 굽이굽이에 스며 있는 것이자 삶의 소용돌이 밖으로 돌아나가는 것이기도 하는 시는 삶의 내부에 존재하면서 외부로 작동하는 특수한 장치라 할 수 있다. 말하자면 시는 생활 속에 있는 "섬"이자 생활 밖에 놓이는 "섬"이다. 시인의 시가 단순히 생활의 리얼리즘적 반영의 그것이 아니라 시인의 모럴을 구축하는 축의 성질을 지닌다고 하였던 것도 이 때문이다.

따라서 시인이 토로하고 있는 것처럼 삶이 허무하여도 어찌할 수 없는 노릇이다. 그것을 살아가면서 살아내야 하는 수밖에. 즉 허무함 속에 놓여 벗어날 수 없으되 시에 기대어 시의 "섬"을 만듦으로써 허무를 건너가야 하리라. 대신 이 속에서 시의 미적 언어가 시인에게 "휘파람새"가 되어주기를 기대할 일이다. 그것은 시인의 일상적 삶에 드리워져 삶을 고양시키고 균형을 잡아주는 추(錘)로서 작용할 것이다.

어둠에 대한 사랑, 그 찬란한 기록의 시

— 최규환의 『동백사설』

　최규환의 두 번째 시집 『동백사설』에서 다루는 가장 주된 모티프는 죽음이다. 그것도 관념으로서의 추상적 죽음이 아닌 구체적 체험으로 닥치는 실제의 죽음이다. 내가 기거하고 있는 곳의 문 앞에 와 있는 죽음, "아비"를 잃게 하고 '삭아가는' "어미"를 보게 하는(「그날의 일기」), "강"을 보며 "뼈를 뿌리는 싶"은 마음이 일게 하는(「강에 이르러」), "벽면에 새겨"진 "누군가의 그림자"를 떠올리게 하는 죽음(「묘비명」)이 그것이다. 시인에게 죽음은 미래의 어느 날 부지불식간에 다가오는 것이 아니라 매 순간 살갗으로 지각되는 성질을 띤다. 그는 일상 가운데에서 항상 죽음을 의식하고 있고, 따라서 자신을 포함한 생명 있는 모든 것의 죽음에 관해 "상상을 하는 게 버릇이 되"(「묘비명」)었다고 말한다. 실제로 죽음에 관한 그의 집요한 관심은 시집 첫머리인 「시인의 말」에서 "숨을 거두는 이 땅의 무게들이 한창일 때"라는 표현을 얻고 있거니와, 여기엔 죽음의 보편성과 구체성에 대한 시인의 인식이 뚜렷이 새겨져 있다 하겠다.

　시인의 의식에 각인되어 있는 죽음은 그로 하여금 삶의 갖은 부면들에 대해 세밀히 시선을 던지게 한다는 것을 알 수 있다. 시인에게 삶과 죽음은 동일한 사건의 두 가지 사태라 할 만하게 밀착되어 있으며 연속적인 것이다. 가령 그는 "비 내리는 오후는 주름이 가득하다"(「오후의 죽음과 마주할 차례다」)고 말하면서 "오후"라는 시간적 사태에서 "주름"으로 상정되는 죽음의 속성을 읽어내고 있고, "가을 단풍"을 가리켜 "마지막 온점을 찍어두는 빛"(「눈먼 자의 고백」)이라고 일컬으면서 '단풍' 자체가 보여주는 아름다움에 취하는 대신 그 안에 스며 있는 죽음을 본다. 그에게 죽음은 절대적인 것이어서 그는 모든 사물의 배면에서 그들의 현재와 동시에 진행되고 있는 죽음의 사건을 읽어낸다. 따라서 그에게 사물들은 살아 있으되 죽음으로 향해 있고 아름다우나 슬프고 처연한 것으로 비춰진다. 사물들은 있는 힘껏 살고 있지만 생명은 극도로 제한적인 것이며, 지금의 생생한 존재도 일시에 흔적도 없이 사라질 운명을 지닌 채 있는 것이다.

사정이 이러하므로 시인의 시선에 사물은 단일한 대신 복잡한 층위로 포착된다. 사물은 보이는 것 너머의 존재태를 품고 있는 복합적인 것이다. 그가 응시하는 사물들은 살아 있음으로 인한 숱하고도 굴곡진 이야기들을 품고 있는 동시에 선명하게도 소멸의 궤적을 그려가고 있다. 삶과 죽음의 양면적 사태 속에서 아프고도 시린 사물의 운명에 대해 말해주고 있는 것이 최규환의 시라 하겠다.

> 빛이 안으로 들어와 눈부시면
> 목숨의 곁가지야 아무렇지 않게 놓아주어야 할 일이다
> 언제부터 빛은 소멸이었는지
> 언제부터 씨앗이 죽은 것의 다른 이름이었는지
> 그런 사실을 알았을 땐
> 아무렇지 않게 생활이 우스꽝스럽고
> 가끔 팔자에도 없는 호사를 누릴 때도
> 별것 없는 술객의 처량이 밝게 빛나는 것이다

제4부 시의 소통의 담론

눈을 감고 길을 걸었다
소멸되는 점등의 시간을 뒤로 하고
또 걷다 보면 별이 무덤처럼 보이면서
동공 안으로 들어온 빛의 입자는
고장 난 신호등처럼 까마득하였다

간판처럼 꺼진 길
골목을 배회하는 한 사람의 뒷목이 빛의 배후로 남아 있다

—「소멸과 점등 사이」 전문

　위 시에서 그려지고 있는 시적 자아의 정서는 삶에 대한 회의로 얼룩져 다소 음울하다. 이때의 회의는 생의 소멸에 대한 인식에서 비롯한다. 생의 최상의 순간에 누려야 할 기쁨과 환희는 어느 순간 화자에게 슬픔과 의심으로 바뀌고 있음을 알 수 있다. "씨앗이 죽은 것의 다른 이름"이라는 것을 알게 된 시점이 그때이다. "언제부터"인가 화자는 현재의 생생한 삶의 순간이 "소멸"을 위한 것이자 죽음의 다른 얼굴이라는 인식을 갖게 된 것이다. 이후로 화자는 "생활이 우스꽝스럽고", "술객"이 "처량"하게 비쳐지게 된다. 그리고 이러한 인식은 화자로 하여금 언제나 낙관적으로만 다가왔던 삶을 밝음과 어둠이 중첩된 것이자 "빛"과 그늘의 이중적 사태로 바라보게 하였다. 이제 화자는 "한 사람"에게서 그의 "뒷목"과 "배후"를 함께 보는 습성을 갖게 되었다.

　삶의 최고의 국면에서 그 자체만이 아닌 이면의 본질이 함께 의식되었던 것은 화자에게 특정한 계기가 있어서라기보다 깨달음처럼 불현듯 일어났던 일로 보인다. 그것은 어느 날 사물에 비친 빛의 이미지를 접하는 찰나 화자에게 문득 떠오른 인식이다. 빛은 눈부시고 화려하지만 바로 그 이유 때문에 제한적이라는 것이다. 그것은 빛이 영원하지 않다는 점에서 그러하고 빛을 받는 사물은 그 빛으로 인해 불가불 어두운 그림자가 생긴다는 점에서 그러

하다. "빛은 소멸"이라고 말한 것도 이와 관련된다. 화자는 "빛이 안으로 들어와 눈부시면/목숨의 곁가지"를 "아무렇지도 않게 놓아주어야" 한다며 나직이 읊조린다. 그토록 삶은 일시적인 것이고 이러한 사태는 회피할 수 없는 절대적인 것이다. "점등의 시간" 속에서 '소등'을 떠올리게 된 것도 이 때문이다.

이처럼 갑작스레 닥친 인식 앞에서 화자는 크게 상심한다. 그에게 이제 "별"은 더 이상 무구한 빛의 실체가 아닌 "무덤처럼" 다가왔으며 "동공 안으로 들어온 빛의 입자"는 황홀하게 느껴지기보다는 "고장 난 신호등처럼 까마득하"게 여겨지게 된다. 또한 그는 거리에서 흥겨움을 보기 이전에 "간판이 꺼진" 어두움을, 사람들에게서는 즐거움을 발견하는 대신 희망 없이 "배회하는" 모습을 본다. 살아 있는 존재들의 배후에 죽음의 절대적 조건이 꿈틀대는 모습을 환기하면서 화자는 급격히 낙담한다는 것을 알 수 있다.

> 빈집에 당도한 바람이
> 헛기침 한 번 내뱉고 지나갈 때
> 새벽의 쓸쓸에 뒹구는 칼잠으로 와있는가
> 왼손이 하는 세상이라 오른손은 늘 같은 뼈마디에서 허물어졌는가
> 힘없고 누추한 오늘의 활자처럼
> 서툰 잠에 문밖을 나온 나처럼
> 유리창 안개가 서로를 나누는 뒤엉킴으로 왔던
> 그런, 지독한 생에게 던진 얇은 페이지 안에서
>
> 정해진 간극에서 바람은 차게 불고
> 몸소 치닫던 소리가 멈추던 날
> 너의 언덕에서나 혹은
> 내가 그 아래 놓여 부르짖음으로 오더라도
> 물 한 방울의 서늘함이 내 명치를 두드려볼 때

서둘러 바람은 떠나는 것이리라
묵향 하나 남을 것 없이 모조리 남기지 않으리라
멀리
별의 자리를 옮긴다 해도
사람이 하는 사랑은 덧잎 하나씩 놓아주다가
불현듯 빛 하나 물고 사라진다는 걸

―「멀리2」 전문

매우 매섭고도 매정하게 묘사되고 있는 위 시의 "바람"은 죽음에 대한 상
징적 표현임을 짐작할 수 있다. 그것은 "헛기침 한 번 내뱉고 지나갈" 뿐이
지만 그것에 노출되어 있던 사물들은 어느새 "쓸쓸에 뒹구는" 처지가 되거
나 곧 "허물어"지는 존재로 전락한다. "바람"은 "차게 불고", "서둘러" "떠나
는 것"이라는 점에서 사물의 일회성을 부각하는 죽음과 동일한 성격을 나타
낸다. "바람"이 불 때 사물이 "묵향 하나 남을 것 없이 모조리 남기지 않"게
된다는 사실은 "바람"이 사물에 폭군과도 같은 존재임을 말해준다. "바람"은
흔적을 남기고 싶은 사물의 마음을 외면한 채 거세게 몰아닥치는 절대적 존
재다. "바람" 앞에서 사물은 늘 "칼잠" 자듯 불안에 떨어야 하고 스스로를 언
제나 "힘없고 누추한" 존재로 체감해야 한다. "바람"이 가로지르는 한 사물
은 "서툰 잠에 문밖을 나온 나처럼" 어설프고 황망한 태도를 보이게 된다. 죽
음이라는 한계 앞에서 자아는 불가해하고 혼란스러운 기분 속에 휩싸이기 마
련이다. 이러한 모습을 가리켜 화자는 "지독한 생"이라고, 우리의 생은 "얇은
페이지"일 뿐이라고 자조 섞인 말을 뱉는다. "바람"과 관련한 이러한 정황들
은 "바람"이 곧 죽음의 다른 기표임을 말해주는 것이다. "바람"은 그 냉혹함
으로 인해 사물을 절망 속으로 밀어 넣는 절대적 실체인 것이다.

한편 위 시는 "바람"의 폭력적 사태를 묘사하고 있는 가운데 자아가 이를
어떻게 전복하고 극복할 수 있을지를 함께 말해주고 있어 주목된다. 죽음처

럼 "바람"은 "내가" 아무리 "부르짖음"에도 아랑곳하지 않는 냉정하고 "서늘"하기 그지없는 것이지만, "바람"이 보여주는 그러한 무심함은, "바람"의 바로 그 객체성으로 인해 "사람"의 의식에 의해 달리 전유되기도 한다는 것이다. 즉 죽음이 사물에 대해 절대적이고도 객관적인 조건에 속한다면 "사람"은 주체적 의지를 발휘할 수 있는 주관적 존재에 해당한다. 죽음이 객체적 조건이라면 "사람"은 주체적 의미의 영역에 놓인다. "사람"은 객관적 조건과 구별된 채 자신의 태도와 행위를 구현할 수 있는 것이다. 그리고 이는 죽음이라는 절대성과 인간이라는 상대적 존재가 공존할 수 있음을, 죽음에 의한 절대적 세계 안에서 인간이 주관적이고도 상대적인 삶의 실천을 영위해 나갈 수 있음을 의미한다. "사랑"은 세계의 이러한 복합성 위에서 제시될 수 있는 대표적인 주체적 행위라 할 수 있다.

실제로 위 시에서 "사랑"은 "별"이라는 빛의 실체가 "멀리" "옮긴다 해도" 그러한 비관적인 조건에 좌우되지 않은 채 올곧이 구현할 수 있는 가치 있는 행위로 자리매김되고 있다는 사실을 알 수 있다. 앞서 「소멸과 점등 사이」에서 역시 "별"은 소멸을 예견한다는 점에서 "무덤"으로 명명되었거니와, 세계를 둘러싼 이러한 한계 조건에도 불구하고 "사람"은 "사랑"을 통해 의미를 실현할 수 있는 존재라는 것이 위 시의 전언이다. 위 시의 "덧잎 하나씩 놓아주"는 행위야말로 인간이 펼칠 수 있는 "사랑"으로서의 실천인 것이다. 이때의 인간의 "사랑"은 "빛 하나 물고" "사라지는" 것으로 묘사되고 있는데, 이는 거듭되는 "사랑"의 행동이 죽음으로 인한 부정적 삶의 국면을 전환시킬 수 있으리라는 희망 섞인 관점을 내포하는 것이다. 물론 "빛"이 "소멸"을 전제하듯 "사랑" 역시 "사라진다는 걸" 비껴날 수 없다 해도 말이다.

> 그리운 자가 그림자로 생각될 때
> 꿈속에서도 그림자를 따라다닌 적 있다

그늘과 그림자를 깨달았을 때 빛이 보인다는 걸
운명처럼 뒤늦게 알게 해 준
그림자와 그리운 자 사이
내 한쪽은 그리운 자였고
너의 한쪽이 그림자가 되어 서로 마주 보았던 계절

그림자가 좋아
빛이 달아준 그림자를
빛보다 융숭한 맑음이라 여기며
내 그리움과 너의 그림자 사이에 부는 호젓한 바람을 맞으며
우리가 다시 나팔을 분다고 할 때
꿈에서도 그림자만 따라다니는 일몰 근처에

내 한쪽을 다른 한쪽에 안겨주지 못하더라도
그리운 자, 그림자 사이로 보이는 비혹한 배경

그림자가 좋아

—「그림자」전문

   위 시에서 "그림자"는 복합적 의미망을 띠고 있다. 그것은 시적 자아에게 "그리운 자"인 데서 그치는 것이 아니라 "빛"과의 관계 속에서 그 성격이 규정된다는 점에서 그러하다. "그리운 자"로서의 "그림자"는 일차적으로 앞의 「멀리2」에서 언급한 "덧잎 하나씩 놓아주"는 "사랑"의 대상과 관련될 것이다. 그런데 그것은 "그림자"로서의 존재를 지각하게 되는 순간 동시에 "빛이 보이"는 아이러니한 대상이기도 하다는 것이다. 위 시의 화자는 "그늘과 그림자를 깨달았을 때 빛이 보인다는 걸/운명처럼 뒤늦게 알게" 되었다고 말하고 있다. 이는 "그림자"가 "빛"의 이면이라는 너무도 당연한 사실을 새삼 환기하는 대목이다. "그림자"는 일반적으로 어둡고 꺼리게 되는 부정적 대상이

지만 실상 "빛"의 일부이자 "빛"을 근원으로 하는 존재인 것이다. 그리고 어쩌면 바로 그 점이 "그림자"가 "그리운 자"가 되고 "사랑"의 대상이 될 수 있게 하는 요인이 되는 것은 아닐까.

"그림자"의 이러한 성격은 그것이 "빛"의 객체적 속성과 "사람"에 의한 주관적 특질이 공동으로 관여하는 점이지대에 위치하고 있음을 의미한다. 앞서 "빛"의 제한성과 관련한 고찰에서 "그림자"의 객체적 한계 조건을 읽을 수 있었다면, "덧잎 하나씩 놓아주"는 데서 환기되는 '그리움'의 행위에서는 "그림자"에 대한 인간의 순수한 마음을 만날 수 있다. 이는 "그림자"가 지니는 부정성을 감내하면서 "사랑"을 다하고자 하는 인간의 주체적 실천의 모습을 나타낸다. 또한 이것은 "사랑"을 향한 인간의 뜨거운 의지야말로 인간을 둘러싼 "빛"과 "그늘"의 매혹적이고도 냉혹한 조건을 초월할 수 있을 것이라는 점을 시사한다. 요컨대 위 시는 "사랑"을 통해 비로소 인간이 자신을 절망으로 몰아가는 죽음이라는 차디찬 조건을 넘어설 수 있으리라는 성찰을 전개하고 있다 하겠다.

"그림자"와 관련하여 제시되고 있는 이러한 관점은 위 시에서 "그림자"에 대한 적극적인 긍정의 자세로 이어지고 있다. 위 시의 "그림자가 좋아"라고 하면서 "빛이 달아준 그림자를/빛보다 융숭한 맑음이라 여기"는 태도는 화자가 이제 더 이상 "빛"과 "그늘"의 이중성이나 제한성으로 인해 회의하거나 고통스러워하지 않겠다는 의도를 보이는 대목이다. "빛"이 함의하는 한계 조건으로 인해 좌절하는 대신 화자는 "그림자"를 오히려 소중한 것으로 여기고 있다. 화자는 "그림자"를 "빛"의 부정성으로 간주하는 것이 아니라 그것을 "빛"의 필연성으로 수용한다. "내 그리움과 너의 그림자 사이"에서 "호젓한 바람을 맞"는다는 마음의 여유가 생긴 것도 이 때문이다. 화자가 부는 "나팔"은 자신을 그토록 괴롭히던 죽음과 화해가 이루어진 그의 내면의 상태를 암시한다. 단 이때 말하는 화자의 수용과 화해가 객관적 사태에 압도된 피동적 순응이나 타협이 아니라 "사랑"을 통한 능동적이고 뜨거운 실천에서 비롯된 것임은 물론이다. 위 시의 화자가 "그리운 자, 그림자 사이로" 신비스럽고 매혹적인 "배경"을 볼 수 있게 되었다고 말하는 것도 이와 관련된다.

> 겨울 외투로 가려진 연약한 우리가
> 빛으로 보였던 건 습한 그늘로부터 온 것이다
>
> 너의 주변을 밤에게 놓아주려 했던 얼룩이
> 아직 남아 있다면
> 그런 이상하고 괴팍한 설움이 남아 있다면
> 모든 좌표와
> 우리가 남겨야 할 이름은
> 어디에 표적을 달아줘야 할까
>
> …(중략)…
>
> 하늘 향해 뻗을 수 없는 포도나무는
> 빈 가지를 엮어
> 가을이 죽고 봄꽃은 허망으로 피어난 새록에 길들여졌다
>
> 나무가 죽은 마른 장작에서
> 불꽃은 처음부터 고목이 아니면 밝힐 수 없는 거였다
> ――「크로노스와 카이로스의 행간2」 부분
>
> 꽃이 떨어지는 순간이
> 역사가 시작되는 순간임을 알았을 때
>
> …(중략)…

어둠에 대한 사랑, 그 찬란한 기록의 시

또 한때가 찾아온다 하여도
나팔이 온몸으로 퍼진다 하여도
처음부터
꽃이 지는 순간처럼 아름답지는 않으리라

눈이라도 살짝 내리는 날엔
빛을 잃고 그늘로 치닫는 게 극진한 영광이란 걸

오랫동안 벌어진 빛의 정사(情事)를 눈치채지 못했다
　　　　　　　　　　　　　　　—「크로노스와 카이로스의 행간4」부분

　'크로노스'와 '카이로스'는 「크로노스와 카이로스의 행간1」에 부기된 시인
의 해설대로 시간에 관한 두 가지 관점을 나타내는 그리스어에 속한다. 전자
가 과거-현재-미래로 이어지는 객관적이고 보편적인 시간을 가리킨다면 후
자는 그 속에서 구현되는 주관적이고 상대적인 시간을 가리킨다. 전자가 인
간에게 주어진 절대적인 조건에 해당한다면 후자는 그 안에서 구해진 특수한
의미의 때와 관련된다. 후자와 관련하여 시인은 '특정한 때를 이르는 그 너머
의 시간'이라 함으로써 '카이로스'가 '크로노스'의 객관적이고 비인격적인 조
건을 넘어서는 의미화된 성격의 시간임을 말해준다. 나아가 시인은 '카이로
스의 세계를 깨달아가는' 일이 '빛과 어둠의 두 갈래'의 함수적 결과이자 '통
합적 세계관'에 이르는 길이라고 밝히고 있다.
　시인은 이번 시집에서 총 7편의 「크로노스와 카이로스의 행간」 연작시를
발표하고 있거니와, '크로노스와 카이로스'에 관하여 시인이 제시하고 있는
설명은 그가 전달하고자 하는 시집의 중심 내용이 이러한 시간성으로부터 벗
어나 있지 않다는 점을 짐작하게 한다. 그것은 지금까지 시인이 보여준 바 생
과 사에 대한 인식 위에서 그가 추구하고자 했던 삶의 의미 실현과 관련되는

것이다. 즉 그것은 '빛과 어둠'의 양면성의 수용과 그에 따른 "사랑"의 실천을 함의한다. "사랑"은 어둠과 그늘의 애정 어린 긍정에서 비롯하는 것이고 이를 깨닫는 일이야말로 '크로노스'에서 '카이로스'로 나아가는 방편이자 의식의 '통합'을 이루는 길에 속한다는 것이다.

실제로 위 연작시 2편과 4편은 모두 이러한 관점에서 쓰여지고 있다. 「크로노스와 카이로스의 행간2」의 "겨울 외투로 가려진 연약한 우리가/빛으로 보였던 건 습한 그늘로부터 온 것이다"라는 진술은 '빛과 어둠의 두 갈래' 속에서 "우리"라는 존재성이 어떻게 규정되는지를 단적으로 말해준다. "우리"의 "연약"함이 '크로노스'의 한계 조건에서 비롯된 것인 데 비해 그럼에도 "우리"가 위대할 수 있는 것은 '빛과 어둠'의 양면성 위에서 가치를 구현할 수 있었던 점에 기인한다는 것이다. 설령 그 결과가 여전히 "이상하고 괴팍한 설움"을 지니고 있을지라도 그러한 "습한 그늘"이 "빛"을 향한 갈망과 "사랑"의 의지를 품고 있던 것이라는 사실은 "우리가 빛으로 보였던" 이유가 될 것이다. 「크로노스와 카이로스의 행간2」의 화자가 "하늘 향해 뻗을 수 없는 포도나무"를 가리켜 "봄꽃은 허망으로 피어난 새록"이라고 한 점이나 "마른 장작"을 일컬어 "불꽃은 처음부터 고목이 아니면 밝힐 수 없는 거였다"고 한 점, 나아가 「크로노스와 카이로스의 행간4」에서 "꽃이 떨어지는 순간이 역사가 시작되는 순간"이라고 일컬은 점이라거나 "빛을 잃고 그늘로 치닫는 게 극진한 영광"이라고 한 진술은 모두 '빛과 어둠'을 동시적으로 품은 "사랑"의 구현태라는 점에서 동일한 사태들이라 할 수 있다.

거리에서 뒤엉켜 있었다
세계 속엔 비의가 순리적으로 나부꼈다
그늘로 살았지만 오히려 찬란했던 빛의 소란,
벅찬 시들이 살아 있다는 게 신기했다

이게 내 운명인가 싶을 때마다
깊은 공원에 앉아 눈먼 자의 눈으로
귀 먼 자의 소리로
모든 걸 탐하고 싶어진다

욕망이 기웃거리는 대로변
탐하는 자의 눈이 빛을 쏟아내듯
기물이 가까울수록
외진 밤 등불이 안으로 들어찰수록
기록적인 시를 탐하는 순간
초목도 불현듯 처음으로 와있었다

탐하여
숱한 어둠의 길을 걸어야
기록을 남길 수 있을 것 같았다

—「탐하다」 전문

    시인이 생과 사의 대립적 관계 및 '빛과 어둠' 사이에서 삶의 통합적인 의미를 구하고자 할 때 시는 이 속에서 가장 빛나는 순간을 포착하는 계기로서 놓여 있다. 시는 시인이 맞닥뜨리는 절망 가운데 어둠을 긍정하고 "사랑"의 열의를 일으키는 순간에 작동한다. 시인에게 그러한 순간은 매우 각별하다. 그것은 철학적이고도 감각적이며 관념적이고도 구체적인 성격을 지니기 때문이다. 일상의 매순간 사물의 복합적 본질을 통찰하는 시인에게 그것들은 어둠이자 그늘이었고 동시에 그리움이자 사랑이었던 셈이다. 그것은 시인이 모든 사물에서 결핍과 초월의 가능성을 함께 보았음을 의미한다. 사물들을 마주하면서 시인은 그늘진 대상에 대한 서글픔과 그것을 사랑하는 법을 아울러서 포착하였을 것이라는 점이다.

이러한 복합적인 시선은 그의 마음을 늘 복잡하고도 분주하게 하였음을 짐작할 수 있다. 그 와중에 사물의 아름다운 순간을 찾아냈을 때 그는 기쁨에 한껏 들뜰 수 있었을 터이다. 그 순간이야말로 사물에 어둠의 기원이었던 빛의 흔적을 되찾아준 때이자 "사랑"을 실현한 시점이었기 때문이다. 위 시에 의하면 그것은 "그늘로 살았지만 오히려 찬란했던 빛"의 순간이자 "벅찬 시들이 살아 있"는 상황들이라 할 수 있을 것이다. 시인에게 시는 이처럼 사물을 가장 사랑할 때의 "소란"스런 마음 상태와 직결되어 있는 "찬란"한 것이었음을 알 수 있다.

그러나 단연코 그것이 쉬웠을 리 없다. 시인이 말하는 것과 같은 눈부시고 환희로운 정서를 체험하는 일이 과연 일상적인가 하는 것이다. 여기엔 시인 특유의 "사랑"의 마음이 요구되거니와 위 시의 화자는 그것을 "탐하"는 태도로 표현하고 있다. 그것은 "이게 내 운명인가 싶을" 허무의 순간마다 가장 순수하고 겸허한 마음으로 사물을 응시하는 자세를 내포한다. "눈먼 자의 눈"과 "귀 먼 자의 소리"는 이때 지녀야 할 낮은 마음 상태를 가리킨다. 그러할 때라야 자아는 "뒤엉켜 있"는 세계 속에서 감춰져 있는 "비의"를 찾아낼 수 있게 될 것이다.

시인에게 "탐하는" 일은 물론 "시"를 향해 있는 것이다. 시를 위해 시적 대상에 다가가는 일을 위 시의 화자는 "눈이 빛을 쏟아내듯/기물이 가까"워지는 시점으로 묘사하고 있다. "벅찬 시들"을 위해서라면 자아는 사물에 "빛을 쏟아내듯" 통찰과 사랑의 시선을 드리울 수 있어야 하리라. 그러한 자아의 행위야말로 "기록적인 시를 탐하는 순간"이라 할 수 있을 것이거니와, 화자는 그것을 위해 가장 철저하고도 우선적으로 전제되어야 할 것이 곧 "숱한 어둠의 길을 걷"는 것이라 말하고 있다. 어둠은 결코 부정하거나 회피할 성질의 것이 아니라 긍정하고 수용하며 "탐하"듯 뜨겁게 사랑해야 할 것이라는 점이다.

사물에 대해 시인이 보여주는 이러한 시각은 시인이 지닌 시에 대한 속 깊은 애착을 암시한다. 지금까지 살펴본 바 그에게 시는 '빛과 어둠', 생과 사의 관계 속에서 사물이 어떻게 존재하고 있는가를 질문하는 일과 관련되었다. 사물은 죽음의 운명을 짊어진 까닭에 어두운 것인가 살아 있는 까닭에 밝은 것인가, 그것은 그늘인가 빛인가, 사물은 시간의 절대성에 갇혀 있는가 혹은 그렇지 않은가. 이들 질문에 대해 성찰하면서 시인은 사물의 가장 고유한 순간을 시로 담아내고자 하였음을 알 수 있다. 따라서 그의 시는 아픔을 지닌 사물과의 애틋한 대화이자 "벅찬" 것이고 "숱한 어둠의 길을 걸어야 비로소" 얻을 수 있는 서정의 "기록"이라 할 만하다.

빈 지대를 향한 욕망의 무한 운동

— 고경자의 『사랑의 또 다른 이름』

사회의 일상적 현실은 자아의 삶을 지탱하는 기반이 되지만 자아의 사적 욕구를 희생시키고 성립된 체제이기도 하다. 현실을 구성하는 사회적 요구 앞에서 자아의 생물학적이고 존재론적 정체성은 억압되고 배제되기 마련이다. 사회적 체계 내에서 자아는 자신의 본래적 실체를 내세우는 대신 그것을 사회화된 모습으로 대체한 채 진실이 소거된 삶을 살게 된다. 사회적 현실 속에서 겪게 되는 자아의 억압은 끝없는 자기 소외와 자아 상실을 의미한다.

고경자 시인의 세 번째 시집 『사랑의 또 다른 이름』은 자아와 사회적 현실 사이의 불균등한 관계 속에서 개인이 느끼는 고독과 이를 극복하기 위한 자아의 고투를 생생하게 형상화하고 있다. 그로부터의 탈주나 이탈이 아니라면 직면할 수밖에 없는 사회적 현실은 자아의 내적 존재를 지우는 강력한 타자에 해당한다. 외적으로 부과되는 현실의 요구는 자아를 내부로부터 숨죽이게 하는 강력한 힘으로 군림한다. 사회적 현실은 언제나 자아를 압도하는 거대한 체계인 것이다. 이러한 조건 아래서 자아는 스스로를 사회적 요구에 맞도록 길들이고 조작해간다.

사회의 체계성이 가장 극명하게 부각되는 영역은 언어다. 언어는 사회의 체제를 정립시키고 유지케 하는 근간이라 할 수 있거니와, 이때의 사회적 언어는 사적 언어와 구별된다. 개인의 사적 언어가 자아의 욕구에 기반한 상상적 언어라 한다면 사회의 언어는 사회체제를 반영한 기호화된 언어다. 사적 언어가 자아의 꿈과 혼돈을 담은 구체성의 언어인 데 비해 사회적 언어는 관념적이고 추상화된 언어이다. 사회적 언어는 기호적 체계에 의해 상징적으로 처리된 차가운 언어라 할 수 있다. 사회적 언어처럼 구체성을 배제하며 정립된 상징적 기호 체계에 자아의 사적 욕구가 끼어들 틈은 없다.

사회적 언어의 이 같은 성질은 사회 현실 속에서 자아가 자신의 고유한 말을 상실해가는 과정에 대해 해명해준다. 사회에서 겪는 자아 상실과 소외는 자아의 자기 언어의 상실과 궤를 같이한다. 사회적 현실에 진입한 자아가 가장 먼저 하는 일 역시 자기 언어를 사회의 언어로 대체하는 것이다. 침묵은 자기 언어를 상실한 자가 보여주는 가장 일차적인 양태다. 사정이 이러하므로 사회적 억압으로부터 벗어나려는 자아가 가장 먼저 꿈꾸는 것은 사회적 언어를 넘어서는 자기 언어의 실현이다. 추상적 체계로부터 벗어난 생생하고 자유로운 언어에의 추구가 그것이다.

언어를 통해 실현하는 자기 확인의 과정이야말로 사회적 억압을 극복하고 자아를 회복하는 길이거니와 고경자 시인의 시적 언어를 통해 확인하고자 하는 궤적 또한 이와 관련된다.

> 한마디 말 대신
> 발소리만 남기고 가버렸어요
> 그림자가 펼쳐질 동안 말들이 죽어갔죠
> 소리가 풍경으로 둘러앉아
> 죽어가는 것들에게 안녕을 말하는 사이
> 중간이 생략된 질문만 남았고
> 질문에는 정답만 있는 것이 아니므로
> 오답에는 타당한 이유를 설명해야 합니다

이해되지 못한 것들을 거짓이라고 부를 때

떠나는 사람들은 진실을 외면하죠

까만 눈물과 하얗게 질린 얼굴이 거울에서 나오고

어린 광대가 큰 구도와 지팡이를 들고 나타나요

세상을 향해 지팡이를 휘두르자

흐르는 눈물이 멈추고

그림자가 사라지고 말들이 들립니다

돌아선 발자국이 걸어가면

허공을 향해 솟구치는 소리들이

팝콘처럼 떨어집니다

바닥에 떨어지는 모든 것들은 무게를 내려놓고

생각만큼 견고하지 않은 공중을 원망하지 않습니다

오늘은 희망이라는 버스를 타고 출발해도

집으로 돌아가는 길에는 체념이라는 잔돈만 남지요

이것을 인생이라고 부른다고

피에로의 얼굴이 슬며시 알려주어도

보고 싶은 것만 보는 사람들에게 보이지 않습니다

—「피에로의 지팡이」 부분

위 시의 중심인물이자 시집의 첫 시 「수국을 보는 아침」에도 등장하는 "피에로"는 시인의 관점에 따르면 "생활이라는 연극 속에서" 회피할 수 없는 "가면"을 쓰는 존재다. "피에로"는 "가면"으로 자아의 본래적 얼굴을 감춘 채 외적으로 보여야 하는 모습만을 드러내는 인물이라는 점에서 자아의 사적 욕구를 희생한 억압된 자아를 가리킨다. 타인들이 웃기를 원할 때 웃겨야 하고 울기를 요구할 때 우는 시늉을 하는 "피에로"는 자신의 욕구 대신 타자의 욕망에 길들여진 소외되고 상실된 자아를 나타낸다.

하지만 타자의 욕망에 따라 살아가는 "피에로는" 사회적 체계를 내면화한 가장 현실적 자아이기도 하다. 그는 "가면"이라는 사회적으로 통용되는 조작된 얼굴을 보이고 있다는 점에서 사회의 상징적 기호를 대변하는 대타자인 것이다. 타인의 욕망을 따르는 그에게서 찾아볼 수 있는 노예다운 모습은 다른 한편 그의 사회적 지위를 암시하는 부분이기도 하다. 위 시에서 "피에로의 지팡이"로 자아의 사적 욕구들이 난무하는 무질서의 세계가 일시에 평정되는 듯한 모습이 그려지는 것도 이 때문이다. "어린 광대가 큰 구도와 지팡이를 들고 나타나" "세상을 향해 지팡이를 휘두르자/흐르는 눈물이 멈추고/그림자가 사라지고 말들이 들리"게 되는 것이 그것이다.

그런데 "피에로"가 "지팡이"로 정립한 질서화된 세계 속에서의 "말들"은 "그림자가 펼쳐질 동안" "죽어"간 "말들"과 성격이 서로 다르다. 전자가 사회적 체계 속에서 부상되어 현실을 지탱하는 사회화된 "말들"이라면, 후자는 사회적 체계에 의해 붕괴된 진실의 "말들"이기 때문이다. 타자화된 현실이 지배할 때 그 아래에서 자신을 상실하고 허우적대는 자아에게 삶은 "그림자"와 다르지 않고 "말들"은 생기를 잃고 "죽어갔"던 것이다. 이는 곧 사회적 요구에 자아의 욕구를 반납한 결과 자신의 생생한 "말들"을 잃어가는 현상을 나타낸다. 반면에 "눈물이 멈추고/그림자가 사라"진 후 들리는 "말들"은 자아의 사적 욕구를 상회하면서 발화되는 사회화된 자아의 그것이다.

위 시에 의하면 이 같은 사회적 "말들"이 "들리"는 순간 그 외의 "소리들"은 모두 "솟구치는" 것을 멈추고 "팝콘처럼 떨어지"게 된다. "허공을 향해" 자신의 존재를 드러내려 했던 그것들은 사회의 체계적 언어 앞에서 에너지를 상실하고 존재 증명을 포기하는 것이다. "생각만큼 견고하지 않은 공중을 원망하지 않"는 것은 이들이 보여주는 체념의 태도를 나타낸다. 이러한 장면은 사회적 현실이 공고한 체계로서 군림할 때 자아가 취할 수 있는 길은 어떤 욕망 실현의 시도도 포기한 채 주어진 체제에 순응하는 일이라는 점을 암시한다. "오늘은 희망이라는 버스를 타고 출발해도/집으로 돌아가는 길에는 체념이라는 잔돈만 남"는다는 자조 섞인 진술도 이 점을 말해준다.

제4부 시의 소통의 담론

후회할 걸

맞아

후회하는 것으로 끝을 내는 거야

원래 이렇게 짜인 인생이니까

무조건적인 반사로 몸은 달아나고 있어

머리는 달아나지 못하고

가슴은 아직도 뜨거워

자동문을 나오면서 함께 나오지 못한

생각이 문틈 사이에 끼었어

네가 달아났어

뒷모습은 낯설지만 슬프지도 않았어

몇 번이나 보았던 네 모습이니까

괜찮아

잠깐 눈물 한 방울 흘리고 또 걸으면 되니까

…(중략)…

너는 그냥 잊으면 되는 걸

원래 이렇게 짜인 각본이니까

각본 없이 살아도 끝은 각본으로 끝나는 거야

—「각본대로」 부분

    사회적 현실은 그것의 일사불란한 운영에 주력할 뿐 개인적 자아의 본질에는 관심을 두지 않는다. 체계화된 현실에서 자아의 개성이나 자유는 중요한 것으로 간주되지 않는다. 마찬가지로 사회에서 사회적으로 요구되는 말들과 다른 자아의 사적 말들은 그 양상이 어떠하든 주목되지 못한다. 중요한 것은 체계에 맞는 말들이고 체제의 운영에 필요한 "각본"들이다.

    위 시에서 "각본"은 정해진 룰과 같은 의미를 띤다. 그것은 전체의 삶을 이끌어가는 원리로서 개별적 삶들을 통제하는 단일한 약속 체계를 의미한다. 다양한 삶들이 혼재하는 와중에 "각본"과 같은 정해진 규칙이 있다는 점이 아이러니하게 느껴지지만 그러한 요소 없이 사회가 지지되지 못한다는 점에서 "각본"이 중시되는 것이 엄연한 현실로 다가오는 것도 사실이다. 위 시의 "원래 이렇게 짜인 인생"이라는 자조 어린 어조는 삶에 내재된 규범성을 인정하는 대목이다.

자아의 의지를 실현하려 기울이는 노력 대신 "각본"을 따르는 행위는 허무하고 "후회"할 만한 일이다. 그럼에도 위 시의 화자가 말하듯 "원래" "짜인 인생"일 바에야 "후회"로 "끝을 내는" 것이 당연하다는 인식이 제시되는 것은 사회 체제 속에서 사적 욕구 실현이 그만큼 어렵다는 점을 강조하는 것이라 할 수 있다. 사회는 자아로 하여금 그에 대한 순응과 적응을 요구할 것이고 그러한 요구에 따르는 것이야말로 자아의 생존의 길에 해당하기 때문이다.

다만 자아 상실을 야기하는 이러한 사회적 억압에 처해 "머리"는 그러한 사회적 요구를 수용하는 편이지만 그것을 억압으로 인식하는 "몸"은 "무조건적인 반사로" "달아나고 있다"는 것을 알 수 있다. 이는 자아의 사적 욕구를 대변하는 "몸"이야말로 사회적 체제에 따른 조작에 가장 저항적이라는 사실을 말해주거니와, 가장 구체적 특질을 지닌 까닭에 "몸"은 외적 억압에 대해 마지막까지 저항하게 되는 최후의 보루이자 존재의 살아 있음에 대한 최종적 증거라 할 수 있다. 자아의 욕구가 "몸"으로부터 기원하는 것도 이상한 일이 아니다.

어제의 눈물로
오늘은 자유입니다

당신은 가면을 벗고
넥타이를 벗어 던지고
구두를 벗고
어디로든 떠날 수 있습니다

제4부 시의 소통의 담론

어제 모였던 사람들은
오늘만을 기억하고
당신은 어제만을 기억하는
불안장애가 있습니다
죽음에 이르지 못한 두 살에서
막 늙기 시작한 지천명의 나이까지
만남과 헤어짐의 사이
관심과 귀찮아진 것들 사이
모르고 지나쳐온 모든 것들에서
지금 떠날 때입니다

—「어제의 눈물」 부분

시인의 시편들에서 "눈물"은 사회적 체계에 의해 억압된 자아의 욕구를 상징적으로 표현하는 대상이다. 사회적 요구에 자신을 길들이며 자신의 본래적 자아를 지워갈 때 자아에겐 "아픔"의 "눈물"(「수국을 보는 아침」)이 흐르게 된다. 자아의 욕구와는 무관하게 사회의 체계를 완성해야 하는 상황에서 "검은 눈물"(「소나기가 내리는 오후의 풍경」)은 자아가 사회에 바쳐야 하는 자기희생 제물에 다름 아니다.

한편 위 시에서 "눈물"은 "어제의 눈물"이라는 과거적 대상이라는 점에서 주목된다. "눈물"이 자아의 사적 욕구가 억압되는 조건에서 분출되는 것이라 할 때 이것이 "어제"의 상황이었다면 "오늘"은 어제와 다른 국면을 기대할 수 있을 것이기 때문이다. 사실상 "눈물"이 체념과 슬픔으로 종결되는 것이 아니라면 "눈물"로써 감춰진 욕구를 표현했다는 것으로도 자아는 사회를 향해 자신의 존재성을 드러낸 것이라 할 수 있다. 이 점에서 "어제의 눈물"과 "오늘은 자유"는 인과적으로 서로 모순되지 않는다. "눈물"을 흘림으로써 표명된 자아의 존재에의 의지는 자아의 자유를 향한 욕망에 해당된다고 볼 수 있기 때문이다.

실제로 위 시에서 자아는 "가면을 벗고/넥타이를 벗어 던지고/구두를 벗"
는 등 자아를 옥죄는 사회적 요구들을 떨쳐내고 있다. 위 시는 자아를 억압해
왔던 시간이 "죽음에 이르지 못한 두 살에서/막 늙기 시작한 지천명의 나이
까지"의 살아 있는 동안의 전 기간에 걸쳐 있음을 제시하고 있거니와, 삶의
이편에서 저편을 바라볼 수 있는 "지천명"의 시점이라면 자아는 현실 너머를
지향하는 자유에의 욕망을 떠올릴 수 있지 않을까 하는 것이다.

　물론 사회적 체제가 유지되는 동안 내내 억압되어 있던 것이라면 그러한
욕망은 여전히 현실 속에서 실현되기는 어려울 것이다. 그러나 그것이 자아
의 욕구를 반영한 채 몽상과 환상의 형태로 언제든지 추구될 수 있는 것 또한
사실이다. "어디든지 떠나"기를 바라는 마음은 여기에서 비롯된다. 방향이나
목적을 정하지 않은 출발은 행위 자체로서 의미를 지니는바, 이곳이 아닌 곳
으로의 이동만으로도 그것은 현실로부터의 탈주와 현실에 대한 극복 의지를
나타낸다 하겠다. 이때의 욕망은 현실의 체계 내로 포섭될 수 없는 신기루 같
은 것이겠지만 현실의 견고함 속에서 자아가 숨 쉴 수 있는 틈을 만들어주는
기능을 한다. 현실과 환상 사이의 희미한 틈에서 비롯되므로 여전히 "불안"
을 일으킬 그때의 욕망은 자아를 억압하는 현실 체계가 존재하는 한 지속적
인 운동력을 가지고 반복해서 솟구쳐 오를 것이다. 이로써 욕망은 "구름"처
럼 가벼울 것이나 꿈처럼 "달콤"(「어제의 눈물」)할 것이다.

　　　세상을 향한 첫 계단에 올라서면
　　　눈꺼풀로 세상을 품듯
　　　어둠 속에 잠들어 있던 날개가
　　　중생대 화석처럼 굳어갑니다
　　　우리가 어디에서 왔는지 몰라도
　　　돌아갈 길은 언제나 저 문밖에 있습니다

세상의 문들이 가리키는 방향,
하늘과 바닥 중간쯤 되는 상상의 공간,
그곳에 당신이 계십니다
눈물로 쓰인 기록들이 돌이 됩니다 그 시간에
몇 겹의 지층들이 쌓여야 당신을 알 수 있을까요

…(중략)…

어쩌면 새라는 이름에는
당신이 없는 약속이 있나 봅니다

—「새라는 이름」 부분

　위 시에서 "새"는 어디로든지 날아갈 수 있는 존재로 여겨지는 가운데 세상에 구속되어 있는 조건 속에 놓여 있음을 알 수 있다. "화석처럼 굳어"간 "날개"는 위 시에 등장하는 "새"가 외적 환경에 길들여져 있는 모습을 상징한다. 시인이 제시하는 외적 환경은 물론 자아를 압도하는 사회의 거대한 체계와 관련된다. 그러한 체계적 조직망은 자아가 "세상을 향"해 첫발을 내딛었을 때부터 가해지는 필연적 조건이라는 점도 위 시는 말하고 있다. 현실의 공고한 체계로 인해 죄이는 자아는 "어둠 속에 잠들어있던 날개"로 표상된다.

　그러나 "새"에게 "날개"가 있는 한 그에게 하늘은 그가 날아갈 수 있는 너른 공간으로 기억될 것이다. 길들여지기 이전에 자신이 "어디에서 왔는지 몰라도" "새"의 기억의 근원에는 비상의 이미지가 새겨져 있을 것이라는 점이다. 그러한 "새"에게 비록 지정되지 못할지라도 "돌아갈 길은 언제나" 열려 "있다"고 할 수 있다. "새"가 비상에의 욕구를 실현하고자 하는 의지가 있다면 그러하다. "세상의 문"들은 "새"가 지금 이곳의 조직망을 벗어나 그 너머의 세계로 나아갈 수 있는 틈에 해당한다.

　"새"가 날아올라 어디에 도달하는가 하는 것은 문제가 되지 않는다. "새"의 비상은 자신을 길들인 틀을 깨고 이루어진 행위라는 측면에서 의미를 지니기 때문이다. "하늘과 바닥의 중간쯤 되는" 어느 빈 지대를 향한 비상인 그것은 현실의 상징화된 체계와 자아의 욕구를 내포하는 상상의 공간 사이의 틈에서 행해지는 탈주의 운동이라 할 수 있다. 그리고 이 지점에서 자아는 "당신"이라는 상상적 대상을 환상처럼 떠올릴 수 있게 된다.

시인에게 "당신"은 우연히 주어지는 존재로 여겨지지 않는다. "눈물로 쓰인 기록들이 돌이 되"고 그것들이 "몇 겹의 지층"으로 쌓여야 한다고 한 데서 짐작할 수 있듯 "당신"이라는 환영적 대상은 자아의 욕구 실현 의지가 강하게 거듭되었을 때 비로소 환기될 수 있는 존재이기 때문이다. 자아의 삶에 자리하고 있는 부재와 결핍이 뼈저리게 각성되었을 때 "당신"은 현실과 꿈 사이에 슬며시 얼굴을 내미는 존재라 할 수 있다. 그러나 그렇게 환기된 "당신"이라 하더라도 그가 자아의 결핍과 부재를 채워줄 수 없는 것 또한 현실의 일부이다. "당신"은 현실 체계라는 억압이 작동할 때 꿈으로 현상하는 현실 너머의 존재인 까닭이다. 위 시의 화자가 "어쩌면 새라는 이름에는/당신이 없는 약속이 있"다고 한 것도 이 때문이다.

눈 먼 아침에
꽃 한 송이 피어나는 소리 들려옵니다
별무리를 잠재우던 새벽,
꽃들이 당신에게 보내는 신호
ㅊㅊㅊ
꽃잎이 당신을 향해 터지는 소리
ㅍㅍㅍ
잎들이 당신과 꽃을 이어주는 소리
소리가 소리 속에 갇혀 더 커지는 소리
당신이 꽃이 되는 소리

제4부 시의 소통의 담론

ㅊㅊㅊ

ㅍㅍㅍ

—「꽃, 안개」 전문

　현실의 거대한 체계야말로 자아의 자유 실현을 가로막는 상수적 조건으로 작용한다고 할 때 그중 가장 치밀하고 강력한 억압의 장치로 다가오는 것은 언어다. 현실의 조직을 지탱하고 정립시켜주는 실질적 요소라는 점에서 언어는 자아에게 가해지는 가장 직접적인 억압의 실체에 해당한다. 사회적 언어 앞에서 자아가 겪는 억압은 어른 앞에서 위축되는 어린아이의 모습을 환기한다. 자아에게 사회적 언어는 항상 자세를 곧추게 하는 위력적 타자인 것이다.

　언어에 관한 이러한 관점을 상기한다면 위 시에서 보여주고 있는 언어의 양상은 불완전하다 못해 파괴적이라는 것을 알 수 있다. 위 시의 언어는 체제의 공고함과 상반되는 체계 미달의 상태를 나타낸다. 그것은 언어를 통해 갖추어야 할 완전성을 조롱하듯 부정하면서 어디에서도 사용될 수 없는 미결정의 형태를 제시한다. "ㅊㅊㅊ", "ㅍㅍㅍ"은 언어 체계에 존재하면서도 언어 체계 내에서 통용될 수 없는 부재의 언어 형태를 대변한다.

　위 시는 "ㅊㅊㅊ", "ㅍㅍㅍ"라는 언어 형태를 통해 사회 체제로서의 언어에 대해 질문하고 있거니와, 위 시에 등장하는 체계 미달의 언어 파괴 양상은 언어의 지대에서 시도한 억압적 체제에 대한 저항이자 개인의 욕구 실현에의 의지를 나타낸다. 특히 위 시의 전혀 언어답지 않은 언어는 억압된 욕망의 실현이 현실과 비현실의 틈에서 이루어지듯 언어의 체제와 비체제 사이에서 제시되고 있음을 보여준다. 그것은 언어의 상징체계 내에 있고자 하나 있을 수 없고 없는 듯하나 있는 미묘한 양상을 띤다. 체계 내에 정립될 듯 정립되지 못한 그러한 언어는 사회의 상징적 체계와 자아의 상상의 공간 틈새에 놓인 욕망의 운동력에 필적할 만하다. "ㅊㅊㅊ"이 "꽃잎이 당신을 향해 터지는 소리"이며 "ㅍㅍㅍ"이 "잎들이 당신과 꽃을 이어주는 소리"인 것, 그리고 "소리 속에 갇혀" 있을 때 "소리"가 "더 커지는" 까닭도 여기에 있다. 이들 언어는 "꽃"이 "당신"을 향해 발화하는 욕망의 소리인 것이다.

> 바위에 숨구멍이 생겨나면서 노래가 들려왔다
> 파도를 잔잔하게 하고
> 어머니를 따라 뭍으로 올라온 노래는
> 비바람에 무너지는 슬픔 같았고
> 얼굴을 가로지르는 주름 같았다
> 어머니의 눈가에는
> 바다의 깊은 물살이 출렁거렸다
>
> …(중략)…
>
> 어머니의 오래된 염원 같은 노래가
> 멈추지 않고 들리는 삼학도,
> 슬픈 그림자가 밤이면 다녀가곤 했다
>
> ─「삼학도, 슬픈 그림자」 부분

이미 거대하게 상징화된 체계 속에서 자아가 자신의 존재를 증명하는 길은 그 내부의 엷은 틈새에서 자신의 욕망을 실현하는 일이 된다. 사회적 상징 체계와 무관하게 실현될 그때의 욕망은 현실에 연루되지 않는다는 점에서 항상적 결핍을 의미할 것이지만 그것 없이 자아의 존립이 불가능하다는 점에서 자아를 지지하는 힘으로 작용한다. 그것은 물질화되지 않지만 물리적 힘을 발휘하는 양가적 속성을 지닌다. "당신"을 향한 꿈이 빚어낸 부재와 존재의 유동적 이중성의 그것은 결국 자아에게 환청처럼 들리는 "노래"가 된다는 것을 알 수 있다.

제4부 시의 소통의 담론

위 시에서 "노래"가 들리는 계기가 "바위에 숨구멍이 생겨나면서"라고 말하는 것은 "노래"와 상징적 체계 사이의 관계를 환기한다. 상징적 체계의 공고함이 "바위"로 표상된다면 "노래"는 그것의 틈에 겨우 생겨난 "숨구멍"에서 비롯되는 것이라는 점에서 그러하다. "노래"는 상징적 체계의 억압성을 뚫고 솟아난 희미한 욕망과 같은 것이다. 그것은 "어머니를 따라 뭍으로 올라온" 데서 알 수 있듯 자아의 꿈과 이어지는 것이며 "슬픔"이나 "주름"으로 표상되듯 자아의 해소되지 못한 욕구에 닿아 있다.

"삼학도"는 지도에 나와 있는 실재하는 장소일까? 아니면 시인의 상상의 공간일까? 분명한 것은 특정할 수 없는 그러한 지대에 들리는 "노래"는 환영처럼 존재하는 "어머니"의 "오래된 염원"의 표출이면서 그 어떤 것에도 중단되는 법 없이 "멈추지 않고 들"린다는 점이다. "어머니"는 존재하지 않으면서도 언제나 존재하는 영원한 "당신"이 되어 자아의 현실에 균열을 내고는 그 틈에서 끊임없이 솟아오를 것이다. 부재하면서도 존재하며 정립이고자 하면서도 비정립의 상태인 "어머니"의 환영은 유동성으로 인한 운동력을 지닌 채 자아의 자유에의 의지를 추동하게 될 것이다. "노래"는 그에 대한 응답이라 할 수 있다.

이처럼 『사랑의 또 다른 이름』에서 시인이 보여주는 모습은 거대한 상징적 체계 속에서 자아가 살아갈 수 있는 일 방법에 관한 것이다. 자아의 꿈을 반영하지 않는 현실적 체제에서 자아가 자유를 잃지 않는 길은 그것의 내부에 균열을 내고 그 좁은 지대를 자신을 위한 커다란 빈 지대로 만드는 일이다. 견고한 체계 내에 발생한 비체계의 그곳은 자아의 욕구를 실현하고 생성하는 지대가 될 것이다. 억압을 조건으로 하는 그곳이야말로 자아의 자유에의 의지를 실현하는 무한한 욕망의 지대라 할 수 있다.

제1부

인공지능 시대의 시 쓰기의 고유성 : 『시와정신』 2023년 여름호

현대시의 두 갈래의 흐름과 AI 시대 시의 미래 : 재미시인협회 〈시인교실〉 2023년 9월
            강연 원고

강릉 지역 여성시의 어제와 오늘 : 한국시인협회 〈정기 세미나〉 2020년 11월 발표 원고

제2부

과잉된 감각적 정보 너머에서 만나는 시적 진리 : 『시와시학』 2020년 겨울호

도구적 이성의 폭력성에 관한 윤리적 성찰 : 미수록

다시 본질로, 삶의 겟세마네 동산에서 : 『예술가』 2023년 봄호

주름 접힌 세계, 그 속에서 피어나는 생명의 시학 : 『예술가』 2023년 여름호

미와 진리를 꿈꾸는 순수의식의 현상들 : 『예술가』 2023년 가을호

삶의 불확실성과 '그 무엇'을 향한 형이상학적 인식들 : 『예술가』 2023년 겨울호

감각 수용의 센터로서의 신체와 시적 사유의 양상들 : 『예술가』 2024년 봄호

제3부

말할 수 있음과 없음의 사이에서 생성되는 사물들 – 김선오론, 『나이트 사커』를 중심으
            로 : 『상징학연구소』 2021년 가을호

심연의 자아의 고백 형식 – 원성은론, 『새의 이름은 영원히 모른 채』를 중심으로 : 『상
            징학연구소』 2021년 겨울호

아포칼립스(Apocalypse) 시대의 경화되는 말의 '혀' – 김유태론, 『그 일 말고는 아무 일도
            일어나지 않았다』를 중심으로 : 『상징학연구소』 2022년 봄호

완성을 위한 배후 그 내면의 심층 지대 – 조온윤론, 『햇볕 쬐기』를 중심으로 : 『상징학
            연구소』 2022년 가을호

제4부

인명 및 용어

세계의 주름과 생성의 시학

세계의 주름과 생성의 시학

작품 및 도서

세계의 주름과 생성의 시학